LOS BASTARDOS REALES

Primera edición: marzo de 2018

Título original: ROYAL BASTARDS
Text Copyright © 2017 by Andrew Shvarts
Published by Hyperion, an imprint of Disney Book Group.
Published by arrangement with Pippin Properties, Inc. through Rights
People, London.

© De esta edición: 2018, Editorial Hidra, S.L.
   http://www.editorialhidra.com
   red@editorialhidra.com

Síguenos en las redes sociales:

 @EdHidra   /editorialhidra   /editorialhidra

© De la traducción: Guiomar Manso de Zúñiga

BIC: YFH

ISBN: 978-84-17390-01-3
Depósito Legal: M-6307-2018

Impreso en España / *Printed in Spain*

LOS BASTARDOS REALES

ANDREW SHVARTS

TRADUCCIÓN DE
GUIOMAR MANSO DE ZÚÑIGA

Para Álex.

UNO

La princesa Lyriana llegó al castillo de Waverly dos meses después de que yo cumpliera dieciséis años. Eso significaba que el otoño se estaba asentando: los árboles se habían teñido de rojo, las carreteras estaban embarradas y, mientras Jax y yo holgazaneábamos en la torre de guardia abandonada compartiendo un odre de vino, el vaho de nuestro aliento empezaba a ser visible en el aire cuando hablábamos.

—¿Qué, Tilla, los has visto ya? —preguntó Jax. Se había dejado caer sobre la vieja piedra del suelo de la torre, la espalda apoyada contra el murete que nos llegaba hasta la cintura; yo estaba sentada justo por encima de él, en el borde del muro. Mis pies desnudos colgaban sobre una caída de más de treinta metros. Era media tarde, pero el sol estaba oculto tras un manto de nubes grises.

Dirigí la mirada hacia donde el mar de árboles se abría para dejar paso a la carretera que emergía del bosque de secuoyas. El banquete comenzaba en unas pocas horas y ya habíamos visto llegar a la mayoría de los invitados: los lores de todas las casas menores, cabalgando orgullosos con sus estandartes en alto, y los líderes de los clanes zitochis, envueltos en pieles de oso, imponentes sobre sus desgreñados caballos con cuernos. Sin embargo, todavía no había ninguna señal de los invitados de honor: la princesa y su tío. Eso parecía lo correcto. Cuando eres así de importante, haces que todos los demás te esperen.

—Solo unos minutitos más. Te prometo que merecerá la pena.

—Vale —dijo Jax—. Pasa el vino.

Me incliné hacia delante y dejé caer el odre en sus anchas manos callosas. Compartíamos madre, una sirvienta del castillo llamada Melgara. Ninguno de los dos la habíamos conocido (pues murió al nacer yo, cuando Jax tenía dos años), pero nos dio a ambos el mismo pelo cobrizo y ondulado y la misma piel pálida y pecosa. Sin embargo, mientras que el padre de Jax había sido un soldado de paso que le había legado una mandíbula cuadrada y un hoyuelo en la barbilla, el mío era Lord Elric Kent, jefe de la Casa de Kent, Gran Señor de la Provincia de Occidente, Hombre Muy Importante. Yo tenía su cara: delgada, huesuda, toda pómulos altos y ángulos marcados. Y sus ojos: rasgados y brillantes, de un verde centelleante. Una vez, una dama que había venido de visita los había definido como «aristocráticos», y yo me había regodeado en la felicidad de semejante cumplido durante semanas. Principalmente, porque pensaba que significaba «bonitos».

—Entonces, esta princesa... —Jax bebió un trago de vino y me lo volvió a pasar— ¿crees que es guapa?

—Oh, estoy segura de que es despampanante —le sonreí—. Y estoy segura de que se muere por darse un revolcón en el heno con un mozo de cuadra de pelo estropajoso y que apesta a sudor.

Jax levantó la cabeza haciéndose el ofendido.

—Pues resulta que creo que soy atractivo. De un modo un poco rudo, pero atractivo.

—Y resulta que yo creo que tienes estiércol en las botas.

—¿Qué? ¡No! Es solo... ¡Es solo barro! —Estiró la cabeza hacia abajo y olisqueó—. Oh... No, tienes razón. Estiércol de caballo. —Restregó la suela de la bota contra el borde de la pared de piedra—. Hablando de lo cual, ¿piensas pasarte por las cuadras en algún momento? La Señorita Crinsucia te echa de menos.

—Su nombre es Hechicera —dije con una sonrisa, pero obvié su pregunta. La verdad es que odiaba montar en otoño. Me recordaba demasiado a cuando era pequeña, a los tiempos en los que todavía era la única hija de mi padre. El otoño era cuando él pasaba más tiempo en casa, así que salíamos a montar a caballo juntos a menudo, y él me enseñaba el bosque con su mortaja neblinosa y las preciosas calas de arena negra y los ruinosos santuarios de los Viejos Reyes, los que se supone que debemos mantener ocultos de los sacerdotes de Lightspire. Esos paseos a caballo eran los mejores recuerdos de mi infancia. Probablemente de toda mi vida. Entonces, esa mujer suya de ojos vidriosos, la que me llamaba parásito, le había dado una hija. Una hija *de verdad*, no una bastarda como yo. Salíamos a caballo cada vez con menos frecuencia. Y un día dejamos de salir a caballo para siempre.

Justo a tiempo para sacarme de ese horrible recuerdo, los árboles de las cercanías del bosque se estremecieron con el tronar de docenas de cascos de caballos.

—¡Eh! —le grité a Jax—. ¡Ya han llegado!

Jax se encaramó al instante a mi lado, ya con el catalejo en la mano. Ese mentiroso no pudo seguir disimulando su interés.

Los primeros hombres en asomar de entre los árboles pertenecían a la infantería real. Eran todavía más impresionantes de lo que había imaginado: altos y fuertes, sus caras ocultas tras brillantes máscaras de espejo, sus armaduras cubiertas de intrincadas serpientes plateadas. Avanzaban en fila india y portaban altos estandartes con el emblema de la Dinastía Volaris: una torre luminiscente que relucía con luz interior, con una espada ennegrecida a un lado y un saúco en flor al otro. Cuatro caballos color marfil trotaban detrás de ellos, sus crines ondeaban etéreas como la nieve recién caída. Tiraban del carruaje más elegante que había visto jamás, con un baldaquín redondeado e incrustaciones de oro en el marco. Traqueteaba por la carretera sobre relucientes ruedas pulidas.

—Oh, vamos —musitó Jax—. ¿La princesa va en un carruaje? ¿Ni siquiera voy a verla?

Le di un codazo en las costillas y seguí mirando. ¿Cómo sería ir ahí dentro? ¿Llevaba la princesa un vestido de fulgurante seda? ¿Iba sentada sobre almohadas blandas, mientras comía bayas campana y bebía sofisticado jerez? ¿La abanicaba con una hoja gigante un hermoso sirviente descamisado, sus abdominales cincelados relucientes de aceite?

El carruaje siguió su camino, sus misterios sin resolver. Otra docena de soldados de a pie marchaban detrás de él. Y luego, una vez que hubieron pasado todos, apareció un caballo solitario de entre los árboles con un único jinete sobre su lomo.

—Uau —susurró Jax—. ¿Es…?

—Rolan Volaris —le contesté con otro susurro. Archimago de los Magos Reales. El hermano del rey.

A diferencia de todo lo demás en la procesión, no había adorno alguno en torno a él. Llevaba una simple túnica gris y su montura era una yegua negra del montón, con una silla de cuero normal y corriente. Pero aun así, me resultaba imposible quitarle los ojos de encima. La piel de Rolan era de un negro puro y lustroso, más oscura que la de cualquier otro hombre que hubiese visto jamás. Llevaba el pelo gris afeitado muy corto, y una pulcra barba plateada enmarcaba su boca. Incluso en aquella luz neblinosa pude distinguir al menos media docena de Anillos de Titán en cada una de sus manos, alianzas doradas con antiguas gemas incrustadas. Relucían como un arcoíris.

No obstante, lo más asombroso de todo eran sus ojos. Ardían en un tono turquesa, imposiblemente brillantes, como si no solo reflejasen la luz, sino que la proyectasen. Dos estrellas ardientes enclavadas en su rostro. Parecía algo arcaico y poderoso escondido bajo la piel de una persona.

—Arrodíllate ante el soberano o el Anillo te convertirá en pasto para los gusanos —murmuró Jax.

Le miré con el ceño fruncido. ¿Desde cuándo citaba Jax a los rebeldes?

—No deberías hablar así —le dije—. No cuando él está aquí.

—No es como si pudiera oírme —dijo Jax—. Espera. ¿Puede oírme? ¿Es cosa de magos?

—Si lo es, me aseguraré de hablar en tu funeral: «Aquí descansa Jax, el mozo de cuadra. La única sorpresa es que aguantara diecisiete años sin que su bocaza hiciera que le mataran.» —Estiré los brazos y los músculos de la parte baja de mi espalda aullaron de dolor. Probablemente fuera por mi culpa. Había dormido las tres últimas noches en el duro suelo de madera de la habitación de Jax. No había sido una gran idea, lo sé, pero es tal engorro volver a hurtadillas a mi habitación después de una noche de fiesta con los amigos de Jax...

—Eh —dijo Jax, levantando la vista hacia el cielo—. Es la primera noche de otoño, el cielo debería estar despejado. Cuando hayas terminado de hacer el tonto en el banquete, ¿querrás bajar a la playa de Whitesand a hacer lo nuestro?

—Claro. —Sonreí. Según Jax, él solo tenía un recuerdo de nuestra madre: estar sentado a su lado en una playa de arena blanca, contemplando las centelleantes Luces Costeras en el cielo nocturno. Un año, cuando tenía cinco o seis años y me sentía extraordinariamente triste, Jax me llevó a escondidas a la playa y nos quedamos ahí toda la noche, contemplando juntos las Luces. Pasamos la noche ahí tumbados, pegados el uno al otro sobre la blanda arena rielante. Me cantó la nana que siempre le cantaba nuestra madre, *El beso de mamá osa*, y me prometió que mientras esos bonitos lazos verdes siguieran serpenteando entre las estrellas, todo iría bien. Desde aquel día, bajar a la playa cuando salían las Luces había sido nuestra pequeña tradición, una forma de recordar a nuestra madre. Era tonto y sentimental, sobre todo porque yo ni siquiera la había conocido, pero era lo que teníamos.

Las campanas de la torre repicaron cinco veces a lo lejos y se me borró la sonrisa.

—Ugh, tengo que ponerme en marcha. Solo tengo unas horas para prepararme para el banquete.

—Te acompaño. Todavía nos quedan unos buenos traguitos de vino. —Jax miró de reojo por las escaleras que llevaban al pie de la torre—. ¿Túneles?

—Túneles.

Los túneles eran nuestro secreto no tan secreto. Todos en el castillo de Waverly sabían que durante la Edad de Oro, cuando Occidente había sido su propio reino y no solo una provincia ocupada, los Viejos Reyes habían construido una red de pasadizos secretos por debajo del castillo que conectaban las distintas dependencias. Mis antepasados los utilizaban para esconderse de los saqueadores zitochis, y más tarde, durante la Gran Guerra, para tenderles emboscadas a los invasores procedentes de Lightspire. La mayoría de la gente pensaba que hacía mucho tiempo que los túneles se habían colapsado o habían sido cegados.

Un día, cuando Jax y yo jugábamos al escondite de pequeños, nos topamos con una baldosa hexagonal agrietada en una despensa de las dependencias de servicio, y descubrimos que algunos de los túneles seguían ahí. Bueno, «ahí» en el sentido más impreciso del término. Estaban oscuros y polvorientos y llenos de escombros, y la mayoría de ellos no tenían salida. Pero aún había unos pocos que conducían a salidas camufladas, como la pesada piedra hexagonal que se deslizaba hacia un lado al pie de la torre de vigilancia este. Los túneles eran perfectos para escabullirse en busca de Jax y sus amigos en medio de la noche, o para perderme cuando la institutriz Morga decidía que me tocaba asistir a una clase de etiqueta.

Además, ¿por qué iba yo a cruzar el patio como una pringada cualquiera cuando había un asombroso túnel oculto por el que podía desplazarme a hurtadillas? Pocos minutos después, Jax y yo caminábamos lado a lado por el estrecho pasadizo, sus paredes de tierra cubiertas por protuberantes raíces de árboles. Jax, uno de los chicos más altos de las cuadras, tenía que agacharse para evitar que su desgreñada cabeza se golpease contra los salientes más bajos del techo. Yo sujetaba en alto mi Piedra Solar, un regalo de mi padre, y su suave luz blanca iluminaba nuestro camino. Seguro que mis antepasados, los duros Kent de antaño, circulaban por ahí a la luz de antorchas parpadeantes, pero ¿quién era yo para menospreciar el último y más grande invento de Occidente?

—Entonces, ¿de verdad vas a ir al banquete de esta noche? —comentó Jax, mientras me pasaba el odre de vino—. Apuesto a que será divertido. Ponerse un vestido elegante… dejar que te trencen el pelo… susurrar «Gracias, milord» cuando Miles te bese la mano…

Suspiré. Besar a Miles, el bastardo de Casa Hampstedt, había dejado de ser una fantasía desde que habíamos cumplido doce años y él había intentado cortejarme con un soneto, había sufrido un ataque de asma y había vomitado sobre sí mismo. El hecho de que yo acabara de dar un estirón y fuera una cabeza más alta que él no había ayudado en absoluto.

—Quizás este año decida mantenerse alejado de mi mano...

—¿Bromeas? ¡A ese tipo le encanta besarte la mano! ¡Estoy casi seguro de que esa es la única razón por la que viene a estas cosas! —Jax estiró el cuello y adoptó una voz pija y nasal—. ¡Oh, estoy impaciente por que llegue la hora de la fiesta! ¡Quizás mi querida Tillandra me deje acariciarle los nudillos con mi lengua cálida y húmeda!

—¡Cállate! —Le di un empujón en el hombro. Se tambaleó hacia delante y tropezó con una losa suelta. *Bien*—. Al menos tengo principios. Al contrario que tú, que haces tu mundialmente famoso «tour de los pajares» con cada hija de molinero que viene por aquí.

—A las hijas de los molineros les encantan los pajares. ¿Quién soy yo para negarles ese gusto?

Llegamos a una bifurcación en los túneles donde un estrecho pasadizo se desviaba hacia un lado. Estaba casi colapsado, pero te podías colar por un pequeño hueco entre los escombros para llegar a una salida en las dependencias de servicio. Jax tomó ese camino y se preparó para el habitual (e hilarante) ritual de retorcer su corpulento cuerpo a través de la abertura. Pero entonces se giró hacia mí con una seriedad atípica en la cara.

—En serio, hermanita. ¿Por qué lo haces?

—¿Hacer qué? ¿Ir al banquete?

—El banquete, el vestido... todo ello. ¿Por qué sigues aguantándolo?

Le di la espalda.

—Soy hija de Lord Elric Kent, Jax. Puede que sea una bastarda, pero aun así tengo mis obligaciones.

—Vamos, sabes que eso no es cierto —protestó Jax—. Duermes en las dependencias de servicio todas las noches. Ya ni siquiera te molestas en ir a tus clases. Y Lord Kent ya tiene tres hijas legítimas. No es como si te fuera a reconocer como hija legítima. Estoy seguro de que si fueras a verle y le dijeras que ya no quieres ir a más celebraciones como estas ni siquiera le importaría.

No dije nada, simplemente me quedé mirando el oscuro pasillo que había ante mí. Jax no tenía ni idea, absolutamente ni idea, de cuánto me dolían sus palabras. No podía saberlo. Él solo veía el lado de mí que yo elegía enseñarle, el lado al que no le importaba dormir en los altillos de las cuadras o llevar el mismo par de pantalones sucios tres días seguidos. No sabía lo mucho que me gustaban, en secreto, los vestidos elegantes y los bailes formales; ni cuánto envidiaba a esas tres niñas pequeñas; ni que, a menudo, seguía cerrando los ojos e imaginándome como una dama de la nobleza.

No sabía lo desesperada que seguía estando por recibir el amor de mi padre.

—¿Tilla? —preguntó Jax.

Me llevé el odre a los labios y bebí las últimas gotas de vino, dejé que su calidez resbalara por mi garganta hasta mi tripa. Después me giré hacia Jax y se lo lancé, esbozando una sonrisa forzada.

—Vino y comida gratis. ¿Cómo podría perderme eso?

Jax cogió el odre, se encogió de hombros y se volvió hacia el hueco de la pared.

—Con eso no puedo discutir. Te veo después de la fiesta, hermanita. —Y desapareció al otro lado de la grieta.

Recorrí el resto del camino yo sola. Una corriente fría soplaba desde alguna parte y hacía oscilar las telarañas. Cerré los ojos y disfruté de la sensación sobre mi piel, aunque hizo que se me pusiera la carne de gallina. Era una sensación mucho más agradable que el escozor de las palabras de Jax.

DOS

En el castillo, la salida de los túneles estaba en una cámara de vapor de los baños del sótano. Esperé en el oscuro pasadizo debajo de la baldosa unos cuantos minutos, hasta que estuve completamente segura de que no había nadie; una vez empecé a moverla cuando la institutriz Morga estaba dentro y vi sin querer su colosal trasero desnudo. En cuanto vi que no había moros en la costa, deslicé la baldosa hexagonal hacia un lado y me aupé, trepando por la pared del túnel con los pies. A continuación, cerré el pasadizo a mi espalda con el mayor sigilo posible.

Gracias a los Viejos Reyes, la sala de baños estaba vacía. Necesitaba asearme antes del banquete. Y por «asearme» quería decir pasar al menos una hora a remojo en una bañera caliente.

A esas alturas de mi vida no había tenido ningún problema en pasar sin la mayoría de las comodidades de las Dependencias de los Nobles. No necesitaba las sofisticadas codornices rellenas que servían en el Gran Salón; el estofado marrón de cabrito que cocinaban en las dependencias de servicio sabía estupendamente. No necesitaba dormir en mi cama con dosel y mullidas almohadas y suaves sábanas; por mucho que el suelo de la habitación de Jax me provocara dolor de espalda, me sentía más segura durmiendo ahí abajo con personas que me gustaban, que sola en un frío dormitorio de piedra. Y, desde luego, no necesitaba perder el tiempo memorizando el árbol genealógico de los Kent para la institutriz Morga; no cuando podía estar paseando por el bosque o tumbada en la playa o jugando a Verdad o Atrevimiento con los amigos de Jax.

Pero ¿los baños calientes? No podría vivir sin largos baños de agua caliente.

Estiré la mano hacia el pomo de la puerta que conducía al Baño del Lord y entonces lo oí. Un chapoteo. Los agudos chillidos de tres vocecitas risueñas. El severo «Shhh» de una voz más mayor.

Evelyn Kent y sus hijas. Mis hermanastras. Las legítimas herederas de Casa Kent. Jugaban y disfrutaban de su baño antes del banquete mientras sus serviciales doncellas frotaban sus cuerpecitos hasta dejarlas relucientes. Se estaban preparando para sentarse a la cabecera de la sala, al lado de mi padre, mientras yo tendría que sentarme en el otro extremo.

Así que después de todo no iba a poder bañarme. Las hijas legítimas tenían preferencia. Como siempre.

24

Salí de los baños hecha una furia, doblé una esquina y me dirigí airada hacia mi habitación. Una amargura familiar bullía en mi interior. Quizás Jax tuviera razón. Quizás ya fuera hora de olvidar esta fantasía infantil de que mi padre decidiera reconocerme, esa idea de que sería una aristócrata de verdad con un castillo propio y un apellido honorable. Quizás ya fuera hora de dejar de soñar con ser Lady Tillandra Kent y aceptar que solo era «Tilla de los túneles», la que duerme en el suelo y lleva los pantalones sucios de barro. Quizás ya era hora de decirle adiós a mi padre.

A cada paso que daba, me convencía más y más de que iba a hacerlo, y lo haría esta noche. Que le den al banquete, que le den a trenzarme el pelo y, sobre todo, que le den a ese elegante vestido turquesa con lentejuelas en el cuello y una cola vaporosa. Lo mandaría todo a paseo. En vez de acudir a la fiesta, pasaría la noche en las dependencias de servicio con la pandilla de Jax, bailando y riendo y eligiendo los mejores bocados de las sobras del banquete. A lo mejor incluso me enrollaría con ese aprendiz de herrero buenorro, el de los hombros anchos. Y cuando mi padre viniese a buscarme mañana por la mañana, le diría que no quería saber nada más de esta vida, que no quería saber nada más de él. Me inclinaría por mi lado plebeyo y estaría tan contenta y satisfecha como Jax. Ya estaba. Esta era la gota que colmaba el vaso.

Entonces abrí mi puerta con energía y encontré a mi padre esperándome en mi cuarto. Miraba por la ventana en silencio, sus estilizadas manos cruzadas a la espalda con gran decoro.

—¡Oh! —exclamé sorprendida, mientras me apresuraba a cerrar la puerta tras de mí—. ¡Padre! Yo no... no esperaba...

Se volvió hacia mí, la cabeza ligeramente ladeada. Ya estaba vestido para el banquete, con una túnica negra que se ceñía a su figura alta y esbelta. Su pelo castaño colgaba liso hasta sus hombros; en su pulcra barba apenas se distinguían los primeros asomos de unas tenues hebras grises. Una fina cadenilla de oro descansaba sobre sus clavículas con broches en cada hombro, y en el centro colgaba un medallón dorado con un águila grabada: el emblema del Gran Señor de la provincia de Occidente.

—Hola, Tillandra —saludó.

—¡Ho... hola! —balbuceé. Mis ojos recorrieron la habitación a toda prisa. Si hubiera sabido que iba a venir, al menos la hubiese arreglado un poco. No era solo mi cama sin hacer o mi ropa tirada por el suelo. Era lo obvio que resultaba que no pasaba nada de tiempo ahí. Mi mesa era un barullo de papeles polvorientos, montones de deberes sin hacer para la institutriz Morga. Las paredes estaban cubiertas de recuerdos que no había tocado en años: una máscara de madera de cuando mi padre me había llevado a Bridgetown, un molinillo de un festival de la cosecha de hacía tres años, una espada de madera de cuando Jax y yo jugábamos a Guerreros y Zitochis con los hermanos Dolan. Parecía la habitación de una chiquilla. Una chiquilla que había olvidado que tenía una habitación.

—Habías salido —dijo mi padre con voz seca—. Te estaba esperando.

—Estaba... uhm... —Me devané los sesos en busca de una excusa plausible. ¿Bañándome? Estaba demasiado seca. ¿Montando a caballo? Estaba demasiado limpia. ¿Estudiando? Nadie se creería eso.

—Estabas por ahí metiéndote en líos con ese medio hermano tuyo —dijo mi padre, su desdén por Jax apenas disimulado.

Bajé la vista y me miré los pies, roja como un tomate.

—¿En qué te puedo ayudar?

Anduvo hacia mí despacio, rígido, su rostro impenetrable. Mi padre era siempre un hombre tranquilo, serio, que nunca se enfadaba o mostraba temor. Me había pasado horas intentando analizar un recuerdo de su cara, intentando encontrar la expresión real detrás de esa fachada severa, deseando resquebrajarla en busca de una sonrisa.

—Sé que últimamente has estado evitando la vida cortesana. Que te has vuelto distante y prefieres la compañía de los sirvientes.

—Yo... puede que me haya saltado alguna clase aquí o allá, pero...

—No te estoy regañando, Tilla —me dijo cortante, y decidí que sería mejor si cerraba la boca y le dejaba hablar a él—. Estoy diciendo que no te culpo. Soy consciente de que antes tú y yo teníamos una relación mucho más cercana. Y sé que eres lo bastante lista para comprender por qué aquello tuvo que terminar. Conoces nuestras leyes.

Asentí. Había oído que en las otras provincias de Noveris, a los bastardos los trataban de manera diferente, pero aquí, en Occidente, las leyes eran claras. Cada Señor podía tomar exactamente a un hijo ilegítimo como bastardo de la Casa. Ese niño sería criado en el castillo, pero separado de los demás niños; estaría junto con la familia pero sin ser parte de ella. En cualquier momento, el señor podía reconocer al bastardo como hijo legítimo o desheredarlo por completo. Las razones para esto eran estrictamente prácticas: los niños morían, había vientres estériles, y un Señor siempre necesitaba un heredero. A Jax le gustaba llamarnos «sustitutos de los nobles».

—Me casé con Lady Evelyn Yrenwood porque necesitaba los ejércitos de su padre para mantener la paz —continuó mi padre—. Había oído decir que no podía tener hijos, pero esos rumores se equivocaban. Las leyes de los Viejos Reyes dicen que sus hijas son mis herederas legítimas. Las leyes dicen que tú debes estar siempre por detrás de ellas. El Gran Señor de Occidente debe respetar las antiguas leyes, incluso cuando tal vez prefiriera no hacerlo. Es el precio del poder. Esa es su carga. Todos estamos condicionados por nuestra posición.

Asentí otra vez, pero con menos convicción. ¿Qué estaba diciendo? ¿Que solo se había casado con Lady Evelyn porque tenía que hacerlo? ¿Que quería legitimarme a mí pero no podía debido a las leyes? ¿Que en realidad sí me quería como hija?

No. No podía ser.

—¿Sabes por qué nos visita la familia real? —preguntó. Eso era cambiar de tema y lo demás tonterías. Me costó seguirle el paso.

—Como parte de su educación, la princesa Lyriana debe visitar las cuatro Provincias —dije, contenta de saber la respuesta a su pregunta. Como todos los demás en palacio, yo también llevaba meses cuchicheando sobre la visita de la princesa—. Creció en la ciudad de Lightspire, así que conoce los Feudos Centrales, obviamente, y ya ha visitado las Baronías del Este y las Tierras del Sur. Eso nos deja solo a nosotros.

—Sí, esa es la razón de que la princesa esté aquí —admitió mi padre—. Pero ¿por qué ha venido con ella el Archimago?

Le miré sin saber qué decir. ¿Para proteger a la princesa? ¿Para conocer esta tierra? ¿Algo que ver con los impuestos? Así que le dejé continuar.

—Está aquí como exhibición de fuerza. Para recordarnos cuál es nuestro lugar. Está aquí para que sepamos lo deprisa que el rey puede cerrar el puño en torno a nosotros, solo con que amenazáramos con escurrirnos de entre sus dedos.

—Oh —dije. Sabía que muchos occidentales estaban descontentos con ser parte del reino, por supuesto. Allí abajo, en las dependencias de servicio, cuando los veteranos se metían unas cuantas pintas entre pecho y espalda, empezaban a maldecir a los recaudadores de impuestos del reino y a cantar baladas sobre la Edad de Oro y a contar chistes verdes sobre los sacerdotes de Lightspire. Y había oído las historias que llegaban sobre los rebeldes que se hacían llamar Serpientes de Cascabel y tendían emboscadas a las caravanas procedentes de los Feudos Centrales y destrozaban los altares de los Titanes al borde de las carreteras. Pero nunca había pensado que fuese algo importante, solo gente enfadada y viejos carcas gruñones. Siempre había pensado que la mayoría de la gente de Occidente había aceptado al rey Leopold Volaris de Lightspire como nuestro monarca legítimo. ¿Acaso me habían sobreprotegido? ¿Iban las cosas mucho peor de lo que pensaba?

—He encontrado esto en tu mesa —dijo mi padre. Se metió una mano en un bolsillo de la túnica y sacó algo, algo pequeño y dorado que lanzaba destellos bajo los rayos del sol. Se me encogió el corazón de vergüenza al reconocerlo: un fino collar dorado con un colgante con forma de flor de saúco. Se lo había comprado hacía una semana a un mercader de los Feudos Centrales que juraba a todo el que quisiera oírle que estaban súper de moda en Lightspire. Nunca compraba joyas, pero ese estúpido comerciante me había metido en la cabeza que, después de todo, iba a conocer a la princesa, y que si veía mi collar y le gustaba..., bueno, que ese era el primer paso para convertirnos en amigas y, ¿podía imaginarme lo que sería ser *amiga* de la *princesa*?

Entonces había parecido tan plausible... Aunque ahora, al mirar el collar que sujetaba mi padre entre las manos, me ardían las mejillas.

—Yo solo... pensé... Ese mercader era realmente...

Mi padre me ahorró más bochorno ignorándome sin más.

—¿Te he contado alguna vez la historia que me contó mi abuelo? ¿Sobre el día en que terminó la Gran Guerra? ¿El día en el que nos rendimos? —Negué con la cabeza, porque obviamente no lo había hecho. Mi padre nunca me contaba nada—. Mi abuelo era solo un niño, tenía cinco años. Y su padre, Albion Kent, era el rey de Occidente. El último de los Viejos Reyes. —Su voz sonaba extraña, distante—. Fue justo aquí, en el Gran Salón del Castillo de Waverly, donde Albion Kent se arrodilló ante el rey de Lightspire, donde se quitó la corona y se puso la cadenilla de Gran Señor. Mi abuelo estaba ahí, escondido tras las faldas de su madre, observando a su propio padre destruir el reino que nuestra familia había gobernado durante siglos. Esa noche hubo revueltas, revueltas por todo Occidente; multitudes enojadas que atacaron el castillo y fueron masacradas por los magos del rey, nuestros nuevos protectores. «Occidente jamás olvidará», gritaba la gente al morir. «Occidente nunca se arrodillará.» Cuando mi abuelo me contó esta historia se le llenaron los ojos de lágrimas.

—Mi padre tiró el collar otra vez sobre mi mesa—. Y ahora mi propia hija lleva el emblema de los Volaris.

No se me ocurría qué decir. En parte porque estaba muy avergonzada, pero sobre todo porque no entendía qué estaba pasando. Mi padre estaba hablando como uno de esos veteranos, pero nada de lo que había dicho hasta ese día había sugerido siquiera que se sintiese de ese modo. Defendía a los recaudadores de impuestos del rey y acallaba cualquier comentario rebelde. Se aseguraba de que todas las Serpientes de Cascabel capturadas fuesen ahorcadas en público. Incluso había dejado que un sacerdote de Lightspire que estaba de visita levantara un altar en honor a los Titanes en las viejas criptas, algo que sé que disgustó a muchos de los sirvientes. ¿Tan equivocada había estado acerca de él?

—Occidente nunca ha encajado bien en el reino. Fuimos la última provincia en someternos y la que cayó luchando. Nuestro pueblo es orgulloso y libre. No nos encontramos cómodos bajo un trono dorado. Nunca lo haremos. —Mi padre dejó escapar la más suave de las risas—. Se podría decir incluso que somos el bastardo del reino. ¿Entiendes?

—Por supuesto —contesté.

—Los próximos días serán de una importancia increíble, Tilla. Llegan cambios. Tremendos cambios. Y con ellos, tremendos peligros. —Se volvió hacia mí. Sus severos ojos verdes me miraban fijamente, como si quisieran ver a través de mí—. Cuando llegue la hora, me gustaría que me ayudaras. Me gustaría que estuvieras a mi lado, pase lo que pase. ¿Puedo contar contigo?

—Por supuesto, padre —dije, y lo decía en serio, desde lo más hondo del corazón.

Dio un paso hacia mí y pensé que iba a abrazarme o a besarme en la frente como solía hacer cuando era una niña. Luego vaciló, se lo pensó mejor y, con un gesto triste, se dirigió hacia la puerta.

—¿Te veré en el banquete?

—Claro.

Juro que, por un instante, las comisuras de su boca se levantaron un poco, con la más leve sombra de una sonrisa.

—Bien —dijo.

Cerró la puerta. Me quedé mirándola unos segundos, luego me colapsé sobre la cama.

¿De qué demonios había ido todo eso? ¿De verdad había parecido que mi padre sugería que se preocupaba por mí? ¿Y todo ese rollo sobre Occidente y el cambio y que estuviera a su lado? ¿Qué sabía él que no me estaba contando? Por la forma en que hablaba casi daba la impresión de que simpatizaba con las Serpientes de Cascabel... pero eso no podía ser. Los rebeldes le odiaban. Le llamaban el perrito faldero del rey. Le...

Sofoqué esos pensamientos. No me iba a dejar llevar por especulaciones sobre el verdadero significado de las palabras de mi padre. No tenía tiempo para eso.

Tenía un vestido en el que meterme.

TRES

El castillo de Waverly tenía uno de los Grandes Salones más espectaculares de todo Occidente, una cavernosa sala de piedra más grande que el castillo entero de algunas de las Casas, y esta noche tenía mejor aspecto que nunca. Docenas de lámparas de araña centelleaban en lo alto, sus piedras solares multicolores proyectaban un arcoíris de luz por toda la estancia. Las mesas estaban cubiertas por imponentes manteles de seda, demasiado elegantes como para que los lores borrachos derramaran vino sobre ellos, y el suelo de madera de secuoya estaba tan pulido que podías verte el pelo reflejado en él. De las paredes colgaban óleos con marcos dorados que representaban a generaciones de la familia Kent; desde mi padre y su padre pasando por los Viejos Reyes y hasta los canosos pioneros que habían cruzado por primera vez las Montañas Frostkiss para instalarse en esta tierra virgen.

Arreglarme para la fiesta me había llevado una eternidad, así que llegué al banquete al menos media hora tarde. Jamás había visto el Gran Salón tan abarrotado. La provincia de Occidente estaba dividida en cincuenta Casas, y daba la impresión de que todas las damas y lores estaban presentes con sus séquitos; las mesas atestadas, los invitados se sentaban hombro con hombro, y la fiesta ya estaba en pleno apogeo. Había un cuarteto de cantantes sobre una plataforma circular, sus alegres voces entonaban la marchosa (y sorprendentemente obscena) *Guirnalda de Lady Doxley*. Los sirvientes pululaban entre las mesas. Llevaban relucientes bandejas de plata llenas a rebosar de ostras especiadas y salmón guisado y cordero mechado envuelto en hojas de espinaca. En todas las mesas, los lores de Occidente bebían y gritaban. Para mi asombro, vi que Lord Collinwood ya se había desmayado; su frondosa barba estaba sumergida en su sopa de remolacha.

La mayor sorpresa estaba en el extremo del salón, cerca de la entrada. Allí, en la repisa de piedra empotrada que habitualmente exhibía las coronas de los Viejos Reyes, había ahora doce estatuas doradas con sonrientes caras inexpresivas y centelleantes joyas por ojos. Eran del altar a los Titanes que habían levantado los sacerdotes, y habían sido trasladadas allí para... no sé, hacerlas parecer más importantes, supongo.

Me hubiese encantado entrar a hurtadillas por la puerta de atrás, pero la etiqueta cortesana exigía que todos los invitados, incluso los bastardos, entraran por la puerta principal del Gran Salón para presentar sus respetos a la mesa del anfitrión. Allí estaba mi padre, sentado en el centro, con el Archimago Rolan frente a él. No se veía a la princesa por ninguna parte, lo cual era extraño, pero Lady Evelyn estaba a la derecha de mi padre, y mis tres hermanastras a su izquierda. Estaban absolutamente adorables con su pelo rubio lleno de tirabuzones y sus vestiditos relucientes. Lo que daría por estar sentada en su lugar.

Me abrí paso por el salón, zigzagueando entre sirvientes e invitados. Los lores de Occidente se habían sentado mayoritariamente por regiones. Una mesa albergaba a los pálidos lores de pelo moreno de las marismas que bordeaban la costa sur; otra a los lores de las canteras del norte, rubicundos y barbudos; y en una tercera estaban las Casas costeras que discurrían por el litoral al sur del castillo de Waverly, sus adinerados lores de aspecto decadente embutidos en pieles rayadas de las Islas K'olali. Un escudero de una de esas Casas intentó tocarme el culo mientras pasaba por su lado, así que le pegué una rápida patada en la espinilla que provocó una gran risotada a todos los comensales de su mesa, incluido Lord Darren con su gran papada triple. Mientras sus carcajadas resonaban por todo el salón, me abrí paso a empujones entre el último grupo de invitados. Allí, en el extremo más recóndito de la sala, fuera de la vista y fuera de la mente de los presentes, estaba la Mesa de los Bastardos.

Como siempre, era decepcionante. Allí no había manteles elegantes, solo áspera madera desnuda. A tanta distancia de la mesa principal, las voces de los cantantes eran un lejano murmullo. La comida dispuesta sobre la mesa eran obviamente los restos: mendrugos de pan y recortes de carne. En cualquier caso, lo peor eran los otros bastardos. En Occidente era raro ver a un bastardo de más de diez años. Para entonces, el Señor de turno ya solía haber decidido legitimarlo o desheredarlo. Así que esa mesa, la mesa en la que se suponía que debía sentarme durante todo el banquete, estaba atestada de niñatos maleducados con la nariz llena de mocos y que no hacían más que pelear y gritar.

Solo había un bastardo de mi edad: Miles de Casa Hampstedt.

—¡Tillandra! —exclamó, saltando de su silla al verme—. ¡Estás absolutamente preciosa!

Estaba claro que lo decía en serio. Sus grandes ojos grises parecían a punto de salírsele de las órbitas. Tenía una cara amable, redonda y con las mejillas permanentemente rojas, enmarcadas por tirabuzones sueltos de rubio pelo rizado. Llevaba túnicas caras, importadas de los Feudos Centrales, pero nunca le quedaban bien del todo: demasiado apretadas en el pecho y demasiado sueltas por las mangas.

—Miles —dije. Me cogió la mano. Con las palabras de Jax resonando en mis oídos, fingí una sonrisa cálida y la esbocé mientras él se llevaba mi mano a los labios.

No hizo nada ordinario como lo que había sugerido de broma Jax. Se limitó a darme un beso suave y educado; un poco anticuado, quizás, pero agradable en general. Sentí una punzada de culpabilidad por haberme reído de él antes.

Empujé a un lado al bastardo pelirrojo de Lord Hyatt, que de algún modo había conseguido que se le atascara un hueso de pollo en la nariz, y me senté enfrente de Miles.

—¿Cómo van las cosas en Puerto Hammil?

Miles se encogió de hombros.

—Oh, igual que siempre. Pensé que me lo podía tomar con calma este mes porque habíamos tenido una producción excepcionalmente buena en las minas de hierro, pero los bandidos asaltaron las caravanas y perdimos la mitad de la producción. Entonces mi madre hizo un trato con unos mercaderes de las Islas K'olali para comprar unas cabras enanas, para ver si lograban criar aquí, supongo, pero con la escasez causada por la pérdida del hierro, nosotros... —Se calló de repente—. Oh, demonios. Te estoy aburriendo, ¿verdad?

—Esas cabras enanas suenan muy monas —le dije, encogiéndome de hombros para tranquilizarle—. ¿Hay alguna forma de que consigamos algo de comida de verdad? Estoy muerta de hambre.

Miles entornó los ojos y miró a su alrededor.

—Probablemente pueda darle el alto a un criado la próxima vez que alguno pase por aquí. Aunque al ritmo que van, eso será el invierno que viene y a mí me habrá salido barba. —Se dejó caer en su asiento de nuevo.

Era obvio que la comida era mucho menos importante para él que para mí—. No es que culpe a los criados, por supuesto. Están hasta el cuello de trabajo. Jamás había visto este sitio tan lleno de gente.

—Bueno, no es que la princesa venga mucho de visita. —Eché una ojeada por la sala—. Y ya que hablamos de ella... ¿dónde está?

—Oh, es verdad, te has perdido todo el drama. Todavía no ha aparecido. El Archimago ha dicho que aún no estaba lista y que debíamos simplemente empezar con el banquete. Tu padre ha intentado esperar, pero el Archimago ha insistido. Ha sido todo muy tenso. —Miles estiró el brazo por encima de la mesa para coger un chusco de pan—. Como si las cosas no estuviesen ya tensas de por sí, ¿verdad? Mi madre me dijo que todo este banquete es solo una tapadera para que el Archimago pueda husmear por Occidente en busca de esos magos desaparecidos.

—¿Magos desaparecidos?

—¿No te has enterado? —Miles parecía no poder creérselo—. Han desaparecido seis magos de Occidente en los tres últimos meses. Y tampoco es que sean simples Artífices. Uno de ellos era un capitán de los Caballeros de Lazan.

—¿Quién se los ha llevado?

Miles se encogió de hombros.

—Ni idea. Mi madre tampoco lo sabe.

Si la madre de Miles no lo sabía, no lo sabía nadie, porque ella era, más o menos, la persona más lista del reino. Lady Robin Hampstedt estaba sentada en la mesa que estaba justo al lado de la de mi padre, una mujer mayor con aspecto severo y unas gafas de montura dorada. Era la mejor amiga de mi padre y una de las poquísimas mujeres a la cabeza de una Casa, heredada después de que sus hermanos murieran de la fiebre *frostkiss*, la fiebre del beso gélido. Había insistido en seguir en su puesto incluso después de su *ohtanescandaloso* romance con el padre de Miles, un herrero de baja cuna. Desde entonces se había negado a casarse, a pesar de que docenas de pretendientes aristócratas la habían cortejado, en gran parte debido a que sus brillantes inventos habían convertido a Casa Hampstedt en la casa más pudiente de Occidente. ¿Las piedras solares que en esos momentos iluminaban la sala? Todas suyas.

—Y... —dijo Miles, aclarándose incómodo la garganta—, ¿vas a, uhm, hacer algo después del banquete?

Di gracias a los Viejos Reyes de tener una excusa verdadera.

—En realidad, sí. Jax y yo tenemos la tradición de bajar a la playa de Whitesand para ver las Luces Costeras y...

Antes de que pudiese terminar, las puertas del salón se abrieron de par en par con gran estrépito. Las conversaciones se interrumpieron de golpe e incluso los cantantes se callaron. Unas pisadas increíblemente sonoras retumbaron por la sala.

—Oh, Dios —susurró Miles—. Aquí vienen los zitochis.

Me giré en la silla. Tres hombres entraron en silencio en la sala. Llevaban voluminosas capas negras forradas de piel gris. La mayoría de los zitochis que habían acudido a la cita seguían acampados en el patio, pero mi padre había hecho una excepción con su líder supremo, el Jefe de los Clanes. Era el hombre que iba en el centro, Grezza Gaul, y era, sin comparación, la persona más grande que había visto en mi vida. Medía casi dos metros diez y su cuerpo era como un yunque. Su piel morena parecía tan curtida como el cuero que le cubría el pecho, y su cara parecía cincelada a partir de un bloque de fría piedra. Tenía cuatro profundos surcos, obviamente de una zarpa muy grande, grabados en la mejilla izquierda. En cada uno de los hombros llevaba la mitad superior de una calavera de oso cavernario, y dos enormes hachas de vidrio nocturno formaban una X a su espalda.

A ambos lados iban sus dos hijos. No sabía sus nombres. El de su derecha, el mayor, era la viva imagen de su padre, pero el de la izquierda parecía diferente. Tenía mi edad y era más delgaducho que el otro, fuerte pero nervudo. Llevaba una espada larga y estrecha cruzada a la espalda dentro de una sobria vaina negra; el mango, sin adornos, asomaba por encima de su hombro. Mientras que su padre y su hermano llevaban el pelo negro recogido en los tradicionales moños zitochis, él lo llevaba suelto, largo y revuelto alrededor de los hombros.

—¿Quién es ese de la izquierda? —le pregunté a Miles.

—El hijo pequeño de Grezza —susurró—. ¿Zin? ¿Zayne? ¿Zobbo?

—Solo estás soltando nombres aleatoriamente.

Los tres zitochis entraron en la sala y se pararon justo delante de la mesa de mi padre. Por toda la sala pude ver a los lores tensarse, sus espaldas rígidas, los puños cerrados. Los zitochis eran un pueblo duro que vivía en la tundra helada al norte de nuestras tierras. Habían sido nuestros enemigos durante siglos. Muchos de los presentes habían perdido a hermanos y a padres en enfrentamientos con ellos. Hacía diez años que mi padre había firmado una tregua con los zitochis, diez años casi pacíficos. Pero una cosa era comprar vidrio nocturno de comerciantes zitochis y mantener a nuestros colonos lejos de sus territorios, y otra muy distinta invitarlos a nuestro Salón. Esta era la primera vez en la historia que ocurría algo así. Sospeché que quizás fuese la última.

Mi padre hizo un gesto con la barbilla hacia una mesa cercana con tres asientos vacíos. Grezza y sus hijos se dirigieron hacia ella, pero entonces Grezza sacudió la cabeza. Dijo algo en zitochi, una orden gruñida. El hijo mayor soltó una carcajada y el hijo menor empezó a dirigirse hacia nosotros.

—¿Qué pasa? —susurré—. ¿Acaso es… un bastardo?

—No lo sé. Quizás. No lo creo. ¿Podría ser? —Casi podía ver girar los engranajes en el cerebro de Miles—.

¿Los zitochis siguen la práctica de la bastardía? ¿Entienden siquiera lo que significa esta mesa? Quiero decir, nunca se me ocurrió preguntar, pero supongo que pensé que...

—Mantén la calma —le dije. Estaba un poco nerviosa, nunca había hablado con un zitochi. Y sí, lo admito: era atractivo. No de ese modo sudoroso y evidente como el aprendiz de herrero, sino de un modo más frío y sosegado. La clase de chico que se pasaría toda la noche sentado tranquilamente a tu lado y luego, de repente, te agarraría y te daría un apasionado beso de esos que quitan el aliento.

Quizás me estaba imaginando cosas. Quizás solo necesitaba enrollarme con alguien.

—Estoy calmado —murmuró Miles, que obviamente estaba en otra onda—. Es solo que... tú y yo no nos vemos tan a menudo y esperaba tener la oportunidad de hablar y...

Miles dejó la frase sin acabar porque el zitochi ya casi había llegado a nuestra mesa. Los bastardos más jóvenes se escabulleron hacia el otro extremo, aterrados. El zitochi los observó huir sin mostrar el más mínimo asomo de emoción. Luego tomó asiento al lado de Miles, cogió un pedazo de pan y empezó a cortarlo con su daga. Aproveché para echarle un buen vistazo a su rostro. Era tan áspero como el de su padre, la barbilla igual de dura, pero sus pómulos eran más altos y su nariz más afilada. De cerca, sus ojos eran cautivadores, de un marrón oscuro y seductor.

Los tres nos quedamos ahí sentados en un silencio incómodo. Me di cuenta de que le estaba mirando fijamente.

—Eh, hola —tartamudeé.

Levantó la vista hacia mí. Luego, sin decir ni una palabra, volvió a concentrarse en su pan.

Eso me dolió, solo un poco. Los zitochis tenían fama de ser gente ruidosa y escandalosa. ¿Era este la excepción que confirmaba la regla? ¿O es que realmente no quería hablar conmigo?

—He dicho hola.

Esta vez ni siquiera levantó la vista.

—Quizás no hable la lengua común —especuló Miles—. Yo hablo un poco de zitochi. Uhm, *¿vartok slavh kon tonki? ¿Vartok slavh kon tonki?*

La comisura de los labios del zitochi se curvó un poco.

—Hablo la lengua común perfectamente. —Su voz era grave y ronca, con un toque de suave acento zitochi—. Y tú me acabas de preguntar si quería darle unas friegas a tu abuela.

Miles se puso rojo como un tomate.

—¿Eso he dicho? No, yo... pensaba que lo había dicho bien...

Me apresuré a estirar el brazo por encima de la mesa.

—Soy Tilla de Casa Kent. Y el friega abuelas este es Miles de Casa Hampstedt.

El zitochi bajó la vista hacia mi mano como si le hubiese ofrecido una rana vomitando.

—Yo soy Zell —dijo—. Hijo de Grezza Gaul. —Y entonces se volvió de nuevo hacia su pan.

Retiré la mano. Quizás fuese una bastarda, pero él seguía siendo un invitado en la casa de mi padre y eso significaba que debía mostrarme un mínimo de respeto.

—¡Eh! Estoy intentando mantener una conversación.

Zell se quedó parado, la daga a mitad de la barra de pan, y soltó un largo y lento suspiro, como si le tocase las narices tener que soportar algo así. Me estaba empezando a preparar para estamparle su propio pan contra la cara.

—¿De qué te gustaría conversar?

—Bueno, uhm, quizás podrías decirnos por qué estás aquí —intentó Miles—. En la mesa, quiero decir. Tilla y yo estamos aquí porque somos bastardos, es decir, hijos de lores nacidos fuera de los votos de su matrimonio. Ahí es donde estás sentado, ¿sabes?, en la Mesa de los Bastardos. Así que me preguntaba sí… bueno, si eras…

Me sentí tan avergonzada que dolía, pero Zell no pareció inmutarse.

—¿Si soy un bastardo? —preguntó—. Sí, soy un bastardo. Y un fracaso. Y una decepción.

Miles no tenía respuesta para eso, así que se limitó a hacer un extraño ruido.

—¿Voy a buscar algo de vino? —pregunté—. Me da la impresión de que un poco de vino nos vendría bien.

—Yo no bebo vino —dijo Zell. Metió una mano en su capa y sacó un cuerno curvo de carnero, casi igual de largo que mi antebrazo, con un tapón de hojalata en la base. Abrió el tapón, se llevó el cuerno a los labios y bebió un trago.

—¿Qué es eso? —pregunté.

—Lo llamamos leche pétrea —explicó Zell—. No lo aguantarías.

—¿Por qué? ¿Porque soy una mujer?

Zell parpadeó, genuinamente sorprendido.

—¿Qué? No. Nuestras mujeres lo beben más que nosotros. No lo aguantarías porque eres una rata sureña de castillo con suave piel de bebé.

—Oh —dije, y por alguna razón, eso era mejor.

Aunque aun así, demasiado insultante. Estiré la mano, agarré el cuerno y bebí un trago.

Arrepentimiento inmediato. Fuera lo que fuera esa cosa, quemaba como un trago de hierro fundido y, de algún modo, tenía el contenido de alcohol de una botella entera de vino. Me doblé por la cintura, boqueando. Una docena de cabezas se volvieron para mirarme desde las mesas cercanas.

—¿Qué le has hecho? —Miles corrió a ayudarme.

—Estoy bien —logré escupir—. De verdad. —Ya se me estaba pasando la quemazón de la garganta, reemplazada por un agradable calorcito en el estómago—. No está ni medio mal.

Zell arqueó las cejas. Parecía que, por primera vez, me estaba prestando atención de verdad. Y quizás, solo quizás, estuviera un poco impresionado.

—Ya me lo puedes devolver.

Estiró el brazo por encima de la mesa para coger el cuerno. Mi mano rozó la suya en el intercambio y sentí algo extraño: no piel caliente, sino piedra fría y lisa. En la base de cada uno de sus dedos, en lugar del nudillo, había una pequeña lasca puntiaguda de vidrio nocturno que centelleaba de manera ominosa a la luz de las velas. No eran joyas. Las lascas salían de su piel, crecían como espinas de los huesos de su mano.

Zell retiró la mano.

—¿Nunca habías visto vidrio nocturno?

Sí que lo había visto, por supuesto, en flechas y espadas y hachas. El vidrio nocturno era el principal producto de exportación de la tundra del norte, un precioso metal negro que parecía tan frágil como el cristal y era más duro que el acero. Pero nunca lo había visto así.

Miles estaba igual de fascinado.

—Asombroso. Un metal viviente que se fusiona con el hueso. —Se acercó para verlo mejor—. Siempre había oído que el vidrio nocturno podía hacer eso, pero nunca lo había visto con mis propios ojos. ¿Va a seguir creciendo? ¿La densidad se ve afectada?

Por alguna razón, Miles estaba evitando la pregunta más importante.

—¿Por qué? —pregunté yo.

Zell cruzó las manos y ocultó sus nudillos.

—A un guerrero desarmado se le deshonra con facilidad. De este modo, jamás me volverán a desarmar.

Di un respingo hacia atrás. Había dejado que los bonitos ojos de Zell me distrajeran de lo que realmente era. Un zitochi. Un guerrero brutal. Un asesino endurecido. ¿Esos nudillos de vidrio nocturno que centelleaban como las joyas más bonitas? Es probable que los hubiese utilizado para reventarle el cráneo a algún enemigo.

Zell vio mi reacción.

—¿Te produzco repulsión?

—No —contesté—. Me produces miedo.

—Eh, chicos... —Miles se había vuelto hacia la mesa presidencial—. Está pasando algo.

Miles tenía razón. La sala había vuelto a quedarse en silencio. Todos los presentes estaban mirando hacia la parte delantera, donde el Archimago Rolan se había puesto en pie. Era como si todas las luces se hubiesen amortiguado excepto las que le iluminaban a él. Desde luego, daba la impresión de que eso era justo lo que había sucedido.

—Estimados invitados —dijo, y di un respingo. No es que su voz fuese atronadora, pero de algún modo se propagaba por el aire como si estuviera de pie justo a mi lado al hablar—. Es un gran honor para mí presentarles a... mi sobrina... la hija de nuestro amado rey... la princesa del reino de Noveris... ¡Lyriana Ellaria Volaris!

Las pesadas puertas de madera del Salón todavía estaban cerradas, pero Rolan hizo un gesto hacia ellas con una mano. El aire crepitó con el pulso eléctrico de la magia y una voluta de humo morado y una luz pulsante amarilla brotaron de la palma de su mano y se enroscaron alrededor de la entrada. El ruido del trueno sacudió las paredes. Toda la sala exclamó al unísono. El hermano de Zell alargó la mano hacia su espada.

Entonces, la chica más guapa que había visto en toda mi vida emergió de entre el humo.

La princesa Lyriana tenía quince años, pero de algún modo conseguía parecer mayor y más joven al mismo tiempo. Era alta para ser una niña, un poco más alta que yo, con el cuerpo delgado y elegante. Su vestido blanco se ceñía a su cuerpo como una segunda piel, adornado con lo que tenían que ser miles de preciosos diamantes centelleantes, un deslumbrante océano de estrellas. Unos largos guantes blancos, de un estilo que no había visto jamás, cubrían sus manos y brazos casi hasta el codo. La princesa tenía la cara más perfectamente simétrica que había visto nunca, como algo sacado de un cuadro, con grandes ojos redondos y labios carnosos, enmarcados por una melena de pelo negro ondulado. Estaba claro que era una Volaris como su tío: su piel era tan oscura como la de él, y sus ojos ardían en un cálido y brillante color oro.

Dio la impresión de que el salón se quedó sin aire cuando ella entró. Los sirvientes se quedaron clavados en sus sitios. Todos los hombres jóvenes (y muchos de los mayores) se irguieron en sus asientos, hipnotizados; es probable que estuvieran imaginando alguna fantasía imposible en la que ella caía en sus camas.

A mi lado, Miles estaba boquiabierto. Incluso Zell parecía muy atento.

No me había sentido tan desaliñada en toda mi vida.

Mi padre fue el primero en ponerse en pie.

—Majestad —dijo, con una profunda inclinación de cabeza—. Es un gran honor para mí daros la bienvenida a mi hogar. ¿Os sentaréis a mi mesa?

La princesa se volvió hacia él, pero entonces sucedió algo extraño. Vaciló un instante. Miró a su alrededor, a las docenas de caras que la contemplaban embobadas, a los ojos hambrientos. Su expresión perfectamente serena se resquebrajó con lo que pareció curiosidad, quizás incluso emoción.

De algún modo, entre toda aquella multitud, más allá de los lores y los caballeros y los escuderos, vio nuestra mesa. Me vio a mí. Nuestros ojos se cruzaron de un extremo al otro de la sala, sus preciosos y cegadores ojos dorados se clavaron directamente en los míos.

—Mis disculpas, Lord Kent —dijo—, pero en realidad preferiría sentarme allí al fondo.

CUATRO

¿**S**abes ese incómodo silencio que se produce cuando alguien ha cometido una pifia social horrible pero nadie sabe cómo reaccionar, así que todo el mundo se dedica a mirarse los pies? Imagínatelo, pero en un salón con doscientas personas.

Al final, mi padre encontró su voz.

—Majestad, me temo que no lo habéis entendido bien. La invitada de honor se sienta con el anfitrión.

—La princesa ha dejado claro cuál es su deseo —intervino el Archimago, y su voz sonó tan dura como los nudillos de Zell—. Se sentará donde le plazca.

—Ah. —Nunca antes había visto a mi padre aturullado. No me gustó—. La cosa es que... según nuestras costumbres, ¿sabe?, esa mesa es para los b...

—Sé muy bien para quién es esa mesa, Lord Kent —le interrumpió Rolan—. Y repito que la princesa ha dejado claro cuál es su deseo. ¿Tiene usted dificultad para obedecer las órdenes reales?

Mi padre dio un paso atrás, mordiéndose el labio. Una tensión sofocante flotaba sobre el salón, todos los ojos clavados en él. Sentí cómo se me cerraban las manos en puños. Archimago o no, Rolan seguía siendo un invitado en nuestra casa, y no tenía ningún derecho a desafiar a mi padre de ese modo. Pero ¿qué podía hacer él? Todo el mundo sabía cómo funcionaba el reino. Los campesinos se inclinaban ante sus señores. Los señores se inclinaban ante el Gran Señor. Y el Gran Señor se inclinaba ante el rey... y sus esbirros.

No había entendido lo que había querido decir antes mi padre, cuando había descrito esta visita como una exhibición de fuerza. Ahora estaba muy claro. Juro que en las manos de Rolan, todos sus anillos palpitaban de color rojo sangre.

—¡Esto es indignante! ¡Indignante! —bramó una voz retumbante desde el centro del Salón. Era Lord Collinwood, a quien la conmoción parecía haber despertado de su sopor borrachuzo. El rubicundo hombre se tambaleó para ponerse en pie, la sopa que goteaba de su barba resbalaba por su gran barriga, y hubiese sido absolutamente desternillante si no hubiera estado preocupada de verdad por su seguridad—. ¡Me importa un bledo quién demonios seáis! ¡Ninguna estirada viene aquí y nos habla de ese modo! —Alargó la mano en busca de la daga que llevaba envainada a la cadera.

Sin mirar siquiera en su dirección, el Archimago Rolan hizo un gesto con la mano izquierda hacia Lord

Collinwood. Los anillos se encendieron en un azul gélido y glacial. Toda la luz de la sala pareció atenuarse por un instante y el aire reverberó con el pulso de la magia. La princesa Lyriana dio un respingo, sorprendida, y se llevó una mano a la boca. Me ardían los ojos, y noté un sabor a escarcha y tierra y lluvia.

Lord Collinwood se había quedado congelado en el sitio, sus ojos como platos por el terror, la boca se le abría y cerraba sin emitir sonido alguno. Un grueso y brillante bloque de hielo se había formado alrededor de su rolliza mano, atrapándola e inmovilizándola junto con la daga que sujetaba. Hizo un par de gestos bruscos con el hombro, pero no sirvió de nada, así que se dejó caer otra vez en su asiento.

—Se habrá derretido por la mañana —dijo el Archimago sin darle importancia—. Trate la mano mañana con una compresa caliente y un poco de crema de bayas mey. Y dé gracias a los Titanes que me sentía misericordioso.

La sala se quedó en silencio. El mensaje estaba claro.

Arrodíllate ante el soberano o el Anillo te convertirá en pasto para los gusanos.

Mi padre acabó con la tensión.

—Creo que es hora de que se retire a sus aposentos, Lord Collinwood. Ya se ha puesto lo bastante en ridículo por una noche. —Se volvió hacia Rolan, una sonrisa educada dibujada en la cara—. Mis más humildes disculpas, Archimago, por mi propia grosería y la de mi invitado.

—Inclinó la cabeza ante la princesa—. Y vos, Majestad, sentaos donde deseéis.

—¡Gracias, Lord Kent! —La cara de la princesa Lyriana se iluminó con una sonrisa radiante mientras los escuderos de Lord Collinwood le sacaban de la sala arrastrando los pies. ¿Se daba cuenta la princesa de lo que acababa de hacer? ¿Era todo esto un juego para ella?—. Le pido disculpas por cualquier problema que pueda haber causado y aprecio profundamente su hospitalidad.

—Espero que esta noche cumpla con todas vuestras expectativas —contestó mi padre—. Por favor, divertíos. Mi hija Tillandra os hará compañía.

Se me paró el corazón. Toda la sangre desapareció de mi cara. Mi estómago dio un triple salto mortal. Había estado tan concentrada en la ofensa a mi padre que no se me había ocurrido pensar en las consecuencias. La princesa venia a *mi* mesa. A sentarse conmigo.

Mi padre me acababa de encargar entretener a la princesa de todo el maldito reino.

Lyriana le dio un abrazo a su tío y empezó a recorrer el largo camino hacia nosotros. La sala seguía en silencio y, a medida que pasaba por al lado de cada mesa, todas las cabezas se giraban para mirarla con pasmo.

A mi lado, Miles tironeaba histérico del cuello de su túnica.

—Esto está sucediendo. Está sucediendo de verdad. Viene directa hacia nosotros. Viene *directa hacia nosotros*.

—No es un jabalí salvaje, chico —dijo Zell con desdén—. Todo lo que veo es una rata de castillo aún más cursi.

—Cerrad la boca los dos —bufé entre dientes. No tenía ni idea de lo que le iba a decir cuando llegara hasta nosotros, pero iba a hacer todo lo posible por no avergonzarnos. Al menos, no de inmediato.

Lyriana pasó el último grupito de pasmados lores y se acercó hasta nuestra mesa, donde se quedó parada con aire inseguro. Miles estaba clavado a su asiento, Zell se reclinó hacia atrás con cara de estar divirtiéndose y un sirviente se apresuró a llevarse a todos los pequeños bastardos como si fuesen un rebaño. Eso me dejaba solo a mí.

—Majestad. —Me puse de pie para dedicarle lo que de verdad, de verdad, esperaba que fuera una reverencia aceptable—. Bienvenida a nuestra mesa. Soy Tillandra, de Casa Kent. Este caballero es Miles de Casa Hampstedt. Y este es Zell, de Casa... eh... Zell el zitochi.

—Es un gran honor para mí conoceros a todos. —Lyriana nos dedicó una ligerísima inclinación de cabeza. Su perfume olía de maravilla, a canela y rosas y vino dulce; todo mezclado. Me hice a un lado y tomó asiento a mi lado, cruzando las manos con delicadeza sobre el regazo—. Espero de todo corazón no haber causado muchos problemas al solicitar sentarme con vosotros. ¡No tenía ni idea de que provocaría un revuelo semejante!

—No os preocupéis demasiado por ello, Majestad —la tranquilizó Miles—. Lord Collinwood se pone en evidencia en cada banquete. Era solo cuestión de tiempo.

—Vaya, eso hace que me sienta mejor —dijo con sinceridad—. La verdad es que todavía no me creo que esté haciendo esto. ¡Estoy sentada en una Mesa de Bastardos de verdad! ¡Con bastardos de verdad!

—Sí... así es —dije, forzando una sonrisa. Era imposible saberlo, pero habría jurado que se estaba burlando de nosotros, aunque parecía tan absolutamente sincera que tenía que estar hablando en serio. Lyriana Volaris, princesa de Noveris, estaba realmente emocionada de poder sentarse con un puñado de bastardos. Me senté a su lado, al lado de la princesa en persona, e intenté que no se me notara que la cabeza me daba vueltas—. Es solo que no creo que nadie se esperara que fuerais a sentaros aquí al fondo.

—Sé que no es lo convencional —explicó Lyriana—, pero todo el objetivo de mi viaje es conocer la extensión de mi reino y a sus gentes. Me he pasado la vida entera sentada a la cabecera de banquetes con nobles y dignatarios, con grandes señores y magos. Estoy tan segura de que tu padre es buena persona como lo estoy de quién soy yo, pero no conozco a la gente corriente, los plebeyos, los... bueno, los bastardos. No conozco a la mismísima gente sobre la que tengo que reinar. Esa es la razón de que tuviera tantas ganas de sentarme aquí detrás. ¿Cuándo voy a tener otra oportunidad como esta?

¿Era eso de lo que iba todo esto? ¿Lo que éramos para ella? ¿Una oportunidad para meter la punta del pie en la piscina de los plebeyos, para estudiarnos como si fuéramos insectos bajo un cristal, para poder reinar mejor desde su reluciente torre de Lightspire?

Le lancé una mirada a Miles, con la esperanza de encontrar ahí algo de solidaridad, pero él no hacía más que mirarla pasmado, con los ojos como platos, como... bueno, como un chico mirando a la chica más guapa, más rica y más poderosa del reino, supongo.

—A mí también me gusta sentarme al fondo. —Zell apenas levantó la vista—. Los zitochis tenemos un dicho: «El hombre sabio come con la pared a la espalda. El tonto se come una daga por la espalda».

Lyriana se llevó una mano enguantada a la boca.

—¡Eso es extraordinario! ¿Te importa que lo anote?

Zell pestañeó.

—¿Por qué querríais anotarlo?

—Siento mucho su comportamiento, Majestad —intervino Miles—. No solemos hablar de ese modo a la mesa, ni, ya sabéis, en ningún otro sitio. Es solo que Zell es un zitochi, ¿sabéis?, así que hay una gran barrera cultural entre nosotros y, bueno, diferentes estándares de comportamiento. Estoy segura de que lo entendéis...

Zell cruzó los brazos por delante del pecho.

—Pues yo creo que es un buen dicho.

Un ajetreo procedente del resto de la sala nos ahorró el resto de la conversación. Los sirvientes habían recibido el mensaje de que la princesa estaba ahora aquí atrás y corrieron hacia nuestra mesa, arremolinándose a nuestro alrededor con sus bandejas y garrafas.

—Majestad —dijo Garreth, el jefe de cocina—.¿Puedo ofreceros algo de vino?

—Oh, no gracias, amable señor —contestó Lyriana—. No bebo. Aturde los sentidos. Y me temo que tampoco voy a ser capaz de comer mucha de esta comida. No consumo la carne de ninguna bestia o pájaro. ¡Pero estaré encantada de comer más pan, si es que tiene!

Los criados se miraron escandalizados.

—Veré lo que puedo hacer —repuso Garreth, luego les hizo un gesto a los demás—. Dejaremos aquí nuestras bandejas. Por si cambiarais de opinión.

Se alejaron y Zell alargó una mano de inmediato por encima de la mesa para agarrar un muslo de pavo.

—Al menos ahora tenemos comida. Gracias, rata de castillo.

Lyriana aplaudió encantada.

—¡Por supuesto! Es un gran honor para mí ayudaros.
—Paseó su mirada por cada uno de nosotros, sus ojos dorados abiertos de par en par por el asombro, como si fuésemos las criaturas más exóticas que hubiese visto en la vida.

—En Lightspire no tenéis bastardos, ¿verdad? —preguntó Miles. No pude saber si estaba siendo educado o si realmente le picaba la curiosidad.

—Oh, gracias a los Titanes, no —exclamó Lyriana—. Es una costumbre puramente occidental. Nosotros la consideramos provinciana; bárbara incluso. Quiero decir, pensar que tenéis que sentaros aquí atrás, aislados de vuestras familias, alimentándoos con los restos, únicamente en virtud de vuestro linaje... —Sacudió la cabeza—. Es monstruoso.

No era maravilloso, eso era verdad. Me había pasado toda la vida resentida por tener que sentarme a la Mesa de los Bastardos, pero por alguna razón, oírla decirlo de aquel modo, con la voz cargada de compasión, hizo que pareciera peor que nunca.

—Esa es la razón de que me siente aquí con vosotros, de que quiera ver vuestro mundo, experimentar vuestras vidas. —Lyriana dio un mordisco a su pan, arrugó la nariz y lo dejó en la mesa—. Mi familia tiene buenas intenciones, pero demasiados de ellos viven en un mundo de lujos, apartados del mundo real, de la gente sobre la que se supone que deben reinar. He de admitir que yo también solía ser así. Luego... vi algo. —Por un momento, apartó la mirada—. Empecé a hablar con mis sirvientes. Dejé de frecuentar el Círculo de los Nobles y me aventuré al Barrio Común, incluso a los Suburbios. Vi a los mendigos y a los huérfanos y a los soldados. Y me di cuenta de lo poco que había visto del mundo en realidad. De lo escueto que era el mundo por el que se preocupaba mi familia. De que hay mucho más ahí afuera.

—Bueno, nos honra profundamente que hayáis elegido compartir esto con nosotros —dijo Miles—. ¡Cualquier cosa que queráis ver o hacer, solo decídnoslo!

Lyriana sonrió con educación. Sabía que debía estar sonriendo con ella, pero todo lo que conseguía sentir eran las uñas de mis dedos clavadas en la palma de la mano. Por supuesto que esto era una gran experiencia para ella. Porque eso era todo lo que era: una experiencia, unas vacaciones, un rápido y emocionante vistazo a una vida que jamás tendría que vivir. Se sentaría con nosotros y se asombraría por nuestras exiguas vidas, y luego regresaría a Lightspire, con sus vestidos relucientes y su carruaje dorado y su cariñoso padre y su futuro maravilloso y perfecto. Y el resto de nosotros... bueno, seguiríamos condenados a nuestro pan rancio y nuestra mesa solitaria.

Después de meses de soñar con ello, por fin estaba sentada al lado de la princesa de Noveris. Y casi sentía ganas de abofetearla.

Miré al otro lado del salón, a la mesa del anfitrión. El Archimago estaba diciendo algo y todos los comensales se estaban riendo como si fuese la cosa más desternillante del mundo. Bueno, excepto mi padre, que se limitaba a sonreír, lo cual era lo más cercano a la risa para él. Podía ver claramente lo forzada que era, el esfuerzo que estaba haciendo mi padre solo por parecer feliz. Sus palabras de antes resonaban en mis oídos, lo que había dicho del puño del rey y los murmullos de rebelión, la historia de la rendición de su bisabuelo. En aquel momento, al mirarle desde el otro extremo de la sala, sentí como si le entendiera por primera vez, como si entendiera la carga que suponía su título. Si Occidente hubiese ganado la Gran Guerra, habría sido rey. En lugar de eso, tenía que arrodillarse ante uno y actuar como si estuviese agradecido.

Recordé la última cosa que había dicho mi padre; cuando me había pedido que le ayudara. Que estuviera a su lado.

Si él podía fingir, yo también.

—¿Y bien? —Planté en mi cara lo que esperaba que fuese una copia decente de una sonrisa—. ¿Lo estáis pasando bien en nuestra provincia?

—¡Oh, es absolutamente maravillosa! —exclamó Lyriana radiante—. No es la primera vez que salgo de los Feudos Centrales, ¿sabes?, lejos de nuestras ciudades sofocantes y esas llanuras tan, tan interminables. Después de ver las villas de las Baronías del Este, asentadas entre esos blancos acantilados, estaba segura de que había visto el lugar más hermoso del reino... pero creo que quizás Occidente sea mi verdadera favorita. Los altísimos árboles que estiran sus ramas hasta el cielo y la niebla que llega reptando desde el mar y esas impresionantes montañas coronadas de nieve... —Suspiró con melancolía—. ¡Y estos castillos! Con sus muros de piedra y sus tapices de los pioneros... Es todo tan maravilloso, tan encantador. ¡Como algo sacado de un libro de cuentos!

—Debéis ser fácilmente impresionable —comentó Zell.

Lyriana asintió pensativa, sin ofenderse en absoluto.

—Supongo que eso es verdad; desde luego que lo soy, comparada con alguien tan cosmopolita. No puedo ni imaginar todas las experiencias vitales que has vivido para llegar a ser tan imperturbable. —Zell parpadeó confuso, intentando deducir si le acababan de insultar o de hacer un cumplido—. Me gustaría poder quedarme más tiempo y ver más. Hay una cosa que me... Bueno, no. No importa.

—¿Qué es? —quiso saber Miles, como si estuviese decidido a arruinarme la noche.

Lyriana bajó la vista, avergonzada.

—Es una tontería. Una antigua superstición de los Volaris. Dicen que la persona que meta un pie en el Mar Antiguo y el otro en el Océano Interminable tendrá una suerte extraordinaria. Visité el Mar Antiguo en las Baronías al principio de mi viaje y pensé que quizás tuviera la ocasión de parar en alguna de vuestras playas... pero mi tío dice que debemos emprender el regreso a primera hora de la mañana. —Sacudió la cabeza—. No importa. Es una tontería.

Vi los ojos de Miles iluminarse con una idea y se me hizo un nudo en el estómago. Me di cuenta exactamente de lo que estaba pensando justo antes de que lo dijera.

—¡Podríamos llevaros nosotros! ¿No crees, Tilla? Me dijiste que Jax y tú planeabais bajar a la playa esta noche de todos modos, ¿no?

Me costó hasta el último ápice de fuerza de voluntad no darle una patada en la espinilla.

—Nosotros... yo... bueno, Jax y yo... —improvisé, antes de dar con una excusa razonable—. Por favor, Miles, estoy segura de que al Archimago no le parecerá bien que la princesa salga a escondidas de noche con un puñado de bastardos.

—No, desde luego que no —dijo Lyriana, un repentino toque cortante en la voz—. Y ese es exactamente el problema. Me mantiene encerrada bajo llave, protegida del mundo real, como un delicado pajarillo en una jaula de oro...

—¿Bañáis en oro vuestras jaulas de pájaros? —preguntó Zell.

—Estoy harta de todo eso —dijo Lyriana, y me di cuenta de que mi estratagema se había vuelto en mi contra por completo. Mencionar a su tío no la había desanimado. Solo la había azuzado—. Ver ambos océanos era lo único que quería hacer en este viaje, ¡lo único! —exclamó con un mohín—. ¿Y sabéis qué? Estoy harta de que me defiendan de todo. Estoy harta de que me protejan. Si vais a ir a la playa esta noche... ¡sería un honor para mí ir con vosotros!

—¡El honor es todo nuestro! —Miles se giró hacia mí—. ¡Tilla! Podemos ir por esos túneles que hay por debajo del castillo, ¿a que sí? Los que me enseñasteis tu hermano y tú. Conducen a la playa de Whitesand, ¿verdad?

Olvida lo de darle una patada en la espinilla. Estaba dispuesta a arrearle en la cabeza con una pata de cordero. Le habíamos enseñado los túneles una vez, *una vez*, y se había pasado todo el tiempo aterrorizado por las arañas. ¿Y de repente él era el experto?

—Bueno, sí, así es, pero...

Lyriana se volvió hacia mí y me tocó suavemente el hombro con una mano enguantada. Casi doy un respingo.

—Te aseguro, Tillandra, que te estaré muy, muy agradecida por esto. Jamás lo olvidaré.

Así que ya estaba decidido, ¿no? Por mucho que no quisiera pasar ni un minuto más de lo necesario con esa chica, estaba atrapada. Si ahora decía que no, la decepcionaría. Y esa decepción llegaría a oídos de su tío y luego a los de mi padre. No importaba que aquella noche fuese especial para Jax y para mí, ni que las últimas personas con las que deseaba pasarla fueran Miles y Lyriana. Mi padre contaba conmigo para entretenerla. O, al menos, con que hiciese todo lo posible por no desilusionarla.

La carga del poder, pensé. El precio del poder.

—Maldita sea, ¿por qué no? —dije—. ¿Queréis sumergir un pie en el Océano Interminable, Majestad? ¡Yo sugiero que nos demos un baño en él!

Me preocupó haberme pasado de rosca, pero Lyriana aceptó entusiasmada.

—No me puedo creer que esto esté sucediendo. ¡Esto es *justo* lo que quería! ¡Como un sueño hecho realidad!

Sí, básicamente mi peor pesadilla.

—A mi también me gustaría ir —dijo Zell, volviendo de pronto a la conversación.

—¿Qué? ¿Por qué? —pregunté. Vi la mirada de Zell dirigirse hacia la parte de delante del salón, donde se sentaba su padre. ¿En qué estaba pensando Zell? ¿Por qué le importaba esto de repente?

—No creo que fuese apropiado —intervino Miles—. Quiero decir, sin faltar, pero no creo que sea correcto que la princesa de Noveris vaya por ahí con un zitochi al que acaba de conocer...

—Tonterías —le interrumpió Lyriana—. Lo correcto es que una princesa aprenda las costumbres del mundo entero. Y aunque los zitochis no sean mis ciudadanos formales, son mis vecinos, y también debería aprender de ellos. —Hizo un educado gesto afirmativo en dirección a Zell—. Me sentiré honrada de disfrutar de tu compañía.

¿Qué estaba pasando? ¿Por qué estaba sucediendo todo esto?

—Bien. Os veré allí —dijo Zell justo a tiempo, pues mi padre y el tío de Lyriana se dirigían hacia nuestra mesa. El Archimago Rolan y yo nos miramos a los ojos un segundo, sus ojos turquesas parecieron taladrarme. Un escalofrío recorrió mi columna.

—Majestad —dijo mi padre—, espero no interrumpir.

—¡Oh, no, por supuesto que no! —sonrió Lyriana—. ¡Su hija ha sido una anfitriona de lo más encantadora!

Mi padre me echó una miradita y deseé con toda, toda mi alma que lo que vi en sus ojos fuese gratitud.

—Si no os importa separaros de ella, algunos de los otros lores desearían tener el placer de conoceros.

—Por supuesto —dijo Lyriana, e incluso yo pude leer entre líneas. Fuera cual fuera el jueguecito al que había jugado Rolan al dejarla sentarse con nosotros, se había terminado. Lyriana iba a tener que hacer la ronda de las mesas hasta el final del banquete, ahí nos separábamos. Me miró con evidente cara de expectación, así que cuando se levantó para marcharse, me levanté con ella y le di un abrazo que casi seguro estaba fuera de lugar. Apreté la cara contra su oreja y susurré:

—Baños del sótano. Segunda sala de vapor. Baldosa suelta con forma de hexágono.

Lyriana me sonrió y guiñó un ojo; guiñó un ojo, de verdad. Entonces, dio media vuelta y se dirigió hacia el Salón.

Me volví a sentar en la Mesa de los Bastardos. Zell estaba recostado contra la pared con una expresión de aburrida diversión, mientras que Miles estaba sentado muy erguido, los brazos cruzados delante del pecho, orgulloso como un cerdo en un charco de barro.

—¿Y bien? —preguntó—. ¿Qué os parece, eh? ¿Podéis creéroslo? ¡Somos amigos de la princesa!

Cerré los ojos y suspiré.

—Eh, Zell.

—¿Sí?

—¿Crees que podrías conseguir un poco más de esa leche pétrea?

cinco

Pasé los primeros cinco minutos después del banquete esprintando hacia las cuadras para contarle a Jax lo que había pasado. Pasé las siguientes dos horas convenciéndole de que no me lo estaba inventando.

—¡Esto es una locura, Tilla! —dijo, mientras esperábamos en los túneles de debajo de los baños, iluminados solo por el tenue resplandor de la piedra solar que colgaba de una tira de cuero alrededor de mi cuello—. ¡Incluso para ti! ¡Que ya es decir!

—Oh, ya lo sé —le contesté—. Créeme, yo tampoco había planeado así mi noche. Pero no tengo elección, Jax. Es la princesa. Tenemos que hacer lo que dice. Y teníamos planeado ir a la playa de Whitesand esta noche…

—Sí, para poder cumplir con la única tradición que tenemos y brindar por el recuerdo de nuestra madre. ¡No para sacar de paseo a escondidas a la princesa de todo el maldito reino! —Jax se estaba comiendo un melocotón y daba enormes bocados a la fruta mientras hablaba—. Quiero decir, entiendes lo mal que puede salir todo esto, ¿verdad? Lo que podría ocurrir si nos pillaran.

—Creo que estás siendo demasiado pesimista, Jax —dijo Miles, que estaba apoyado contra la pared medio derruida del túnel con las manos en los bolsillos—. Quizás es que no has terminado de entender todos los beneficios que nos puede traer esto.

—Oh, ¿acaso crees que no soy lo bastante listo como para captarlo? ¿Es algo que un simple mozo de cuadra no podría entender? —Jax le miró con el ceño fruncido. Este era un tema recurrente: Jax siempre se sentía inseguro por el hecho de que no había recibido una esmerada educación, y Miles era especialista en meter el dedo justo en esa llaga—. No hay que ser un genio para entender esto. Tilla y yo teníamos planes esta noche. Y tú los has estropeado.

—Por quinta vez, lo siento —dijo Miles, que claramente no lo sentía en absoluto—. No sabía que teníais esa tradición. Pero intenta mirarlo con perspectiva y ver la escena completa. Estamos hablando de la princesa de Noveris en persona, ¡y tenemos la oportunidad de congraciarnos con ella! ¿Comprendes lo escasas que son esas oportunidades? —Levantó una mano y gesticuló enérgicamente con un dedo por los aires—. Quiero decir, solo piénsalo. Han pasado cinco años; ella está reinando. Quiere mejorar sus relaciones con Occidente. ¿A quién recurrirá? Vaya, ¡a la gente con la que pasó una noche asombrosa! ¿Y qué pasa si quiere reclutar a alguien para que ejerza de nuevo embajador? ¿Lo captas, Tilla? ¡Este podría ser nuestro pasaje a Lightspire!

Llevaba con ese discurso toda la noche, y odiaba admitir que empezaba a surtir efecto. No es que pensara que fuera probable ni nada por el estilo. Por supuesto que no. Y seguía muy enfadada con él por estropear mi tradición con Jax. Pero no podía evitar imaginarme toda elegante, con un espectacular vestido como el de Lyriana, paseando por algún reluciente pabellón de Lightspire, del brazo de un príncipe Volaris...

—¿Y qué pasa conmigo? —preguntó Jax—. ¿Dónde encajo yo en toda esta historia?

—Podrías venir como el sirviente de Tilla... —sugirió Miles.

—¡Eso es! —Me estiré hacia arriba y revolví el enmarañado pelo de Jax—. ¡Serás mi criado! Me traerás vino y lavarás mi ropa y me llevarás en brazos cuando esté cansada. Pero no te preocupes, querido criado, me aseguraré de hablarles bien de ti a todas esas bonitas chicas de Lightspire.

—He oído que son *muy* bonitas —suspiró Jax.

Una risita apenas sofocada resonó desde las profundidades del túnel. Zell estaba apoyado contra una pared, envuelto en sombras, pero aún podía distinguir su melena y también, brillando en la oscuridad, sus ojos marrones. Había vuelto con su padre después del banquete y yo había asumido que nos dejaría plantados, pero le encontré esperándonos con paciencia en los túneles; aunque no le había contado cómo entrar... La parte racional de mi cerebro todavía le tenía miedo; los zitochis habían sido nuestros enemigos mortales hacía solo unos años. Pero, por alguna desconocida razón, no creí que fuera a hacernos daño. Había algo... honorable en él. Incluso cuando parecía peligroso, como la clase de persona que no dudaría en matarte en una batalla pero que no se atrevería a apuñalarte por la espalda.

Era obvio que Jax no lo veía del mismo modo.

—¿Qué es lo que te hace gracia? —Escupió el hueso de su melocotón, que rebotó contra la pared con más ruido del esperado—. ¡Eh! ¡Te estoy hablando, *vidrioso*!

Hice una mueca. Algunos de los señores más liberales de Occidente, mi padre incluido, habían llegado a la conclusión de que los zitochis tenían una cultura orgullosa y compleja, merecedora de nuestro respeto. Evitaban apelativos anticuados como «vidrioso» y «chupanieves».

No era una actitud popular en los establos.

—Además, ¿tú qué estás haciendo aquí? —exigió saber Jax.

—Creí que íbamos al Océano Interminable —Zell se encogió de hombros, pero sus ojos no sonreían—. ¿O es que esa invitación no era aplicable a los «vidriosos»?

—¿Por qué habrías de querer ver tú el océano? —preguntó Jax—. Quiero decir, sabes que no puedes matarlo ni comértelo, ¿verdad?

—Oh, ¿qué dices? Es una pena. —Zell dio un paso adelante, el ceño fruncido, y había algo terriblemente salvaje en su actitud. —Me pregunté lo deprisa que podía desenvainar esa espada que llevaba cruzada a la espalda—. Me apetecía tanto matar algo esta noche...

—Nadie va a matar nada —Intenté abrirme paso para interponerme entre ellos—. ¡Estaos quietos los dos!

—Pero ninguno pareció oírme, porque ya estaban haciendo ese estúpido ritual que hacen los hombres de dar vueltas el uno alrededor del otro cuando están a punto de pelearse. Jax se remangó las mangas. Zell daba saltitos sobre las puntas de los pies.

—Perdonad —llegó una vocecilla aguda desde encima de nuestras cabezas—. ¿Podría alguien ayudarme a bajar, por favor? —Levanté la vista. La baldosa en lo alto había sido deslizada hacia un lado, y allí estaba la cabeza de la princesa Lyriana, asomada por el agujero hexagonal del techo de los túneles—. Por favor, ¡creo que viene alguien! ¡Tengo que bajar!

—¡Uhm, faltaría más! —Jax se apresuró a colocarse debajo de ella mientras Zell se escabullía de vuelta hacia las sombras—. Baja despacio... primero un pie y luego...

Antes de que pudiera acabar, Lyriana cayó dando tumbos por el agujero. Para alguien tan hermosa, es probable que fuese la caída con menos gracia que había visto jamás. Cayó de cabeza, dio una voltereta con un gritito y acabó aterrizando boca abajo, justo en brazos de Jax.

Su despampanante vestido blanco, que por alguna razón todavía llevaba puesto, acabó por encima de su cabeza, lo que dejó sus delgaduchas piernas pataleando en el aire y sus manos enguantadas agitándose sin parar. Jax se quedó tieso como una estatua, los brazos rígidos, como si estuviera sujetando el saco de patatas más valioso del mundo.

—¿Qué hago?

—¡Ponla en el suelo, idiota! —le gritó Miles. Jax volteó a Lyriana y la posó con suavidad, de manera que quedó de pie sobre el frío y polvoriento suelo. Lyriana me miró radiante, con la sonrisa más grande que había visto jamás.

—¡Lo he hecho! ¡Por todos los Titanes, lo he hecho de verdad! —Daba saltitos arriba y abajo—. No creí que fuera a lograrlo porque mi tío colocó un guardia a la puerta de mi dormitorio, pero se ausentó para aliviarse y aproveché para salir a hurtadillas y corrí hasta los baños. ¡Incluso dejé algo de ropa escondida en la cama para que pareciera que aún estoy ahí! —Dio unas palmadas—. ¡Jamás había sigo así! ¡Esto es alucinante!

Miré de reojo a Miles y él me dedicó una amplia sonrisa. Esto estaba funcionando. Contra todo pronóstico, de algún modo, su ridículo plan realmente estaba saliendo bien.

—¡Oh, me alegro tanto de verte otra vez, Miles de Casa Hampstedt! —continuó Lyriana—. ¡Y a ti! ¡Zell de los zitochis! ¡Y a ti! —Se giró hacia Jax— Gracias por atraparme, amable señor. ¿A quién debo el placer?

—S... soy Jax —tartamudeó—. Jax de Casa... Mozo... de Cuadra.

—¿De verdad?

Jax bajó la mirada.

—No. En realidad, no. Me lo acabo de inventar. Solo soy el hermanastro de Tilla que trabaja en las cuadras. Seré vuestro guía, supongo.

—Y yo me siento profundamente honrada por ello. Cualquier cosa que pueda hacer a cambio, solo dímelo. Y por favor, nada de formalidades. Espero que todos me tuteéis. —Se volvió para mirar hacia los túneles—. ¡Y ahora, pongámonos en marcha! No pasará mucho tiempo antes de que mi tío se dé cuenta de que he desaparecido.

Abrí la boca para preguntar exactamente qué nos haría si eso sucediera, pero decidí que era mejor no saberlo.

La mayoría de los túneles que salían del castillo se habían colapsado, pero todavía quedaba uno que llevaba a la playa de Whitesand. Por desgracia, llegar hasta ahí significaba recorrer un laberinto de estrechos pasadizos y desmoronados callejones sin salida. Jax iba en cabeza, Lyriana tras él, y Miles iba pisándoles los talones, contándole la historia de Occidente a nadie en particular. Zell, por su parte, iba un poco descolgado y caminaba solo. Yo no estaba de humor para escuchar ni el rollo de Miles ni los educados murmullos de Lyriana simulando interés, así que me quedé atrás para ponerme a su altura.

—Pareces muy cómodo aquí abajo —le dije.

Zell arqueó una ceja en mi dirección.

—Crecí en Zhal Korso, una ciudad excavada en la ladera de una montaña. Me he pasado la vida entera en cuevas y pasadizos.

—Es verdad. Zhal Korso. Tiene sentido —dije, aunque estoy casi segura de que era la primera vez que oía que los zitochis tenían ciudades siquiera—. Estoy segura de que es muy bonita...

Zell no parecía estar escuchando.

—Tu piedra mágica. ¿Puedo cogerla prestada?

—¿Piedra mág...? Oh, mi piedra solar. Claro, supongo. —Levanté las manos hacia la tira que llevaba al cuello y la solté—. Pero no es mágica. Ni una piedra. La madre de Miles las inventó y mi padre me consiguió esta tan chula. —Se la pasé a Zell. Era como un disco redondo de cuero que parecía un compás, excepto por el cálido fuego blanco que ardía detrás de su esfera de cristal—. Está lleno de gas de esta mina, un gas especial que hace que el fuego arda de ese modo. Le das a esa palanquita del lado para encenderlo y luego la puedes girar más para hacerlo más brillante.

—Ingenioso —dijo Zell, aunque apenas lo miró. Las piedras solares eran un símbolo del orgullo de Occidente, un invento local equiparable a las más sofisticadas lámparas mágicas de los Artífices de Lightspire. Casi esperaba que Zell se mostrara alucinado, o al menos impresionado, pero parecía mucho menos interesado en la piedra solar que en la pared. Levantó la piedra solar y alargó una mano, sus nudillos de vidrio nocturno lanzaron destellos bajo su luz. Deslizó las yemas de los dedos por tres surcos erosionados en la pared.

—¿Qué son? —pregunté.

—Cicatrices —contestó, en tono reverente—. De antiguas batallas largo tiempo olvidadas. Hace una eternidad, tu bisabuelo y el mío lucharon en túneles idénticos a estos.

Me acerqué a él y alargué la mano; mis dedos recorrieron las largas cicatrices horizontales detrás de los suyos. Zell olía a escarcha de invierno sobre hojas caídas, a tierra y a lluvia. Se me aceleró el corazón.

—Quizás lucharan el uno contra el otro.

Zell se volvió hacia mí.

—¿Qué opinarían de nosotros si nos vieran ahora?

—¡Eh! —nos gritó Jax desde detrás de un recodo—. ¿Va todo bien ahí atrás? No está intentando hacerte nada, ¿verdad?

—¡Estamos bien, Jax! —grité. Me ardían las mejillas. ¿Por qué me había puesto tan roja?—. Venga —le dije a Zell—. Vayamos con ellos.

Jax nos condujo a través de una enorme gruta, la única sala amplia que había visto jamás en los túneles. En el pasado, sus paredes habían estado pintadas, pero hacía mucho tiempo que se habían descolorido, dejando solo el más leve indicio de los murales que antes las decoraban. De niña, las había observado durante horas, pero lo máximo que conseguí descifrar fue un gran oso en la esquina izquierda, unas cuantas estrellas por el techo y una pálida figura con corona y una larga barba blanca. Incluso yo sabía quién era: Tenebroso Kent, el primero de los Viejos Reyes, que unificó a todos los peregrinos y colonos al este de las montañas Frostkiss y fundó el reino de Occidente, sobre el que reinarían sus descendientes los siguientes quinientos años.

Mi vista se deslizó hacia Lyriana y sentí una sorprendente punzada de rabia. *Hasta que llegaron los Volaris.*

Salimos de la gruta de los murales a través de un estrecho pasadizo oculto tras un montón de escombros y por un túnel con agujeros en el suelo, donde podíamos oír el flujo de un río subterráneo. Al final llegamos a un estrecho pasillo por el que tuvimos que pasar apretujados de uno en uno. Cuando llegamos al otro lado pude oler el más tenue aroma a brisa salada.

Zell frunció el ceño.

—Oigo voces. ¿Es que hay alguien más en la playa?

—¿Después de un banquete? No me sorprendería —dijo Jax, encogiéndose de hombros—. Quiero decir, la playa de Whitesand es el lugar perfecto para llevar a una chica si quieres echar un polvo. —Lyriana soltó una pequeña exclamación—. O... bueno, eso he oído decir a algunos de los chicos. Yo, uhm, no sé nada del tema.

Dejé escapar una risotada burlona. Zell se limitó a sacudir la cabeza.

Doblamos la última esquina de los túneles para llegar a una irregular abertura en la pared de piedra. A través de ella podía ver el cielo nocturno. Y no estaba nublado, como me había temido, sino precioso y maravillosamente despejado. Las estrellas centelleaban con su luz blanquecina y la luna flotaba por encima de nuestras cabezas como una perla colgada de un hilo. Una brisa, cálida para la época, barrió por encima de nosotros. Y, lo mejor de todo, pude ver el destello de un suave resplandor verde, un indicio de las Luces Costeras.

—¡Vamos!

La salida de los túneles nos dejó sobre el alto saliente de un acantilado que daba a la playa de Whitesand. Una barrera de pedruscos de arenisca y retorcidas enredaderas lo ocultaba, pero si mirabas al lugar adecuado podías distinguir un pequeño sendero de gravilla suelta que conducía hacia la arena. Salí a la plataforma y aparté unas cuantas ramas. Allí estaban, lejos, en el cielo: tres brillantes lazos esmeralda que bailaban y se retorcían como serpientes entre las estrellas, tan largos que sus extremos se perdían de vista. Las Luces Costeras, la maravilla de Occidente, con el gran Océano Interminable extendiéndose hacia la noche y más allá. Me volví hacia Lyriana.

Pero, por alguna razón, ella estaba mirando hacia la playa a nuestros pies.

—¿Es ese mi tío? —susurró.

Sí, desde luego que lo era. Allí estaba, de pie y descalzo en medio de la arenosa cala. El Archimago Rolan en persona. Oscuras olas lamían la orilla justo por detrás de él. A cada lado llevaba un guardaespaldas, con sus cimitarras envainadas a la cintura. Estábamos a unos diez metros por encima de ellos, pero aun así lograba distinguir sus rostros. Nadie parecía contento.

Había tres personas frente a ellos. Reconocería la enorme silueta de Grezza Gaul en cualquier parte; por no mencionar las dos enormes hachas cruzadas a su espalda. A su lado estaba Lady Robin Hampstedt, la madre de Miles; el viento nocturno jugueteaba con su pelo rubio y liso. Y entre ambos estaba nada más y nada menos que mi propio padre. Había algo extraño en él, algo que no conseguí identificar del todo. Algo que hizo que se me pusiera la carne de gallina.

—¿Qué demonios? —Me volví hacia Zell y Miles—. ¿Vosotros sabéis lo que están haciendo ahí afuera?

Miles se encogió de hombros, impotente, y Zell se limitó a sacudir la cabeza.

—¡Escuchad! —Lyriana se apretó contra las rocas—. ¡Se oye lo que dicen!

Todos nos acercamos a las rocas del borde del acantilado. Lyriana no se equivocaba. Las paredes de la cala tenían la curvatura perfecta para que el sonido de las voces de la playa llegara hasta los acantilados. Rolan estaba hablando y su atronadora voz revelaba una pizca de ira.

—Estoy cansado de sus adivinanzas, Lord Kent. ¿Por qué arrastrarme hasta aquí en mitad de la noche? ¿Sabe dónde están mis magos desaparecidos o no?

Mi padre dio un paso al frente y vi un par de dagas envainadas en su cintura. Eso era lo que no me encajó en él. Mi padre nunca salía armado.

¿Por qué iba armado?

—Le pido disculpas, Archimago —dijo—. Para asuntos tan delicados como este, creí que sería mejor hablar lejos de oídos inquisitivos. —Hizo un gesto con una mano y Lady Hampstedt dio un paso al frente. Era una mujer delgada y severa con un ceño sentencioso que parecía siempre fruncido por encima de su cara. Sujetaba entre los brazos un pequeño cofre sin decorar, apenas más grande que un joyero. A mi lado, Miles se puso tenso y apretó las manos alrededor de la roca—. Lady Hampstedt, ¿sería tan amable de informar al Archimago de dónde están sus magos?

—Muertos —dijo con frialdad. Hice una mueca. Lady Hampstedt era famosa por su falta de tacto, pero ¡por Dios, señora!

—¿Cómo que muertos? —exigió saber Rolan, aunque tenía los ojos clavados en ese baulito de plomo. ¿Qué demonios habría ahí? ¿Y por qué el mero hecho de mirarlo me estaba poniendo los pelos de punta?

—Los zitochis tienen una técnica de tortura de lo más inusual —contestó Lady Hampstedt, como si eso fuese una respuesta—, reservada solo para sus criminales más terribles y odiados. La llaman «*khai khal zhan*».

—*Khai khal zhen* —corrigió Grezza.

—*Khai khal zhen*. Significa «la fractura de la mente». Existe una hierba que crece en sus tierras, una quebradiza flor negra que, cuando es masticada, hace que una persona experimente alucinaciones intensas y a menudo aterradoras, por no mencionar una completa desconexión con la realidad. Los chamanes zitochis mastican una única hoja y luego están en comunicación con sus espíritus durante días. —Empezaba a darme la sensación de que le encantaba hacer alarde de sus conocimientos—. En el *khai khal zhen*, al prisionero le obligan a comer quince hojas. Y entonces, a medida que pierde la cabeza, le torturan lenta y metódicamente hasta la muerte.

—¿Los zitochis han matado a mis hombres? —Rolan entornó los ojos para mirar a Grezza—. ¿Los han sometido a ese... ese ritual bárbaro?

—Bueno, jamás se había hecho con un mago, al menos que yo sepa. Así que era un experimento realmente fascinante. —La boca de Lady Hampstedt se curvó en un casi imperceptible asomo de sonrisa—. El anillo de un mago es la fuente de su poder, pero la mente del mago es lo que da forma y dirección a la magia del anillo. Destruye el anillo y destruyes el poder del mago. Pero ¿qué pasaría con el anillo si destruyeras la mente del mago? —Su tono era frío e impersonal, incluso para ella, como si estuviese comentando una historia graciosa que hubiera oído en el mercado.

Se me había acelerado la respiración. Una gota de sudor resbaló por mi mejilla. Iba a suceder algo malo.

Lo sabía. Podía percibirlo. De repente tenía unas enormes ganas de irme, de estar de vuelta en el castillo, de meterme corriendo en los túneles, de estar en cualquier sitio menos allí, en aquella playa, a punto de presenciar lo que fuera que iba a pasar. Pero mis estúpidas piernas no querían moverse.

—Lo que estoy a punto de enseñarle, Archimago, cambiará el curso de la historia. —Lady Hampstedt se agachó y depositó el cofre en la arena. Soltó los dos cierres de la parte delantera y abrió un poco la tapa, solo una rendija. Una luz escalofriante emanó de su interior. Tenía un brillo imposible y parpadeaba; primero rojo, luego amarillo, luego azul—. Lo increíble no es lo que el *khai khal zhen* le hizo a los magos. Es lo que les hizo a los anillos.

Abrió la tapa del cofre de par en par, y esa brillante luz pulsante iluminó la playa entera, más brillante incluso que las cintas verdes que bailaban por encima de nuestras cabezas. Allí, en el centro del cofre, sobre una tela almohadillada, había un disco de cuero, igual que una piedra solar. Pero detrás de la esfera de cristal no había el habitual mecanismo de relojería, sino algo diferente: una gema multicolor, la fuente de tanta luz.

La gema del anillo de un mago. Una piedra Titán. Pero ¿qué habían hecho con ella? Palpitaba y refulgía y cambiaba de color casi con violencia, y en su pulida superficie se podía ver una espiral de franjas doradas y carmesís. Era preciosa, de una belleza insana y aterradora, como si alguien hubiese embotellado un huracán o arrancado un fragmento del sol.

Todo el poder de un mago, atrapado en una piedrecita.

La reacción de los otros fue instantánea. El Archimago Rolan dio un salto atrás, horrorizado, como si la caja contuviera una serpiente siseante, y sus propios anillos refulgieron de un rojo ardiente. Las manos de sus guardaespaldas volaron hacia las empuñaduras de sus armas. Grezza Gaul cerró sus enormes manazas en torno a la base de sus hachas y mi padre simplemente sonrió.

A mi lado, Lyriana soltó una exclamación ahogada, y Miles se tambaleó hacia atrás, mientras todo el color desaparecía de su cara.

—Oh, no —susurró—. No, no, no...

—¡Esto es una blasfemia! —bramó el Archimago Rolan. Su voz retumbó como un trueno.

—No. —Lady Hampstedt se puso en pie y sacó el disco del cofre. Movió una pequeña palanca en un lado, la misma que yo usaría para encender mi piedra solar, la que provocaba una pequeña chispa eléctrica—. Esto es el futuro.

Entonces le tiró el disco al Archimago y la gema que había en su interior chisporroteó y se agrietó.

Lady Hampstedt y mi padre se tiraron al suelo para protegerse. El Archimago gritó y levantó la mano izquierda, y los anillos que llevaba en ella refulgieron de un vibrante color morado. Una brillante cortina de luz brotó de sus dedos y se onduló hacia atrás para enroscarse a su alrededor como una capa. Un escudo mágico. Pero fue demasiado poco, demasiado tarde.

Antes de que el escudo pudiese envolver siquiera la mitad de su cuerpo, el disco impactó contra su centelleante superficie y estalló.

No. «Estalló» no hace justicia a lo que ocurrió. Fue una explosión de mil demonios.

Se produjo una detonación ensordecedora que sacudió todo el acantilado e hizo que Miles y Jax cayeran de espaldas. Levanté una mano a toda velocidad para protegerme los ojos del cegador fogonazo de luz que brotó de la playa como un cometa en explosión, uno que refulgió dorado y carmesí, y de un horripilante y brillante negro. Se me llenó la boca de sabor a cobre. Pude oír hielo resquebrajarse y llamas crepitar, tierra retumbar y cristales romperse. Esta no era una explosión de fuerza y fuego, como las de los artefactos utilizados para despejar el paso en el fondo de las minas. Este era un bombazo de magia cruda y salvaje, que cruzó el cielo como un rayo e hizo temblar la tierra.

Conseguí mantenerme en pie, aunque todo mi cuerpo temblaba, y pestañeé para borrar las chispas de colores que bailaban ante mis ojos. A nuestros pies, la cala estaba hecha un desastre. Donde había estado el Archimago ahora había un cráter humeante, la arena blanca chamuscada de negro, con media docena de pequeños fuegos aún encendidos a su alrededor, junto a una docena de relucientes carámbanos de hielo y unos cuantos pedruscos que asomaban del suelo como dedos.

El guardaespaldas real que había estado a la izquierda del Archimago, cerca del lugar en el que había explotado la gema, había desaparecido por completo. Solo quedaban unos pocos retales de tela ensangrentada desperdigados por la playa. El que había estado a la derecha de Rolan se había beneficiado de la protección del escudo, así que quedaba un poco más de él: una gimoteante cáscara ennegrecida sobre la arena, que estiraba hacia el cielo el muñón de una mano destrozada. Grezza Gaul dio unos pasos hacia él y le dio un brutal machetazo con una de sus enormes hachas. El guardaespaldas dejó de gemir.

A mi espalda, Miles se tapaba los ojos con las manos y Jax todavía estaba tirado de espaldas en el suelo, inmovilizado por la sorpresa. Zell contenía la respiración, con los dedos clavados en la piedra. Lyriana empezó a chillar y, movida por un impulso, le planté una mano sobre la boca y atrapé el grito.

El tiempo pareció ralentizarse. Me pitaban los oídos, no sé si por la explosión o por mi pulso galopante. Mi corazón martilleaba en mi pecho con tal fuerza que sentía como si fuese a explotar. Y entonces, la cruda realidad cerró sus garras en torno a mí.

Llegan cambios, había dicho mi padre, *y con ellos, tremendos peligros*.

No se refería a negociar con el Archimago Rolan. Se refería a matarle.

En la playa, un poco más allá, algo se movía, algo desgarrado y ensangrentado y jadeante. Apenas podía creérmelo, pero era el Archimago Rolan. Y tenía un aspecto *terrible*. La explosión le había hecho volar casi ocho metros hacia atrás. Estaba tirado de espaldas sobre la arena, borboteando espumarajos rojos entre los labios rotos. Su brazo izquierdo había desaparecido por completo. Tenía media cara abrasada y en carne viva, y la cuenca de su ojo izquierdo no era más que un agujero supurante. Unos cuantos cristales azulones asomaban a través de su piel.

Y aun así, a pesar de todo, todavía se movía. Con un jadeo ronco, se enderezó bruscamente y estiró la mano derecha, la que aún tenía, la que aún estaba cubierta de anillos. Refulgieron con fuerza, con un brillo abrasador, y el aire crepitó con el pulso eléctrico de la magia. Un rayo ardiente y cegador brotó de la mano de Rolan e impactó contra el hombro de Grezza, que salió volando varios metros. Siguió resbalando por la arena, dejando un largo y ancho surco a su paso. Rolan volvió su brazo hacia una acongojada Lady Hampstedt y un segundo rayo salió de entre sus dedos. La mujer levantó las manos espantada.

En ese momento, mi padre se puso en pie de un salto y echó a correr por la playa. El Archimago movió la mano y dejó escapar otro rayo de luz, pero mi padre giró a la izquierda y lo esquivó. Y entonces, casi sin tiempo de darnos cuenta, estaba justo al lado de Rolan. En un abrir y cerrar de ojos, mi padre sacó la daga de la vaina que llevaba al cinto y cortó el aire con ella. Los dedos de Rolan se separaron de su mano, cayeron rodando sobre la arena, y el rayo de luz desapareció con ellos. Mi padre estampó la rodilla contra la cara de Rolan, le tiró de espaldas, hizo un remolino con la daga y le apuñaló la muñeca, clavándola a la arena ennegrecida.

Todo había terminado. ¿De qué valía tener anillos si no tenías manos?

Lyriana se retorcía, pero la sujeté con fuerza, negándome a quitarle la mano de la boca. Tenía las mejillas empapadas, las lágrimas rodaban por ellas y salpicaban, cálidas, mi mano. No sabía mucho, pero sí sabía que no quería que nuestros padres nos vieran allí arriba.

—¡Grezza! ¡Robin! —gritó mi padre—. ¿Estáis heridos?

—Estoy bien —contestó Lady Hampstedt, mientras Grezza se desenterraba de la arena con un gruñido. Su armadura mostraba una gran quemadura a la altura del hombro, y de la chamuscada y burbujeante piel que había quedado expuesta bajo ella salía un hilillo de humo. No parecía importarle lo más mínimo.

—Juraste que tu matamagos acabaría con él. —Mi padre estaba de pie ante el cuerpo de Rolan—. Pero sigue respirando.

—No había contado con que invocara su escudo. Absorbió gran parte de la explosión. —Jamás había visto a Lady Hampstedt tan aturdida—. ¡Pero piénsalo! ¡Piénsalo! Esa era la gema más débil, con la carga más ligera, y aun así, ¡ha sido suficiente para hacer añicos el escudo del mismísimo Archimago! ¡Piensa en el poder que tenemos entre manos!

—No sé... qué locura es esta... —boqueó Rolan—. Pero por favor. Por favor. No hagan daño a Lyriana.

—¿Su sobrina? —Grezza llegó hasta al lado de mi padre, recogió sus hachas ensangrentadas de la arena—. Mi hijo mayor, Razz, está en su habitación ahora mismo. Rajándole ese bonito cuellecito suyo.

Lyriana temblaba entre mis brazos y sentí su corazón acelerado en el pecho, su aliento contra mi mano.

—Es verdad. —Los dientes de mi padre lanzaron un destello blanco como el hueso cuando se agachó al lado de Rolan—. Una desafortunada necesidad, Archimago. Su sobrina ya está muerta.

—¡No! —gimió Rolan y, por primera vez, su voz sonó afligida.

A mi espalda, Jax estaba reclinado contra la pared, pálido y distante. Miles estaba sentado, hecho un ovillo tembloroso, la cara escondida entre las manos. Zell se había dado media vuelta, asqueado. Y yo solo pude quedarme helada donde estaba, sujetando a Lyriana con fuerza contra mí, deseando, esperando, rezando por que todo aquello no estuviera sucediendo. No podía ser verdad. Mi padre nunca mataría a una chica inocente. Era un buen Lord. ¡Un buen hombre!

Pero aun así, ahí estaba, las manos cubiertas de sangre.

—Pagarán por esto —susurró Rolan—. Todos ustedes. ¡El rey vendrá a por ustedes! ¡Enviará un ejército!

—El rey sabrá solo lo que yo le cuente. Y le diré que lo hicieron los zitochis —dijo mi padre. Se inclinó sobre Rolan, su cara a solo unos centímetros—. Ya lo ha deducido, ¿verdad? Adónde llevará todo esto. —Mi padre desenvainó la segunda daga de su cinturón—. Sus magos morirán. Lightspire arderá. Y el reino de Occidente volverá a alzarse.

Clavó la daga hasta el puño en el ojo izquierdo de Rolan.

Por fin, aparté la vista. No fue la sangre que manaba ni el húmedo crujido ni los espasmos que sufrió Rolan mientras moría. Fue la expresión en la cara de mi padre: salvaje, desquiciada y feliz. Toda mi vida había soñado con resquebrajar su severa fachada y descubrir al hombre real que había bajo ella. Había soñado con ver una sonrisa. Y ya la había visto. Y nunca, jamás quería volver a verla.

—Enhorabuena, amigos míos —le oí decir—. Diez años hemos esperado para este momento. Al fin, nuestra liberación comienza.

—El gran mago muere como un hombre. —Se rio Grezza—. Débil y suplicante.

—La mayoría de los hombres no hubiera lanzado rayos con sus malditas manos —contestó Lady Hampstedt y, cuando volví la vista, tenía la palma de su mano sobre el hombro de Grezza, con una ternura demasiado excesiva—.

¿Cuántos de sus anillos siguen intactos? Necesitaremos todos los que podamos coger.

—Veo tres. Quizás cuatro. —Grezza se arrodilló y cogió un dedo cortado de la arena—. Débil hombrecillo. Podría haber acabado con él yo solo sin problema —gruñó, y dio un fuerte tirón del anillo. Salió volando por los aires, centelleaba como una estrella…

Y aterrizó justo en el montón de piedras que llevaba hacia nuestro saliente.

Oh, mierda.

Grezza se dirigió hacia el anillo. Miré a los otros, desesperada, pero ninguno de nosotros sabíamos cómo reaccionar. Nos quedamos ahí quietos, inmóviles, mientras Grezza se acercaba a las piedras caídas y recogía el anillo. Y nos quedamos ahí quietos, inmóviles, mientras levantaba la vista despreocupado por la cara del acantilado y nos veía.

Grezza no se quedó quieto. Estiró la mano hacia su hacha.

Me volví hacia los otros. Y grité.

—¡Corred!

seis

Esperaba que Grezza se abalanzara hacia nosotros y subiera por la ladera con el hacha en alto. No esperaba que, simplemente, tirara la maldita cosa.

El hacha abandonó su enorme manaza con demasiada ligereza y vino volando hacia mi cabeza. Un disco centelleante y giratorio de vidrio nocturno afilado como una cuchilla. No pude moverme. No a la velocidad suficiente.

Zell me hizo un placaje desde atrás y me tiró al suelo justo cuando el hacha pasó silbando por encima de mi cabeza. Rebotó contra la piedra del saliente con una lluvia de chispas que salieron volando en la noche.

Me quedé ahí tumbada una décima de segundo, el peso del cuerpo de Zell sobre el mío, la fría piedra apretada contra mi cara, jadeando en el aire nocturno. Grezza Gaul, Jefe de los Clanes de los zitochis, acababa de intentar asesinarme. Y su propio hijo me había salvado la vida. Esto no podía estar sucediendo. Esto no podía ser real.

Entonces oí las atronadoras pisadas de Grezza, que trepaba por las piedras caídas, y decidí que tal vez era demasiado real. Zell me dio un empujón y me puse en pie de un salto. Delante de mí, Jax y Miles ya estaban entrando por la boca del túnel. Pero Lyriana no estaba con ellos; estaba sentada en el suelo, temblando con las manos plantadas delante de la boca y los ojos como platos por la conmoción. Me agaché, la agarré de la mano y tiré de ella para ponerla en pie.

—¡Vamos!

Puede que estuviera en shock, pero al menos se movió cuando tiré de su brazo. Las dos entramos corriendo por la abertura en la pared del acantilado, de vuelta a la oscuridad de los túneles. Zell corría a nuestro lado. Por suerte, no me había molestado en apagar mi piedra solar, así que iluminó nuestro camino; su haz de luz oscilaba alocado del extremo de la tira de cuero colgada de mi cuello. Alcancé a ver la luz de la piedra solar de Miles más adelante justo antes de que doblara una esquina. Corrimos tras ella.

—Le han matado —dijo Lyriana cuando doblamos la esquina, su voz hueca y rota—. Han matado a mi tío. Y querían matarme a mí.

—Si mi padre nos coge, nos matará a todos —contestó Zell—. ¡Seguid corriendo! ¡Ahora!

Teníamos una ventaja obvia: Jax conocía los túneles y sabía exactamente qué dirección tomar, cómo evitar dar vueltas inútiles o acabar en callejones sin salida.

Pero caminar por los túneles era una cosa. Correr por ellos era otra totalmente distinta. No hacía más que tropezarme con piedras sueltas y golpearme los hombros contra todos los salientes. El precioso vestido blanco de Lyriana, ya desgarrado y sucio, se le enredaba en los pies a cada paso y tuve que impedir que cayera cada dos por tres. Pero aun así, seguimos corriendo detrás de Miles y Jax, ignorando el dolor y haciendo caso omiso del miedo. Ya me asustaría y me disgustaría más tarde. Ahora mismo tenía que sobrevivir.

A nuestra espalda resonaban voces, sus ecos rebotaban contra las paredes. Nuestros padres estaban en los túneles. Grezza gritó algo, un furioso gruñido amortiguado, y mi padre le chilló la respuesta. No pude descifrar sus palabras, pero juro que sonaba enfadado. Quizás fuese todo un malentendido. Quizás, si simplemente diese media vuelta y volviese con él, me protegería. Después de todo me había pedido que estuviera a su lado. Había querido que estuviese con él, fuera cual fuera el peligro que se avecinaba. Quizás no era demasiado tarde para unirme a él.

A mi lado, Lyriana gritó al tropezarse, su pie enganchado en un agujero del suelo. ¿Podía abandonarla a su suerte así sin más? ¿Dejar que mi padre la matara? La idea era horrible. Pero también lo era la idea de estar huyendo de mi propio padre, de tirar por la borda todo con lo que había soñado a lo largo de mi vida, ahora que lo tenía tan cerca. Quiero decir, Lyriana ni siquiera me gustaba demasiado. Aún tenía ciertas ganas de abofetearla. ¿Estaba a punto de renunciar a todo, de arruinar mi vida por una niñata mimada y aristócrata de Lightspire?

—¡Tilla! —gritó Jax desde algún sitio no muy lejano. Me volví y le vi apoyado contra la entrada de un estrecho pasadizo oculto tras un montón de piedras caídas, la luz de la piedra solar de Miles brillaba desde el interior. Me dio un vuelco al corazón; al verle me di cuenta de la espantosa realidad. Esto no solo afectaba a Lyriana, ya no. También afectaba a Jax. Aunque pudiera persuadir a mi padre de perdonarme la vida, aunque todavía tuviera una oportunidad de unirme a él, aunque reuniera las agallas necesarias para dejar morir a Lyriana... mi padre jamás dejaría que un zarrapastroso mozo de cuadra viviera sabiéndolo todo sobre su terrible traición secreta. No sabía quién era mi padre, ya no, pero ¿ese asesino sonriente con una daga en la mano? Le cortaría el cuello a Jax en un abrir y cerrar de ojos.

Tenía que correr. Por él.

—¡Por aquí! —gritó Jax—. ¡Quizás podamos despistarlos!

Me agaché para ayudar a Lyriana a meterse en el pasadizo y Zell entró detrás de ella. Cuando estaba a punto de seguirlos, Jax me agarró del hombro. Estaba pálido y empapado de sudor. Jamás le había visto tan asustado. Creo que lo entendía. Creo que él sabía lo mismo que yo.

—¿Qué demonios está pasando, Tilla? ¿Qué acaba de hacer tu padre?

—No lo sé —dije—. Lo siento. —¿Por qué? ¿Por haber involucrado a Jax? ¿Por lo que había hecho mi padre? ¿Simplemente por ser su hija?

No tenía tiempo de pensar en ello.

—Sigue moviéndote —le dije, y los dos nos colamos por la abertura.

La caverna en la que entramos ya la habíamos visto: la gran sala vacía con los murales descoloridos en las paredes. Zell, Miles y Lyriana estaban de pie delante de nosotros, quietos como estatuas por alguna razón. Estaba a punto de gritarles que se movieran, pero entonces vi las llamas que parpadeaban más allá y me di cuenta de que la sala ya estaba ocupada.

Frente a nosotros había una docena de hombres zitochis, tan sorprendidos como nosotros. Estaba claro que eran guerreros: llevaban armaduras de cuero oscuro y el pelo negro recogido en moños. Dos sujetaban antorchas que proyectaban sombras danzarinas a lo largo de las paredes. Los otros llevaban armas: dagas de vidrio nocturno y hachas de mano, incluso algún sable largo.

—Oh, no —susurró Zell.

—Oh, no —repitió uno de los zitochis con voz aguda mientras daba un paso adelante. Le reconocí del banquete: el hermano mayor de Zell, Razz. El que habían enviado a matar a Lyriana—. Os he estado buscando, princesa —dijo, y su voz sonó casi insinuante—. Qué pena que mi hermanito os encontrara primero. Supongo que siempre hemos tenido el mismo gusto en cuestión de chicas.

Por instinto, nuestro grupo se hizo una piña. Zell y Jax se pusieron delante. Miles temblaba visiblemente, y Lyriana no tenía mucho mejor aspecto. Me colé entre ambos para ponerme delante de ellos, aunque sabía que no podría hacer gran cosa.

—Hermano. —Zell se adelantó y levantó sus manos vacías—. Vamos a hablar de esto. Tú no entiendes lo que está pasando aquí.

—Oh, cállate, Zell —dijo Razz. Le eché un vistazo por primera vez y no me gustó lo que vi. Tenía las mismas facciones apuestas que su hermano, pero en él quedaban mal, retorcidas de algún modo. Una delgada cicatriz con forma de anzuelo cortaba su mejilla derecha. Sus ojos inyectados en sangre parecían inertes, vacíos. Todos los presentes estaban tensos, pero él sonreía, y había algo muy extraño en esa sonrisa, como si sus dientes estuvieran ahí pero a la vez no, centelleaban blancos y negros a la luz de las antorchas.

Entonces me di cuenta de lo que pasaba. Centelleaban porque no eran dientes, sino puntiagudo vidrio nocturno fusionado a sus encías del mismo modo que las cuchillas de Zell crecían de sus nudillos.

Le habían sustituido los caninos por colmillos de vidrio nocturno.

Di un involuntario paso atrás. Necesitaba alejarme de él tanto como fuese posible.

—Cuando descubrimos que la princesa había desaparecido de su habitación me pregunté si teníamos un traidor —explicó Razz—. Y cuando seguimos ese apestoso perfume suyo hasta estos túneles, bueno, supe que tenía que haber sido alguien de dentro. —Alargó las manos hacia atrás y desenvainó sus armas: un par de dagas curvas, afiladas como cuchillas por un lado, con una sierra dentada por el otro. No parecían diseñadas solo para matar. Parecían diseñadas para hacer daño—. ¡Pero vaya sorpresa! ¡Fuiste tú! ¡Mi patético hermanito, el cachorro de nieve! ¿En serio es ahora cuando has encontrado tus huevos? ¿Es así como piensas vengarte?

Incluso con su acento, el tono sonaba familiar. Me recordaba a Val, el hijo de un carnicero que se había reído al obligarme a mirar mientras ahogaba a un cochinillo. No era solo la inexpresividad de sus ojos o la mueca cruel de su boca. Era la tensión que emanaba, el nerviosismo, la forma en que su odio y agresividad parecían forzados, como si tuviese que hacer daño constantemente a los demás para mantener a raya sus propios pensamientos.

Zitochis u occidentales, todos los abusones eran iguales.

—Ahora no se trata de nosotros, Razz —dijo Zell—. Esto es más grande. Más importante. Se trata de nuestra gente. ¡Nuestro futuro! Nuestro padre nos ha vendido, a todos nosotros. ¡Está conspirando con el señor de esta Casa para llevar una guerra a nuestras tierras!

Los otros guerreros miraron a Razz, que se limitó a negar con la cabeza.

—¿Habéis oído eso, hombres? —gritó—. Porque yo sé lo que he oído. «Bua, bua, bua, has herido mis sentimientos. ¡Bua, bua, bua, mi papaíto es muy malo!» —Se echó a reír y sus hombres rieron con él. Algunos apretaron las manos en torno a sus armas. Zell dio un paso atrás y contuvo la respiración. Creo que acababa de darse cuenta de lo fea que se estaba poniendo la situación.

—Matadlos a todos —dijo Razz—. Dejadme a mí al cachorrillo de nieve.

Los guerreros avanzaron. Zell desenvainó su espada a la velocidad del rayo. Su delgada hoja de delicada curva centelleó peligrosamente. Miles dejó escapar un gemido lastimero y Jax se colocó al lado de Zell. Apreté los puños con fuerza. No sabía lo que iba a pasar ni lo que podía hacer, pero sí sabía que caería peleando.

Sentí una mano en la espalda. Lyriana avanzó y se abrió paso entre Zell y Jax para colocarse delante de nosotros. Iba a tirar de ella hacia atrás, pero había algo diferente en su actitud. Todavía tenía las mejillas empapadas de lágrimas, pero sus ojos ya no parecían desesperados. Se veían duros, centrados, furiosos. Al andar, el aire crepitó a su alrededor. Un sabor a nieve y escarcha llenó mi boca. Un viento frío giraba en torno a ella.

—Me ibas a matar —dijo, y su voz sonó imposiblemente profunda y sobrenatural, el retumbar de unas montañas al chocar—. Vine aquí como invitada… y tú me ibas a matar.

Estiró la mano, extendió sus largos y elegantes dedos. Por fin se había quitado los guantes.

Y, por primera vez, vi sus anillos.

Una tremenda ráfaga de fuerza brotó de su mano para impactar contra los guerreros zitochis como un huracán concentrado. Salieron volando por los aires y se estamparon contra las paredes de la caverna, sus armas de desintegraron, sus antorchas rodaron por los suelos. En las paredes detrás de ellos se abrieron profundas grietas que se extendieron como una telaraña, como un cristal al romperse. El suelo tembló bajo nuestros pies. Una lluvia de polvo cayó del techo.

—¡Habéis matado a mi tío! —gritó Lyriana, y el aire se crispó en torno a su mano, acumulándose para otra ráfaga brutal.

Razz, hecho un guiñapo en el suelo, fue el primero en responder.

—¡Es una maldita bruja! —gritó, al tiempo que le lanzaba una de sus dagas.

Rozó el hombro de Lyriana, apenas la arañó, pero fue suficiente para desequilibrarla. Saltó hacia un lado y el fogonazo que brotó de su mano impactó de lleno contra un lado de la gruta y abrió un agujero en la pared, envuelto en un torrente de polvo y piedras. Los túneles se estremecieron. Terrones enteros caían del techo, no solo polvo, sino grandes losas de piedra del tamaño de un puño. Uno de los zitochis gritó de dolor. Jax se tambaleó y cayó entre los escombros.

El suelo cabeceó con fuerza bajo mis pies, como un caballo al enfadarse. Caí sobre una rodilla y me encontré mirando por el agujero que Lyriana había abierto en la pared. Una ráfaga de aire frío y rancio llegaba desde la oscuridad y pude oír el sonido de una corriente de agua. El río subterráneo, el que habíamos oído antes. Estaba cerca, mucho más cerca de lo que imaginaba.

—¡Matadlos! —aulló Razz, y unos cuantos de sus hombres se pusieron de pie a duras penas. Las paredes de la cámara se sacudían y gemían.

A pesar del tronar de mi corazón en el pecho, a pesar de la tierra que me cegaba los ojos, me di cuenta de una cosa con absoluta claridad: si nos quedábamos ahí, moriríamos.

Agarré a Lyriana y di un salto hacia delante, a través del agujero en la pared, hacia la oscuridad.

Esperaba caer en suelo firme, pero en vez de eso mis pies aterrizaron en una empinada ladera de tierra y gravilla suelta. Conseguí emitir la primerísima nota de un grito antes de caer en picado dando torpes y dolorosas volteretas. Lyriana se me escapó de entre las manos al instante. Mi piedra solar daba tumbos sin control, pero conseguí hacerme una mínima idea del entorno: un erosionado techo de piedra, protuberantes estalagmitas, montones de piedras desperdigados. Los túneles debieron de haber sido construidos en un sistema natural de cuevas y yo estaba rodando por él, cayendo por aquella ladera hasta Dios sabe dónde. Podía oír a Lyriana gritar, y otras voces detrás de ella. Quizás Miles y Jax; quizás Razz y sus hombres. La pendiente terminó y yo salí volando. Durante cinco horribles segundos me encontré en caída libre, pataleando por los aires, esperando el impacto. Entonces caí al agua, un agua extraordinariamente fría, como sumergirse en un cubo de hielo... un cubo de hielo con una corriente furiosa. Acabé sumergida debajo del agua; me estaba ahogando, arrastrada por una fuerza salvaje, demasiado fuerte para nadar contra corriente. El rugido del río ahogó el resto del mundo. Me sumergí, salí a flote, me sumergí, salí a flote. Cuando Jax y yo éramos pequeños e íbamos a nadar, jugábamos a un juego en el que intentábamos hacernos ahogadillas el uno al otro. Esto era parecido, excepto porque era horrible y aterrador. Boqueé y me atraganté, intenté nadar sin ningún éxito, mientras la corriente me arrastraba río abajo.

Salí a la superficie justo a tiempo de ver desaparecer el techo de la cueva, sustituido por las titilantes estrellas del cielo nocturno, que pasaban zumbando como si se estuviesen cayendo. Pude distinguir incluso el resplandor verde de las Luces Costeras. El río debía de haber salido de la cueva, lo cual era bueno, excepto porque eso significaba que nos llevaba directos al mar. Me retorcí para darme la vuelta y apenas conseguí vislumbrar una orilla arenosa, pero la corriente me arrastraba lejos de ella a demasiada velocidad.

Rodeada de piedras y escombros, algo se estampó con fuerza contra mi espalda. Un fuerte dolor recorrió mi costado, tan intenso que lo sentí cosquillear hasta mis dedos. Pasé como una exhalación alrededor de los residuos y volví a sumergirme, aunque ya no tenía fuerzas para luchar. La corriente me arrastró hacia abajo. Intenté respirar y el agua inundó mis pulmones, helada y enfangada. Me ardían los ojos. Me dolía el costado. Sentí cómo el agua me empujaba hacia las profundidades. Tenía miedo, tanto miedo que había entrado en una extraña calma aturdida.

Iba a morir allí. Me iba a ahogar en la corriente y sería arrastrada hasta el mar, mis huesos olvidados como los de tantos otros. Iba a morir a los dieciséis años, virgen y sin apellido, sin haber logrado convertirme en una dama ni viajar a Lightspire y sin haberme enamorado siquiera. Iba a morir.

Entonces algo me agarró. No era una mano, no exactamente. Sentí como si me hubiesen envuelto de repente en una cosa cálida, refulgente y segura. Era como arrebujarse en una gruesa manta después de haber estado fuera bajo la lluvia; como si tu padre te abrazara después de haber estado llorando. No era solo físicamente cálida. Era reconfortante, tierna, tranquilizadora. Esa cosa cálida, fuera lo que fuera, me agarró mientras me hundía y me sacó de las profundidades con suavidad, con ternura.

Aspiré una gran bocanada de aire al salir a la superficie y escupí un montón de turbia agua negra. La fuerza que me sujetaba me levantó por los aires, de modo que acabé flotando más de un palmo por encima del océano. Una luz amarilla me envolvió en su suave resplandor, y supe que eso era lo que me estaba sujetando allí arriba, que de ahí provenía esa sensación de seguridad y calidez. Mi piel despedía gotas de agua que levitaron de un modo imposible ante mí, como copos de nieve danzarines en la primera nevada del invierno.

Oí una exclamación ahogada, así que estiré el cuello tanto como pude. Había muchas más luces amarillas detrás de mí; y en ellas, más personas. Miles, Zell y Jax, todos flotaban por encima del agua en brillantes burbujas, todos con la misma expresión perpleja que tenía yo. Intenté gritarles, pero todavía me dolían demasiado los pulmones, así que solo fui capaz de emitir un suave gruñido, uno que sonaba más alegre de lo que debía. No podía evitarlo. Me sentía tan, tan segura.

Noté una sacudida y me di cuenta de que ya no solo estábamos flotando, sino también moviéndonos. La misma fuerza que sujetaba las burbujas tiró de nosotros a través de la oscuridad, lejos de las olas del océano que se estrellaban a nuestros pies. Ahora que no me estaba hundiendo, podía ver la salida de la cueva, una boca abierta en la pared de un acantilado rocoso; el río salía a borbotones como una larga lengua húmeda. Pero aquella fuerza no nos estaba llevando de vuelta a la cueva. Tiraba de nosotros hacia un lado, hacia una larga playa de arena blanca justo al borde del río que se extendía al pie del acantilado. En esa playa había otra luz: alta, delgada y estacionaria. Había una figura en el centro de la luz, los brazos en alto, la cabeza echada hacia atrás, las manos envueltas en un brillante resplandor.

No podía distinguir dónde terminaba la luz y dónde empezaba Lyriana. Su pelo tenía mechones dorados que titilaban como riachuelos de metal fundido. Los anillos de sus dedos ardían con tal intensidad que ni siquiera podía verle las manos. Sus pupilas e iris habían desaparecido del todo; sus ojos eran amarillos por completo, soles gemelos que estallaban de luz en medio de su cara.

Movió las manos hacia delante y fuimos flotando hacia ella, hasta la orilla. Sentí que mis pies tocaban tierra firme. El cálido resplandor me soltó y caí al suelo. Jamás me había alegrado tanto de caer de bruces en la arena. Escupí los últimos restos de agua con una tos seca, mientras oía los impactos de los tres chicos al tocar tierra a mi alrededor. Zell aterrizó en cuclillas y puso una mano en el suelo para equilibrarse. Miles cayó a plomo sobre la arena. Jax se colapsó como un fardo, jadeando y resollando.

—¿Lyriana? —Levanté la vista hacia ella. Tuve que protegerme los ojos con una mano y entornarlos para ver algo a través de su resplandor sobrenatural.

—Tillandra —dijo ella, y su voz todavía tenía ese tono retumbante, como si procediera del corazón de una tormenta—. Estáis a salvo.

La luz que brillaba a su alrededor se extinguió como una vela. Sus anillos parpadearon y se oscurecieron. Pestañeó y sus ojos tenían pupilas de nuevo.

—Lo he hecho —dijo, con su voz habitual, tan jovial como cuando había caído rodando al túnel al principio de la noche—. ¡Lo he hecho de verdad!

Después cayó de bruces sobre la arena y se quedó ahí. Inmóvil.

SIETE

—¡**L**yriana! —grité. Intenté levantarme y correr hacia ella, pero mis piernas me traicionaron. Ya no eran mágicas, vaporosas y maravillosas, sino piernas reales, piernas que acababan de resbalar por una ladera rocosa y de estar sumergidas en agua helada, piernas que aullaron de dolor y me hicieron colapsarme sobre la arena.

Jax salió de golpe de su aturdimiento, echó a correr hacia Lyriana y fue el primero en llegar a su lado. La volteó para tumbarla de espaldas. Hacía un minuto, Lyriana se había parecido a los Titanes de los murales del altar del castillo, un ser resplandeciente de luz y poder. Ahora parecía aterradoramente pequeña y rota. Su precioso vestido desgarrado por una docena de sitios. Sus pies desnudos ensangrentados e hinchados. Jax le retiró el pelo mojado de la cara y puso su oreja contra sus labios.

—¡Respira! —gritó Jax, y el nudo de mi estómago se aflojó con un gran suspiro de alivio—. Está respirando. Creo que solo… que solo se ha apagado con magia.

No sabía que podías *apagarte* con magia, pero hasta hace un momento tampoco sabía que Lyriana era maga. No creo que nadie supiera eso, ni siquiera mi padre. La familia real debió de querer mantenerlo en secreto.

—Nos ha salvado la vida —dijo Zell en voz baja. En la penumbra, solo lograba ver su silueta al borde de la orilla, mirando al oscuro océano frente a él—. Nos ha salvado a todos.

—Bueno, pues perdonadme si no estoy preparado para tocar las trompetas y sacar la tarta —contestó Miles, su voz ronca y áspera. Estaba a gatas sobre la arena, la cabeza gacha, sus rizos mojados enroscados como zarcillos en torno a sus orejas—. Puede que estemos a salvo del océano, pero ¿qué hacemos cuando esos lunáticos zitochis vengan en nuestra busca?

—No lo harán —gruñó Jax—. La cueva se colapsó a nuestra espalda. E incluso si hubiesen logrado seguirnos, el agua los arrastraría hasta el mar. Nosotros nunca lo hubiéramos logrado sin la princesa. Nos ha salvado de los colegas psicópatas de Zell.

Más temprano esa misma noche, hacía una eternidad, quizás hubiera regañado a Jax por ser ofensivo. Pero ahora estaba demasiado exhausta, demasiado dolorida, demasiado rota. Solo quería colapsarme en la arena y perder el conocimiento. Solo quería que todo aquello no hubiera ocurrido jamás. Zell se volvió hacia Jax con un leve asomo de enfado bailando en sus ojos.

—Esos no eran *mis* colegas —dijo—. Y aunque lo hubiesen sido, ellos no son los que deben preocuparnos. Es a tu gente a la que deberíamos temer.

—¿*Mi* gente? —Jax se puso en pie de un salto, y no con mucha elegancia—. ¡*Mi* gente está ahora mismo borracha e inconsciente en los establos! ¡Ese no era *mi* padre, el que se ha vuelto loco ahí arriba con un hacha! ¡Ni *mi* madre, la que ha reventado al Archimago con no sé qué mierda de bomba mágica!

—Mi... mi madre... era obvio que estaba coaccionada —tartamudeó Miles—. Ella solo fabricó el arma. La conspiración era de los otros.

—Mi padre es un guerrero, no un conspirador —intervino Zell—. Si acaso, fue tu madre la que le sedujo para participar en...

—Mi madre nunca...

—Ha sido mi padre —dije yo, y la noche se quedó en silencio—. Él es quien está detrás de todo esto. Él es el traidor.

Zell, Jax y Miles se volvieron para mirarme.

—Tilla —dijo Jax—, no sabes... quiero decir...

—No, Jax. Lo sé. Todos lo sabemos. Todo esto ha sido su plan. —Creo que lo dije solo para que se callaran, pero ahora que las palabras habían salido por mi boca, tenían el innegable peso de la verdad—. Mi padre es un traidor. Mi padre es un asesino. Y es probable que ahora mismo quiera verme muerta. —Las palabras cayeron como un cuchillo y me dejaron vacía. Deseé que Lyriana hubiese dejado que la corriente me arrastrara lejos, así, sin más.

No había nada más que decir después de eso. Zell se volvió hacia el océano y Miles se dejó caer sobre la arena. Jax se pasó las manos por el pelo mojado y enmarañado y levantó la cara hacia el cielo. Cerré los ojos y sofoqué las voces en mi cabeza. Me concentré en la arena mojada de mis manos, en la brisa sobre mi piel. Noté por primera vez el peso de mi ropa empapada, sentí su frío helador contra mi piel.

—Pero es que no tiene sentido —musitó Miles, que seguía intentando encontrarle una lógica a lo sucedido—. Nada de ello. Aunque… aunque nuestros padres fueran radicales de Occidente en secreto… ¿qué demonios están intentando conseguir? ¿Qué ganan con matar al Archimago y culpar a los zitochis?

Ni siquiera me había parado a pensar en ello todavía.

—Atraer a… más magos a Occidente —especulé—. Tener la oportunidad de tenderles una emboscada.

—Vale, pero ¿con qué? Esa bomba asesina de magos que tenía mi madre era potente, pero ¿cuántas más podrían tener? El mago medio tiene… qué, ¿tres, cuatro anillos? Multiplica eso por seis magos desaparecidos y tienes veinticinco bombas, como mucho. No serán suficientes ni de lejos para contener siquiera a una sola compañía de magos. —Miles negó con la cabeza—. Aquí debe de haber algo que no estamos entendiendo. Tiene que haber una explicación razonable. Solo tenemos que hablar con ellos y averiguar qué es lo que está pasando.

—¿Estás de broma? —exigió saber Jax.

—Mi madre es muy razonable —insistió Miles—. Si pudiera hablar con ella, tal vez podría averiguar lo que realmente sucedió y asegurarme de que comprendiera que no pretendíamos hacer ningún daño. Estoy seguro de que podría persuadirla para que nos dieran una segunda oportunidad.

—A ti y a mí, quizás —dije, incapaz de mantener la boca cerrada más tiempo—. Pero ¿qué pasa con Jax? ¿Qué pasa con la princesa? No hay forma humana de que nuestros padres les perdonen la vida, no con todo lo que saben. —No mencioné a Zell, pero no tenía que hacerlo; creo que todos nos hacíamos una idea de lo que su familia le haría a él si regresara.

Miles se acunó la cabeza entre las manos, su voz temblorosa. Noté que lloraba.

—Pero ¿cuál… cuál es la alternativa, Tilla? ¿Huir? ¿Dar la espalda a nuestros hogares? ¿A nuestras vidas? ¿A nuestros propios padres?

Ni siquiera sabía qué contestar a eso. ¿Podría hacerlo de verdad? ¿Simplemente huir y no volver a poner un pie en el castillo de Waverly, no volver a tumbarme en la playa de Whitesand, no volver a ver a mi padre? Pensé en su cara allá en la playa, esa salvaje y jubilosa sed de sangre que me había dado ganas de gritar. ¿Podía volver con él, aunque quisiera? ¿Volvería a mirarle alguna vez del mismo modo? Incluso si él me perdonaba, ¿podría perdonarle yo alguna vez?

Por supuesto, susurró una vocecilla en mi interior. *Es tu padre. Y le quieres.*

—Mirad —dijo Jax, sacándome por fortuna de mis pensamientos—. No tenemos que contestar a las grandes preguntas ahora mismo. Lo que necesitamos es comida, un refugio y algo de ropa que no esté hecha jirones.

—¿Y cómo propones que consigamos todo eso? —preguntó Zell.

Jax miró a un lado y otro de la playa.

—No sé si ese río nos ha llevado muy lejos, pero es obvio que seguimos estando en el Litoral de Occidente. Tengo amigos por toda la costa. Propongo que nos quedemos aquí refugiados el resto de la noche; cuando salga el sol encontraré un lugar seguro para todos, un lugar en el que cuiden de nosotros. Podremos pensar entonces nuestro próximo paso.

—¿No nos estarán buscando nuestros padres? —preguntó Miles—. Esta noche, quiero decir.

Zell negó con la cabeza.

—Ahora mismo, cualquiera que vaya tras nosotros está atrapado en los túneles. Tardarán horas en salir de ahí y más en reunir a una partida de búsqueda medio decente. Además no tienen ni idea de adónde hemos ido. —Hizo un gesto con la cabeza en dirección a un montón de maderos que había arrastrado la marea. Estaban tirados bajo un saliente al pie del acantilado, cerca de la entrada de la cueva—. Podemos acampar ahí. Encender una pequeña fogata. Mantenernos calientes. —Volvió a mirar hacia el océano—. Yo haré la primera guardia.

Una parte de mí se preguntaba por qué necesitábamos una primera guardia si íbamos a estar a salvo hasta el amanecer, pero no dije nada en voz alta. No era solo porque Zell era el único de nosotros que tenía la más remota idea de qué hacer en una situación como esta. Era su actitud: tranquila, confiada, serena, como si esto fuese la misma mierda a la que tenía que enfrentarse todo el tiempo, como si este no fuera ni de lejos el peor día de su vida. Su propio padre y hermano habían intentado matarle, pero aun así no dejaba que aflorara ninguna emoción, ni miedo ni tristeza ni nada. No sabía si su estoica fachada era solo eso o si de verdad era tan insensible. Una parte remota de mí sabía que, probablemente, eso no fuera sano, pero en esos momentos me importaba más bien poco. En ese momento, en esa playa, la calma de Zell era, prácticamente, lo único que me hacía sentir segura.

Había perdido esa bonita espada suya en la cueva, así que se descolgó la vaina de la espalda y la dejó caer sobre la arena, seguida de su ropa de cuero y sus pieles empapadas. Miles caminó hacia el saliente, recogiendo trozos de madera por el camino. Jax se arrodilló al lado de Lyriana, la levantó con sus fuertes brazos, y nos dirigimos al pie del acantilado. La princesa parecía tan pequeña y frágil...

—¿Crees que está bien? —pregunté.

Jax suspiró.

—Eso espero. Espero que todos estemos bien.

Se me cayó el alma a los pies. Me sentía culpable, como si todo aquello fuese culpa mía. Y en cierto modo lo era. Si no hubiese sido por mí, Jax todavía estaría bebiendo con sus amigotes en las cuadras. Si no hubiese sido por mí, todavía tendría una vida agradable y segura por delante.

—Jax —le dije en voz baja—. Lo siento tanto...

Me miró de reojo, una ceja arqueada, el mismo hermano dulce y bobalicón al que había querido toda mi vida.

—Cierra la boca, hermanita —dijo, y se encaminó hacia el saliente.

No pude evitar sonreír. Y le seguí.

OCHO

Una hora más tarde estaba tumbada boca arriba en la arena, los ojos cerrados, intentando quedarme dormida.

Diez minutos después de eso estaba sentada, totalmente despierta, y sabía que no había forma en el mundo de que fuese capaz de dormir.

Me puse de pie, la espalda una agonía, las piernas aún doloridas. A mi lado había una hoguera sorprendentemente bien hecha que parpadeaba con suavidad en un agujero que habían cavado Miles y Jax. Miles estaba cerca, tumbado sobre el costado, sumido en un sueño profundo que le hacía gimotear y hacer pequeños movimientos involuntarios. Era, solo quizás, la cosa más triste que había visto jamás. Jax dormía a unos pocos pasos más allá, medio recostado contra la pared del acantilado, con Lyriana tumbada a su lado. Ambos parecían casi en paz, si hacías caso omiso de su ropa hecha jirones y los moratones que afloraban ya en su piel.

No me podía creer que fuesen capaces de dormir. Mi mente todavía iba a mil por hora, un millón de pensamientos enmarañados. Tenía que dar un paseo. O una carrerita. O quizás solo meterme en el agua y gritar al cielo nocturno. Pero tenía que hacer algo.

Salí de debajo del saliente de rocas y me dirigí hacia las oscuras y mansas olas. Las Luces Costeras flotaban muy alto en el cielo, ahora más suaves y difusas, titilando hacia la nada.

Logré dar dos pasos antes de oír la voz de Zell.

—¿Todavía despierta? —preguntó desde detrás de mí.

Giré en redondo. Zell estaba sentado sobre un madero que la marea había arrastrado, justo un poco más allá de la entrada a nuestro refugio. Contemplaba el océano. Estaba oculto casi por completo entre las sombras, y si no hubiese hablado ni siquiera le hubiera visto.

—Solo iba a dar un paseo. Necesito aclararme las ideas.

Zell se encogió de hombros.

—Dudo que un paseo te vaya a ayudar con eso. A mí nunca me ha servido de nada. —Un incómodo silencio quedó colgando en la noche entre nosotros—. Puedes… sentarte aquí conmigo. Si quieres.

Demonios, ¿por qué no? No es que mi noche pudiese empeorar demasiado. Zell se echó a un lado y me senté con él en el tronco. Se había quitado casi toda la ropa, solo le quedaba una fina camiseta de tirantes que se pegaba a su cuerpo como una segunda piel. Hice un gran esfuerzo por no mirar sus brazos bien torneados, sus hombros anchos y desnudos, los firmes músculos donde su cuello se juntaba con su espalda, apenas visibles a través de su largo pelo.

—¿Cómo va tu guardia? ¿Alguna señal de nuestros perseguidores? —pregunté.

Zell sacudió la cabeza.

—Nada. No he oído ni un ruido aparte del romper de las olas y el silbido del viento. —Tenía una forma peculiar de hablar, como si estuviese siendo poético sin darse ni la más remota cuenta de ello. Levantó la cara hacia el cielo. No podía descifrar su expresión. ¿Tristeza? ¿Preocupación? ¿Añoranza?— ¿Puedo... preguntarte algo?

—Claro.

—No entiendo lo que ha ocurrido esta noche —dijo. ¿Era una pizca de vergüenza lo que oía en su voz?—. Quiero decir, entiendo parte. Entiendo por qué mi padre hizo lo que hizo. Su reinado como Jefe de Clanes se está desmoronando. Le ha prometido a nuestra gente gran prosperidad y gloria, pero no les ha proporcionado ni lo uno ni lo otro. Si tu padre le ha ofrecido oro y grano, quizás incluso la devolución de algunas tierras fronterizas... entiendo que él pudiese ofrecer su hacha a cambio. —Zell cerró los ojos, el ceño fruncido—. Pero es a tu padre al que no entiendo. ¿No son la princesa y el mago sus gobernantes? ¿No se arrodilla él ante ellos? —Por fin se volvió para mirarme, sus ojos muy brillantes bajo la luz de la luna—. ¿Por qué lo ha hecho? ¿Por qué habría de matar a la familia a la que ha jurado servir?

—Es... es complicado —contesté—. Tu padre... él es el Jefe de los Clanes, ¿no? ¿Hay otros Jefes que se opongan a él? ¿Que quieran ser los Jefes ellos mismos?

—Por supuesto. Este año, el Cónclave fue brutal.

—¿Cónclave?

Zell arqueó una ceja, como si de verdad esperara que yo supiera lo que era aquello.

—Cada tres años, todos los jefes tribales de todos los clanes se reúnen en Zhal Korso para un gran cónclave. Después de cuatro días de juegos, banquetes y bebida, los jefes que quieran gobernar presentan sus argumentos en el Salón de los Huesos. A continuación, todas las *zhindain*, las mujeres sin clan, votan a quien creen que será el mejor. Y ese hombre es el Jefe de los Clanes.

—Oh —dije, aunque realmente no entendía ni una palabra—. O sea que entonces, ¿el Jefe cambia? ¿A menudo?

—Pues claro.

—Bueno... nosotros no lo hacemos así —le expliqué—. La familia Volaris reina sobre todos nosotros. Llevan haciéndolo desde hace ciento veinte años, desde la Gran Guerra. Cuando el rey... que ahora mismo es Leopold Volaris... cuando él muera, su hijo primogénito, en este caso Lyriana, le sucede. Y entonces, ella será la reina hasta que muera.

—Pero eso no tiene ningún sentido. —Zell me miró con escepticismo, como si le estuviese tomando el pelo—. ¿Qué pasa si la hija de vuestro rey es tonta? ¿Qué pasa si lleva a vuestro pueblo a la ruina?

—No tenemos elección, Zell. Ellos tienen el poder. La magia. Ni todos los hombres de Occidente juntos podrían contra los magos.

—Magia. Como lo que ha hecho vuestra princesa hace un rato, cuando nos sacó del agua. —Era obvio que Zell todavía estaba un poco alucinado—. Jamás había visto algo así.

—Lo que ha hecho ha sido asombroso —admití—. Pero es una minucia comparado con lo que pueden hacer los magos. —No había prestado mucha atención a las clases de historia de la señorita Morga, pero recordaba con pelos y señales todos sus relatos sobre la Gran Guerra, todos los detalles cruentos—. Pueden sacarle las entrañas a un hombre a más de un kilómetro de distancia. Pueden desgarrar la tierra del campo de batalla y convertir las rocas en monstruos para que luchen por ellos.

—¿Cómo consiguieron semejante poder?

—De los Titanes. Bueno, de sus anillos. —Zell me miró sin comprender, como si no estuviese diciendo más que tonterías. ¿De verdad no sabía nada de aquello?— Tu gente… los zitochis… no tenéis historias sobre los Titanes, ¿verdad? Gigantes que vinieron de los paraísos celestiales y transformaron el mundo con sus asombrosos poderes mágicos.

Zell frunció el ceño.

—Hay viejas leyendas acerca de grandes monstruos del sur, enormes hombres pálidos que bajaron
de los cielos con manos de fuego. Los chamanes dicen
que los primeros zitochis, que solían vivir allá abajo,
en los bosques que tú llamas hogar, huyeron de esos
monstruos hacia la tundra helada, donde hemos vivido desde entonces. —Se acarició la barbilla—. ¿Crees
que esos monstruos son vuestros Titanes?

—No lo sé —dije, sorprendida de que los zitochis
hubiesen vivido alguna vez en Occidente—. Todo lo que
sé es lo que me enseñó la señorita Morga.

—¿Y eso es...?

Suspiré. ¿Por qué era yo, de todas las personas posibles, la que estaba dando una lección de historia? ¡Pero
si apenas recordaba nada!

—Hace mil años, mis antepasados eran gente
sencilla desperdigada en tribus a lo largo y ancho de
las llanuras de los Feudos Centrales. Llevaban ropa
fabricada con pieles de animales, vivían de lo que
producía la tierra, y ese tipo de cosas. Entonces, los
Titanes bajaron de los cielos. Para ellos, hacer magia
era tan natural como respirar. Se instalaron con los
habitantes de las tribus y les enseñaron todo tipo de
cosas, como agricultura y medicina y cómo construir
castillos.

—¿Por qué?

—Los sacerdotes de Lightspire dicen que lo hicieron porque eran ángeles, seres de una bondad pura,

venidos a mejorar nuestra raza y salvarnos de nosotros mismos. Por eso los veneran.

Un destello de curiosidad cruzó los ojos de Zell.

—Pero tú no.

—No. Quiero decir, en realidad no. No lo sé. —Me habían educado para respetar la religión de veneración a los Titanes, aunque fuera solo porque era la religión de nuestro rey en Lightspire. Pero hacía unos años, cuando pasé por mi fase de cuestionarlo todo, había ido por ahí preguntando y había averiguado en qué creían en la época de los Viejos Reyes, antes de que nos conquistaran—. Hay gente que dice que los Titanes no eran ángeles sino demonios. Que conquistaron a nuestros antepasados con gran brutalidad y los utilizaron como esclavos para construir sus ciudades y arar sus campos. Que emplearon la magia para oprimir al continente entero.

—Eso me parece más fácil de creer —dijo Zell. Sinceramente, a mí también. Recordé los tapices de los archivos de mi padre, de cientos de años de antigüedad, dibujados por hombres que habían visto a los Titanes en carne y hueso. Mostraban criaturas terroríficas, gigantes inmensos que se alzaban el doble de altos que cualquier hombre, sus cabezas calvas, un resplandor blanco en los ojos, sus rostros imberbes idénticos y preciosos y siempre sonrientes, como máscaras de porcelana. Desde luego que no parecían ángeles—. Pero ahora, los Titanes ya no existen.

Asentí.

—Nadie sabe por qué, pero cien años después de llegar, desaparecieron de la noche a la mañana, dejando atrás únicamente las ciudades vacías que habían construido. Los sacerdotes dicen que fue porque dejaban el mundo en nuestras manos, porque nos ponían a prueba para ver si éramos capaces de elevarnos hasta su nivel o algo así. —Me encogí de hombros—. Con los Titanes desaparecidos, mi gente... mis antepasados... fueron libres de instalarse en ese nuevo mundo. Todo tipo de pequeños reinos brotaron a lo largo y ancho del continente. Las Baronías de la Costa Este, la Dinastía de Hao en las Tierras del Sur, esos pequeños reinos tan extraños de las marismas cuyos nombres nunca puedo recordar... y también estaba el Reino de Occidente.

—Eso era aquí —dijo Zell, que por fin entendía algo.

—Sí —dije—. Después de que los Titanes desaparecieran, un puñado de mis antepasados se atrevió por fin a cruzar las Montañas Frostkiss y descubrieron estos grandes bosques centenarios al otro lado. Aquellos peregrinos se instalaron en estas tierras y, con el tiempo, una familia llegó a reinar sobre todos ellos. Mi familia. Los Viejos Reyes. Los Kent.

—Pero no tenían magia —dijo Zell.

—No. Nadie la tuvo, durante mucho tiempo. Verás, muchas de las ciudades de los Titanes se vinieron abajo cuando ellos se fueron, pero una de ellas, Lightspire, la más grande, siguió en pie. Durante mucho tiempo, solo fue una poderosa ciudad comercial, nada más, pero entonces, la familia que la gobernaba descubrió los secretos de la magia de los Titanes, ocultos en unas bibliotecas enterradas o algo por el estilo. Aprendieron a utilizar las armas de los Titanes, sus anillos, y así es como aparecieron los primeros magos. Los Volaris fundaron la Escuela de Magos y crearon un ejército invencible. Uno por uno, fueron conquistando a sus vecinos; convirtieron los reinos en provincias y obligaron a sus reyes a arrodillarse ante ellos. Y al final vinieron a por nosotros, el reino de Occidente. —Solté una larga exhalación—. Esa fue la Gran Guerra. Hace ciento veinte años, después de que los magos mataran a casi la mitad de los hombres de Occidente, mi bisabuelo Albion Kent se rindió. Y el reino de Occidente se convirtió en la Provincia de Occidente, un territorio más del gran reino de Noveris.

Zell se quedó callado un rato, pensativo.

—Parece que tu gente ha sido esclava a menudo —dijo al fin—. Primero con los Titanes. Luego con el rey de Lightspire. Entonces, tu padre... ha hecho lo que ha hecho para que vuestro pueblo pueda ser libre. Hay honor en eso.

—Sí... supongo que sí —dije, levantando la vista hacia él. En la parpadeante luz naranja del fuego moribundo, su rostro parecía sereno, tan tranquilo y pensativo como las estatuas de los Viejos Reyes. Pero había algo más en sus ojos, algo que parecía casi dulce. ¿Estaba Zell... intentando hacerme sentir mejor?

¿Y realmente estaba funcionando?

Algo se movió entre la maleza y parpadeó por encima de nuestras cabezas. Levanté la vista y vi una docena de estelas de luz chispeante cruzar por el cielo nocturno. Pasaron como una exhalación, como estrellas fugaces azules y amarillas. Zell dio un respingo, pero alargué una mano para tranquilizarle.

—Son solo Susurros.

—¿Susurros?

—Pajarillos mágicos. Se los compramos al Gremio de Artífices de Lightspire —le expliqué. De niña, había pasado horas contemplando las jaulas revestidas de paja del nido de Susurros del castillo de Waverly, porque ¿cómo podría no hacerlo? Eran tan, tan monos. Diminutos buhitos no más grandes que el pulgar, con grandes ojos centelleantes que semejaban galaxias. Eran mucho menos monos cuando se desintegraban en polvo y huesos después de entregar demasiados mensajes, pero me aseguraba de no estar por ahí cuando llegaba esa parte—. La mayoría de nuestras ciudades tienen nidos de Susurros. Le das un mensaje a un pajarito y le indicas a qué nido debe volar, entonces él irá hasta ahí y entregará tu mensaje hablando con tu misma voz. Así es como nos comunicamos.

—Esos vienen del castillo de tu padre —reflexionó Zell—. Son mensajes sobre lo sucedido.

—Sí —dije, pero ¿qué está contando? ¿Que los zitochis habían asesinado al Archimago y... raptado a la princesa? ¿Cuál era su plan ahora? ¿Por qué había hecho todo esto?

Pensé otra vez en la playa, en el crujido que provocó la daga de mi padre al clavarse en el ojo de Rolan, su sonrisa feroz... Los Susurros desaparecieron, dejándonos sumidos en oscuridad.

—Mi padre estaba dispuesto a matar a una chica inocente mientras dormía —dije—. ¿Dónde está el honor de eso?

—Honor —repitió Zell, como si paladeara la palabra en su boca—. Supongo que honor puede significar lo que queramos, según retorzamos la palabra. —Se quedó callado un minuto entero antes de continuar—. ¿Sabes por qué he ido con vosotros esta noche? Para espiaros. Para espiar a vuestra princesa. Creí que si le llevaba a mi padre detalles de los puntos débiles de vuestro castillo o algún secreto sobre la princesa, podría suavizar su actitud hacia mí.

Aquello me impactó. Hacía unas horas, que Zell admitiera que nos veía tan solo como enemigos a los que espiar hubiese hecho bullir mi sangre, pero sonaba tan perdido que era imposible sentir nada más que compasión.

—Fingí ser vuestro amigo para poder traicionaros —dijo—. Y no lo hice por mi pueblo ni por el honor de mi familia. Lo hice porque quería que mi padre volviese a estar orgulloso de mí. Lo hice por el hombre que me ha lanzado un hacha a la cabeza. ¿En qué me convierte eso?

—En un bastardo —le dije—. Igual que yo.

Ninguno de los dos dijimos nada después de eso. Las olas rompían en la oscuridad y una suave brisa salpicada de agua salada soplaba desde el océano. El pelo de Zell ondeaba suavemente a su espalda. Me estremecí, pero lo disimulé bien. Intenté pensar en algo que decir, pero no se me ocurría nada, nada que tuviera sentido en ese momento. No había palabras para lo que estaba sintiendo, para la certeza de que todo mi mundo se había hecho pedazos en el lapso de una sola noche, para la convicción de que nada volvería jamás a estar bien. Miré a Zell y él me miró a mí. Estaba claro que estábamos pensando lo mismo.

Así que nos quedamos ahí sentados, en silencio sobre el tronco, escuchando las olas, contemplando la noche.

Y sentí un consuelo diminuto porque, al menos, no estaba sola.

NUEVE

Lo siguiente que recuerdo es que me desperté y era media mañana.

—¿Qué…? —balbuceé, parpadeando ante tanta luz. Tenía la sensación de que hacía tan solo unos minutos estábamos en plena noche, pero el cálido sol ya estaba en lo alto. Tenía la garganta tan seca que parecía que me había tragado un saco de arena. Me enderecé, mi espalda increíblemente infeliz de que hubiese dormido apoyada en el tronco durante horas—. ¿Qué está pasando?

—Poca cosa —contestó Zell. Estaba sentado a poca distancia en la arena, con las piernas cruzadas, de cara al océano. Me dio la sensación de que llevaba ahí un buen rato. Miles estaba de pie a su lado, su pelo enmarañado y hecho un desastre, las manos en los bolsillos. Miré al campamento por encima del hombro y pude distinguir la silueta de Lyriana al lado de la hoguera que aún ardía con suavidad, acurrucada en la sombra contra la pared del acantilado. Pero ¿dónde estaba…?

—Jax se ha ido a investigar la zona —dijo Miles—. Nos quedaremos aquí escondidos hasta que vuelva.

—Vale. Tiene sentido. —Me levanté y me estiré. Zell parecía estar en su propio mundo, haciendo lo que sea que hicieran los zitochis por la mañana. Sentí una repentina punzada de vergüenza. ¿De qué había ido lo de ayer por la noche? ¿Qué había sido ese momento que compartimos? No quería pensar en ello, así que me volví hacia Miles—. ¿Qué tal estás?

—Tan bien como cabría esperar —repuso—. No hago más que devanarme los sesos; intento encontrar una lógica a todo esto. Estoy seguro de que si pudiese sentarme en algún lugar tranquilo y concentrarme, se me ocurriría algo, un plan para arreglarlo todo sin que nadie más salga herido.

—¿Y qué pinta tiene?

—Todo lo que tengo es el primer paso —suspiró Miles—. Encontrar un sitio tranquilo en el que sentarme y concentrarme.

Eché una miradita a la hoguera, donde habíamos acampado.

Lyriana no estaba solo sentada; estaba encorvada con la cara escondida entre las manos, llorando, hundida en la miseria. Incluso desde este extremo de la playa podía oír sus gemidos ahogados, sus sollozos desesperados.

—Lleva así toda la mañana —dijo Miles—. Jax y yo hemos intentado hablar con ella, pero... no ha ayudado.

126

Quizás puedas intentarlo tú… Estoy seguro de que te irá mejor que a nosotros.

¿Por qué? ¿Porque soy una chica? Me crispé un poco al pensarlo, sobre todo porque es probable que tuviese más en común con Zell que con una mariposa sobreprotegida como Lyriana. Pero entonces dejó escapar otro sollozo desgarrador y me volví para dirigirme hacia ella. Sería una persona horrible si no lo intentara siquiera.

Lyriana me oyó llegar. Levantó la vista con un hipido mientras me acercaba, y vi que tenía un aspecto aún peor de lo que había imaginado. Tenía las mejillas empapadas de lágrimas y los ojos cansados e inyectados en sangre. Su pelo apelmazado colgaba en mechones enredados alrededor de su cara. Un oscuro moratón había aflorado alrededor de su mandíbula, probablemente producto de la caída a través de las cuevas, y tenía el labio partido y ensangrentado. No se parecía a la princesa que nos había dejado a todos estupefactos en el banquete, ni a la maga que nos había salvado la vida. Simplemente parecía una chica que había pasado por un infierno.

Gimió de nuevo, un sollozo que agitó todo su cuerpo, como una viuda en un funeral. Y quizás eso me convirtiera en la peor persona del mundo, pero no pude evitar sentirme enfadada con ella. *Todos* habíamos tenido una mala noche. *Todos* estábamos metidos en un lío de mil demonios. Pero los demás estábamos aguantando el tipo y no desmoronándonos como un castillo de naipes. ¿Por qué no podía hacer ella lo mismo?

—Han matado a tío Rolan —murmuró en voz baja—. Le mataron como si no fuese nadie.

Mi enfado se transformó en culpabilidad al instante. *Es verdad*. No solo había tenido una mala noche. Había visto cómo asesinaban a su tío delante de sus propios ojos. Tenía todo el derecho del mundo a desmoronarse. Diablos, tenía todo el derecho a darme un puñetazo en la cara.

—Lo siento —le dije, sentándome a su lado—. Ha sido terrible. —Deseé desesperadamente que se me ocurriera algo mejor que decir, algo que no fuese tan manido ni tan obvio ni tan vacío. Pero ¿qué podía decir? No había prestado demasiada atención a mis lecciones de etiqueta, pero estaba bastante segura de que no existía una expresión estándar para «Siento que mi padre matara a tu tío.»

—Me dijo que sería peligroso. Dijo que la gente querría hacernos daño. Pero no le creí. No le escuché. —Le temblaba la voz—. Ya no quiero hacer esto. No quiero ver mundo. No quiero nada de esto. Solo quiero irme a casa.

—Eso es lo que queremos todos —dije, y noté un gran dolor en el pecho. Me sentía fatal por haberla prejuzgado la noche anterior, fatal por todo el dolor que mi familia le había causado. Estiré la mano para abrazarla, pero la retiré al instante al darme cuenta de que no debería tocar a la princesa. Luego decidí que habíamos superado con creces el punto de respetar ese tipo de formalidades. Envolví los brazos alrededor de Lyriana, la atraje hacia mí y la abracé con fuerza mientras lloraba, mientras sus lágrimas empapaban mi camisa. Su cuerpo se sacudía contra el mío, hipaba con sus sollozos, pero la sujeté con fuerza.

Eso pareció ayudar, al menos un poco. Dejó de llorar y se volvió hacia mí con un hipido, la cabeza ladeada como si me mirara de verdad por primera vez.

—Traicionaste a tu propio padre por protegerme —dijo—. Podías haberme entregado, pero no lo hiciste. Me salvaste la vida.

—Sí, bueno, tú nos salvaste a todos de morir ahogados —contesté—. Así que supongo que estamos empatadas. Y, eh, después de todo, has conseguido meter ese pie en el Océano Interminable.

—Metí mucho más que un pie. —Esbozó el más leve asomo de sonrisa—. Si conseguís llevarme a casa, te prometo que estaréis a salvo. Juro por los Titanes que me aseguraré de que nadie os haga daño.

¿Y qué pasa con mi padre? ¿Le harán daño a él? No me atreví a preguntarlo porque ya sabía la respuesta.

—¡Eh! —gritó la voz de Jax desde el otro extremo de la playa—. ¡He vuelto!

Intenté ayudar a Lyriana a levantarse para que pudiéramos ver lo que estaba pasando, pero no quiso moverse.

—Por favor —dijo—. No quiero hablar con nadie más. Déjame aquí por el momento. Me gustaría llorar mis penas a solas.

No había mucho que pudiese decir a eso. Le di una suave palmadita en el hombro y empecé a cruzar la playa otra vez. Podía ver la figura de Jax, sus ágiles zancadas reconocibles incluso desde esa distancia.

—Tengo grandes noticias —dijo jadeando cuando se detuvo a nuestro lado—. Realmente grandes noticias. ¡Resulta que tenemos una suerte de mil demonios!

—Voy a tener que estar en desacuerdo con eso —murmuró Miles.

Jax le ignoró.

—¡He averiguado dónde estamos! Estamos en Beggar's Reach, las tierras más allá de la vieja cantera, al otro lado de los espesos bosques centenarios. Esa debe de ser la razón de que esta cala sea tan difícil de encontrar. El río nos llevó más al norte incluso de lo que parecía.

—¿Y por qué es una gran noticia? —pregunté.

—Porque, ¿sabes quién vive aquí cerca? —Las mejillas de Jax se fruncieron en una gran sonrisa de oreja a oreja—. ¡Tannyn y Markos!

—Venga ya —sonreí. Tannyn y Markos Dolan eran un par de hermanos con los que habíamos crecido Jax y yo. Su padre había sido el viticultor oficial del castillo de Waverly y, de niños, los cuatro habíamos sido inseparables. Corríamos por los patios, chapoteábamos en el arroyo, bromeábamos con los comerciantes que estaban de visita y nos escondíamos de la institutriz Morga. Tannyn había sido el mejor amigo de Jax, un chico deportista y bonachón que siempre había estado dispuesto a echar una carrera o aceptar un desafío. Y Markos... Markos era un año más joven que yo. No era el chico más listo y desde luego que no era el más guapo, y tartamudeaba cuando se ponía nervioso. Pero era dulce y amable y, hace una eternidad, había sido mi primer beso.

—Son viejos amigos nuestros —explicó Jax—. Su padre solía trabajar en el castillo y, cuando se jubiló, Lord Kent le regaló este viñedo en la costa. Murió hace un par de años, pero sus hijos heredaron el lugar. Y ¿sabéis qué? ¡Están a solo unas horitas de aquí! ¡Será un paseo!

—Tannyn y Markos. Maravilloso —refunfuñó Miles. Nunca se había llevado bien con los hermanos. Una vez, cuando éramos pequeños, Tannyn había empujado a Miles a un riachuelo y Miles había ido a chivarse llorando a su madre. Los dos hermanos recibieron una azotaina por aquello, algo que nunca le perdonaron.

—¿Y qué harán por nosotros esos viejos amigos? —preguntó Zell.

—Son buenos chicos —dijo Jax—. Tannyn es prácticamente un hermano para mí. Nos darán comida, ropa limpia y un lugar en el que escondernos mientras pensamos qué hacer.

Mi estómago gruñó de manera sonora. De repente me di cuenta del hambre que tenía.

—Es buena idea. Mejor que quedarnos en esta playa todo el día. Y yo pongo la mano en el fuego por esos tipos.

—Oh, estoy seguro de que lo haces —dijo Jax, su sonrisa burlona apenas disimulada. Nunca superó el hecho de que Markos y yo nos hubiésemos enrollado.

Zell no pareció darse cuenta.

—Si vosotros dos confiáis en ellos, a mí me basta. Deberíamos irnos ya y caminar todo lo que podamos por la costa. Así podremos mantenernos ocultos a la sombra del acantilado...

—Esperad —le interrumpió Miles. Se frotaba el caballete de la nariz con los ojos cerrados, como solía hacer cuando pensaba—. Esperad, esperad, esperad. Tenemos que separarnos.

Jax giró en redondo.

—¿Qué? ¿Por qué demonios íbamos a hacer eso?

—Mirad, por lo que sabemos, todos los soldados de Occidente deben de estar buscándonos. ¿Qué pasa si nos cogen a todos juntos? —Ninguno de nosotros contestamos—. Vale, yo tampoco lo sé, pero no creo que sea nada bueno.

—¿Y estaremos mejor si nos separamos?

Miles suspiró.

—Mira a tu alrededor, Jax. ¿Qué ves? Porque yo veo tres bastardos sin ningún valor, un mozo de cuadra sin ningún valor y una princesa de un valor incalculable.

Jax no parecía cogerlo, pero yo sí.

—Lo que de verdad quieren nuestros padres es a Lyriana. Hasta que la capturen, el resto de nosotros... bueno, todavía tenemos algún valor para ellos.

—Porque sabemos dónde está —terminó Zell. Luego ladeó la cabeza en dirección a Miles—. Muy listo.

Desde ese momento, fue más un tema de quién se quedaba y quién iba. Jax insistió en que él tenía que ir porque había más probabilidades de que Tannyn le escuchara a él. Miles intentó insistir en que yo me quedara porque estaría más segura con la princesa, y sí, eso me dio un poco de rabia. Destaqué que yo también tenía buena relación con los chicos, y eso solo hizo que Jax se riera entre dientes. Zell se ofreció a quedarse, pero Jax no se fiaba de dejarle con Lyriana. Al final, a pesar de las balbuceantes protestas de Miles, decidimos que iríamos Jax, Zell y yo, y que Miles se quedaría en la playa con Lyriana. Estarían seguros allí, escondidos a la sombra de los acantilados. Tan seguros como podían estar.

Recogimos nuestras cosas y nos preparamos para partir. Fui a ver a Lyriana una última vez para asegurarme de que sabía lo que estaba pasando y estaba de acuerdo con ello; dejó escapar unos cuantos *miips* suaves que creo que significaban «sí». Sin embargo, mientras me dirigía a reunirme con Jax y Zell, Miles me detuvo a mitad de camino.

—Tilla, espera. ¿Puedo hablar contigo un momento?

—Miles, ya sé que no te quieres quedar aquí —empecé—, pero es lo que más sentido tiene, ¿vale?

—Eso... eso no es lo que quiero decirte. —Miles miró con intensidad sus pies desnudos—. Yo solo... quería darte algo. Por si acaso. —Metió la mano en su abrigo y sacó algo, un pequeño disco de cuero.

—¿Tu piedra solar? —pregunté—. Ya tengo una...

—Se me había ocurrido que podíamos hacer un intercambio. Mira, yo he modificado la mía esta mañana. —La hizo girar en sus manos—. Estaba pensando en lo que mi madre hizo con ese matamagos, así que acabé toqueteando aquí y allá... Normalmente, hay un seguro que libera el gas de inmediato si la esfera de cristal está comprometida, así que usé una horquilla para inutilizarlo y... —Debió de percatarse de la expresión de perplejidad en mi cara—. Si rompes el cristal mientras está encendida, hará *boom*. No como el matamagos ni nada, pero lo suficiente como para provocar un fuego y ahuyentar a cualquiera que os esté atacando.

—Oh. —En realidad, eso sí que sonaba útil. Cogí la piedra solar y la miré por ambos lados. Era bonita, una de las realmente sofisticadas que vendían en las tiendas exclusivas de Puerto Hammil. El revestimiento del disco era de oro, con incrustaciones de diminutos rubíes centelleantes, y el dorso tenía un búho grabado, el emblema de Casa Hampstedt. Debajo estaba el lema de su Casa: «*Mente antes que fuerza.*» Me acordaba de esta piedra solar; la madre de Miles se la había regalado por su decimotercer cumpleaños. Había estado tan orgulloso de ella que se había pasado toda su visita al castillo de Waverly enseñándosela a todo el que le prestara atención.

Y ahora la había convertido en una bomba. Para mí.

—Miles...

—Simplemente cógela. —Cerró mi mano en torno al disco y la apartó de sí antes de que pudiese cambiar de opinión. Con cierta torpeza, me quité mi propia piedra solar del cuello y se la entregué. La miró pensativo—. Escucha —dijo—, por si... por si acaso esta es la última vez que te veo... hay algo que debería decirte. Algo que debí de haberte dicho hace mucho tiempo.

Oh, no. Una embarazosa declaración de amor no. Esa era la ultimísima cosa con la que quería lidiar en ese momento.

—Voy a volver, Miles —le dije—. Lo prometo. Sea lo que sea, puedes decírmelo entonces.

Miles asintió.

—Sí. Tienes razón. Te lo diré entonces.

Así era mejor. Mucho, mucho mejor. Le dejé al lado de la hoguera con Lyriana y me reuní con Zell y con Jax.

—¿De qué iba eso? —preguntó mi hermano.

—No era nada —contesté, y empecé a andar por la costa a paso ligero—. Vamos, chicos. En marcha.

DIEZ

No fue la peor caminata que había hecho en mi vida, pero desde luego que estaba entre las peores. Jax nos condujo a lo largo de la playa durante una eternidad, hasta que me dolieron los pies de caminar por la arena inestable. Después de eso tuvimos que subir por una ladera empinada de tierra y piedras sueltas, y luego un arduo recorrido a través de un bosque lleno de maleza. Si hubiese sido cualquier otra persona la que nos guiara, lo más probable es que nos hubiéramos perdido. Pero Jax conocía la costa oeste como la palma de su mano y podía encontrar la salida de un laberinto de noche con los ojos vendados. Así que le seguí, zigzagueé entre las ramas de los robles, pisoteé las crujientes hojas caídas e intenté (y fracasé) evitar los charcos embarrados.

Llegamos a la hacienda de los Dolan a media tarde, más o menos. Estaba a una hora a caballo del pueblo de Hale, y era probablemente lo más al norte que podían llegar los viñedos de Occidente; más al norte y empezarías a encontrarte las heladas Tierras Fronterizas y la tundra de los zitochis más allá. Un fino velo de nubes ocultaba el sol y envolvía el mundo en una mortecina luz grisácea. Salimos del bosque y llegamos a unas suaves colinas salpicadas de filas y filas de desnudos postes blancos, sus uvas ya cosechadas. En otro momento, quizás hubiese pensado que el paisaje era bonito, pero ahora mismo se parecía demasiado a un cementerio.

—No me gusta —murmuró Zell—. Demasiado expuestos. Cualquiera podría vernos aquí.

—Es verdad. Por eso vamos hacia la casa. —Jax hizo un gesto con la cabeza hacia el otro extremo del viñedo. Al fondo había una casa de campo, una preciosa casa solariega de dos plantas con una fachada de piedra pintada y un tejado de tejas rojas y bonitas ventanas arqueadas con cuarterones de madera tallada. A un lado había unas cuadras, con un huerto excepcionalmente pulcro junto a ellas. Era un sitio impresionante para un viticultor, incluso para uno que hubiese trabajado en el castillo de Waverly durante treinta años.

¿Cómo era ese viejo dicho? *Un Kent recompensará la lealtad cien veces, pero castigará la traición una sola vez.*

Habíamos cruzado la mitad del viñedo cuando Tannyn salió de la casa con un cubo de hojalata vacío. Era robusto y atractivo, con unos bíceps desarrollados y el pelo castaño bien peinado. No le había visto desde hacía un par de años, pero estaba claro que le habían sentado bien: tenía los brazos más fuertes y musculosos, como los de Jax, y una pelusilla rubia ensombrecía el hoyuelo de su barbilla.

—¡Eh! —gritó Jax.

Tannyn levantó la vista y nos vio. Se quedó pasmado y abrió los ojos como platos. ¿De verdad teníamos tan mala pinta?

—¡Jax! ¡Tilla! —gritó.

Jax soltó una gran risotada.

—¡Vamos, Tannyn! ¿Esa es forma de saludar a tus viejos amigos? —Nos miró de reojo a Zell y a mí—. Oh. Vale. No todos los días aparecen tus amigos con un guerrero vidrioso.

Tannyn se frotó los ojos con el dorso de su gran manaza rojiza.

—Olvídale. ¿Qué estáis haciendo aquí?

Me quedé parada, no sabía muy bien cómo tomarme eso, pero Jax siguió hacia la casa.

—Te voy a poner al día, Tannyn. Estamos en un lío. En un gran lío. Necesitamos tu ayuda.

—¿Mi… mi ayuda? —preguntó Tannyn, y entonces parpadeó, como si acabara de entenderlo—. Oh, claro. Vale. Sí. ¡Por supuesto! ¡Lo que necesitéis! ¿Por qué no entráis y me contáis lo que está pasando?

—¡Ese es mi chico! —Jax sonrió de oreja a oreja y echó a correr hacia él. Pensé en correr tras él, pero por alguna extraña razón mis piernas no querían moverse. Una desagradable verdad me atenazó el estómago. Habíamos recorrido todo el camino hasta allí porque necesitábamos ayuda desesperadamente... pero si entrábamos ahí, meteríamos a dos personas más en este lío. Si mi padre se enteraba de que nos habían dado cobijo... estarían tan perdidos como nosotros. Miré a Zell. Él tampoco se había movido, tenía el ceño fruncido, la mirada intensa. ¿También se sentía culpable? ¿O era algo totalmente diferente?

—Jax —llamé—. Quizás deberíamos...

—¡Markos! —gritó Tannyn, interrumpiéndome—. ¡Sal aquí afuera! ¡No te lo vas a creer! ¡Tilla y Jax están aquí... y necesitan nuestra ayuda!

La puerta del establo se abrió de golpe. Un joven alto y delgado salió por ella, boquiabierto por la incredulidad. Markos Dolan apenas había cambiado. El pelo rubio y enmarañado le caía alrededor de los hombros, e incluso bajo la sombra de su mano pude distinguir su nariz torcida y sus mejillas pecosas. Desde el otro extremo del viñedo, sus ojos verdes encontraron los míos.

—¡T... T... Tilla! —tartamudeó.

Recordé aquella noche, hacía tres años, después de la Fiesta Estival de la Abundancia. Todos los adultos estaban borrachos, inconscientes en alguna parte del castillo o cantando baladas obscenas en el Gran Salón. Jax y Tannyn habían robado un odre lleno de vino y se escabulleron para bebérselo. Markos y yo habíamos acabado escondidos en la pajera que había sobre las cuadras, tumbados sobre un gran montón de heno mullido, riéndonos de las cosas ridículas que habíamos visto hacer a los lores ahí abajo. Entonces, la conversación se había ido calmando y él me había besado, o quizás fui yo quien le besó a él. Fuera como fuera, nos besamos; besos suaves pero intensos, mis manos alrededor de sus hombros, las suyas sobre mi cintura. Todavía recordaba con gran nitidez cómo me había acariciado el cuello, el cosquilleante rastro de fugaces besitos que había dejado hasta mi clavícula. Recuerdo cómo me había abrazado después, mi espalda apretada contra su pecho, sintiendo su corazón, cómo de algún modo había sabido exactamente hasta dónde estaba dispuesta a llegar y se había parado ahí.

—¿P... por qué... por qué estáis aquí? —logró decir al fin, el color borrado de su ya de por sí pálido rostro—. ¿Por qué habéis...?

—Estoy seguro de que nos lo contarán todo, Markos —le interrumpió Tannyn—, ¡pero dejemos que se aseen y coman algo primero! ¡Parecen recién salidos de una guerra! —Le lanzó a su hermano una mirada intensa—. ¡Entra ahí y calienta algo de agua, hombre!

—Vale. Sí. Agua. —Markos apartó la mirada de la mía y entró corriendo en la casa. Quise gritarle algo, advertirle, decirle que se diera la vuelta...

Jax pasó por al lado de Tannyn y desapareció por la puerta de la casa. Era demasiado tarde, ¿no? Ya había entrado. Ya no había vuelta atrás. De un modo u otro, Tannyn y Markos habían unido sus destinos a los nuestros.

Sentí ganas de vomitar.

—Bueno, pues vamos —dijo Zell, y empezó a andar.

Tannyn se agachó y recogió su cubo. Zell y yo llegamos hasta él y Tannyn se enderezó de nuevo.

—Tilla —dijo—. Y... bueno, alguien a quien no conozco.

—Este es Zell —le expliqué—. Está con nosotros. Está... está en el mismo lío que nosotros.

—Vale. —Tannyn le miró de arriba abajo, sus ojos se entretuvieron en la larga daga que llevaba envainada a la cintura—. Mira, no sé en qué tipo de lío estáis metidos. Y ni siquiera soy capaz de empezar a imaginar por qué os habéis presentado en nuestra casa con un vidr... con un zitochi. Quiero ayudaros. De verdad. Pero...

—Pero no dejarás que entre en vuestra casa —dijo Zell con frialdad, y Tannyn no contestó.

—Es un buen tipo —le expliqué—. De verdad. Y él también necesita ayuda. Yo respondo por él, ¿vale? No causará ningún problema.

Tannyn suspiró. Me di cuenta de que estaba poniendo buena cara solo por Jax, que en realidad estaba preocupado, que intentaba prever lo mal que podía terminar todo esto para él. No le gustaría la respuesta.

—Al menos deja el arma fuera, ¿vale? Para mi tranquilidad mental.

Zell me miró inquisitivo y yo asentí.

—Hazlo, Zell.

Se encogió de hombros, se desabrochó el cinturón que sujetaba la vaina a su cintura y tiró la daga al suelo, al lado de la puerta de entrada. Después se sacó un segundo cuchillo de otra vaina que llevaba dentro de la camisa, y un tercero de una de sus botas. Los tiró encima de la daga.

—¿Satisfecho?

—No sería la palabra que usaría —contestó Tannyn, y entró en la casa—. Pasad.

Le seguimos al interior y, a pesar de lo dolorida y hambrienta e infeliz que me sentía, no pude evitar admirar el lugar. Jax ya los había visitado alguna vez, pero esta era la primera para mí. El suelo era de baldosas pulidas, y bonitos tapices colgaban de las paredes, con imágenes de humildes campesinos y viticultores trabajando los campos, junto a un precioso mapa dibujado a mano de la provincia de Occidente. Una escalera de caracol conducía a las habitaciones. Había una gran chimenea en el otro extremo de la sala con un par de elegantes espadas expuestas sobre ella, pegadas en la pared. Una larga mesa de madera ocupaba el centro de la sala y, sobre ella, un bol de las más suculentas, maduras y jugosas frambuesas que había visto en toda mi vida. Jax ya se había dejado caer en una silla y estaba ocupado metiéndose puñados enteros dentro de la boca.

Tannyn debió de ver el hambre en mi mirada.

—Acerca tú también una silla —dijo—. Comed un poco. Tenéis pinta de necesitarlo.

Crucé la sala a velocidad de récord para dejarme caer al lado de Jax antes de que pudiese terminar con todas las frambuesas. Mi estómago prácticamente rugió de hambre. No tenía tiempo de preocuparme en parecer fina y educada, hoy no. Engullí un puñado de frambuesas y eran, sin exagerar, la cosa más deliciosa que había probado jamás.

Un par de puertas se abrieron de par en par al fondo de la habitación y Markos salió a toda prisa de la cocina con tres tazas de madera tallada llenas de agua.

—¡Tomad! —dijo, repartiéndolas. Jax agarró la suya con tal ansiedad que derramó la mitad del agua sobre la mesa. Zell declinó el ofrecimiento. Yo alargué la mano para coger la mía y las yemas de mis dedos rozaron las de Markos, que retiró la mano bruscamente y se sonrojó un poco.

—Markos —le saludé—, hacía tiempo que no te veía. —Su hermano y él se habían ido del castillo justo una semana después de aquella famosa noche y apenas habíamos hablado desde entonces. Este no era en absoluto el tipo de reencuentro que había imaginado—. Tienes buen aspecto.

—Gr... gracias —dijo—. Tú también estás estupenda. —Debió de verme mirar con escepticismo mis mangas deshilachadas y mis pantalones embarrados, porque su sonrojo se intensificó hasta ser de un profundo color escarlata—. Quiero decir... tu ropa no, pero tú... tu aspecto... yo... es decir...

—Está bien, Markos. Lo capto —le tranquilicé. Jax sonreía de oreja a oreja. Le di una patada por debajo de la mesa.

Markos se dio la vuelta, incapaz de sostenerme la mirada.

—Tannyn, escucha... quizás deberíamos...

—¡Traerles algo de comida! —terminó Tannyn—. Esa es una gran idea. ¿Por qué no vas a la cocina y preparas algo? ¿Qué te parece un estofado con ese conejo que traje ayer?

—Yo... —intentó Markos, y luego bajó la vista—. Vale. Bien. Un estofado. Me pongo a ello.

Markos se dirigió a la cocina arrastrando los pies. Jax se levantó de su silla como una exhalación y se apresuró a seguirle.

—¡Yo te puedo ayudar con eso!

—¡Se va a comer la mitad de los ingredientes antes de que caigan en la cazuela! —grité, mientras desaparecía tras la esquina—. ¡Ten cuidado!

Pensé que eso a lo mejor le arrancaba una sonrisita a Zell, pero se limitó a ponerse más rígido en su silla, una expresión tensa en la cara. ¿Qué le pasaba? ¿Por qué estaba tan nervioso?

—Eh. ¿Qué opinas de estas? —preguntó Tannyn. Estaba de pie delante de la chimenea y estiró una mano despreocupadamente para coger una de las espadas de su soporte. Tenía una hoja fina y plana, más corta que la mayoría de espadas de Occidente, quizás tan larga como mi brazo. La guarda parecía estar hecha de algún tipo de concha ósea, y el pomo ostentaba una reluciente piedra morada—. Markos se las compró a un comerciante del sur. Yo pensé que había malgastado su dinero, pero bueno, ya conoces a Markos.

—Es bonita —dije, forzando una sonrisa—. Muy elegante.

Las manos de Zell se cerraron en torno a los reposabrazos de su silla, las lascas de vidrio nocturno sobresalían de sus nudillos. No me lo estaba imaginando. Estaba tenso. Y noté que yo también empezaba a ponerme tensa. Algo iba mal, algo que no conseguía identificar del todo, algo que no lograba ver. Se me empezó a acelerar el corazón.

—¿Entonces? —dijo Tannyn. Se apoyó contra la chimenea, la espada todavía en la mano. Era como si quisiera dar una imagen casual sujetándola pero no sabía cómo hacerlo. ¿Por qué la tenía aún en la mano? ¿Por qué la había cogido, para empezar?— ¿Quieres contarme lo que está pasando?

—Vimos algo —le dije—. Algo que no debimos ver. Y algunas… algunas personas están realmente enfadadas por lo que vimos, y nos están buscando, y… y solo tenemos que pensar lo que vamos a hacer. —Suspiré—. Lo siento. Creo que eso es todo lo que os puedo contar.

—Está bien. Muy bien. No te preocupes. De verdad, ni siquiera quiero saber más. —Tannyn jugueteó con la espada en la mano—. Relajaos. Os daremos estofado y algo de beber, y quizás una buena cama en la que dormir. Y después podréis decidir lo que vais a hacer. —Estaba siendo amable; muy, muy amable, pero ¿ era eso extraño? ¿Debía de estar haciendo más preguntas? ¿O estaba viendo fantasmas donde no los había? ¿Acaso estaba perdiendo la cabeza? ¿Por qué me temblaban tanto las rodillas?

—Y caballos —dijo Zell por fin—. ¿Podríais conseguirnos caballos? ¿Si los necesitáramos?

—Eso puede ser un poco más difícil, pero... pero, sí. Tenemos suficientes —asintió Tannyn.

—¿Para todos nosotros? —insistió Zell.

—Sí. Tenemos cinco caballos de sobra.

Zell dejó escapar una repentina exclamación.

Tannyn se quedó helado.

«Cinco caballos de sobra,» había dicho Tannyn. Pero no habíamos dicho ni una palabra de que fuéramos cinco. Por lo que él sabía, solo estábamos Jax, Zell y yo. Entonces, ¿cómo...? ¿Cómo podía...?

Oh, no.

La habitación estalló en un frenesí de movimiento. Con un rugido, Tannyn se abalanzó hacia nosotros, la espada en sus manos se dirigía hacia mí como una flecha. Pero Zell fue más rápido. Se impulsó hacia atrás en su silla, estiró una mano para arrastrarme a mí con él y levantó la mesa de una patada. Zell y yo caímos al suelo de espaldas y la mesa se volteó, actuando como escudo entre nosotros y Tannyn, cuya espada se incrustó en la madera con una lluvia de astillas. Se quedó ahí atascada, su afiladísima punta apenas a unos centímetros de mi cara.

Había intentado matarme. Tannyn Dolan, el chico con el que había crecido, acababa de intentar matarme.

Me quedé ahí tirada, alucinada, pero Zell se movió. Se levantó de un salto y brincó como un gato. Pasó por encima de la mesa de una sola zancada para incrustar su puño en el cuello de Tannyn... y clavar sus nudillos de vidrio nocturno directamente en su garganta.

Los dos cayeron hacia atrás contra la chimenea. Los ojos de Tannyn se abrieron como platos por el dolor y el miedo. Sus labios se llenaron de sangre burbujeante mientras sus manos se movían espasmódicamente a los lados y dejaba escapar un terrible gorjeo ahogado. Zell hizo un brusco gesto con la mano hacia un lado y desgarró lo que quedaba del cuello de Tannyn. Su vida salió disparada de su interior en un chorro rojo y caliente.

Se oyó una conmoción en la cocina, el estrépito de platos y el impacto de cuerpos al caer al suelo. El grito de Jax atravesó la casa. Entonces sí que me moví. Me puse de pie a toda velocidad y salí corriendo hacia allí.

Jax estaba tirado en el suelo, con Markos encima de él, rodeados de trozos de platos rotos. Markos sujetaba un cuchillo, un largo y afilado cuchillo de carnicero, y la mano de Jax sobre su muñeca era lo único que lo separaba de su pecho. Markos hizo fuerza hacia abajo, empezaba a superar los forcejeos de Jax, acercaba la hoja más y más.

—¡Lo siento! —balbuceó—. ¡Lo siento tanto!

Actué por puro instinto. Crucé la habitación, cogí una pesada sartén de hierro de un soporte, y la columpié en un brutal arco diagonal que le dio a Markos justo en un lado de la cabeza.

Cuando era pequeña, uno de mis libros favoritos era *Muriel Vagabunda*, una entretenida historia sobre una niña de una troupe de teatro que plantaba cara a unos ladrones. Les había arreado con una sartén, que hizo un desternillante *WHOMP* al dejarlos inconscientes.

En este caso no hubo ningún desternillante *WHOMP*, solo el enfermizo crujido húmedo de la sartén fracturando el cráneo de Markos. Rodó por encima de Jax con un gritito y aterrizó sobre el costado, estremeciéndose y gimiendo. La sangre se arremolinaba alrededor de su cabeza como té derramado de una taza agrietada.

Se me revolvió el estómago. Una oleada de bilis caliente subió por mi garganta y apenas fui capaz de no vomitar. En el suelo, Jax boqueaba en busca de aire.

—¿Qué...? ¿Qué...? ¿Por qué...?

Intenté agacharme para ayudarle, pero casi me caigo. Tenía las piernas de gelatina. Me desplomé sobre el suelo, me daba vueltas la cabeza, estaba desesperada por encontrar las palabras.

—Han... han intentado... —Pero no me salía nada, nada que pudiese encontrar un sentido a lo que acababa de suceder.

Jax se sentó y soltó un alarido cuando miró hacia la sala principal a través de la puerta abierta de la cocina.

Tannyn yacía contra la chimenea, su cara pálida e inexpresiva, sus manos inertes a los lados, su camisa empapada de rojo, procedente de los desgarrados restos de su cuello.

—No, Tannyn, no… Oh, no… ¿por qué…?

—Intentó matarnos. —Zell dobló la esquina y entró en la cocina. Su voz sonaba neutra, su cara inexpresiva, desprovista de emociones. Jamás adivinarías que acababa de asesinar a un hombre con sus propias manos. ¿Cómo podía ser tan frío, tan tranquilo?—. No tuve elección.

—Él… él… —Los ojos de Jax se llenaron de lágrimas mientras gateaba hacia la chimenea. Su dolor me hizo más daño que todas las caídas y rasguños de la noche anterior—. ¿Por qué? ¿Por qué querrían…? ¿Cómo pudieron…? ¿Por qué?

—Eso es lo que me gustaría averiguar —contestó Zell. Pasó por delante de Jax y por delante de mí, y se dirigió hacia donde yacía Markos, todavía gimiendo. Zell le dio una patada en el costado, le hizo rodar sobre la espalda y luego se arrodilló sobre él, clavándole la rodilla en el pecho. Markos aulló de dolor, los ojos abiertos de par en par.

Mi impulso fue apartar a Zell de un empujón; para proteger a Markos, para acabar con aquello. Pero me contuve y no hice nada.

—¿Cómo lo supisteis? —exigió saber Zell—. ¿Por qué habéis intentado matarnos? ¿Por qué?

—S... s... susurro —logró articular Markos—. Llegó volando al pueblo. Esta mañana. El m... m... maestro del nido lo escribió. —Metió la mano en su chaqueta. Le temblaba todo el brazo, sus dedos parecían sufrir espasmos. Deseé que fuese solo por el miedo, pero sabía que probablemente se debiera al golpe. Sacó un arrugado pergamino marrón y yo estiré la mano, lo cogí, lo desdoblé...

—Oh, no —susurré.

Había visto pergaminos como ese antes, por supuesto. Un montón de veces, grandes carteles impresos con las palabras «SE BUSCA» en la parte superior y una recompensa en la inferior. Solían llevar la descripción de algún cafre desalmado buscado por violación, asesinato o robo. Nunca pensé que fuera a ver uno con mi propio nombre.

—¿Qué dice? —quiso saber Jax—. Por favor. ¡Lee lo que dice!

—«Se busca, muertos... por asesinato y traición» —leí—. «En un acto de salvajismo que avergonzará para siempre a nuestra provincia, estos tres jóvenes nacidos en Occidente, junto con un zitochi exiliado y una sirvienta de Lightspire, asesinaron a sangre fría a la princesa Lyriana Volaris y el Archimago Rolan, que se encontraban de visita en el castillo de Waverly. Cometieron este acto ruin a petición de las tribus zitochis y se les debe considerar traidores al reino de Noveris. Son extremadamente peligrosos y pueden hacer correr mentiras sediciosas, incluido el intento de hacer pasar a la sirvienta de Lightspire por la princesa. A cualquiera que los ayude se le considerará culpable de traición y será ejecutado sin piedad.» —Llegué al pie del papel y me di cuenta de lo mucho que me temblaban las manos—. «Lord Kent ha autorizado a los ciudadanos de Occidente a matar a estos cinco nada más verlos. La recompensa por sus cuerpos es de diez mil águilas de oro por cada uno.»

Debajo de todo eso estaban nuestros nombres y una descripción de los cinco, detallada con sorprendente precisión. No necesitaba leerlas en voz alta, y no necesitaba saber que, aparentemente, la mejor palabra para describirme era «anodina». En cualquier otro momento eso me hubiese dolido. Ahora era el menor de mis problemas.

—Nos incriminan a nosotros —musitó Jax, dejándose caer en el suelo—. Esos hijos de ..., nos... nos...

—Nos han condenado a muerte —terminé por él. El papel escapó revoloteando de mis manos. No me había dado cuenta de que aún me quedaban esperanzas, pero debía de tenerlas, porque mi pecho se encogió con la horrible sensación de que se evaporaban. Porque esa era la horrible verdad, la que odiaba tener que admitir: que todo este tiempo, a pesar de todo lo que había pasado, seguía pensando que quizás hubiese alguna forma de salir de aquel atolladero. Quizás, si nos limitásemos a escondernos y esperásemos al momento oportuno, no habría necesidad de mantener esto en secreto y Jax no estaría en peligro. Quizás, solo quizás, mi padre y yo encontraríamos una solución y las cosas podrían volver a ser como eran antes.

No. Mi padre quería verme muerta. Mi propio padre quería verme muerta. Me ardían los ojos. Dejé caer mi cabeza entre mis manos. Había estado tan cerca, más cerca de su confianza de lo que lo había estado jamás en mi vida, tan cerca de ganarme su amor por fin...

Y ahora acababa de ordenarle a la provincia entera que me matara.

Solo Zell parecía no estar afectado.

—Última pregunta —le dijo a Markos, todavía inmovilizado por una rodilla clavada en el pecho—. ¿Va a venir alguien por aquí pronto? ¿Esperáis alguna visita esta noche?

—No —dijo Markos.

—Bien —repuso Zell.

Luego se agachó, cogió la cabeza de Markos entre sus manos y le rompió el cuello con un chasquido seco.

Reprimí un grito apretando los dientes. Jax dio un alarido y cruzó la sala como un rayo, se abalanzó sobre Zell y le estampó contra el suelo.

—¿Qué diablos? ¡Acabas de matarle!

—¡Él intentó matarte a ti! —se defendió Zell. Se deshizo del agarre de Jax sin ningún esfuerzo, le volteó y le dio tal empujón que le mandó resbalando hasta el otro extremo de la cocina—. ¿O por alguna razón te has perdido esa parte?

—¡Estaba en el suelo... herido... derrotado! —bufó Jax—. ¡No tenías por qué matarle!

—¿De verdad eres tan ignorante? —Zell se levantó y se dio la vuelta—. Habría conseguido ayuda y le habría contado a todo el mundo lo sucedido. Entonces sabrían que aún estamos vivos, ¡que estamos aquí! ¡Perderíamos la única ventaja que tenemos!

—Pero... pero... —balbuceó Jax—. ¡Podíamos haberle llevado con nosotros! ¡Como prisionero!

—Un patán inútil con el cráneo fracturado que se hubiese quejado a cualquiera que estuviese al alcance del oído mientras se moría lenta, dolorosa ¡y ruidosamente!

—¡No tenías por qué matarle!

Siguieron discutiendo, pero yo había dejado de escucharlos. Era como si el peso del mundo ahogase sus palabras. No podía moverme. No podía respirar. Todo lo que podía hacer era mirar embobada la cara de Markos, de lado sobre el suelo de baldosas, sus ojos todavía brillantes por las últimas lágrimas que aún no se habían secado. Los ojos a los que había mirado con tanto deseo aquella noche en la pajera, los ojos a los que había estado segura que miraría el resto de mi vida. Markos no tendría un resto de su vida. Ya no.

Me obligué a apartar la mirada. A mirar a Jax, tirado en el suelo, llorando; y luego a Zell, su rostro duro y frío. Unos finos regueros de sangre resbalaban por las cuchillas de vidrio nocturno de sus nudillos, bajaban por sus dedos pálidos, por sus manos asesinas. Pensé que estarían quietas, como el resto de él, pero temblaban, solo un pelín, un tembleque casi imperceptible que no podía ocultar, y eso que lo estaba intentando. Me di cuenta de que esa frialdad y esa calma eran una máscara, una máscara para ocultar algo terrible que bullía en su interior. Y se le estaba empezando a caer.

Sería tan fácil echarle a él la culpa de todo esto.

Tan fácil. Y tan injusto.

—Todos nosotros los hemos matado —dije. Jax se volvió hacia mí, alucinado, y los ojos de Zell me miraron un instante. Capté un atisbo de lo que fuera que había detrás de esa máscara, algo crudo y doloroso—. Los matamos en el mismo momento en que vinimos aquí y les pedimos ayuda. Los matamos en el mismo momento en que les hicimos elegir entre sus vidas y las nuestras. Esto no podía acabar de ningún otro modo. —Tenía los ojos clavados en el suelo—. Todo lo que ha hecho Zell es asegurarse de que fuéramos nosotros los que lográbamos salir sanos y salvos.

—Pero… él… Es solo que… —Jax se pasó los dedos por el pelo con nerviosismo—. ¡Mierda! ¿Y ahora qué hacemos?

—Lo que habíamos venido a hacer —le dije—. Cogemos comida, ropa, armas... Cualquier cosa que nos sirva. Volvemos a por Miles y Lyriana y corremos como alma que lleva el diablo.

Zell asintió.

—Esa es la mejor idea que ha tenido nadie en todo el día.

Jax nos miró incrédulo.

—Tilla, ¿cómo puedes ser así? ¿Cómo puedes ser tan fría? Quiero decir, ¡estamos hablando de Tannyn y Markos! Son...

—Sé muy bien de quiénes estamos hablando, Jax. Y estoy siendo así porque tengo que serlo —Porque la única otra opción sería perder la cabeza del todo—. Por favor, Jax. No hagas esto peor de lo que ya es.

Jax dejó escapar una temblorosa exhalación y, haciendo un gran esfuerzo, se puso en pie.

—Vale. Tenéis razón. Pongámonos... pongámonos manos a la obra. —Salió de la cocina de vuelta a la sala principal, donde se detuvo un momento ante el cuerpo tendido de Tannyn. Parecía como si quisiera decir algo, algún tipo de disculpa o despedida, pero no logró articular palabra. Se quedó ahí, sin más, mientras un río de lágrimas rodaba por sus mejillas. Luego respiró hondo y dio media vuelta para subir al piso de arriba.

Zell empezó a seguirle, pero se detuvo justo al pasar por mi lado. Se agachó y me puso una mano en el hombro.

—Has actuado deprisa y has protegido a tu hermano —dijo en voz baja, sus labios casi tocaban mi oreja—. Has hecho lo correcto. —Me apretó el hombro con suavidad, con amabilidad—. Gracias.

Y entonces me quedé sola en la cocina, sola con el cuerpo de Markos, sola con el silencio. Sabía que debería ponerme de pie. Que debería ponerme en marcha. Que debería empezar a rebuscar por los cajones, en busca de comida que no fuese a ponerse mala, de sacos para transportarla.

Pero primero me incliné hacia Markos y deslicé la mano por su cara. Le cerré los ojos con gran cuidado. Así estaba un poco mejor. En paz, quizás.

—Lo siento —le susurré a su concha inerte y rota—. Lo siento tanto.

Me levanté y me puse manos a la obra.

once

—Imposible —dijo Miles. Sus suaves manos temblaban mientras sujetaban el arrugado póster de «SE BUSCA»—. No... ellos nunca... mi madre no...

—Lo ha hecho, Miles —le dije—. Lo ha hecho. —Estábamos todos reunidos otra vez en el campamento de la playa, el cielo en lo alto empezaba a oscurecerse. Cuando Zell, Jax y yo habíamos vuelto, debíamos de tener un aspecto impactante: llegamos a la playa sobre unos caballos cargados de alforjas llenas a reventar de víveres y artículos varios. Miles se había levantado de un salto, dando gritos de alegría, e incluso Lyriana había esbozado una débil sonrisa. Luego nos acercamos y vieron nuestras caras serias.

Zell y Jax se quedaron rezagados para instalar unos postes a los que atar a los caballos. Me hicieron, sin decir ni una palabra, la encargada de darles las malas noticias.

—Esto es una orden de ejecución. —Miles me devolvió el papel sin querer saber nada de él—. Mi madre no... quiero decir, no debía de saber... Porque esto es...

esto significa… —Pero mientras balbuceaba incoheren-
cias, pude ver cómo la verdad se abría paso en sus ojos—
. Por el aliento de los Titanes. Esto significa que nos quieren ver muertos. Mi madre quiere verme muerto.

—Sé cómo te sientes —le dije, aunque al mismo
tiempo me di cuenta de que no era verdad. Yo siempre
había mantenido una relación distante con mi padre,
así que el dolor que sentía era el de un sueño destruido, la pérdida de algo que nunca tendría. Pero Miles
y su madre siempre habían sido inseparables. Siempre
le habían querido, querido de verdad, mucho más que
a cualquier otro bastardo que conociese. Así que para
él esto tenía que ser mucho, mucho peor—. Lo siento,
Miles.

Miles se dio la vuelta.

—Estamos perdidos.

—¿Lo estamos? —preguntó Lyriana. Tenía mucho
mejor aspecto que por la mañana; supongo que había
conseguido sacarse la pena del cuerpo. Estaba sentada
sobre un tronco arrastrado por la marea, mordisquean-
do un trozo de queso duro de una de mis alforjas. Sus
ojos dorados centelleaban a la luz parpadeante de la hoguera. No estaba tan impresionante como había estado
en el Gran Salón, no con el pelo todo enmarañado y el
vestido andrajoso, pero al menos ya no parecía un ga-
tito ahogado—. ¿La gente de Occidente será tan tonta
de creerse una historia tan endeble? ¿Serían capaces de
confundirme a mí con una sirvienta impostora?

Decidí hacer caso omiso de su extraño tono condescendiente.

—¿A cambio de diez mil águilas de oro? Creo que estarían dispuestos a creerse que eres un Titán.

—En realidad, es brillante —murmuró Miles—. Han puesto a todos los habitantes de la provincia en nuestra contra con un simple decreto. —No dijo lo que estaba pensando, y no necesitaba hacerlo: semejante plan elegante y calculador solo podía provenir de la mente de su madre.

—Mi tío me advirtió sobre la posibilidad de encontrar rebeldes en Occidente, gente que intentaría hacernos daño. Pero dijo que eran idiotas cobardes y pusilánimes. —Lyriana sacudió la cabeza—. Ahora veo que estaba equivocado. No había contado con la astucia de vuestros padres, con la intensidad de su odio y su maldad.

—Eh, vamos, mi madre no es mala —intentó Miles—. Es más complicado que eso...

—¿La defiendes? ¿Incluso después de lo que le hizo a mi tío? ¿Incluso después de lo que te ha hecho a ti?

—Ya he dicho que es complicado...

—Estoy seguro de que lo es —dijo Jax mientras se acercaba—. Pero ahora mismo, a nadie le importan demasiado tus sentimientos, amigo, así que dejémonos de lloriqueos y centrémonos en lo que de verdad importa. —Jax nunca había sido exactamente amable con Miles, pero eso había sido borde incluso para él. Jamás había visto a Jax tan triste y enfadado.

Apenas había hablado durante todo el camino de regreso, no digamos ya esbozar una sonrisa o hacer una broma. Hacía que me doliera el corazón.

Jax se agachó, desenrolló un largo pergamino y lo extendió en el suelo: el mapa de la provincia de Occidente de la pared de los hermanos Dolan. Mostraba los principales pueblos, castillos y puntos de referencia, además de docenas de líneas que indicaban montañas y bosques. La provincia era más o menos cuadrada. Al norte estaban las Tierras Fronterizas que llevaban a la tundra de los zitochis. Al este, separando la provincia del resto de Noveris, estaban las montañas Frostkiss, una enorme cordillera de escarpados picos helados de granito duro e irregular, plagados de simios de los hielos.

—¿Alguna idea de adónde deberíamos ir?

—¿Tenemos que ir a alguna parte? —pregunté, con la vista fija en un gran punto redondo de la costa noroeste del mapa. El castillo de Waverly—. Quiero decir, esta cala parece bastante segura. ¿No podríamos quedarnos aquí hasta que se nos ocurra alguna forma de conseguir ayuda?

—Conozco a mi padre y estoy seguro de que ha enviado a mi hermano y a sus hombres a buscarnos. —Zell se acercó al grupo, dos pesados bolsones de suministros colgados de los hombros—. Razz es uno de los mejores rastreadores que ha producido el Clan Gaul jamás. Le he visto seguir el rastro de un alce herido a cincuenta kilómetros en medio de una tormenta de nieve. Cada minuto que pasamos cerca del castillo es un minuto que le acerca más a encontrarnos. —Zell apartó la mirada—. No os gustará lo que ocurrirá si lo hace.

—Perfecto. Eso es simplemente perfecto —refunfuñó Jax—. Entonces, ¿hacia dónde huimos? ¿Hacia el norte?

—No se huye de los zitochis corriendo hacia las tierras de los zitochis. No seas estúpido —contestó Miles. Estaba mirando el mapa con tal intensidad que ni siquiera se dio cuenta de que tuve que levantar una mano para impedir que Jax le diera un puñetazo. Miles clavó un dedo en un punto a mitad de la Costa Occidental, un lugar del que jamás había oído hablar llamado Puerto Lorrent—. Ahí. Podríamos ir ahí.

—¿Y qué hay en Puerto Lorrent?

—Es un puerto comercial, uno con una reputación especialmente turbia —repuso Miles, como si lo supiese todo el mundo—. Mi madre solía hacer negocios ahí, con unos... importadores. Es un sitio realmente duro. Contrabandistas, fugitivos, delincuentes. El tipo de persona al que le importa una mierda lo que has hecho o a quién has matado, siempre que tengas dinero.

Lyriana frunció el ceño.

—¿Y tú... qué? ¿Quieres que nos juntemos con ese tipo de gente?

—No, por supuesto que no. Pero si nos ponemos en contacto con ellos, apuesto a que pueden conseguir meternos en un barco y sacarnos de aquí de extranjis. Podrían llevarnos a algún lugar seguro, algún lugar lejano. Las islas K'olali, a lo mejor. Ni siquiera las fuerzas del rey nos encontrarían allí.

—Las islas K'olali —repetí. Era una nación isleña independiente en medio del Océano Interminable, un paraíso tropical, según parecía. Había oído hablar de inmensas montañas de frondosos bosques y junglas llenas de extrañas criaturas y grandes ciudades costeras en las que marineros despreocupados descansaban a la sombra y bebían ron en cáscaras de cocos. Se me ocurrían muchas opciones peores.

—Siempre he querido ir a las islas K'olali —dijo Jax—. Es la mejor cosa que he oído en todo el día. Si vas en serio… yo me apunto.

—Yo también —dije. Luego me volví hacia Zell, que nos miraba con expresión inquisitiva—. Te gustaría ese sitio, Zell. Aunque a lo mejor te tienes que acostumbrar a llevar menos pieles.

—Me pondré lo que sea que resulte apropiado para la región —contestó él.

Miles soltó un resoplido divertido.

—Decidido, entonces. Necesitaré algo de tiempo para pensar cómo hacerlo y elaborar una lista de contactos. También tendremos que planificar una ruta, por no mencionar hacernos con algo de dinero…

—Yo no voy —dijo Lyriana.

Todos nos giramos para mirarla.

—Uhm… —dijo Jax—, quizás te hayas perdido la parte en la que Zell dijo que su hermano psicópata nos iba a despellejar vivos si nos cogía aquí…

—No he dicho eso exactamente —dijo Zell—. Aunque no es del todo improbable.

—No me importa —insistió Lyriana—. No voy a huir. No cuando el destino del reino depende de mí. —Negó con la cabeza, muy enfadada—. Esto no tiene que ver solo conmigo, con nosotros. Matarme no era más que un medio para un fin. Tu padre tiene un plan, Tillandra. —Hizo un gesto hacia el cartel de «SE BUSCA» tirado en la arena—. Estoy segura de que ya han llegado Susurros a Lightspire con la noticia de los supuestos asesinatos. Cuando se entere mi padre, perderá la razón y el sentido común. Enviará compañías enteras de magos para vengarme.

—Culparán a los zitochis —reflexionó Miles—. Y si van hacia la tundra del norte harán una parada en el castillo de Waverly...

—Donde los hombres de mi padre les tenderán una emboscada mientras descansan —terminé—. Tiene que ser eso.

Lyriana asintió.

—Eso sospecho. Lord Kent pretende reiniciar la Gran Guerra... y lo hará asesinando a magos a sangre fría.

Nos miramos los unos a los otros. Jax se aclaró la garganta, un poco incómodo.

—Bueno, si nadie va a decirlo, lo haré yo. ¿A quién le importa? ¿Por qué demonios iba a arriesgar la vida para salvar a un puñado de magos?

Lyriana le lanzó una mirada furibunda que hubiese podido congelar el hierro fundido.

—No se trata solo de los magos, so bruto. ¿Puedes imaginar lo que supondría una segunda Gran Guerra? Morirían miles de personas, tanto de Occidente como de los Feudos Centrales. Habría pueblos arrasados. Hombres, mujeres y niños masacrados. Y nuestras manos estarían manchadas con su sangre.

Jax abrió y cerró la boca sin poder articular palabra. Me miró en busca de ayuda, pero no pude sostenerle la mirada. Pensé en Markos tirado en el suelo, muerto por mi culpa, sin poder volver a besar a nadie. Pensé en las cuchillas de vidrio nocturno de Zell, cubiertas de sangre carmesí.

—Maldita sea —mascullé—. Vale. O sea que no podemos huir así sin más. Entonces, ¿qué hacemos?

—Esos magos —dijo Miles, aún inclinado sobre el mapa—. ¿Te reconocerían si te vieran, Majestad?

—Por supuesto —repuso Lyriana—. En ausencia de mi tío, los dirigirá mi primo Ellarion. —Se le quebró la voz un instante—. Es el hijo de Rolan.

—Entonces, quizás lo que tenemos que hacer es ir a su encuentro. —Miles señaló un punto en la esquina sudeste del mapa, y ese lo reconocí: el Desfiladero del Pionero, un estrecho paso a través de las montañas Frostkiss. Era la única forma de traer algo más ancho que una carreta de bueyes a Occidente.

—Los magos tendrán que pasar por el desfiladero —dije—. Si conseguimos llegar ahí antes, nos podríamos unir a ellos.

A Jax no le gustó la idea.

—Entonces, ¿cuál es el plan? ¿Recorrer un montón de kilómetros a caballo hasta el rincón sudeste de la provincia y sentarnos en medio de la carretera a esperar que pasen unos magos?

—Pues no, ese no es el plan —contestó Lyriana indignada. Se sentó al lado de Miles y señaló a un gran castillo negro justo al lado del desfiladero. El Nido. La fortaleza de Casa Reza—. Mi tío y yo nos alojamos ahí en el viaje de venida, como invitados. Lord Reza fue un anfitrión muy amable y es un buen amigo de la familia Volaris. Estoy segura de que es leal al rey. Él nos dará cobijo y nos protegerá hasta que lleguen los magos.

—¿No está Lord Reza aquí arriba? —preguntó Jax—. ¿No ha venido al banquete?

Negué con la cabeza.

—El banquete era solo para las Casas de Occidente. Y Casa Reza es… especial. —Después de la Gran Guerra, el rey Volaris había considerado que el Desfiladero del Pionero era demasiado importante tácticamente como para confiarlo a occidentales, así que las tierras de alrededor del desfiladero fueron entregadas a una poderosa Casa de Lightspire: Casa Reza. Eran odiados por la mayoría de Casas de Occidente, que los consideraban parásitos que sacaban provecho del muy lucrativo paso comercial. A mi padre solo le había oído decir obscenidades una vez, y fue cuando llamó a Lord Galen Reza «un mocoso maleducado y arrogante con los labios pegados al culo del rey».

Me resultaba difícil pensar que era mi mejor opción para llegar viva a cumplir los diecisiete.

—¿Tú qué opinas, Jax? ¿Cuánto crees que tardaríamos en llegar al Nido?

Jax se inclinó sobre el mapa y utilizó el lateral de su manaza para medir las distancias.

—¿Doce días?

—¿Cabalgando por carreteras secundarias? —preguntó Zell—. ¿Viajando bajo la protección de la noche?

—Veinte días. Quizás veinticinco.

—Entonces tenemos un plan —declaró Lyriana—. Cabalgamos hacia el sudeste en busca del Nido y nos refugiamos con Lord Reza hasta que lleguen los magos.

Jax suspiró.

—O sea que eso es un no definitivo a lo de las islas K'olali, ¿no?

Estaba de broma, pero Lyriana se giró hacia él, muy seria.

—Sé que os estoy pidiendo que corráis un gran riesgo y prometo que no será olvidado. La dinastía Volaris recompensa a los que la ayudan en sus momentos de mayor necesidad. Seréis héroes para el reino.

Miles me dedicó una débil sonrisa.

—Parece que al final sí que vamos a ir a Lightspire, ¿eh?

Le devolví la sonrisa. Era una tontería, pero el simple hecho de tener un plan me hacía sentir un poco mejor. Y si al final conseguíamos impedir una guerra, salvar vidas…

No traería a Markos de vuelta. Pero a lo mejor haría que esa terrible culpabilidad que sentía en el estómago pesara un poco menos.

DOCE

Tardé diez minutos en empezar a tener serias dudas sobre la viabilidad de nuestro plan. Fue cuando abrí el petate de ropa que habíamos cogido en casa de los Dolan y Lyriana contempló incrédula el par de pantalones que le tiré.

—Sé que no son tan bonitos como los que sueles usar —le expliqué—, pero bueno, es todo lo que tenían esos chicos. Y estarás mucho mejor con ellos que con ese vestido desgarrado…

—No estoy juzgando la calidad. Y agradezco la oferta. —Lyriana bajó la vista, avergonzada—. Es solo que… no sé cómo ponérmelos.

Parpadeé varias veces.

—¿No sabes cómo ponerte unos pantalones?

—Nunca he tenido que hacerlo. ¡Ninguna mujer de Lightspire lo haría!

Jax soltó una carcajada.

—Apuesto a que te enfundaron en un vestido de oro macizo en cuanto saliste de entre las piernas de tu madre.

Lyriana le lanzó una mirada fulminante.

—Ya veo que estás intentando ofenderme con tu humor soez, y te aseguro que no va a funcionar. Debes saber que puse empeño en hablar abiertamente con mis sirvientes y ya he oído todos los chistes obscenos de mis cocheros. Estoy segura de que dejarían a los tuyos por los suelos.

—¿Has oído chistes obscenos? ¿De verdad? —preguntó Jax—. ¿Como cuál?

—Como... —Lyriana se quedó pensativa un momento, luego chasqueó los dedos—. ¡Como el de la hija del cura y el mozo de cuadra!

Jax se encogió de hombros.

—Ese no me lo sé.

Le di un codazo.

—Sí que te lo sabes. A mí me lo contaste. La hija acaba teniendo relaciones con el caballo.

—¿Qué? ¡No! ¡Ese no es el chiste! El chiste es que ella... —Lyriana dejó la frase sin terminar. Pude ver en sus ojos que acababa de darse cuenta del verdadero significado del chiste, se miró los pies, abochornada—. Creo que no entendí bien el final.

Jax soltó una risotada que se pareció más a un rebuzno. Zell asintió, pensativo.

—Creo que los zitochis tenemos un chiste parecido, solo que trata de una sacerdotisa y un alce...

—Por alguna razón, no creo que esta conversación nos vaya a dejar en buen lugar a ninguno de nosotros, así que quizás sea mejor seguir adelante con nuestro plan —intervino Miles—. ¿Tilla, puedes, por favor, ayudar a la princesa a ponerse los pantalones?

No pude evitar echarme a reír. Esa era una frase que jamás imaginé que oiría. Y tuve que reprimir una carcajada aún mayor unos minutos más tarde, cuando estaba con Lyriana detrás de una roca cerca de la cala. Ella y Markos tenían más o menos la misma complexión, así que pensé que la ropa del chico le serviría, pero nadaba en las inmensidades de la arrugada camisa de trabajo gris. Los pantalones también habían resultado demasiado holgados, así que se los tuve que atar alrededor de la cintura con un trozo de cordel. Aun así, eran demasiado largos y las perneras se amontonaban en torno a sus tobillos. Estaba ridícula, como una niña pequeña que se hubiese colado en el armario de su padre. Y sus facciones regias, su piel perfecta, sus brillantes ojos dorados... solo conseguían hacerlo todo mucho peor.

—¿Y? —preguntó con timidez—. ¿Cómo me quedan?

—Lo diré de este modo. Antes tenías razón. Nadie se va a creer que puedas ser una sirvienta.

Recogimos el campamento y después, por supuesto, tuvimos que discutir un rato sobre quién iba a montar qué caballo. Con tres caballos, pero cinco de nosotros, estaba claro que habría que compartir. Una cosa quedó clara muy rápido: Lyriana no podía montar sola. Resultó que jamás había montado a caballo; solo había tenido caballos que tiraban de su carruaje y, de hecho, les tenía cierto respeto. Miles se ofreció a cabalgar con ella, pero la princesa había bajado la vista al suelo y había empezado a balbucear, profundamente avergonzada ante la aparente incorrección de tocar a un chico. He de decir que hizo falta mucho puritanismo por su parte para que Miles pareciese tener experiencia en ese sentido. Eso significaba que yo montaría con Lyriana y, después de unos veinte minutos más de discusión, que Zell cabalgaría solo mientras que Jax y Miles compartirían el tercer caballo.

Partimos justo después de la puesta de sol. Jax iba en cabeza. Nos guio playa abajo para subir una ladera y adentrarnos en el bosque. Yo sabía que cuanto más nos alejáramos del castillo de Waverly, menos podríamos fiarnos de sus conocimientos del entorno; pero allí, al menos, todavía era un experto. Solo para asegurarnos, decidimos tomar una ruta más larga, así que describimos un gran arco hacia el este para rodear el castillo de Waverly antes de dirigirnos al sur. No nos atrevíamos a acercarnos a las carreteras; en lugar de eso, avanzamos por un sendero lleno de maleza. Nuestros caballos se abrieron paso, resueltos, por encima de raíces enredadas y piedras resbaladizas, y vadearon sin dudar las oscuras aguas de riachuelos medio secos. Me había ofrecido a usar la piedra solar de Miles, que él se había negado a que le devolviera, pero Zell dijo que delataría nuestra posición. Así que cabalgamos a la luz de las estrellas y la luna, ocultos la mitad del tiempo por la cubierta de hojas por encima de nuestras cabezas.

Estaba asustada. No, lo admito. Estaba aterrada. Jamás había estado en el bosque de noche, no sin un puñado de amigos y una fogata y medio odre de vino en la barriga. Sentía un escalofrío a cada sombra que pasaba, daba un respingo cada vez que la luna se escondía detrás de una nube, y veía manos enredadas y ansiosas en las ramas de cada lejano árbol. Lyriana se agarraba a mí con fuerza, la cara apretada contra mi espalda, su respiración acelerada y asustada. De vez en cuando, unos ojos brillantes lanzaban destellos hacia nosotros desde las ramas: búhos. Eso esperaba. O mapaches. O algo de ese estilo. Pensé en todos los animales peligrosos que vivían ahí afuera: osos y lobos y skarrlings. Y pensé en todos los cuentos que me encantaban de niña, que, obviamente, siempre hablaban de las cosas terribles que los niños encontraban en los bosques por la noche: hombres de barro balbuceantes, viejas brujas con dientes de piedra, fantasmas de amantes largo tiempo fallecidos, sus mejillas empapadas de lágrimas sangrientas.

¿Por qué demonios me habían gustado tanto las historias de miedo? ¿Por qué no podía haberme gustado simplemente leer sobre princesas y vestidos de fiesta?

Parecía como si la noche no fuese a acabar nunca. Pero entonces, los primeros rayos de luz reptaron por el horizonte y el cielo empezó a tornarse rosáceo, y me di cuenta de que, después de todo, lo habíamos logrado. Jax nos condujo fuera del sendero y nos instalamos en un musgoso bosquecillo de secuoyas. La hierba era blanda y estaba mojada, pero eso no me impidió tumbarme todo lo larga que era. Me dolían tanto las piernas que no quería volver a levantarme jamás.

Atamos a los caballos y montamos el campamento mientras salía el sol. Me hubiera sentido más que satisfecha con tumbarme en la hierba, comer un chusco de pan y luego quedarme profundamente dormida, pero Zell insistió en ir de caza. Jax fue con él, no sé si porque de verdad quería o porque sentía que debía demostrar su hombría. Pero el caso es que se fueron los dos y nos dejaron a Miles, Lyriana y a mí para colocarlo todo e instalarnos.

Una suave neblina entró deslizándose para cubrir el claro. Uno de los árboles tenía un recoveco en el tronco, como una enorme boca acogedora. Me instalé en el interior. De la resbaladiza corteza crecían diminutos champiñones, y pude oír a un somorgujo cantar a lo lejos. Lyriana se acurrucó a mi lado, su cabeza sobre mi hombro; tuve la sensación de que no me iba a dejar mucho sitio. Miles se sentó sobre un tocón cercano. De todos nosotros, él parecía el más cambiado, como si dos días de ruda supervivencia ya le hubieran sacado toda la blandura del cuerpo. Tenía los ojos hundidos, cansados, y su pelo rizado colgaba enmarañado en torno a su cara.

—Majestad —dijo, rompiendo el silencio—, ¿puedo hacer una pregunta?

Lyriana arqueó la cabeza hacia arriba.

—Por supuesto.

—¿Cómo es la vida en Lightspire? Quiero decir, he leído un montón de libros e informes y todo eso, pero nunca he hablado con nadie de allí. —Tenía la mirada perdida. No tenía muy claro lo que estaba haciendo. ¿Estaba realmente interesado? ¿O solo estaba intentando decir algo, cualquier cosa, para distraerse?

—Es muy distinta —contestó Lyriana. Miró al bosquecillo, envuelto en niebla, al suelo brillante de rocío—. Allí hace calor la mayor parte del tiempo, y es tan llano que puedes ver a kilómetros de distancia si te pones en el lugar adecuado. Y estos bosques... allí no hay nada así. En la ciudad, los únicos árboles que tenemos son los que están en macetas, dispuestos por el Consejo de Embellecimiento de la Ciudad. E incluso fuera, la tierra está domada, refinada, perfectamente esculpida. No hay nada tan salvaje como esto. Ni tan bonito. —Soltó un profundo suspiro—. Ni tan peligroso.

Miles empezó a decir algo, pero en ese momento los arbustos del otro extremo del bosquecillo se agitaron. Los tres nos quedamos en silencio cuando se abrieron para revelar a una elegante cierva marrón iba sola, su dorso salpicado de lunares blancos, como si estuviese cubierta de copos de nieve. A lo mejor no nos había visto, o a lo mejor no tenía miedo, pero, en cualquier caso, caminó directamente hasta el corazón del bosquecillo y se quedó ahí pastando, inmóvil y preciosa.

—¿Deberíamos… deberíamos hacer algo? —susurró Miles—. Los chicos se han ido de caza, ¿no? Quiero decir, ¿no querrían que abatiéramos a esa cierva?

—¿Qué quieres hacer? —le pregunté—. Porque no es que yo me haya traído el arco y las flechas…

Miles se volvió hacia Lyriana.

—¿Tú puedes hacer algo? Ya sabes, con tu magia…

—Por supuesto que no —dijo Lyriana—. Hice un juramento sagrado, Miles Hampstedt. De no matar. Nunca hacer daño. Usar mi magia únicamente para ayudar y alimentar. Jamás haría daño a un ser vivo. Y mucho menos a uno tan bello. —Miles miró hacia otro lado sintiéndose culpable y Lyriana bajó la vista hacia los anillos de sus dedos—. Además, no conozco artes violentas. No podría matarlo ni aunque quisiera.

—¿Qué *puedes* hacer? —pregunté. Sabía que los magos guardaban celosamente los secretos de su magia, pero estaba empezando a darme cuenta de lo poco que sabía sobre cómo funcionaba. No sabía que los magos conocieran diferentes «artes». Había pensado que todo ello era, ya sabes… magia.

Lyriana se encogió de hombros.

—Puedo *Levantar* —dijo. Extendió la mano plana y la subió, como si levantara una bandeja invisible. Llevaba tres anillos, dos en una mano y uno en la otra, y todos palpitaban en un delicado color amarillo. En el centro del bosquecillo, una piedra se levantó del suelo y flotó por el aire exactamente en línea con la mano de

Lyriana. La cierva alzó la vista, sorprendida—. Puedo hacer *Luz* —dijo Lyriana chasqueando los dedos. Los anillos se pusieron blancos. La piedra cayó al suelo, pero una pequeña bola de luz suave salió danzando de sus dedos y se quedó levitando en el aire delante de nosotras, como una estrella diminuta. La cierva echó a correr. Miles y yo contemplamos la escena, asombrados—. Y puedo *Crecer* —dijo Lyriana.

Levantó la otra mano y giró los dedos en un círculo imaginario, como si apretara un tornillo. Ahora sus anillos refulgieron verdes, un verde suave y floreciente, como un campo de hierba. La corteza del árbol que había por encima de nosotros retumbó, y los pequeños champiñones que crecían de ella se expandieron, hinchándose como si los estuviesen llenando de aire. Crecieron y crecieron ante mis ojos, desde apenas más grandes que la uña de mi dedo gordo hasta casi el tamaño de mi mano; hasta convertirse en los champiñones más carnosos y apetitosos que había visto en la vida.

Estiré una mano y cogí unos cuantos.

—No es carne fresca de venado, pero creo que me conformaría con una sopa de champiñones.

Lyriana se echó a reír.

—Me alegro de servir para algo. —Alargó la mano para que pudiésemos ver sus anillos y me di cuenta, por primera vez, de que eran mucho más pequeños y simples que los de su tío—. Me temo que soy solo una novata. No puedo hacer mucho más que eso.

—No seas modesta —dije—. Vimos lo que hiciste en la playa y en los túneles. Cuando nos salvaste la vida. Eso fue mucho más que levantar una piedra y hacer crecer unos champiñones.

Lyriana miró hacia otro lado, abochornada.

—Eso fue... Magia de Corazón. Ocurre a veces, cuando un mago pierde el control, cuando las emociones que está sintiendo sobrepasan las restricciones de los anillos. Es extremadamente agotador, extremadamente peligroso. Podría haber muerto. No debería dejar que suceda nunca más.

—Sí. Claro —dije, aunque de habernos encontrado en esa situación de nuevo, casi contaba con ello—. De todas formas, todavía no lo cojo del todo. Has dicho que no podías usar tu magia para hacer daño, pero los magos usan su magia todo el rato para hacer daño. Quiero decir, luchan en guerras y esas cosas.

Lyriana suspiró y Miles pareció abochornado, como si fuese algo que ya debería saber. Probablemente lo era.

—La Escuela de Magos tiene doce órdenes, cada una con su propio propósito y juramento. Los Caballeros de Lazan, los guerreros, constituyen la orden más numerosa y con la que, en principio, estarás más familiarizada. Ellos, por supuesto, pueden utilizar la fuerza como consideren oportuno para hacer cumplir la voluntad del rey.

—Pero hay otros —intervino Miles, siempre atento a la oportunidad de demostrar sus conocimientos—.

Está el Gremio Gazala, ya sabes, los Artífices. Está la Hermandad de Lo, que se encarga de los bestiarios; y las Doncellas de Alleja y... —Hizo una pausa y miró a Lyriana con un pestañeo—. Espera, ¿a qué orden perteneces tú?

La princesa sonrió un poco y se remangó la manga para dejar a la vista su delgado brazo. Ahí, justo por encima de la muñeca, llevaba un emblema tatuado. Se asemejaba a un pequeño capullo en flor que relucía en un verde suave y agradable.

—¿Las Hermanas de Kaia? —preguntó Miles, boquiabierto—. ¿Estás de broma?

—Causó cierta conmoción en mi familia cuando lo dije —explicó Lyriana—. Es la razón de que mi padre quisiera que ocultara mis anillos y mis aptitudes mágicas. Está preocupado por cómo reaccionarán las otras Casas.

Me sentía como una niña pequeña en una mesa de adultos.

—Perdón, dad marcha atrás. ¿Qué tienen de especial estas Hermanas de Kaia?

—Es la más controvertida de las doce órdenes —me aclaró Lyriana—. Se centran en la caridad, la sanación y la compasión.

—Eso no suena demasiado controvertido.

—Bueno, mientras que las otras once órdenes juran servir la voluntad del rey, las Hermanas de Kaia creen que su misión es servir a las gentes de Noveris... incluso a los que sean enemigos del rey —dijo Miles—. Durante la Gran Guerra, muchas de ellas desobedecieron una orden directa del rey y cruzaron las líneas de batalla para curar a los heridos, tanto de los Feudos Centrales como de Occidente. Hubo un gran revuelo. Se habló de desmantelar la orden, de colgarlas por traición... todo tipo de cosas. —Se volvió hacia Lyriana—. Perdona si parezco demasiado fisgón, pero tengo que saberlo. ¿Cómo acaba la princesa, la futura reina, declarándose una Hermana de Kaia?

—Es una larga historia —dijo Lyriana—. De niña, nunca me planteé siquiera la posibilidad de las Hermanas. Había dado por hecho que sería una Doncella de Alleja, una hechicera, con el don del glamur y el ilusionismo. Es la orden tradicional para las magas de las grandes Casas.

—Suena aburrido —comenté.

—Las mujeres de Lightspire no tienen tantas opciones como aquí, Tillandra —contestó Lyriana, un ligero deje de reproche en la voz—. La verdad es que de niña me encantaban los hechizos. Solía pensar que ser reina era solo eso: glamurosos bailes de máscaras y vestidos preciosos y la interminable admiración de la corte. Y entonces...

Se quedó callada, como si no estuviese segura de querer seguir hablando. Luego suspiró y continuó.

—Ocurrió hace un año. Lady Ella celebraba su fiesta de cumpleaños, uno de los eventos sociales más importantes del año. Llegaba tarde porque había tardado demasiado en prepararme y, para cuando salimos, la Senda del Rey era un caos de carruajes que avanzaban a paso de tortuga. No quería perderme el primer baile, así que le pedí... no, le *ordené* a mi cochero que tomara un atajo por el centro de la ciudad. —Suspiró—. El hombre había estado bebiendo. Tomó el desvío equivocado y acabamos en Ragtown, el Barrio de los Andrajos.

—Esa es la parte pobre de Lightspire —explicó Miles.

—Sí, eso ya lo había deducido por el nombre —le lancé una mirada furibunda—. ¿Qué pasó?

—Jamás había estado ahí. No me lo podía creer. Siempre había sabido que había gente pobre en el reino, pero había imaginado que serían granjeros que trabajaban de sol a sol o rudos marineros curtidos por el aire del mar. Sin embargo lo que vi en Ragtown... gente que vivía en chabolas destartaladas, personas tiradas por las calles vestidas solo con harapos, el hedor de los excrementos, niños desnudos tan flacos que se les veían las costillas, sus caras picadas de viruelas... —Le temblaba la voz—. No pude soportarlo. Le ordené al cochero que diera la vuelta, pero era demasiado tarde. Una muchedumbre había acudido a ver mi carruaje dorado y se arremolinó en torno a nosotros. Tenía conmigo a dos guardaespaldas, Caballeros de Lazan, que empezaron a atacar a la multitud... pero había tantos... Y...

Cerró los ojos. Podía sentir lo fuerte que le latía el corazón. Estaba claro que no quería revivir esa parte de sus recuerdos.

—Cuando el humo se despejó, mis guardias estaban muertos. Mi cochero estaba muerto. Yo estaba atrapada debajo del carruaje destrozado. Había cuerpos a mi alrededor, por todas partes. Muchos muertos. Y muchos heridos. Todas esas personas delgadas, frágiles y enfermas, desesperadas incluso por un mendrugo de pan... y mis guardias las habían atacado sin pensárselo dos veces.

»Entonces llegaron las Hermanas. Había un templo de Kaia en Ragtown, el único templo del barrio dirigido por magos. Llegaron corriendo al lugar de los hechos, antes incluso de que pudiesen llegar los hombres de mi padre. Me sacaron de entre los escombros, me curaron la pierna y trataron mis quemaduras con sus artes sanadoras.

—Por eso te uniste a ellas —terminó Miles.

—No, me uní a ellas porque ayudaron a todos los demás —dijo Lyriana—. Hay un término que utilizamos: «golpeado por la voluntad divina». Se refiere al momento en que sientes la orientación de los Titanes con mayor claridad, cuando entiendes exactamente lo que quieren que hagas. En aquel momento, contemplando a las Hermanas atender a esos hombres hambrientos y heridos, esos hombres que me habían atacado, a los que mi padre hubiese matado en un abrir y cerrar de ojos... me sentí golpeada por la voluntad divina. Comprendí que ese era mi propósito como reina, la razón por la que estaba en este mundo. Mi padre es un buen rey, pero su preocupación primordial es la política, preservar a la familia, fortalecer el reino. Hace grandes obras. Pero mi propósito es ayudar a todos los que a él se le han pasado por alto.

—¿Cómo reaccionó tu padre cuando le dijiste que querías unirte a las Hermanas?

Lyriana bajó la vista, avergonzada, y apartó la muñeca.

—No se lo dije. En cuanto mis heridas mejoraron salí a hurtadillas e hice el juramento. Jamás le había visto tan enfadado como el día en que vio mi marca.

—Ya —dije. Odiaba tener que admitirlo, pero había juzgado mal a la princesa. La había tachado de irritante y sobreprotegida y, vale, eso seguía siendo cierto, pero detrás de todo eso había algo que se me había pasado por alto, algo que tenía que respetar. Yo me había pasado la vida entera dividida entre dos mundos debido a mi origen, anhelaba las comodidades de uno mientras vivía la realidad del otro. Lyriana también estaba dividida, pero dividida por la elección; descartaba un mundo porque sentía que tenía una responsabilidad con el otro.

Nos quedamos sentados en silencio. Lyriana se durmió y, media hora más tarde, los arbustos del borde del bosquecillo volvieron a abrirse para dar paso a Jax y a Zell.

—Decid lo que queráis de los zitochis —Jax dejó caer media docena de conejos muertos en el centro del bosquecillo—, pero este es el mejor cazador que he visto en mi vida.

Miré a Zell, que no dijo nada. Tenía algo mojado y pesado cruzado sobre los hombros. Se agachó y lo puso sobre la hierba: el cadáver de una cierva, el cuello roto, sus patas flácidas. Distinguí los familiares lunares de su dorso. Llevaba toda la vida comiendo carne. Diablos, estaba dispuesta a comer carne en ese mismo momento. Pero aun así sentí una extraña punzada de pena. No me importaba comer ciervo, pero ¿tenía que ser esa?

Lyriana sintió algo más que una punzada.

—La habéis matado. —Se levantó y miró a Jax con el ceño fruncido—. Habéis matado a esa preciosa criatura libre.

Jax parecía confuso.

—Bueno, técnicamente ha sido Zell. Yo solo la perseguí hacia él, él la agarró y, *CRAC*, le rompió el cuello con sus propias manos y... —Por fin se dio cuenta de la furiosa expresión de asco de Lyriana—. ¿Me he perdido algo? ¿Por qué estás tan indignada por esto? ¿Te perdiste la clase sobre caza el mismo día que te perdiste la de los pantalones?

Lyriana dio media vuelta con un bufido indignado.

—Eres un patán insensible y no entiendes nada.

—¿Ah, sí? ¡Pues yo creo que soy el patán insensible que acaba de matar a nuestra cena mientras tú estabas aquí sentada sintiendo pena por ti misma!

—Creí que habías dicho que había sido Zell el que había matado a nuestra cena —apuntó Miles. Jax le lanzó una mirada amenazadora.

—Quizás en el Lightspire de los pantalones elegantes puedas comerte tus bollitos trufados acompañados de salsa con motas doradas —dijo—, pero aquí, en Occidente, ¡comes lo que hay! ¡Y eso implica matar carne!

—Pero no teníais por qué matarla a *ella* —insistió Lyriana—. Ni ser tan cruel como para fanfarronear de haberle roto el cuello como si fuese un deporte, como si ella no significase nada en absoluto, como si fuera solo una...

—Te damos las gracias, Madre —dijo Zell, interrumpiendo a Lyriana. Todos nos giramos hacia él. Estaba sentado con las piernas cruzadas al lado del cuerpo de la cierva, los ojos cerrados, y hablaba en el tono de alguien que repite algo que ya ha dicho miles de veces—. Te damos las gracias por la abundancia de tu carne, para que pueda saciar nuestra hambre. Te damos las gracias por el regalo de tu piel, para que pueda protegernos del frío. Te damos las gracias por el regalo de tu vida, para que la nuestra pueda continuar.

Nos quedamos callados. Miré a Lyriana y a Jax, pero ninguno tenía nada que decir. Las palabras de Zell nos habían quitado a todos las ganas de pelear. Zell le tiró a Jax un cuchillo para despellejar y Lyriana les dio la espalda. Mientras Jax se agachaba sobre la cierva y se ponía manos a la obra, Zell se levantó y se dirigió hacia los arboles más gruesos al borde del campamento. No pude evitar seguirle.

—¿Esa era una oración zitochi? —pregunté—. ¿Algo para honrar a vuestros dioses antes de comer?

—Estaba intentando impresionarle. ¿Por qué estaba intentando impresionarle?

Zell me miró de reojo.

—No. Solo me lo he inventado porque parecía el tipo de cosa que querríais oír. —Vi algo en su rostro que no había visto antes. Un destello cómplice en sus ojos y el más minúsculo atisbo de una sonrisilla juguetona. Luego echó a andar entre los árboles.

Observé cómo se alejaba, sin palabras, y sentí que me ardían las mejillas y se me aceleraba el corazón, tal y como había hecho en los túneles. ¿Qué me pasaba? ¿Cómo es que siempre estaba tan equivocada con respecto a él? ¿Y por qué me importaba siquiera?

Zell saltó con agilidad por encima de un tronco y desapareció entre la neblina. Sacudí la cabeza, solté un gran suspiro y regresé al campamento.

—Vamos, Miles —dije—. Encendamos una hoguera.

TRECE

Con la tripa llena, dormí todo el día como un bebé y solo me desperté al atardecer. Me desenrosqué del ovillo que me había hecho sobre la hierba, me senté y parpadeé bajo la arboleda. El cielo era de un naranja mortecino, el sol ya casi había desaparecido de la vista y coloreaba el paisaje como si estuviésemos mirándolo a través de un cristal tintado. Jax estaba junto a los caballos, guardando nuestras escasas pertenencias. Lyriana estaba dormida en el hueco del árbol.

Pero fue Zell el que captó mi atención, lo cual, dado que iba descamisado, no era tan sorprendente. Estaba de pie en el centro del bosquecillo y mis ojos se deslizaron por su musculosa espalda, sus brazos fuertes y fibrosos, su duro estómago, con solo unos pocos pelos marcando el camino hasta su pelvis. Pero no era su aspecto lo que había llamado mi atención (solo gran parte de ella), sino la forma en que se movía. Zell tenía los ojos cerrados y una expresión de perfecta y serena calma en el rostro. En la mano izquierda sujetaba una de las espadas que habíamos cogido en casa de los hermanos Dolan, la de la gema morada en el pomo. En la mano derecha sujetaba una daga, su hoja pulida centelleaba bajo la luz anaranjada. Inspiró lenta y profundamente, todo su pecho subió. Entones se movió, y fue el movimiento más grácil que había visto jamás. Con los ojos aún cerrados, se desplazó por el bosquecillo cambiando y ajustando su posición constantemente, su espada giraba en un difuso torbellino de movimiento. Daba media vuelta para lanzar una estocada por detrás, luego se agachaba hasta el suelo y se doblaba por la cintura hasta el punto que parecía plegarse sobre sí mismo. Era como si estuviese luchando contra una docena de enemigos invisibles, pero de algún modo parecía no costarle ningún esfuerzo; era elegante, como un río que fluye sobre rocas. Se trataba de una serie de movimientos bien practicados, casi como un baile, e igual de hipnotizadores. En el castillo de Waverly, todo el mundo decía siempre que los zitochis eran guerreros rudos y simples que no tenían técnica alguna y no sabían apreciar la belleza. Pero estaba claro que lo que estaba viendo tenía técnica, más técnica de la que jamás había visto emplear a nuestros soldados, y también una belleza extraordinaria.

Zell terminó con una zancada, un rodamiento por el suelo y un elegante giro que dejó ambas armas apuntando a su enemigo imaginario. Se quedó ahí quieto, los ojos aún cerrados, gotas de sudor resbalaban por sus hombros y su pecho jadeante. A continuación, volvió a la posición inicial y empezó de nuevo.

—Lleva ya una hora haciendo eso —me informó Miles. Me volví y le encontré de cuclillas detrás de mí con un puñado de champiñones en la mano—. ¿Qué opinas?

—Es realmente precioso.

Miles se movió, incómodo.

—Sí, es bonito, pero ¿crees que todos esos elaborados giros y fintas le servirían de mucho contra un caballero de metro ochenta con armadura completa que se abalanzara hacia él con un sable?

—O contra tu madre con uno de esos matamagos —dije, y Miles se quedó callado.

—¡Eh! —gritó Jax desde el otro lado del claro—. ¡Dejad de mirar pasmados al zitochi y venid a ayudarme con las monturas!

Lyriana se removió en su árbol, haciendo unos ruidos muy poco principescos.

—Me gustaría dormir una hora más, por favor…

—Y a mí me gustaría no morir a manos del hermano psicópata de Zell cuando nos alcance. —Jax dio unas sonoras palmadas que despertaron a Lyriana de golpe—. Nos ponemos en marcha. ¡Ahora!

La cabalgada de la segunda noche fue un poco mejor que la primera, aunque solo fuese porque sabía que era posible superarla sin morir. Noté que mejoraba mi visión nocturna y que se me daba mejor identificar a los árboles como árboles y no como enormes esqueletos monstruosos listos para matarme. Seguían sin gustarme todos esos ojos que centelleaban en la oscuridad, sobre todo los que venían en grupos de tres, dos grandes y uno pequeño: los «ojos de la muerte» se llamaban esos pájaros, y el nombre no hacía nada por mejorar su reputación. En algún momento de la noche llegamos a un riachuelo de aguas lentas y tuvimos que cruzarlo. Metimos a los caballos en el agua mansa y oscura que los cubría hasta las rodillas. Lyriana iba agarrada con fuerza a mi cintura, los ojos cerrados. Yo puse cara de valiente, pero mi cabeza daba vueltas con las imágenes de todas las cosas terribles que podían estar acechando bajo las aguas: anguilas o skuttlers o cangrejos comehuesos, listos y dispuestos a atacar las patas de *Muriel* y hacernos caer al río.

Ah, había bautizado a nuestra yegua *Muriel*. Eso también había pasado.

Al final resultó que no había nada acechando en el agua, o nada que quisiese atacarnos, al menos. Cruzamos el riachuelo sin incidentes y seguimos nuestro camino. Eso me dio muchísima confianza. Quizás el bosque no fuese tan temible de noche. Quizás los lobos y skuttlers y skarrlings estaban todos en mi mente. Quizás todo este viaje no sería tan malo.

Entonces nos topamos con la cabaña.

Ya casi estaba amaneciendo. Todos estábamos cansados, oscilábamos sobre nuestros caballos, doloridos como si nos hubiesen metido en una picadora de carne.

Ya me estaba imaginando lo agradable que sería tumbarme en la hierba y comer algo de venado cuando Zell detuvo a su caballo con brusquedad. Levantó la mano con el puño muy apretado y, aunque nunca nos había enseñado ningún código, estaba claro que eso significaba «¡ALTO!». Paramos a nuestros caballos detrás de él. Se me aceleró el corazón. ¿Qué había visto Zell ahí afuera? ¿Qué nos iba a atacar?

Pero no nos atacó nada, y me di cuenta de que Zell no estaba mirando. Estaba olisqueando. Olí el aire y entonces yo también lo capté: el débil pero inconfundible olor del humo. Algo se estaba quemando cerca, unas brasas quizás, como una hoguera recién apagada.

—¿Un campamento, a lo mejor? —susurró Jax—. ¿Lo comprobamos?

Detrás de él, Miles negó violentamente con la cabeza.

—¿Estás de broma? ¡No, de ninguna de las maneras! ¡Lo que tenemos que hacer es largarnos de aquí!

—¡Shhhh! —bufó Zell. Fuera lo que fuera lo que estaba pasando, estaba claro que él tenía su propio plan. Se bajó del caballo en silencio y dio unos pasos al frente para asomarse entre las ramas un gran arbusto. Estuvo mirando durante un instante. Luego gesticuló para que nos acercáramos. Miré a Jax, que se limitó a encogerse de hombros, así que desmontamos y nos reunimos con Zell.

Cuando nos asomamos entre los arbustos vimos que estábamos sobre una pequeña colina. Al pie de la ladera hacia una cabaña de madera, o al menos lo que quedaba de ella. Ya no estaba en llamas, pero lo había estado hasta hacía bastante poco. La estructura era una ruina carbonizada con delgados hilillos de humo negro que subían hacia el cielo como ávidos dedos. Dos de las paredes se habían colapsado. Había cascotes tirados por todas partes. El tejado se había hundido, lo que nos daba una vista inquietante desde arriba, como una casa de muñecas en una pesadilla. Allí había habido algún tipo de batalla: las paredes, todavía en pie, presentaban profundos cortes, y un horquillo sobresalía de un árbol cercano.

Justo detrás de la cabaña había un hombre tirado boca abajo. Llevaba una camisa de trabajo marrón y tenía una frondosa barba. Exactamente el tipo de fornido maderero que hubieses imaginado que vivía ahí, en medio del bosque. Sin embargo, casi no podía distinguir sus rasgos porque le habían partido la cabeza por la mitad. Otro hombre... no, solo un chico, yacía a pocos metros al pie de la colina. Tenía un hacha de leñador incrustada en la espalda, justo por debajo de las escápulas. El chico debía de estar intentando huir cuando alguien se la tiró.

—Mierda —susurré. Lyriana contuvo la respiración. Miles apartó la mirada con cara de estar sufriendo náuseas.

—¿Bandidos? —susurró Jax.

—Puede ser —dijo Zell, pero no sonaba nada convencido—. Tengo que verlo más de cerca.

—¿Tienes que qué? —pregunté, aunque tampoco importaba. Zell ya se estaba deslizando colina abajo hacia la cabaña en ruinas. Antes de poder pensármelo mejor fui tras sus pasos. Jax me siguió, a pesar de las protestas de Miles. Allí había algo que interesaba a Zell, algo que quería encontrar. Y yo tenía que saber qué era.

Desde la distancia solo habíamos olido el humo, pero ahora que bajamos hasta la cabaña había olores mucho peores a los que enfrentarnos: sangre, putrefacción, bilis y mierda. Densas nubes de moscas negras zumbaban en torno a los dos cuerpos. Me subí la camisa para taparme la nariz. Jax se limitó a sacudir la cabeza.

—¿Qué demonios?

No encontraba palabras para contestarle. Había estado en funerales, por supuesto, pero nunca había visto un cadáver de este modo, todo tieso e hinchado y pudriéndose. Me costó un esfuerzo supremo no vomitar hasta la primera papilla.

—Eran una familia —dijo Lyriana, su voz inexpresiva y hueca. Me volví, sorprendida de encontrarla detrás de mí, pero allí estaba. Observaba la carnicería con una mirada distante y pude ver cómo le temblaban las manos—. Un padre y un hijo que vivían aquí. Cortaban madera, probablemente para venderla en la ciudad. Cultivaban sus propios alimentos. Cuidaban el uno del otro. Una buena vida.

Quería decirle que volviese a subir la colina, pero entonces Miles dejó escapar un grito horrorizado desde el otro lado de la casa. Corrí hacia él, y de inmediato deseé no haberlo hecho. Allí había una mujer, la madre, y estaba…

Estaba…

Me di la vuelta, el estómago revuelto, me ardían los ojos. Era malo. Dejémoslo ahí.

Lyriana se quedó detrás de mí, una mano sobre su boca. Zell estaba a su lado y pude notar el momento exacto en el que vio el cuerpo de la mujer. Algo en él cambió al instante. Por un momento, su mirada se volvió distante, y luego ardió de rabia. Abrió las aletas de la nariz y se agarró a un lado de la casa con tanta fuerza que la madera chamuscada se desmigajó entre sus dedos.

—Ese *khenzar*… —gruñó, y luego más cosas en zitochi, palabras que no pude entender pero que claramente no eran nada bueno.

—¿Zell? —Di un paso hacia él—. ¿Qué pasa?

—Ha sido mi hermano —bufó, como si casi no lograse articular las palabras. Estaba temblando, temblando de verdad—. Él y sus hombres. Esto es obra suya.

—¿Cómo lo sabes?

Levantó la vista hacia mí y sus ojos destilaban tal ira que di un salto hacia atrás.

—Lo sé y punto.

—Pero ¿por qué? —preguntó Lyriana—. ¿Por qué querría hacer algo así?

—Porque le desafiaron. Porque le mintieron. Porque estaba aburrido. —Todo eso lo dijo Zell con los dientes apretados—. Tenemos que irnos. Ahora. A esta gente la han matado hace un día como mucho, lo que significa que mi hermano y sus hombres aún están cerca. Tenemos que escondernos y...

—¡Eh! —chilló Jax desde el interior de la cabaña—. ¡Esta todavía está viva!

Nos giramos todos al mismo tiempo. Mi hermano salió a trompicones de entre las ruinas de la cabaña con una niña pequeña en brazos. Tendría unos cinco o seis años. Tenía el pelo negro pegado a la cara, apelmazado por la sangre seca, y su ropa estaba empapada de rojo. Jax se tambaleó hasta la hierba y la tumbó en el suelo. Si no hubiese sido por los gritos de Jax, hubiese creído que también estaba muerta. Tenía los ojos vacíos y distantes y respiraba de manera muy débil y superficial.

—Por el aliento de los Titanes —susurró Lyriana corriendo hacia ella. Acunó la cabeza de la niña entre sus brazos y le levantó la camisa con delicadeza para ver las heridas. Basándome en su reacción, lo que vio no fue bueno. Con un bufido seco, Lyriana empezó a girar las manos y a abrir y cerrar los puños. Sus anillos se pusieron verdes, un verde parpadeante, sin brillar del todo, como una vela que no termina de encenderse debido a un fuerte viento—. Acababa de empezar a estudiar las artes curativas... —murmuró—. Vamos, vamos...

La expresión de Zell había cambiado. Ya no solo parecía enfadado. Había algo más detrás de sus ojos, un pánico apenas controlado.

—Dejadla. Tenemos que irnos. Ahora.

—No podemos dejarla morir sin más —dijo Jax, y Lyriana ni siquiera le contestó, se limitó a seguir girando las manos y apretando los puños, una y otra vez, desesperada. Sus anillos siguieron parpadeando... pero no llegaron a brillar del todo en ningún momento.

—Va a morir de todos modos —ladró Zell. Ahora tenía miedo. Por primera vez desde que le había conocido tenía miedo, y eso me aterraba—. ¡Y nosotros también moriremos si no nos vamos ahora!

Di un paso hacia él, con cautela.

—Zell —dije con suavidad— tenemos que intentar...

Alargó la mano a la velocidad del rayo, me agarró del brazo y empezó a arrastrarme de vuelta hacia la colina.

—¡No! —gritó y, de repente, su fría y dura fachada se resquebrajó y pude ver lo que había bajo ella. No era brutalidad ni crueldad lo que guardaba enterrado, sino miedo y dolor, un dolor que yo no era capaz ni de empezar a entender, un dolor que tenía que luchar por reprimir a cada instante, puesto que de lo contrario explotaría. Era igual que el matamagos, una tempestad atrapada que bullía tras una fachada tranquila.

—¡Zell! —le grité, tan alto como pude, justo delante de su cara. Clavé los talones en el suelo y tiré del brazo para liberarme de su agarre. Se quedó paralizado, me miraba con ojos de loco. Alargué el brazo y le cogí la mano, temblaba en la mía—. Zell —repetí en tono más suave—. No podemos dejarla. Simplemente no podemos.

Nos quedamos ahí de pie un momento, sus ojos clavados en los míos, y me pregunté si nos iba a obligar a todos a volver a la carretera a punta de espada. Entonces respiró hondo y me dio la espalda sin decir ni una palabra. Desenvainó sus armas y se colocó de cara a la carretera como una estatua vigilante. El mensaje estaba claro.

Algo se rompió en mi corazón en ese momento. No entendía muy bien por qué, pero tuve claro que esta era una de las cosas más difíciles que había tenido que hacer en su vida. Alargué la mano y le di un apretoncito en el hombro, solo uno, luego volví con los demás.

La niña murió media hora más tarde.

Lyriana había hecho todo lo que podía. Había probado docenas de hechizos diferentes. Sus anillos parpadearon, parpadearon, pero nunca brillaron del todo. Después de eso, se había desesperado y había intentado hacer la labor de un médico, limpiando las heridas de la niña e incluso insuflando aire a sus pulmones. Pero nada de eso funcionó. Al poco tiempo, la niña yacía ahí, tan fría e inmóvil como el resto de su familia.

Lyriana la acunó entre los brazos y acabó con ellos teñidos de rojo hasta el codo. Miles y Jax se quedaron al lado de la princesa, impotentes, una venda colgaba flácida entre las manos de Miles. Lyriana se quedó callada, sin aliento. Todo pareció de repente mucho más frío, y una ligera escarcha se extendió por la tierra alrededor de sus pies. El aire a su alrededor crepitó y palpitó con diminutas descargas de magia, como si estuviésemos en el corazón de una tormenta eléctrica. Ese olor caliente y eléctrico llenó el aire. Sus anillos palpitaron en un azul gélido y duro.

¿Sería aquello más Magia de Corazón? ¿Estaría a punto de perder el control?

Lyriana apartó la mirada. La sensación palpitante desapareció y el aire volvió a su estado normal.

—Estoy bien —dijo, obligándose a controlar la voz—. Los enterraremos. Con respeto.

Pensé que Zell se opondría a otro retraso, pero no dijo ni una palabra. Seguía montando guardia en la carretera; estaba casi segura de que no había movido ni un músculo. Así que los demás encontramos unas palas y cavamos los unos al lado de los otros en la tierra blanda. Empezó a caer una suave llovizna, atípicamente cálida, y la tierra despedía vapor a medida que las gotas la empapaban. Cuando terminamos de cavar las cuatro tumbas, Jax se dispuso a trasladar los cadáveres, pero Lyriana no le dejó. En lugar de eso, utilizó sus anillos para *Levantarlos* con dulzura y transportarlos hasta las tumbas, donde los depositó con delicadeza. Casi parecían en paz, como si estuviesen flotando río abajo, los ojos cerrados, tomando el sol. Cuando los cuerpos estuvieron en sus tumbas, Lyriana chasqueó los dedos y creó cuatro diminutos y relucientes orbes de *Luz* que rondaron por encima de las tumbas y para después ascender flotando con suavidad por encima de nuestras cabezas, hacia las estrellas.

—Que alumbren vuestro viaje hasta el cielo —dijo Lyriana—, donde los Titanes os recibirán con los brazos abiertos.

Creí que lloraría o se desmoronaría, pero se mantuvo firme, su voz apenas tembló.

Fui hasta ella para ponerme a su lado y entonces, por impulso, le di la mano. Jax tiró la pala a un lado, se reunió con nosotras y me pasó un brazo por encima de los hombros. Y Miles se quedó a su lado sin saber muy bien qué hacer hasta que Jax le rodeó con el otro brazo a él también. Respiré hondo, sintiendo la lluvia cálida sobre la piel, contemplando cómo las gotas de lluvia lanzaban destellos blancos a la luz de los orbes en lo alto. Sonaron unas pisadas a mi espalda, suaves y meticulosas, y miré por encima del hombro para ver a Zell. Supongo que por fin había abandonado su guardia y estaba justo detrás de mí, contemplando las luces con una expresión inescrutable. Susurró algo en voz baja. Esta vez no tuve que preguntar si era una oración zitochi.

Nos quedamos así, los cinco ahí de pie, contemplando los orbes de Lyriana como si fuesen las Luces Costeras. Allí estábamos, ante aquella cabaña derruida, buscados por la provincia entera para darnos muerte, con una banda de mercenarios brutales tras nuestros pasos y, aun así, en aquel momento, me sentí… ¿segura? ¿Protegida? ¿Querida? Sentí como si me hubiese pasado la vida entera a la intemperie y por primera vez hubiese entrado en una casa acogedora con un fuego crepitante.

Miré a mi alrededor, de una cara a otra. Todos sabíamos lo mismo. Estábamos en esto juntos.

Hasta el mismísimo final.

CATORCE

Forzamos el paso durante unas horas para asegurarnos de ponernos fuera del alcance de nuestros perseguidores antes de instalarnos en una cantera abandonada y llena de maleza. Encendimos un débil fuego en un agujero de piedra, quemamos líquenes y viejos hierbajos secos, y nos sentamos en torno a él para comernos tranquilamente nuestro venado. Nadie tenía ganas de hablar, no después de aquello. Así que tomé la palabra.

—Zell, creo que ya es hora de que nos hables de tu hermano.

Zell levantó la vista.

—¿De qué tendría que hablaros?

—Uhm, empecemos con ¿qué demonios le pasa? —dijo Jax—. Quiero decir, es malvado, ¿no? Eso lo sabes, ¿verdad?

Cuando Zell habló por fin, lo hizo despacio, como si estuviera eligiendo con gran cuidado cada palabra.

—Mi hermano es... diferente. Ya lo era de niño. Nos perseguíamos por los pasillos, como todos los hermanos, pero cuando él me pillaba, siempre quería pegar, morder, hacer daño. Luego estaban los animales que caían en sus manos, los perros y gatos y los conejos. Y luego estaba... estaba... —Se quedó callado, tragó saliva. ¿Tendría esto algo que ver con su reacción allá en la cabaña, con el pánico en sus ojos? ¿Qué le había hecho Razz?

—Zell —empecé, pero él negó con la cabeza y me interrumpió.

—Nuestro padre es uno de los guerreros más grandes de la historia de nuestro pueblo. Siempre he querido ser como él: vencer a mis enemigos, llevar gloria al clan. Eso fue siempre lo que a mí me importó: el honor. Razz, sin embargo... a Razz solo le gustaba ver a las personas sufrir, ver a la gente sangrar. Cuanto más inocentes y vulnerables, mejor.

—Lo que había dicho. Malvado —intervino Jax—. Y no puedo esperar a que esté al mando de todos los zitochis cuando tu padre muera...

—No funciona así —le interrumpí—. Celebran un Cónclave y todos los Jefes dan su opinión y... —Me di cuenta de que los demás me miraban atónitos—. No importa.

—Estaba preocupado por Razz —continuó Zell—. Mi madre también. Era peligroso, estaba trastornado. Y buscaba a hombres como él para su banda de mercenarios, hombres con sus mismos apetitos. Intentamos convencer a mi padre, pero él... él...

—Espera. ¿Tu madre? —preguntó Miles—. ¿Tú y Razz tenéis la misma madre y el mismo padre? Entonces, ¿cómo es que tú eres un bastardo?

Zell se miró los pies. Desde que le conocía, nunca le había visto expresar nada parecido al bochorno, pero ahora sus mejillas se sonrojaron de vergüenza.

—Entre mi gente, un bastardo no nace. Se hace. Se hace cuando deshonra a su familia, cuando avergüenza a su clan. Soy un bastardo porque yo... yo... —Suspiró—. No quiero hablar de ello.

—Maldito seas, Miles —dijo Jax—. Acabas de incomodar a Zell. Y hay que tener mucho arte para eso.

Ladeé la cabeza, intenté descifrar la expresión de Zell. No pude. ¿Qué era lo que había hecho? Hacía menos de un mes que le conocía, pero estaba segura de que no podía haber hecho nada peor que Razz. Había ocurrido algo, algo que causó todo ese miedo y dolor en su interior, y ese algo había provocado su caída en desgracia... pero ¿qué?

No lo sabía. No podía saberlo.

La conversación ya no podía ir a ningún lado después de eso, así que nos quedamos sentados en silencio y luego nos fuimos a dormir. Descansé poco; no era exactamente fácil dormir en una cama de guijarros cortantes, bajo ese sol abrasador. Pero no me importó, porque así me aseguraba de despertarme temprano, justo cuando se estuviera poniendo el sol, justo cuando Zell empezara su entrenamiento/rezo/lo que fuese.

Le encontré en el centro de la cantera, practicando. Esta vez estaba haciendo una rutina ligeramente diferente: menos giros y rodamientos, más estocadas y bloqueos. Pero seguía teniendo la misma concentración precisa, los mismos movimientos rítmicos y elegantes. Apenas levantó la vista cuando me acerqué y solo se detuvo del todo cuando me puse justo en su camino.

—Eh —le dije—, me gustaría que me enseñaras a luchar.

Zell pestañeó, perplejo, como si le acabara de pedir que me enseñase a volar.

—¿Por qué?

—Porque no quiero que tu hermano me mate. Así que enséñame a luchar contra él.

—Mi hermano es peor que mi padre. No tendrías ni una sola oportunidad contra él.

—Perfecto. Entonces él ganará, pero al menos quiero caer luchando.

Zell me miró con curiosidad, y yo le miré a los ojos. Supe que estábamos pensando en lo mismo. En esa cabaña por la que habíamos pasado. En la mujer que yacía detrás. En la niña en brazos de Lyriana. El peso inexpresado de esa mañana colgaba sobre nosotros, nos unía, y eso era suficiente.

—Muy bien —dijo Zell—. Supongo que podría funcionar. Llevo un tiempo observando cómo te mueves y tienes una elegancia natural.

Arqueé una ceja.

—¿Has estado observando cómo me muevo?

—Yo… quiero decir… Sí, observé cómo… Hay algo en tu forma de moverte que… —Dejó de intentarlo y sacudió la cabeza—. No importa. ¿Quieres que te entrene o no?

—Sí.

Zell asintió y se alejó para rebuscar entre un montón de escombros al pie de la cantera. Regresó un minuto después y me tiró una larga rama de roble.

—¿Qué es esto?

—Es un palo.

Vale. Debí verlo venir. Suspiré.

—¿Por qué tengo un palo?

—Si quieres aprender a luchar con una espada, tienes que aprender a luchar con un palo. —Zell dio un paso atrás y adoptó la posición de inicio con la que siempre empezaba su rutina: piernas separadas, pies plantados en el suelo, rodillas ligeramente flexionadas. Aunque tenía las manos vacías; había dejado la espada y la daga tiradas en el suelo—. Colócate en esta posición.

—Uhm. Vale. —Intenté imitar su posición lo mejor que pude, pero me sentí torpe al hacerlo, como la primera vez que di una clase de baile. O, en realidad, todas las veces que había dado una clase de baile—. ¿Qué tal así?

Zell apenas podía ocultar su decepción.

—¿Sabes cómo mueren la mayoría de los guerreros?

—¿Con… honor?

—No. Sobre la espalda. —Zell se abalanzó sobre mí, salvó el espacio que nos separaba de una sola zancada y me dio una patada en la parte de atrás del tobillo. Mis piernas salieron volando de debajo de mí y, con un agitar de brazos increíblemente falto de gracia, caí de culo sobre la tierra seca. Fue un golpe duro. Dolió. Mucho.

—¿Qué demonios? —oí a Jax chillar desde el campamento y me retorcí para darme la vuelta.

—¡No pasa nada, Jax! —le grité de vuelta—. ¡Solo me está enseñando a luchar!

Me apoyé sobre los brazos para enderezarme un poco. Pude ver a Jax al lado de la hoguera. Me miró incrédulo, intentó decir algo, y luego hizo un gesto de impotencia con las manos, derrotado.

Me levante y me volví de nuevo hacia Zell. Tenía la cabeza ladeada, me estaba escrutando. Supe lo que estaba pensando: ¿iba a rendirme ya? Mi espalda aulló de dolor, probablemente porque había aterrizado sobre una piedra excepcionalmente puntiaguda; me dolían los muslos por la cabalgada y solo de pensar en todas las horas a caballo que nos quedaban por delante; estaba empezando a darme cuenta de lo duro que iba a resultar aprender a luchar y de lo desigual que sería la pelea, incluso aunque lo intentara; y deseaba desesperadamente ir a echarme una siestecita dulce y reparadora…

Pero volví a recordar a esa familia. Y me pregunté cuántas cabañas como esa habría visto Zell, a cuántas de las víctimas de su hermano se había visto obligado a enterrar.

—Intentémoslo de nuevo —le dije a Zell, y planté los pies con firmeza en el suelo de tierra.

QUINCE

No ocurrió gran cosa durante los siguientes días. Bueno, eso no es verdad. Ocurrieron demasiadas cosas. Para evitar a Razz y a sus hombres, cabalgamos más alejados incluso de las carreteras principales, atravesamos bosques tan espesos que tuvimos que poner a los caballos en fila india solo para poder avanzar entre los apretados árboles. A veces teníamos que apearnos y cortar algunos arbustos con un machete para despejar el camino. Una vez, mientras bajábamos por una empinada ladera de tierra suelta, el caballo de Jax tropezó y Miles se cayó; solo los rápidos reflejos de Lyriana con su magia de *Levantar* evitaron que encontrara su muerte al fondo del barranco. En otra ocasión, después de que acampáramos en un profundo desfiladero, un trío de lobos cayó sobre nosotros. Nos quedamos ahí sentados, tensos, las armas en las manos, mientras nos miraban furibundos con sus ojos amarillos y enseñando los dientes. Pero después de lo que pareció una eternidad, desaparecieron por donde habían venido. Miles empezó a unirse a Jax y a Zell en sus cacerías y, aunque no creo que llegase a cazar nada, parecía muy orgulloso de sí mismo por participar. Estuvimos terroríficamente cerca de tener un encontronazo con un grupo de hombres, bandidos, probablemente, que cruzaba sigiloso un bosque de noche con las antorchas en alto; nos escondimos de ellos en una húmeda gruta, conteniendo la respiración. Estuvieron a apenas seis o siete metros de toparse con nosotros.

Lo que quiero decir, sin embargo, es que las cosas se asentaron y se volvieron rutinarias. Me despertaba a primera hora de la tarde y entrenaba con Zell durante una hora, aprendiendo poco a poco el *khel zhan*, su estilo de lucha fluido y parecido a un baile. El entrenamiento consistía, para mí, en caerme mucho, trastabillarme y recibir golpes con un palo cada vez que no lograba bloquear uno de los ataques de Zell. Me dejaba magullada, sangrando y con todos los músculos del cuerpo doloridos. Pero, después de unos días, noté que empezaba a mejorar, sentía que mis reflejos se agudizaban y mi cuerpo empezaba a endurecerse. El dolor empezaba a ser placentero de una forma extraña: el dolor del progreso, el dolor del crecimiento.

Empezó a gustarme. Y a lo mejor solo me lo estaba imaginando, pero creo que a Zell también le estaba empezando a gustar enseñarme. Me sonreía más a menudo y se reía más a menudo y podía ver verdadero orgullo en sus ojos cuando lograba dominar una de sus posturas o bloqueaba uno de sus golpes. Quizás fuera un maestro innato. O quizás, y solo quizás, le gustaba pasar tiempo conmigo.

Mantuvimos el ritmo hacia el sudeste; cabalgábamos de noche y acampábamos de día. Entre la caza de los chicos y el *Crecer* de Lyriana, nunca pasamos hambre. Zell incluso mató un carnero de bosque y nos hizo unas capas con su desgreñado pelaje gris para mantenernos calientes. Lyriana puso objeciones durante unos diez minutos, pero se arropó con la suya en cuanto empezó a soplar el frío viento nocturno. El paisaje empezó a cambiar a medida que nos alejamos más y más de la costa. Los bosques de secuoyas dieron paso a más robles y abetos, las carreteras se fueron haciendo más escasas y los bosques más silenciosos. Ahora podíamos ver las montañas Frostkiss a lo lejos: enormes riscos azules que se alzaban amenazadores hacia el cielo, la barrera que separaba a Occidente del resto de Noveris.

Y a pesar de unos cuantos sustos y contratiempos, empezamos a viajar más confiados, con más destreza. No era solo que nos encontrábamos más cómodos en la carretera, aunque eso ayudaba. Era que estábamos más cómodos los unos con los otros. Empezamos a hablar más mientras cabalgábamos y a pasar más tiempo juntos en los campamentos. Lyriana nos contó cosas de su infancia en Lightspire, de su primo Ellarion, de cómo no había salido nunca de palacio hasta que tuvo seis años.

Miles y Jax se inventaron un juego en el que intentaban que el otro adivinara la cosa en la que estaban pensando describiéndola con rimas y, aunque Miles siempre ganaba elaborando elegantes estrofas, Jax hizo la sorprendentemente impresionante labor de encontrar nuevas rimas para «culo» y «tetas». Incluso Zell y Jax empezaron a relajarse el uno con el otro; Jax le contó a Zell curiosidades sobre las criaturas de Occidente y Zell le enseñó a Jax cómo cazarlas. Lo mejor de todo era que no habíamos vuelto a ver señal alguna de Razz y sus hombres, y esa cabaña y su desdichada familia empezaron a difuminarse en nuestra memoria.

Doce días después de partir de la playa alcanzamos la orilla del río Markson, y entonces me di cuenta del mayor cambio en el estado de ánimo de nuestro grupo: empezábamos a tener esperanza.

Acampamos en la orilla oeste del río, en el seno de un grupo de árboles a cuyo lado rugía la corriente. El Markson era el río más largo y caudaloso de Occidente, discurría hacia el sur desde la tundra de los zitochis antes de desviarse hacia el oeste para encontrarse con el océano en el extremo sur de la costa occidental. La mayoría de los viajeros lo cruzaban por Bridgetown, un eje comercial legendario situado en el punto más estrecho del Markson. Por razones obvias, era un sitio proscrito para nosotros. Tendríamos que ir hacia el norte, hacia alguno de los pueblos pesqueros, e intentar cruzar por uno de sus puentes cuando no hubiera nadie mirando.

No me importaba. Acampar a la orilla del río significaba pescado fresco, por no mencionar un lugar en el que quitarnos todo el polvo y la mugre. Zell incluso se afeitó, deslizando el filo de su daga por sus mejillas hasta que estuvieron suaves como el culo de un bebé. Miles y Jax prefirieron no hacerlo. Creo que empezaban a gustarles sus desaliñadas barbas incipientes.

Había otra razón por la que me gustaba ese sitio, una que no compartí con los demás. El río Markson era lo más lejos de casa que había ido nunca. Cuando tenía ocho años, mi padre y yo habíamos ido a caballo hasta Bridgetown para su famoso Festival de Máscaras. Nos habíamos quedado en la hacienda de Lord Collinwood, cuya Casa gobernaba la ciudad, y por la noche, mi padre y yo habíamos paseado de la mano por el festival. Recuerdo haberme sentido fascinada por todo: los farolillos flotantes, los músicos que tocaban por las calles, la gente detrás de sus máscaras, unas temibles, otras preciosas. Bailaban y bebían y cantaban por todas partes a nuestro alrededor. Recuerdo con total claridad cuando, en el punto culminante del festival, colocaron una efigie gigante en el río y le prendieron fuego. Me asusté muchísimo, pero mi padre me consoló, me dejó esconderme detrás de sus piernas y me dijo que solo era un gran espantapájaros de madera, nada más.

Ya no me gustaba ese recuerdo. O al menos no quería que me siguiera gustando ese recuerdo. Parpadeé para quitarme las lágrimas de los ojos y volví al campamento. Lyriana y yo nos sentamos juntas en un tronco. Miles estaba de rodillas delante de nosotras, soplando sobre una patética hoguera para intentar que prendiera. Jax y Zell estaban a la orilla del río, destripando unos peces que habían pescado. Solo captaba pequeños retazos de su conversación por encima del rugido del río.

—No veo el problema —dijo Zell—. Una bestia marrón, con garras y pelo estrafalario; estoy pensando en un gran oso cavernario.

—No puedes... no puedes decirme lo que estás pensando —repuso Jax exasperado—. Te inventas la rima y yo tengo que adivinar de qué va. Si me dices que es un oso ya no tengo nada que adivinar.

—¿Pero el objetivo no era hacer una rima?

—Bueno, ese... ese es parte del objetivo, pero...

—¡Maldita sea! —Miles estampó el puño contra la arena al lado de la fogata. Parecía que había conseguido que la yesca empezara a arder, pero los troncos que había sobre ella no querían prenderse—. Lo siento. Perdón. Estoy en ello.

—¿Puedo intentarlo yo? —se ofreció Lyriana.

—Bueno, claro, supongo. Pero las ramas están muy húmedas, así que no sé si podrás...

Antes de que Miles pudiese terminar, Lyriana levantó la mano e hizo girar sus dedos en el aire, el gesto que reconocía como *Crecer*. El fuego reaccionó al instante, las llamas brotaron de las ramas como si les hubiesen echado aceite. Miles se dejó caer de espaldas, sorprendido.

—¿Cómo lo has…?

Lyriana se encogió de hombros.

—El fuego crece, como cualquier otra cosa.

—Eso es increíble. —Miles se levantó y se sentó enfrente de nosotras. Tenía una expresión pensativa, como si estuviera decidiendo si hablar o no. Entonces se lanzó—: Majestad, ¿es… es verdad que solo las personas nacidas en Lightspire pueden ser magos? Quiero decir, sé que la mayoría lo son, pero yo aprendo muy deprisa, y haría cualquier cosa, cualquier cosa que tuviera…

—Ah —dijo Lyriana, como si hubiese estado temiéndose la pregunta—. Es verdad, Miles. Los Titanes bendijeron Lightspire, y solo Lightspire, con el don de la magia. Ese es el Mandato Celestial, la base entera del reinado de la Dinastía Volaris. Ningún alma nacida fuera de Lightspire ha poseído nunca magia, y nadie lo hará jamás.

—Oh. —Miles intentó, sin conseguirlo, ocultar su desilusión.

—Pero… ¡hay otras muchas cosas que podrías hacer! Por cada mago hay docenas de académicos que estudian la sabiduría popular de los Titanes, que descifran sus secretos más ocultos y buscan antiguos túmulos para encontrar más anillos… —dijo Lyriana—. Creo que eso se te daría genial.

—Ratón de biblioteca profesional. Sí, podría imaginarlo —comentó Jax. Él y Zell se habían acercado mientras hablábamos y se sentaron a nuestro lado; Jax en el tronco junto a Miles, mientras Zell preparaba espetones para el pescado—. ¿Y yo qué? ¿Hay algún trabajo perfecto en Lightspire que esté esperando a que yo aparezca por ahí?

—Bueno, eso depende —contestó Lyriana—. ¿Qué quieres hacer?

Jax pestañeó, le había pillado por sorpresa que le tomaran en serio.

—Bueno, yo... supongo que en realidad no lo había pensado. Quiero decir, me educaron para ser mozo de cuadra. Pensé que algún día podría ser jefe de cuadras o algo así.

—¿Eso es lo que quieres?

—No lo sé. —Jax parpadeó—. Puede ser... En realidad no, supongo... No es que tuviera mucha elección...

—Ahora sí que la tienes —dijo Lyriana sonriendo—. Cuando lleguemos a Lightspire, todos seréis recompensados con riqueza, estatus y tierras. Tendréis vuestros propios sirvientes y seréis capaces de hacer lo que queráis. Cuando lleguemos allí podréis dejar vuestras antiguas vidas atrás por completo. Empezaréis de nuevo.

Nos miramos los unos a los otros y dejamos que nuestras mentes asimilaran el peso de sus palabras. Jax dejó escapar un silbido largo y lento, luego chasqueó los dedos.

—¡Ya lo tengo! ¿En Lightspire hay burdeles? ¡Porque siempre he pensado que sería divertido regentar un burdel!

—¿Tienes que arruinar todas las conversaciones con una broma obscena? —Lyriana cruzó los brazos—. ¿No puedes tomarte nada en serio?

Jax sonrió de oreja a oreja.

—¡Al contrario! ¡Soy muy serio cuando se trata de burdeles! Hay uno en Millerton. Uau, deberías ver a esas chicas...

Lyriana dio media vuelta con un mohín asqueado. Justo en ese momento, Zell se enderezó y pareció querer unirse a la conversación por primera vez.

—¡Ya lo tengo! ¡Ya sea hombre o pez, carnero o venado, un oso es la bestia de la que hay que estar asustado!

Jax dejó escapar un gemido gutural y se acunó la cabeza entre las manos.

—Odio a este zitochi. Le odio a muerte.

Todo el mundo se echó a reír, incluido Zell, que estoy casi segura de que ya solo le estaba tomando el pelo. Pero mis pensamientos divagaban. Cuando estábamos en la playa, la sola idea de llegar a Lightspire y recoger los frutos de nuestro esfuerzo en forma de beneficios reales parecía una fantasía absurda, el tipo de mentira que la gente se decía para mantenerse en marcha. Claro, por supuesto, íbamos a obtener nuestro «fueron felices y comieron perdices». Pero ahora, a medio camino de alcanzar la salvación, empezaba a pensar que a lo mejor sucedía de verdad. Por todos los demonios, a lo mejor conseguía llegar a Lightspire. A lo mejor me convertía en... bueno, si no en una noble, en lo más parecido a una, y desde luego más rica y acomodada de lo que sería jamás en Occidente. Tendría todos los vestidos y carruajes y apuestos pretendientes que quisiera. La idea era increíble. Asombrosa. Sobrecogedora.

Entonces, ¿por qué me hacía sentir tan triste?

Esa noche buscamos un puente para cruzar el Markson. No nos atrevíamos a salir a campo abierto con los caballos, no hasta que estuviésemos seguros de tener vía libre, así que Zell y Jax se adelantaron para explorar, discutiendo sobre quién ganaría una pelea, un felino gigante de Occidente o un oso cavernario zitochi. Esta vez llevaron a Lyriana con ellos, sus relucientes bolas de *Luz* estaban resultando cada vez más útiles para desplazarnos y eran más seguras que las piedras solares, dado lo deprisa que podía apagarlas. Miles y yo nos quedamos a vigilar los caballos y nuestras pertenencias. No me importó. El cuerpo me dolía más que de costumbre. El entrenamiento del día con Zell había consistido en que él se dedicara a perfeccionar mis reflejos haciéndome intentar atrapar rocas.

La mayoría acabaron impactando contra mí.

Me senté al borde del agua, con la mirada perdida en el río. Un fino velo de nubes bloqueaba el cielo en lo alto, pero se abrían justo el tiempo suficiente para que un rayo de luz de luna iluminara la fuerte corriente de vez en cuando. Si guiñaba los ojos y miraba durante un rato, mucho más abajo, podía ver un resplandor en la distancia: Bridgetown, que brillaba como una vela en la oscuridad.

—Eh, Tilla —dijo la voz de Miles a mi espalda—. He encontrado algo para ti.

Miré por encima del hombro y vi a Miles salir de entre la maleza. Para ser sincera, no me había dado ni cuenta de que se había ido. Se dejó caer a mi lado y extendió una mano. Tenía la palma llena de bayas con motas verdes y forma de campanilla.

—No me lo creo —dije extasiada—. ¡Bayas campana! ¿Dónde las has encontrado?

—Bueno, tienden a crecer a orillas del Markson y recordé que eran tus favoritas, así que simplemente me puse a buscar y, bueno, tuve suerte. —Miles se sonrojó un poco—. Adelante. Coge unas cuantas.

Dejó caer algunas en mi mano. Me metí una en la boca. Era perfecta: ácida pero dulce, con solo un diminuto toque amargo. La saboreé, dejé que los jugos se me derritieran sobre la lengua.

—Mmmm… qué rica —dije, y esperé hasta que el sabor se hubiese diluido por completo antes de abrir los ojos—. ¿Cómo sabías que eran mis favoritas?

—¿No te acuerdas? —preguntó Miles—. Fue en el Festival de la Cosecha, cuando teníamos, ¿qué, siete años? Mi madre y yo estábamos de visita en el castillo de Waverly y tú habías tenido una gran pelea con tu institutriz, así que decidimos escaparnos. Nos escabullimos por la Puerta Sur y recorrimos todo el camino hasta la playa de Harken con una mochila llena de bayas campana y bollitos. —Se quedó callado, esperando a ver si me acordaba—. Nos escondimos en la playa todo el día, hablamos sobre cómo íbamos a ser vagabundos e íbamos a viajar por el mundo robando a la gente. Sobre como no íbamos a volver a tener padres nunca más. Fue un día fantástico. —Contempló el agua, una expresión nostálgica en sus ojos—. Pero entonces tú te comiste todas las bayas y querías más y acabamos volviendo a casa. Nuestros padres ni siquiera se habían dado cuenta de que nos habíamos ido. Eso lo recuerdas, ¿verdad?

Más o menos, a lo mejor, quizás… En realidad, no… Pero, obviamente, era un recuerdo superimportante para Miles, así que me sentí culpable y asentí.

—Oh, sí. Sí. Aquel día. Fue fantástico.

—Sí, lo fue —dijo Miles, con la mirada aún perdida. Quizás fuera la luz de la luna, pero estaba muy distinto, nada parecido al blando chico regordete que se sentaba enfrente de mí en la Mesa de los Bastardos. Nuestros días en la carretera le habían cambiado. Sus rasgos parecían más duros, más fuertes, y tenía que admitir que la pelusilla rubia que cubría su barbilla le quedaba bastante bien. Daba la impresión de haber perdido cuatro o cinco kilos—. ¿Piensas en lo que ha dicho Lyriana? ¿En las nuevas vidas que tendríamos en Lightspire?

—No pienso en otra cosa —contesté, intentando parecer más animada de lo que me sentía en realidad—. Es como un cuento de hadas, ¿verdad? Salvas a la princesa y entonces ella te lleva a su castillo y ya no tienes que volver a preocuparte por nada nunca más.

—Sí, lo es —suspiró Miles—. Solo desearía que esto fuese el otro tipo de cuento de hadas. El tipo en el que al final todo vuelve a su estado original.

Ladeé la cabeza. Era raro oírle decirlo en voz alta, el mismo pensamiento que mi cerebro consciente ahuyentaba a manotazos cada vez que se atrevía a asomar a la superficie. ¿Qué pasaría si mi padre aceptase mi vuelta? ¿Qué pasaría si me perdonase? ¿Qué pasaría si mi vida pudiese volver a ser como antes?

Empujé el pensamiento al fondo del océano de mi conciencia. No quería pensar en ello.

Me volví hacia Miles para regañarle, pero entonces vi lo exhaustos que parecían sus ojos, lo desgarrados y rotos. No estaba tan triste como yo. Estaba mucho peor.

—Miles. —Estiré el brazo y le puse una mano sobre el hombro, le di un apretoncito. Dio un respingo. Supongo que era raro que nos tocáramos, no era algo que ocurriera con frecuencia, pero parecía tan hundido—. Lo siento. Estaba siendo insensible. Has perdido mucho más que yo…

—¿Ah, sí?

—Bueno, sí. Quiero decir, tú tenías una relación muy estrecha con tu madre. Y ella te iba a legitimar en algún momento, ¿verdad? Ibas a ser el señor de Casa Hampstedt. Era un futuro brillante y esperanzador. —Me encogí de hombros—. ¿Qué podía esperar yo de mi futuro? ¿Ese gran día lluvioso en el que por fin mi padre decidiría desheredarme para que pudiese aceptar mi vida como sirvienta de una vez por todas?

Un pesado silencio se asentó sobre nosotros. Miles me miró con una expresión extraña.

—No lo sabes —dijo con suavidad—. De verdad no tienes ni idea.

—¿Qué es lo que no sé?

Miles sacudió la cabeza. Todavía parecía triste, pero era un tipo distinto de tristeza, una que no podía descifrar.

—No ibas a ser sirvienta. Ese nunca fue su plan para ti.

Retiré la mano. El ambiente había cambiado en un instante.

—¿De qué estás hablando, Miles? ¿El plan de quién? ¿De nuestros padres?

Miles cerró los ojos. Cuando habló, su voz sonó forzada, entrecortada, como si estuviese forcejeando con cada palabra.

—Les oí hablar. Hace unos años. Madre me hizo jurar que no se lo diría ni a un alma. Dijo que lo pondría todo en peligro.

Me di cuenta de que aquello le estaba costando mucho, como si estuviese a punto de revelar algo que le había estado carcomiendo durante siglos. Pero estaba impaciente por oírlo y su lentitud me estaba poniendo de los nervios.

—Miles, ¿de qué demonios estás hablando?

—En realidad no tiene ningún sentido guardarle un secreto a una mujer que me quiere ver muerto, ¿verdad? —se rio Miles, una risa seca y amarga que sonaba extraña viniendo de él—. Tienes razón, Tilla, sí que me iban a legitimar. Pero mientras tanto, Madre sacaba enorme provecho de no tener un heredero, de que los hombres creyeran que de verdad tenían posibilidades de enamorarla y engendrar al hijo que gobernaría la Casa. Era política, pura y dura. El día anterior a mi dieciocho cumpleaños, me convertiría en el heredero de Casa Hampstedt. —Hizo una pausa insoportablemente larga antes de continuar por fin—. Y tú ibas a ser mi mujer.

—¿Qué? —Me aparté bruscamente—. No juegues conmigo, Miles. No te inventes cosas.

—No me estoy inventando nada. —Sonaba indignado de verdad—. Nuestros padres lo tenían todo planeado. Tu padre se preocupaba por ti, Tilla. No podía legitimarte, obviamente, no sin provocar un gran escándalo, pero de este modo se aseguraría de que fueras la señora de una Casa noble, su más leal aliada. Y yo estaría con alguien en quien mi madre confiaba. —Lo dijo de un modo casual, como si no significase gran cosa, como si fuese un simple asunto comercial y no el punto de inflexión más importante de toda nuestra vida—. Era su forma de fusionar nuestras familias, supongo. De velar por nosotros, por los dos.

—Velar por nosotros. —Me levanté y me di la vuelta. Se me había revuelto el estómago. Sentía que iba a desmayarme. Demasiados pensamientos daban vueltas por mi mente al mismo tiempo, chocaban los unos con los otros. Esta era la prueba de lo que había deseado tan desesperadamente durante tanto tiempo: demostraba que mi padre se preocupaba por mí de verdad, que pensaba en mí, que quería que me quedara en su vida de un modo u otro, incluso después de que cumpliera los dieciocho. Había tenido un plan para mí y ese plan me daba exactamente lo que quería. Sería una noble, de manera oficial, con un título y un castillo y un apellido...

Excepto que el apellido iba a ser Hampstedt, no Kent. Y que estaría con Miles, ¡con Miles, de todas las personas posibles!, para siempre. Como su mujer. A su zaga. Durmiendo con él. Teniendo sus hijos. Y parecía que mi padre lo había decidido hacía muchos años y ni siquiera se había molestado en decírmelo. Como si mi opinión no importara lo más mínimo. Como si no fuese más que un peón que pudiese ser entregado a otra Casa. Y de todos modos, ¿cuánto de esto era solo política, una forma práctica de mantener unidas nuestras dos Casas? ¿Tenía algo que ver conmigo, siquiera?

—Tilla —me llamó Miles—. Yo... no pretendía disgustarte. Solo... pensé que debías saberlo...

—¿Y mi padre? —espeté cortante—. ¿Cuándo pensaba decírmelo? ¿Iba a poder siquiera dar mi opinión sobre el tema?

Miles parecía confundido, como si la idea de tener una opinión al respecto ni se le hubiese pasado por la cabeza.

—¿Habría importado? —Una mirada dolida, que me resultaba familiar, se instaló en su cara—. ¿Tan patético soy para ti que preferirías seguir siendo una bastarda antes que casarte conmigo?

—¿Qué? ¡No! ¡No tiene nada que ver con eso! —Me sentía mal por insultarle, porque, sí, era un golpe un poco duro. Pero eso solo me hizo enfadarme aún más. De entre todas las cosas que están pasando ahora mismo, con esta revelación insana recién caída sobre mi cabeza, ¿se suponía que tenía que preocuparme por sus sentimientos?

Y entonces me di cuenta. Miles había sabido esto durante todo el tiempo que habíamos pasado juntos a lo largo de los últimos años. Lo había sabido, había tenido el secreto escondido como una carta en la manga. Sabía que estaba enamorado de mí, por supuesto, pero pensé que era inofensivo, un encaprichamiento infantil que nunca había desaparecido del todo. Pero no era eso en absoluto. Durante todo este tiempo, solo había estado… ¿qué? ¿Esperando su momento? ¿Aguardando con paciencia? ¿Como si yo fuera el postre que obtendría por comerse sus verduritas?

—Lo sabías… Durante todo este tiempo, lo sabías, ¿y no me dijiste nada?

Miles se puso blanco como la leche.

—Es que creía que tú también lo sabías… que era, no sé, un secreto a voces… —Dio un paso hacia mí. Me aparté bruscamente—. Lo siento mucho. No debí decir nada.

—No, Miles. Sí que debiste decir algo. Hace mucho tiempo. —Me alejé a paso airado costa abajo, sin preocuparme siquiera de adónde iba—. Te puedes quedar con tus estúpidas bayas.

Mientras caminaba, la cabeza me daba vueltas. Podía oír a Miles gritando como loco mientras se agarraba la cabeza con las manos. ¿Y sinceramente? Me importaba muy poco. Se merecía sentirse mal, al menos un ratito. Le di una patada a una piedra que estaba en mi camino; cayó al río, y por alguna razón, eso también me hizo enfadar.

—¡Tilla! —me llamó una voz desde algún lugar. Levanté la cabeza para ver a Jax, Zell y Lyriana saliendo sigilosos del bosque. Jax iba en cabeza—. Hemos encontrado un puente abandonado, perfecto para cruzar. Ve a coger los caballos y... —Se detuvo al verme la cara—. ¿Estás bien?

No sabía ni cómo empezar a responder, cómo resumir todo lo que había ocurrido con una sola emoción. Pero antes de que pudiera intentarlo, Zell adelantó a Jax y dirigió su brazo hacia mí en un gesto imposiblemente veloz.

Actué por puro instinto. Planté la mano delante de mi cara al tiempo que me agachaba y cerraba los ojos. Sentí un duro impacto, pero no me golpeó nada. Abrí los ojos, lo justo, y me di cuenta de que había una piedra redonda y lisa en mi puño.

—¿Y a ti qué te pasa? —chilló Jax.

—La ha cogido, ¿no? —dijo Zell, encogiéndose de hombros—. Sabía que lo haría.

Lo había hecho. Un guerrero zitochi me acababa de tirar una piedra a la cabeza…

Y la había atrapado en pleno vuelo. Yo. Acababa de hacerlo. Algo totalmente fantástico y asombroso.

¿Sabes qué? Que le den a Miles y a mi padre y a sus planes. Que le den a Lightspire y a los títulos y a ser una noble. Ahora mismo lo único que me importaba era esa piedra en mi mano.

—¿Estás bien? —repitió Jax.

—Sí —contesté y no pude reprimir una sonrisa—. Estoy perfectamente.

DIECISÉIS

Al día siguiente se nos acabó la suerte.

Habíamos cruzado el Markson por un desvencijado puente medio colapsado y apretamos el paso para llegar al sur al día siguiente. Empezábamos a rozar las laderas de las montañas Frostkiss y el terreno era más pedregoso y más escarpado que al otro lado del río. Los árboles y la hierba dieron paso a gargantas rocosas y acantilados vertiginosos. Cabalgar por ahí era más arriesgado: las empinadas laderas nos impedían alejarnos de las carreteras tanto como acostumbrábamos. Eso significaba que teníamos que avanzar en silencio, nada de juegos ni bromas. A mí no me importaba. Era una excusa tan buena como cualquier otra para evitar hablar con Miles.

Por la mañana, cuando los primerísimos rayos de sol empezaron a pintar el cielo de un tono rosáceo, nos encontrábamos en un estrecho valle entre dos laderas empinadas. Justo cuando estábamos pasando entre un par de robles, Zell detuvo en seco a su caballo y levantó el puño en el aire. El resto de nosotros nos inmovilizamos detrás de él. Apreté las manos sobre las riendas. Zell volvió a mirar colina arriba con atención, los ojos entornados.

Se oyó un lejano tañido y un ruido parecido a un silbido, y el astil de una flecha apareció en el tronco de un árbol a pocos centímetros de la cabeza de Zell.

—¡Corred! —gritó.

Después de eso se hizo el caos.

Espoleé a *Muriel* tan fuerte como pude y la yegua salió pitando, galopando a través de la tenue luz, saltando por encima de piedras y raíces. Lyriana se aferró a mí, chillando, mientras nuestra yegua nos zarandeaba dolorosamente de aquí para allá. Las ramas pasaban zumbando cerca de nuestras cabezas. Nos movíamos demasiado deprisa como para ver con claridad, pero podía oír el tronar de los cascos a mi alrededor y ver ligeros destellos de los otros caballos. Oí a Miles gritar algo y a Zell chillarle que siguiera galopando. Y oí más cascos a nuestra espalda, se acercaban muy deprisa, y los ásperos y guturales ladridos de los zitochis.

Nos habían encontrado. Razz y sus hombres. Y nos pisaban los talones.

Muriel galopaba veloz, dobló un recodo del valle y casi se tropieza. Algo silbó justo al lado de mi oreja. Una flecha. Lyriana soltó un gritito. El mundo era un manchurrón oscuro. Sabía que esto era peligroso, que mi yegua podía tropezar y caer, que yo podía salir volando y romperme el cuello. Pero es probable que eso fuera cien veces mejor que ser atrapados.

—¡Allí! —gritó Zell justo delante de mí. Señalaba hacia algo en la pared del acantilado: postes de madera que formaban una oscura abertura. La estrecha entrada a la galería de una mina. No tenía ni idea de por qué eso sería bueno para nosotros, pero tampoco tenía tiempo de pensar. Zell galopó justo hasta la entrada, saltó del caballo sin ningún esfuerzo, aterrizó rodando sobre sí mismo y corrió al interior. Eché un vistazo hacia un lado para comprobar dónde estaban Jax y Miles y, justo en ese momento, *Muriel* soltó un relincho agónico y se tropezó. Salió volando hacia delante y golpeó el suelo de costado.

El mundo empezó a dar vueltas. Mi cuerpo aulló. Salí despedida de la montura, aterricé de golpe y resbalé por la tierra pedregosa. Sentí que se me desgarraba la manga y la piel de debajo se me abría al rozar contra el suelo. Lyriana resbalaba a mi lado, demasiado impresionada incluso para gritar, daba volteretas como una muñeca de trapo. Una espesa nube de polvo se levantó a nuestro alrededor, pero pude ver a mi yegua a través del polvo, pataleando. El astil de una flecha sobresalía de su flanco. Y nuestros perseguidores se acercaban atronadores, más y más alto.

—¡Vamos! —chilló Jax y sentí sus manos firmes tirar para ponerme en pie. Ya no estaba a caballo, según parecía, y Miles tampoco, puesto que estaba ayudando a Lyriana un poco más adelante. La princesa respiraba, gracias a los Viejos Reyes, y no parecía tener nada roto, pero sus ojos estaban vidriosos y distantes, a miles de kilómetros de ahí. Delante de mí, el polvo se despejó un poco y, por primera vez, pude echar un buen vistazo a los hombres que nos perseguían: tres mercenarios zitochis montados sobre oscuros sementales galopaban a toda velocidad por el valle. Una patrulla de exploradores. Razz no iba con ellos, pero eso no era ningún consuelo. Los dos hombres de los lados llevaban hachas en las manos, y el del centro llevaba un arco. Sin dejar de galopar, estaba deslizando otra flecha sobre la cuerda.

—¡Meteos dentro! ¡Vamos! —bramó Zell.

—¡*Muriel*! —gritó Lyriana, cuando Miles y Jax se abalanzaron sobre ella y la arrastraron al interior de la oscura abertura. Desaparecieron al instante entre las sombras, pero Zell se quedó justo a la entrada, la espada desenvainada. Me detuve a su lado. De pronto giró un hombro hacia un lado y una flecha pasó silbando justo por donde había estado de pie un segundo antes. ¿Iba a pelear? ¿Era esto una de esas fatídicas resistencias finales?

Pero entonces, Zell dio media vuelta y estampó su espada contra el poste de madera que sujetaba la entrada de la galería, como un leñador que talara un árbol. La espada atravesó la madera y se quedó atascada a la mitad. El poste estaba podrido y se desmigajaba. Aquella mina debía de llevar mucho tiempo abandonada. Afuera, los mercenarios ya casi habían llegado hasta nosotros y pude ver cómo el que iba en cabeza pasaba ambas piernas a un lado de su caballo, preparado para saltar.

Zell le dio otro machetazo al poste, que se combó y crujió por su parte central. Yo ayudé todo lo que pude dándole un par de patadas. Eso fue suficiente. El poste se partió por la mitad y se desplomó; bloqueó la entrada a nuestra espalda y arrastró consigo trozos enteros del rocoso tejado. Una lluvia de polvo salpicó mi cara. Tosí y boqueé mientras Zell me agarraba del brazo y me arrastraba por el pasadizo.

—Eso nos da un minuto de ventaja, quizás dos —dijo mientras corríamos por la oscura galería—. ¡Tenemos que movernos!

Solo conseguimos dar unos pocos pasos antes de doblar una esquina y perder de vista incluso los más leves rayos de sol que asomaban desde el exterior. Nos engulló una negrura absoluta. Sentía el suelo agrietado e irregular bajo los pies. Espesas telarañas se pegaban a mi rostro. Choqué contra una pared, después contra otra. Podía oír a los otros correr, respirar, tropezar en la oscuridad.

¡Mi piedra solar! Tuve un repentino momento de pánico cuando creí que me la había dejado en las alforjas de la yegua, pero entonces la noté en el bolsillo de mi pantalón. Hurgué en su interior hasta encontrarla, mis dedos confusos por un momento por la carcasa tallada, antes de recordar que era la que me había dado Miles. Giré la pequeña palanca, el fuego de su interior se encendió al instante, y entonces hubo luz a nuestro alrededor, cálida y brillante. Ahora podía ver dónde estábamos: una galería angosta y claustrofóbica, apenas lo bastante ancha como para que caminaran dos personas juntas. Bajo nuestros pies había unos rieles, de esos sobre los que rodaban las vagonetas de la mina, pero estaban desgastados y rotos. Las paredes estaban desmigajadas y olvidadas. Por delante de mí, la galería se prolongaba hacia la oscuridad, sin ninguna salida a la vista. Podía oír un revuelo a nuestra espalda, hombres que gruñían por el esfuerzo de empujar el poste y las rocas que les bloqueaban el paso. Zell no se había equivocado. Conseguirían entrar en un minuto.

—¡Aquí dentro! —susurró desde un pelín más adelante, luego dio la impresión de desaparecer a través de la pared. Había encontrado un pasadizo, una estrecha puerta que conducía a una sala lateral. Los cuatro corrimos tras él y nos colamos por la abertura en fila india. La sala era más ancha que la galería, al menos un poco, una cámara circular de piedra, puede que del tamaño de mi habitación. Estaba vacía, fría, con un agujero excavado en el centro del suelo y rodeado de piedras, como un pozo, pero envuelto en una mortaja de telarañas amarillentas. A su lado había unas cuantas herramientas de minero; seguro que subían el mineral de los pisos inferiores a través del agujero. Lyriana se desplomó jadeando contra la pared del fondo mientras los demás examinábamos el lugar.

—¡Es un callejón sin salida! —exclamó Jax—. ¡Estamos atrapados!

—No es un callejón sin salida —repuso Zell. A la luz ardiente de la piedra solar pude ver que tenía la cara empapada de sudor, pero aun así sonaba tranquilo, más tranquilo que el resto de nosotros, al menos. Se volvió hacia la entrada, la centelleante punta de su espada apuntaba hacia la oscuridad—. Es donde plantamos resistencia.

—¿Qué? —resolló Miles —. No. No, no, no. No podemos… No hay forma de…

—Si huimos, nos cogerán —dijo Zell—. Aquí tenemos ventaja numérica. Tenemos el factor sorpresa de nuestro lado. Y tenemos una buena sala en la que luchar. Esta es nuestra única opción.

Mi corazón latía como un martillo pilón y el brazo me dolía a rabiar. No estaba en condiciones de luchar, pero Zell tenía razón. No teníamos elección. Le miré desde el otro lado de la sala y mis ojos se cruzaron con los suyos. Se veían duros, fuertes, decididos. Me hicieron sentir preparada.

—Dame un cuchillo —le dije.

Asintió y me lanzó la daga que llevaba a la cintura; la atrapé con mi mano libre.

—Yo los atraeré hacia aquí. Tú pégate a la pared al lado de la entrada —ladró Zell como un general veterano. Le escuché con atención—. Cuando entren, apuñálalos en la espalda. —Se sacó otra daga de la bota y se la tiró a Miles. No logró asirla a tiempo, pero se apresuró a recogerla del suelo—. Tú ponte al otro lado de la puerta y haz lo mismo.

—Yo no tengo un arma —dijo Jax.

—Eres fuerte como un toro. Lucha con las manos. ¡Y tú! ¡Princesa! ¡Utiliza tu magia para tirarlos por ese agujero!

Lyriana levantó la vista, como si acabara de salir del trance en el que había estado desde que nuestra yegua cayera.

—No puedo —dijo—. Soy una Hermana de Kaia. No puedo usar mi magia para acabar con una vida.

—¿Has perdido la cabeza? —Jax se volvió hacia ella, incrédulo—. ¡Esos hombres van a matarnos! ¡Tienes que luchar!

—¡Hice un juramento sagrado! —le gritó Lyriana y, antes de que pudiesen seguir discutiendo, se oyó un tremendo estrépito desde la entrada de la galería, el sonido de maderas astillados y piedras caídas.

Los mercenarios habían entrado.

Giré mi piedra solar para apagar la llama y esperamos en la oscuridad. Podía sentir el martilleo de mi corazón, mi respiración acelerada y tensa. La daga temblaba en mis manos. Intenté por todos los medios recordar mi entrenamiento, las cosas que me había enseñado Zell, pero tenía el cerebro embotado. Estaba a punto de matar. O de que me mataran. Iba a suceder.

Cerré los ojos y agucé el oído, haciendo un esfuerzo desesperado por oír algún signo de los mercenarios. Apenas lograba distinguir algo: unas suaves pisadas se acercaban con sigilo por la galería. No había piedra solar para ellos. Los mercenarios se acercaban en la más completa oscuridad, o con la poca luz que pudiese filtrarse por la entrada reabierta. Apreté la mano en torno a la daga y obligué a mis manos a dejar de temblar...

Entonces oí una repentina conmoción. Uno de los mercenarios dio un grito. Se oyó un ruido sordo, como algo pesado que caía al suelo. Un chillido, luego otro, luego una exclamación ahogada. Pies que corrían. Un líquido chisporroteante que salpicaba sobre piedra. Y unos extraños chasquidos, un sonido que no pude explicar, como una docena de uñas tamborileando sobre un cristal.

Luego solo hubo silencio.

—¿Qué ha sido eso? —susurró Jax.

—¡Cállate! —susurró Zell a su vez. Aquello no me gustaba. Quiero decir, no me había gustado esperar en la oscuridad a que entraran por la puerta, pero al menos sabía a qué nos enfrentábamos. Ahora ya no tenía ni idea. Sentí un repentino y gélido escalofrío, un sudor seco. Algo se me había pasado por alto, pensé, algo muy importante.

—A lo mejor intentan confundirnos —apuntó Miles—. O a lo mejor se han vuelto los unos contra los otros. Eso ha sonado a reyerta.

—¡He dicho que os calléis! —repitió Zell, pero había un deje de confusión en su voz. Él tampoco lo entendía. Eso me preocupó más que cualquier otra cosa.

Un viento polvoriento soplaba a través del pozo en el centro de la habitación. El aire era denso y olía a humedad, pero había algo más: un olor a putrefacción. Me estremecí. Aquello era malo. Muy malo. Algo iba mal, algo incluso peor que los mercenarios zitochis. ¿Qué era este lugar? Además, ¿quién abandona la galería de una mina perfectamente decente?

Retrocedí y mi pie golpeó algo duro y redondo, del tamaño de una pelota. Chocó contra la pared con un ruido seco. Giré mi piedra solar para que produjese la más diminuta de las luces y me encontré mirando a través de las cuencas vacías de una agujereada calavera humana.

—¡Tilla! —bufó Zell—. Apaga esa… —Pero sus palabras se perdieron a media frase, al mismo tiempo que abría los ojos horrorizado. Por mucho que no quisiera hacerlo, seguí la dirección de su mirada, hacia el pozo del centro de la habitación. De él salía un sonido, el sonido de chasquidos y chirridos, como si alguien deslizara las uñas por un cristal.

Las telarañas que cubrían el pozo se estremecieron y empezaron a subir, no por efecto del viento, sino porque algo las empujaba desde abajo. Lyriana soltó un alarido y se puso una mano delante de la boca. Una única extremidad asomó primero a través de las telarañas; una escuálida pata carnosa que parecía un dedo humano, excepto porque medía palmo y medio, tenía cinco nudillos con púas y una uña sucia y afilada en el extremo. Se curvó como un garfio alrededor del lateral del pozo. La uña se clavó en las grietas entre las piedras, y se tensó mientras el resto del cuerpo se aupaba a través del agujero: otras cinco patas como dedos, todas agarradas al borde del pozo, y una cabeza redonda y plana encima de ellas, como dos platos carnosos pegados el uno al otro. Se levantó, me llegaba más o menos a la rodilla, y se quedó encima del pozo. Su cabeza rotó lentamente mientras examinaba la sala.

—¿Qué- es- eso? —preguntó Zell.

—Un skarrling —conseguí escupir, aunque, técnicamente, tenía muchos nombres. Araña de piel. Mordedor cavernario. Azote del minero. Todos los niños de Occidente crecían oyendo cuentos sobre las venenosas monstruosidades chasqueantes que acechaban en las profundidades de nuestras cuevas y montañas. Nunca antes había visto una, obviamente. Nadie que yo conociera lo había hecho. Algunas personas creían que eran solo criaturas de cuentos de hadas, algo que los adultos se inventaban para que los niños tuviesen pesadillas.

Bueno, pues puedo asegurar que la cosa que tenía justo delante de mí era real, aunque es probable que aun así la definiera como una pesadilla. Me recordaba a las medusas que a veces traía la marea a la playa de Harken, solo que en lugar de ser blanda y traslúcida, esta cosa era dura y estaba cubierta por una correosa piel gris, tensada por encima de su esqueleto huesudo. Giró la cabeza en redondo sin mover las patas, mientras hacia un ruido masticatorio y mojado, como un anciano mascando gachas con las encías. Cuando la parte de atrás de su cabeza giró en mi dirección, pude ver de dónde provenía el ruido: esa cosa solo tenía un agujero en la cabeza, un orificio redondo de aspecto poco halagüeño, enmarcado por unos enmarañados pelos negros. Succionaba el aire, adentro y afuera, como el labio de un bebé que llorara pidiendo alimento.

La vieja rima se me apareció en la cabeza: «Niños, temed, en la cueva no probéis suerte / O el beso de un skarrling será vuestra muerte.»

Había tenido miedo de los mercenarios, pero ahora estaba absolutamente aterrorizada. Quería correr, gritar, pero mis piernas se quedaron plantadas, demasiado asustadas para escuchar. Jax y Miles se habían pegado a las paredes de la habitación, lo más lejos posible del skarrling. Solo Zell se había quedado en medio, su espada apuntada hacia la criatura. No creo que tuviese ni idea de a lo que se enfrentaba.

—Que nadie se mueva —susurró Miles—. Los skarrlings son ciegos y apenas pueden oír, pero ven a través de un sofisticado sensor en la piel que les permite detectar cualquier actividad cinética.

—¿Puedes hablar como una persona? —siseó Jax—. ¿Solo por esta vez?

Miles cerró los ojos.

—Si corremos, ataca.

Con un chasquido especialmente baboso, el orificio del centro de la cabeza del skarrling se frunció y se abrió para dejar escapar un pegote viscoso y amarillento que chisporroteó sobre la piedra. Cuatro zarcillos larguiruchos salieron disparados. Eran unos tubos delgados y transparentes, no más anchos que mi dedo meñique, pero de una longitud imposible, que salían girando de su agujero como intestinos desenrollándose. Los zarcillos se deslizaron por el suelo como serpientes; iban palpando con las relucientes púas afiladas que tenían en los extremos en busca de alguna presa. Las puntas mismas estaban empapadas de un líquido tan azul como el océano en un día despejado. Su veneno.

«Con las uñas un skarrling puede arañarte muy fuerte / Pero si te clava un colmillo te causará la muerte.»

Zell era el que estaba más cerca. Se mantuvo firme, inmóvil, incluso cuando uno de los zarcillos toqueteó el suelo cerca de su bota.

—Puedo matarlo —dijo—. Puedo matarlo de un solo golpe.

—Quizás —susurró Lyriana. Parecía completamente aterrorizada—. Pero ¿podrás matar a esos?

Señaló hacia arriba con un dedo tembloroso, sus anillos refulgían amarillos. Todos levantamos la vista. Allí estaban, al menos una docena más de bichos, agarrados al techo a unos tres metros por encima de nuestras cabezas, acurrucados en una masa uniforme. Ahora fue mi turno de taparme la boca para silenciar un grito. Pero fue demasiado movimiento. El skarrling que estaba sobre el pozo se giró hacia mí con un claqueteo ronco y rasposo.

Los que estaban en lo alto habían estado latentes, dormidos o lo que fuera que hiciesen esos malditos bichos. Pero ahora empezaban a agitarse, se removían, se empujaban, y emitían esos desagradables chasquidos. Uno de los del centro, uno grande y rojizo, empezó a descender, y sus nudillos crujieron al trepar por encima de los otros. Llegó a la pared justo entre Lyriana y Miles y, con un húmedo chupetón, abrió su agujero y rezumó más de esas viscosas babas amarillas y humeantes. Cayeron sobre la piedra entre ambos con un chisporroteo, y un vapor rancio y ácido subió burbujeando.

—El skarrling utiliza sus zarcillos venenosos para paralizar a sus presas —recitó Miles. Tenía la cara blanca como la tiza, sus ojos más abiertos de lo que los había visto jamás. Se pecho se hinchaba ostentosamente a cada respiración—. Inmoviliza el cuerpo, después lo disuelve lentamente con su bilis ácida, antes de absorber los nutrientes de la carne licuada.

—Tenemos que huir. —Jax miraba la puerta.

—Si nos movemos, estamos muertos —repitió Miles.

—Bueno, ¡pues lo que no podemos hacer es quedarnos aquí!

Mientras tanto, el skarrling del centro de la habitación seguía concentrado en mí. Sus zarcillos se alejaron de Zell serpenteando, palpando el suelo y las paredes a mi alrededor. Contuve la respiración. ¿Podía esa púa atravesar mi bota? Casi seguro que podía atravesar la pernera de mi pantalón.

En lo alto, más y más skarrlings se estaban removiendo y habían empezado a descender lentamente por las paredes. Unos cuantos sacaron sus zarcillos, que colgaban bamboleantes en el aire, como serpentinas ondulantes y venenosas. Uno de ellos tocó la punta de la espada de Zell y empezó a enroscarse despacio a su alrededor, la púa venenosa se deslizaba por la hoja hacia sus manos impertérritas. El gran skarrling rojo se había desplazado hacia donde estaba Lyriana y una de las yemas de sus dedos estaba enroscada en su pelo, su orificio arrugado y húmedo apuntaba directo a su cabeza. Lyriana tenía los ojos cerrados, los labios fruncidos, las manos juntas y muy apretadas. El zarcillo del skarrling del centro se deslizaba ahora por encima de mi pie.

«*Y si despertaras en el skarrling su ira / Corre, corre a esconderte detrás de la pira.*

Pira.

Por todos los demonios.»

¡Fuego!

—Sé lo que hacer —susurré. Quizás fuera la locura de la desesperación, o quizás estuviese tan asustada que de algún modo había pasado a la valentía. En ese momento, lo único que sentía era una determinación clara y centrada—. Los skarrlings odian el fuego. Eso es lo que dice la vieja rima. Así que les vamos a dar el fuego más grande que hayan visto jamás. —Giré la mano, solo un pelín, para enseñarles a los demás la piedra solar que me había dado Miles. La que había convertido en una bomba—. Miles, ¿estás seguro de que esta cosa va a funcionar?

La miró por un instante y asintió al darse cuenta de lo que planeaba.

—Sí. Debería. Solo dale a la manivela del gas y rompe el cristal.

—Bien. Se lo voy a tirar al del centro, para que se rompa contra el borde del pozo. Lyriana, quiero que hagas *Crecer* esa llama tan grande y alta como puedas. Estas cosas deberían desperdigarse como una bandada de pájaros asustados.

—¿Y después? —preguntó Jax.

—Después corremos.

No había tiempo para discutir el plan, no había tiempo para darle vueltas. Eso era lo que íbamos a hacer. Apreté los dedos en torno a la piedra solar e hice caso omiso del zarcillo que arañaba el lateral de mi bota.

—A la de tres. Uno… dos…

Lyriana chilló cuando el skarrling rojo se abalanzó sobre ella y arrastró su sucia uña por su mejilla.

Giré la piedra solar hasta el tope, la habitación quedó bañada en una intensa luz incandescente. Los skarrlings retrocedieron con un siseo colectivo y entonces la tiré, dibujó un arco perfecto y fue a dar justo contra el revestimiento de piedra de al lado del pozo. Se hizo añicos de manera explosiva; cristal y cuero volaron en todas direcciones, y un fogonazo de fuego incandescente se extendió como una flor.

Lyriana no dudó ni un instante. Alargó ambas manos y las giró hacia arriba. Hizo que la pequeña bola de fuego aumentara hasta convertirse en una enorme columna de llamas blancas que se extendió hacia abajo por el pozo y hacia arriba hasta el techo. Todos dimos un salto atrás para alejarnos del fuego. Me ardía la cara. Zell se tiró al suelo, las puntas de su largo pelo chisporroteaban.

Los skarrlings huyeron despavoridos, moviéndose muchísimo más deprisa que antes, chillando mientras se escabullían a los rincones más alejados de la habitación.

—¡Ahora! —grité. Corrimos hacia la puerta y salimos a trompicones a la galería. Zell, Miles y yo íbamos en cabeza, luego Jax, y después Lyriana, que nos protegía las espaldas sin dejar de girar las manos para mantener el fuego rugiendo.

Ahora veíamos sin ningún problema; la galería estaba iluminada por la luz del día que entraba a raudales por la boca del túnel y por el voraz fuego que ardía a nuestra espalda. Sin embargo, había algo en medio de la entrada, en el suelo, algo más o menos de la altura de mi rodilla. Se movía y claqueteaba…

¡Más skarrlings! Dos más, según parecía, de espaldas a nosotros. Pero estos parecían diferentes, distraídos, encorvados sobre unas viscosas formas mojadas en el suelo. Hacían unos enfermizos ruidos de succión. Se me revolvió el estómago al darme cuenta de que las formas eran los cuerpos de dos de los mercenarios, medio licuados, como personas convertidas en gelatina y después derretidas. Olían a pestes, a vómito y a sangre y a enfermizo cítrico dulzón.

No había tiempo para pensar, solo para actuar. Detrás de nosotros, el fuego empezaba a extinguirse y los skarrlings bajaban otra vez por las paredes. Zell echó a correr, soltó un atronador grito de guerra y columpió su espada en un arco bajo y horizontal. Le dio a uno de los skarrlings justo en el lado de la cabeza y cortó limpiamente a través de ella. El tajo separó el disco de las patas y lo lanzó volando por los aires. El otro skarrling se volvió hacia él con un gruñido ronco y rasposo, pero Zell le dio una patada hacia un lado y lo aplastó contra la pared con la suela de su bota. Su caparazón crujió y se hizo pedazos, como la concha de un cangrejo, y un húmedo pegote carnoso salió escupido hacia todos lados.

Teníamos vía libre. La entrada de la mina nunca había parecido más atractiva. Corrí más deprisa de lo que había corrido en la vida. Salté por encima de los viscosos restos de los mercenarios. Zell, Miles y yo llegamos los primeros a la entrada, y salimos en tromba a la luz del día, la cálida, segura y maravillosa luz del día. Me volví para ver a Jax corriendo hacia nosotros, Lyriana le iba pisando los talones.

Entonces Lyriana resbaló, su pie se deslizó sobre un pegote sangriento de mercenario y cayó de bruces al suelo.

—¡Lyriana! —grité, pero ya era demasiado tarde. Ese gran skarrling rojo salió dando tumbos por detrás de ella. Tenía las fauces en trompa, muy abiertas, y cuatro relucientes zarcillos salieron escopeteados, directos hacia la espalda de Lyriana.

—¡No! —rugió Jax. Giró sobre los talones y se zambulló de nuevo en la galería, hacia los monstruos que nos perseguían. Justo cuando los zarcillos estaban a punto de impactar contra la princesa, la levantó del suelo y tiró de ella hacia un lado, protegiéndola con su propio cuerpo. Uno de los zarcillos rozó su hombro, pero no cortó a través de su grueso abrigo de piel, y los otros tres pasaron volando inofensivos por su lado para impactar contra las paredes. Detrás de ellos, el skarrling rojo dejó escapar un rugido mojado lleno de flemas y se abalanzó hacia ellos, pero Jax se agachó y cogió algo del suelo. Algo largo y afilado con una punta negra: la flecha del mercenario, directa de su carcaj. Jax saltó hacia delante justo cuando el skarrling atacó, e incrustó la flecha directamente en el orificio, hasta el fondo, con un crujido viscoso. El skarrling borboteó e hizo un ruido rasposo, sus patas y sus zarcillos se agitaron descontrolados, luego se desplomó y se quedó inmóvil.

Jax y Lyriana salieron corriendo de la galería, justo cuando el resto de skarrlings se atrevieron a mirarnos desde el recodo del pasillo. No irían más allá, a los skarrlings les daba casi tanto miedo la luz del sol como las llamas. Salimos tambaleándonos al profundo valle, resollando, jadeando y riendo. No me había sentido tan contenta en toda la vida.

—¡Por todos los demonios! —gritó Jax a pleno pulmón—. Eso ha sido... eso ha sido...

Zell mantuvo la calma, como siempre, pero incluso él jadeaba un poco. Y sonreía.

—Creo que he encontrado a nuestro tercer mercenario —dijo Miles.

Seguimos su mirada hacia un cuerpo tendido boca abajo a pocos pasos de la entrada de la mina.

La parte de atrás de su camisa estaba desgarrada y su piel desnuda presentaba tres agujeros redondos, las venas a su alrededor palpitaban en un color azul hielo. Unos espumarajos sanguinolentos manchaban su boca abierta.

El beso del skarrling.

—Mierda. —Jax sacudió la cabeza—. No es que les tuviese demasiado aprecio, pero es una forma horrible de morir. Hace que casi sientas pena por ellos.

—Yo no siento pena por ellos —dijo Zell.

—Sí, bueno, tú apenas sientes emociones entre «tengo que matar» y «ya he matado», así que eso no es ninguna sorpresa —se rio Jax—. Aun así, ese movimiento con la espada y esa patada... te has deshecho de dos... Bastante impresionante, Zell. Bastante impresionante.

—Tú tampoco lo has hecho mal, mozo de cuadra —contestó Zell—. Fue muy valiente por tu parte regresar a por la princesa... y luego con la flecha...

—Démosle a cada uno el mérito que se merece —dije sonriendo—. Ninguno de nosotros estaríamos aquí de no ser por la increíble piedra solar explosiva de Miles. ¿Verdad, Miles? —No contestó—. ¿Miles?

—Uhm, chicos —dijo Miles, pero su voz no sonaba bien. No sonaba contento ni emocionado. Sonaba aterrado. Nos giramos hacia él, pero estaba mirando a Lyriana, que estaba de pie, muy tiesa, justo a la entrada de la mina. Había algo raro en ella: parecía demasiado rígida, helada, solo sus manos temblaban a los lados de su cuerpo. Un río de lágrimas rodaba por sus mejillas.

—¿Lyriana? —dije.

—Lo siento, Tilla —contestó, y entonces se desplomó. Pude verlo incluso desde donde estaba: la pernera de su pantalón estaba desgarrada, medio arrancada en la persecución, y algo sobresalía de la parte de atrás de su pantorrilla izquierda, un aguijón negro en su piel, las venas a su alrededor palpitaban en un tenebroso e inconfundible color azul.

DIECISIETE

—**E**stá caliente —dije, con la mano apretada sobre la frente de Lyriana, empapada de sudor—. Está ardiendo.

—Su cuerpo está luchando contra el veneno —musitó Miles. Estaba sentado sobre un tronco cubierto de musgo, la cabeza apoyada en las manos—. O haciendo todo lo que puede.

Estábamos en una pequeña gruta húmeda bastante alejada del Markson, oculta tras altos juncos y bajo la copa de un majestuoso sauce. Después de que Lyriana se desmayara, nuestra primera prioridad había sido salir rápido de aquel valle y encontrar un sitio seguro en el que reagruparnos. Nuestros caballos habían huido y *Muriel* había muerto, pero los tres caballos de los mercenarios todavía estaban allí, así que pudimos alejarnos a gran velocidad. Sujeté a Lyriana todo el tiempo, apretada entre mi cuerpo y el cuello de nuestro caballo. Al menos había estado lúcida la mayor parte del camino: susurraba en voz baja que lo sentía, me decía que tenía frío, sonreía con debilidad cuando yo le aseguraba que se pondría bien.

Eso fue hace una hora. Ahora estaba tumbada sobre una cama de hierba musgosa delante de mí, tiritando y retorciéndose, incapaz de hablar siquiera. Tenía los ojos cerrados con fuerza, la boca encajada en una mueca de dolor. De vez en cuando dejaba escapar un horrible y débil gemido, y no sé si eso era mejor o peor que el silencio.

Lo que sí sabía era que me volvería loca si Lyriana moría. Se merecía algo mucho mejor que esto. Pensé en cómo acunó a aquella niña en la cabaña, sus brazos empapados de sangre; hizo todo lo posible por mantenerla con vida, siguió trabajando y rezando incluso cuando la vida abandonó los ojos de la niña. Lyriana se dejaría el alma para intentar ayudar a una persona necesitada.

No podía dejarla morir ahí. No lo haría.

El follaje del sauce se abrió y apareció Jax con un odre recuperado de una de las bolsas de los mercenarios.

—Tengo algo de agua limpia para ella. Como me pediste. —Se arrodilló a mi lado y lo acercó a los labios de Lyriana. Se abrieron solo un momento, tragó un único sorbito y luego lo escupió todo con una violenta arcada. Jax miró hacia otro lado, como si no quisiera que viese el dolor en su cara—. Está empeorando, ¿verdad?

—Sí —confirmó Miles—. A toda velocidad.

—¿Se va a morir? —Había conocido a Jax toda mi vida, y juro que jamás le había oído sonar tan joven, tan asustado.

Miles vaciló, pero solo un instante.

—Eso creo.

—¡Maldita sea! —Jax estampó su bota contra un to-cón cercano. Me di cuenta de que se había hecho daño, y no le importó—. Si me hubiese movido un poco más de-prisa… podría haber llegado hasta ella a tiempo…

—No es culpa tuya, Jax —le dije con dulzura. Yo no compartía ni su enfado ni su culpabilidad. Al mirar a Lyriana, solo sentía un horrible y paralizante dolor. Era tan injusto, tan incorrecto. Esto no podía estar sucedien-do. No cuando habíamos llegado tan lejos. No después de todo lo que habíamos pasado. No a ella—. ¿Cuánto tiempo le queda?

Miles se acercó a nosotros. Se acuclilló al lado de la pierna de Lyriana y la giró con sumo cuidado para ver la zona en la que había sido picada. En la mina, el verdugón de infección azul bajo su piel medía un par de centímetros más o menos. Ahora era el doble de grande, sus venas palpitaban azules a medio camino entre su to-billo y su rodilla.

—No lo sé —dijo Miles—. Normalmente, una pica-dura de skarrling sin tratar mata a una persona en seis horas, como mucho. Pero el veneno suele extenderse por el cuerpo mucho más deprisa, como le pasó al mercena-rio en la mina. Lyriana está luchando de verdad. —Echó una ojeada a sus manos, donde todos sus anillos brilla-ban en un verde vibrante—. Quizás su magia la esté ayu-dando de algún modo.

Pensé en el Archimago Rolan, que siguió luchando incluso después de que le hicieran volar en mil pedazos.

—¿Cuánto tiempo, Miles?

Miles suspiró.

—No lo sé. Un día, quizás.

—Sin tratar —dijo Zell, y todos nos volvimos para mirarle. Estaba de pie, apoyado en el tronco del árbol, los ojos cerrados. Era la primera cosa que había dicho desde que llegamos—. Has dicho «una picadura sin tratar». ¿Quiere eso decir que existe una forma de tratarla? ¿Una cura?

—Bueno, no, no una cura, pero sí hay algunas medicinas que pueden ayudar al cuerpo a ralentizar sus efectos o incluso a luchar contra ellos, si los consigues a tiempo —explicó Miles—. Creo que el antídoto más conocido es un tónico de raíz de embrium, ceniza orlesiana y una disolución de...

—No necesitamos los detalles, Miles —le interrumpió Jax—. ¿Dónde conseguimos esas cosas? ¿Podemos encontrarlas aquí?

Miles le miró como si esa fuese la idea más ridícula que hubiese oído jamás.

—No, por supuesto que no. Esos ingredientes son muy escasos, valiosos, difíciles de conseguir. La ceniza orlesiana se importa de Orles, al otro extremo del reino, en la Costa Este. Para conseguir el tipo de medicina que necesita Lyriana tendríamos que comprarla en una apoteca.

—Como en Bridgetown —dije, casi sin querer, porque tener aunque fuese una brizna de esperanza parecía el camino más rápido para sufrir una decepción aún mayor. Pero no podía no decirlo—. Allí la tendrían, ¿verdad?

Los otros se volvieron para mirarme. Estaba claro que todos estábamos pensando lo mismo.

—Bueno, sí —dijo Miles—. Dado lo cerca que está Bridgetown de tantas comunidades mineras, lo más probable es que tengan algún antídoto contra picaduras de skarrlings.

—Bridgetown está a pocas horas de aquí —dijo Jax—. Podríamos ir y volver antes de que amanezca.

—Miles ha dicho que Lyriana podría aguantar un día entero. —Empecé a dirigirme hacia los caballos—. Si logramos traer ese antídoto a tiempo, puede que tenga una oportunidad.

—¿Se puede saber de qué estáis hablando? —intervino Miles, sin dar crédito—. Claro, Bridgetown tiene el antídoto y podría ayudar a Lyriana… ¿y qué? No tenemos forma humana de conseguirlo. Somos los fugitivos más buscados de toda la provincia, ¿os acordáis? No podemos entrar ahí sin más, encontrar la apoteca más cercana y comprar algo de medicina. Habrá Guardias de la Ciudad pendientes de nosotros, carteles de «SE BUSCA» con nuestras caras, quizás incluso soldados de Casa Waverly. ¡Entrar ahí a caballo sería un suicidio!

—¿Y qué? —Jax se encaró con él—. ¿La dejamos morir? ¿Ya está? ¿Es eso lo que estás diciendo?

—No, por supuesto que no. ¡Pero no podemos tirar nuestras vidas por la borda para salvar la suya!

—Si ella muere, morimos nosotros —le dije—. La única oportunidad que tenemos de salir airosos es reunir a Lyriana con los magos, ¿recuerdas? ¿Qué crees que pasará si muere? ¿Que nos creerán sin cuestionarnos? —Negué con la cabeza—. Tenemos que intentar salvarla. Es nuestra única oportunidad.

—Eso lo entiendo, pero ¿qué queréis hacer? —exigió saber Miles—. ¡Nos detendrán en cuanto crucemos las puertas de la ciudad!

—¿Tú crees? —preguntó Jax—. Porque yo no estoy tan seguro.

—¿De qué estás hablando? ¡Lo más probable es que haya un cartel de «SE BUSCA» con nuestras descripciones en cada rincón de la ciudad!

—Lo sé, pero... —Jax vaciló un instante, indeciso de repente, la actitud que adoptaba solo cuando temía estar a punto de decir algo estúpido—. Mira. Llevo mucho tiempo dándole vueltas a esto. Puede que sea una tontería, pero tampoco tenemos otra opción, ¿no crees? —Jax se arrodilló, rebuscó en su mochila hasta que encontró el cartel de «SE BUSCA» y lo extendió sobre el suelo.

—¿Qué pasa con él? —preguntó Mies, escéptico.

—Bueno, estas descripciones detallan cómo somos, ¿verdad? —Lo leyó en alto, despacio y a trompicones.

Jax nunca había sido muy lector—. Un varón zitochi de dieciséis años con pelo negro hasta los hombros... Un varón de piel pálida, de dieciséis años, con rizos rubios enmarcando una cara redonda y suave...

—¿Adónde quieres ir a parar?

—Bueno —dijo Jax—, ¿qué pasaría si no tuviésemos ese aspecto? Ya sabes, nos cortamos el pelo, nos ponemos un parche en el ojo, ese tipo de cosas. Tú incluso tienes barba. Eso ya es medio disfraz.

—Tienes razón —dije yo, y Zell asintió. La idea de Jax no era mala, y a pesar de la tensión del momento, me sentí orgullosa de él—. Podría funcionar.

—Puede ser —dijo Miles al fin—. Puede que tengas razón. Pero ¿qué propones hacer? ¿Disfrazarnos, entrar directamente en Bridgetown e intentar comprar el antídoto antes de que alguien nos reconozca? ¿Ese es nuestro plan?

—¿Acaso tienes uno mejor? —repuso Jax—. Porque no sé si te has dado cuenta, pero nos estamos quedando sin tiempo.

Todos miramos a Miles. Él pensó en silencio durante un rato, luego soltó un largo y profundo suspiro.

—De acuerdo. Hagámoslo.

Esta vez no tuvimos que debatir quién iba. Obviamente, Miles sería uno, puesto que era el único que tenía una idea de la medicina que teníamos que conseguir. Zell también iría; si los disfraces no funcionaban, él era la única oportunidad que tendríamos de salir de ahí peleando. Jax, por otra parte, tendría que quedarse. Si alguien encontraba nuestro pequeño campamento, Lyriana tendría que estar con alguien que pudiese cogerla en brazos y moverla deprisa.

Así que solo quedaba yo. Sin dudarlo, me ofrecí voluntaria para ir a la ciudad. Dije que era porque sería mejor enviar a más gente a la ciudad para aumentar las posibilidades de que uno de nosotros regresara con la medicina. Pero solo era una excusa. La verdad era que hubiese hecho absolutamente cualquier cosa por no quedarme ahí sentada viendo morir a Lyriana.

No contábamos con gran cosa para disfrazarnos, pero hicimos lo que pudimos. Zell y Miles se metieron en el río, donde Zell afeitó la cabeza de Miles con sus dagas. Sin sus característicos rizos y con esa pelusa rubia que cubría su barbilla, Miles no se parecía en nada al chico con el que habíamos empezado aquel viaje. Ahora parecía un hombre, y uno extrañamente duro, como alguien que hubiese pasado la última década con resaca en una alcantarilla.

Zell fue el siguiente. Le corté el pelo con una de sus dagas, todos esos largos mechones negros. Decidimos dejarlo corto por los lados y por detrás y un poco más largo por arriba, pero con raya al lado; un estilo común entre los soldados y mercenarios de Occidente. Cuando nos sentamos juntos en las aguas poco profundas a la orilla del río, evitando mirarnos a los ojos mientras su pelo flotaba a nuestro alrededor, me acordé de la primera vez que le había visto desde el otro extremo del Gran Salón, el día del banquete. ¿Cómo hubiese podido imaginar dónde íbamos a acabar? Había pensado que era atractivo, peligroso. Pero en realidad no sabía nada sobre él. ¿Acaso le conocía ahora?

Unos cuantos mechones de pelo se quedaron pegados a un lado de su cabeza, justo por encima de la oreja, así que estiré la mano para retirarlos y, cuando las yemas de mis dedos rozaron su suave piel, me di cuenta de que me temblaba la mano. ¿Qué me pasaba? ¿Por qué estaba tan nerviosa? ¿Por qué contenía la respiración? No es como si no nos hubiésemos tocado nunca. Diablos, nos pasábamos dos horas al día revolcándonos en la tierra. Pero había algo diferente en este roce, algo que me aceleraba el corazón. Había una tensión en el aire, un hambre, tan densos que podía saborearlos.

Zell debió de darse cuenta, porque me miró por encima del hombro. Con el pelo tan corto, sus ojos eran aún más impactantes. Aunque había algo nuevo en ellos, una vulnerabilidad, un deje de ternura que yo empezaba a percibir ahora.

Me dio miedo.

—Toma —le dije, devolviéndole la daga—. Ha quedado un poco mejor que la última vez que le corté el pelo a alguien, pero aquello fue cuando tenía siete años y afeité a Jax hasta casi dejarle calvo. —Era una broma, una broma tonta, para intentar romper la tensión. No sirvió. Algo había cambiado, algo para lo que no tenía ni el tiempo ni la energía emocional necesarios para analizar del todo en ese momento.

Después llegó mi turno para disfrazarme. No podía limitarme a cortarme el pelo, pues eso llamaría aún más la atención, pero Zell tuvo una idea. Sacó un pequeño paquete de cuero de una de las alforjas de los mercenarios y lo abrió. Dentro había media docena de viales llenos de polvos multicolores. Los mezcló en el agua; los rojos, azules y amarillos giraron alrededor de las yemas de sus dedos como si fueran mágicos. Luego, con mucha suavidad, restregó la mezcla por mi cara, entrecerrando los ojos todo el tiempo, como un pintor que trabajara en una obra maestra. No tenía ni idea de lo que estaba haciendo y me preocupaba acabar pareciendo el payaso de una *troupe* ambulante. Pero su tacto era suave y delicado y eso hizo que confiara en él. En la mortecina luz rosácea deslizó las yemas de los dedos por mi cara, las lascas de vidrio nocturno en sus nudillos centelleaban como estrellas. Era difícil creer que esas fuesen las mismas manos que mataban con total determinación.

Entonces acabó, con un par de palmadas de satisfacción. Miré mi reflejo en el agua. No sabía cómo lo había hecho, pero Zell había obrado un milagro. Había añadido finas líneas negras, como arrugas, que me hacían parecer al menos diez años más vieja, y había hecho que mis delgadas cejas pareciesen oscuras y frondosas. Había enrojecido mis labios, había disimulado mis ojeras y me había colocado un llamativo lunar en la mejilla derecha.

—Uau —dije—. Buen trabajo. Estoy horrorosa.

—De nada —repuso Zell con sinceridad—. Creo que esta puede ser una de mis mejores obras.

—¿Quiero saber dónde aprendiste a hacer esto?

—Mi madre era una *zhantaren*, una... ¿Cómo digo esto? Vuestra palabra más cercana es «actriz», pero ella era mucho más que eso. En cada fiesta se representaban obras de teatro que contaban la historia de nuestro clan, remontándose hasta la Época de las Leyendas, cuando los hombres y los dioses vivían juntos y en armonía. Mi madre dirigía esas obras y protagonizaba las partes más importantes. Tenía que saber cómo cambiar su cara para parecerse a Khellza, la Gran Madre, o a Rhikura, la reina arpía del Inframundo. —Volvía a tener esa mirada distante en la cara, la que le hacía parecer en calma y perdido.

—¿Tu madre y tú os lleváis bien? —Zell parecía tan distinto a nosotros que ni siquiera se me había ocurrido que había dejado a sus seres queridos atrás. Eso me hizo sentirme aún peor sobre el hecho de que hubiera huido con nosotros.

Zell asintió.

—Como primogénito, Razz siempre fue el favorito de mi padre. Era su viva imagen... agresivo, ruidoso, fanfarrón hasta la médula. Mi padre no compartía su crueldad, pero Razz siempre podía ocultarla cuando él andaba por allí. Yo me parezco mucho más a mi madre.

Entre los zitochis, se considera impropio y débil que los hombres sean callados, que escondan sus pasiones, pero yo siempre he preferido eso. Igual que ella. —Suspiró, una leve sonrisa en la cara, y bajó la vista hacia sus manos manchadas de tinte—. Cuando era pequeño, me enseñó el arte de pintar caras. Para nosotros era un juego, ganaba el que consiguiera cambiar más su apariencia. Siempre quise ser una *zhantaren*. Aunque, obviamente, solo pueden serlo las mujeres.

Ladeé la cabeza.

—Empiezo a darme cuenta de que hay muchas cosas que no sé acerca de los zitochis.

Zell asintió.

—Yo hace tiempo que lo sé.

Nos levantamos y nos dirigimos de vuelta al sauce. Jax estaba arrodillado al lado de Lyriana, aplicando un paño húmedo sobre su frente, y levantó la vista al oír que nos acercábamos.

—Uau —dijo—. Miles parece un ermitaño trastornado. Tilla parece una solterona de mediana edad. Y Zell parece… bueno, se parece a Zell con un corte de pelo.

Zell soltó un pequeño suspiro.

—Eso me temía.

Lyriana arqueó la espalda y dejó escapar una horrorosa tos rasposa, una que sonaba como si subiera arañando todo el camino desde su diafragma y arrastrara con ella la mayor parte de sus pulmones. Jax la abrazó hasta que el ataque de tos se apaciguó.

—Está bien —susurraba—. Está bien, está bien, está bien. —Después pasó su mano por la barbilla de Lyriana y, cuando le dio la vuelta, el dorso estaba rojo—. Mierda —masculló, y tuve la sensación de que no volvería a contar un chiste en toda su vida—. Tenéis que iros. Tenéis que iros ya.

Miles y Zell se pusieron en marcha y me dejaron sola con Jax. Estaba sentado en el suelo, Lyriana tendida sobre su regazo, su mano temblaba mientras apretaba el paño húmedo sobre su frente. Le había visto triste y le había visto enfadado, pero nunca le había visto así, tan tierno y atento.

—Jax... —Hice un esfuerzo por encontrar las palabras adecuadas—. Esto no es culpa tuya. De verdad que no.

Sacudió la cabeza.

—Puedes decir lo que quieras, Tilla. Eso no hace que sea verdad. —Deslizó el trapo con suavidad por la mejilla de Lyriana. Ella tiritaba—. La he torturado tanto... Tanto... ¿Y para qué? ¿Para reírme un rato? —Soltó una gran exhalación—. Si se muere...

—No se va a morir. —Me arrodillé, pasé un brazo alrededor de sus grandes hombros y le abracé. Por un momento, vi la gravedad de la situación, como cuando crees ver una gran sombra debajo de ti mientras nadas. Esta muy bien podía ser la última vez que abrazara a mi hermano, la última vez que hablara con él, la última vez que nos viéramos. Esto podía ser el fin.

Parpadeé para eliminar ese pensamiento. No tenía tiempo para eso.

—Te quiero, hermanito —le dije, y apreté la frente contra la suya. Él cerró los ojos y me devolvió el abrazo—. Lo vamos a conseguir. La salvaremos.

—No tenemos otra opción.

DIECIOCHO

—Bueno, he estado pensando en nuestra tapadera —dijo Miles, unos diez minutos después de partir del campamento.

—¿Nuestra qué? —le pregunté. Todavía estábamos en el bosque, trotando a través de una maleza cada vez más escasa, de camino hacia la carretera principal. Ir tan despacio parecía una pérdida de tiempo; yo quería galopar hasta Bridgetown. Pero, obviamente, eso llamaría la atención, sobre todo a esas horas y tan cerca de una zona civilizada. Así que, en lugar de eso, íbamos al trote, avanzando poco a poco mientras Lyriana se moría bajo aquel sauce.

—Nuestra tapadera —repitió Miles—. Quiero decir, ¿qué vamos a hacer si alguien nos pregunta quiénes somos o por qué hemos ido a la ciudad? Tendremos que ser capaces de decir algo creíble.

Eché una ojeada a Zell y él se encogió de hombros.

—No tenemos que inventarnos nada extravagante, Miles —le dije—. ¿Por qué no podemos ser simplemente tres amigos que viajan juntos?

—¿Porque estamos comprando un antídoto para la picadura de un skarrling? —repuso Miles, como si fuese lo más evidente del mundo. Y quizás lo fuera—. No es que sea una compra muy habitual. Va a despertar cierta curiosidad y va a provocar algunas preguntas. Preguntas para las que tenemos que estar preparados.

—Perfecto, parece que ya tienes algo pensado.

Miles asintió.

—Lo he estado pensando, sí. A ver qué os parece esto. Tilla, tú y yo nos acabamos de casar en Malbrec, un pueblecito cercano a Puerto Hammil.

—¿Que acabamos de qué?

—De casarnos —repitió Miles y, ¿de verdad no se daba cuenta de por qué era raro eso?— Nuestras familias son acomodadas. La tuya regenta la posada local, mientras que la mía proporciona protección a los comerciantes que se desplazan por el norte. Como segundo hijo, me encuentro atrapado a la sombra de mi exitoso hermano, desesperado por demostrar mi valía, sobre todo a mi padre, antes de que su delicada salud termine de fallarle.

—¿Cuánto tiempo has estado pensando en esto? —preguntó Zell—. ¿Y en qué nos ayuda a conseguir el antídoto?

—¡Ahora llego a ese punto! —refunfuñó Miles—. Como regalo de bodas, uno de mis tíos lejanos me ha regalado varios acres de tierra en el noroeste, más allá de los Lagos de la Mañana, justo antes de las Tierras Fronterizas. Son tierras gélidas, yermas e imposibles de cultivar, sin valor alguno en su mayor parte... excepto por el hecho de que mi tío jura y perjura que están repletas de oro que espera a ser extraído de las minas. Aunque todos creen que es misión imposible, yo estoy convencido de la verdad de sus palabras, así que voy hacia allí, junto con mi reciente esposa, a inspeccionar el terreno con mis propios ojos. Y dado que lo más probable es que vayamos a explorar cuevas y buscar posibles minas...

—Queréis tener el antídoto a mano, solo por si acaso—terminó Zell con un gesto afirmativo—. Ingenioso. Pero ¿dónde encajo yo?

—¡Tú eres el guardaespaldas y guía zitochi que hemos contratado para mostrarnos el camino! —exclamó Miles—. Después de todo, ¿quién podría conocer mejor aquellas tierras?

Zell asintió de nuevo, incluso parecía un poco impresionado. Tuve que admitir que no era una mala tapadera; sin embargo, había una parte que no me resultaba demasiado cómoda. No es difícil adivinar cuál.

—Uhm, ¿tenemos que ser recién casados? —pregunté—. ¿No podemos ser hermanos?

Zell negó con la cabeza.

—Eso es más difícil de creer. No os parecéis nada. *Gracias, Zell.*

—Además, perdemos todo el factor del regalo de boda en torno al que gira la historia —se quejó Miles—. Lo he pensado mucho. Esta es la historia más creíble.

—Sí, pero es que… parece raro…

—¿Qué tiene de raro? —preguntó Zell.

Intenté pensar una forma de contestar a su pregunta sin tener que contarle toda la verdad, pero no se me ocurrió nada. Miles acercó su caballo al mío de manera casi imperceptible y nuestros ojos se cruzaron. Noté que los dos estábamos pensando lo mismo, queríamos solucionar nuestra incómoda situación, la tensión que habíamos estado evitando desde el momento de su malhadada confesión. Casi le odié por haber sacado el tema de este modo.

Entonces miré a Zell, a la expresión seria en su rostro, y pensé en Lyriana allá en el bosquecillo, tiritando y temblando entre los brazos de Jax. Y la volví a ver, la extrema gravedad del momento, la sombra que acechaba bajo el agua. Todo el reino estaba en peligro, pero más que eso, la vida de mi amiga estaba en peligro. ¿De verdad iba a hacer un mundo de una estúpida identidad falsa?

—No os preocupéis, está bien —suspiré—. Solo estoy siendo picajosa. Me atendré al plan. Seré… fingiré ser… la mujer de Miles.

Miles asintió y tuvo la decencia de no mostrarse demasiado eufórico.

—Necesitaremos nombres falsos. Nombres fáciles que podamos recordar. Yo seré Anders Tonnin.

—Muriel —dije yo—. Muriel Tonnin.

—Zenn —dijo Zell.

Miles y yo nos volvimos hacia él.

—Eso es un poco obvio, ¿no crees?

—Es un nombre muy común entre los zitochis. —Se encogió de hombros y no pareció interesado en discutirlo más.

Cabalgamos una hora en silencio antes de emerger a la ancha carretera de tierra que conducía a Bridgetown, sus brillantes luces eran visibles a través de la noche incluso desde tan lejos. Al principio tenía la sensación de que no debíamos estar ahí; habíamos hecho tantos esfuerzos por evitar las carreteras principales que transitar ahora por una me hacía sentir terriblemente expuesta, como llegar desnuda a una gran fiesta. Mientras trotábamos por la carretera en paralelo iba conteniendo la respiración, y cuando nos encontramos con nuestros primeros compañeros de viaje, un carro tirado por bueyes y cargado de grano dorado de los Feudos Centrales, noté que se me aceleraba el corazón. Pero el fornido hombre barbudo que conducía el carro ni siquiera levantó la vista cuando pasamos por su lado. Tampoco lo hizo la joven pareja que caminaba por el lateral de la carretera, ni el anciano que iba a lomos de un burro cubierto de moscas. Nadie nos prestó ninguna atención. No le importábamos a nadie.

Le lancé a Miles una mirada confusa y él me contestó encogiendo los hombros. Cuando salimos del bosque me preocupaba que esto fuese una misión suicida, que Jax estuviera equivocado sobre el cartel, que nos reconociesen de inmediato y que estuviéramos tirando nuestras vidas por la borda. Pero ahora no podía evitar preguntarme si habíamos estado equivocados todo el tiempo con respecto al riesgo que corríamos. ¿Eran tan buenos nuestros disfraces? ¿O es que ni siquiera los necesitábamos?

Las luces de Bridgetown se hicieron más y más brillantes, y enseguida estuvimos casi en la ciudad. Pude distinguir los desvencijados edificios de Bridgetown Este, atestado de casas de madera con tejados agrietados y pintura descascarillada. La historia decía que Bridgetown había sido una vez dos pueblos totalmente diferentes, uno en cada orilla del Markson, conectados por un único y largo puente de madera. Después se añadió otro puente, y otro, y otro, y pronto casi dos kilómetros de río estaban cubiertos por puentes y los dos pueblos se convirtieron en uno, con un enorme mercado nocturno, el mayor de Occidente, instalado sobre los puentes centrales. Todavía lo recordaba con la claridad de cuando era niña: hileras e hileras de puestecillos que se extendían hasta el infinito, pegados los unos a los otros sobre las plataformas de madera elevadas, abiertos toda la noche bajo la parpadeante luz de cientos de antorchas en lo alto. Recordaba los ruidosos gritos de los vendedores, los olores de las frutas y las especias y la carne asada, las agitadas aguas del río que apenas se oían bajo nuestros pies. Recordaba la mano firme de mi padre, cerrada en torno a la mía mientras me guiaba de aquí para allá.

Esta noche no iríamos al mercado; sería demasiado arriesgado ir a un lugar tan concurrido como ese. Todo lo que teníamos que hacer era llegar hasta el Barrio Común de Bridgetown Este, básicamente un suburbio pobre, encontrar la primera apoteca que pudiéramos, comprar el antídoto y marcharnos antes de que alguien tuviese la ocasión de reconocernos. Aun así, a medida que nos acercábamos a la entrada, pude oír el ruido bullicioso del mercado, voces gritando a lo lejos y unas tenues notas de música. Sentí una repentina e inesperada punzada de tristeza. Siempre había planeado volver al mercado nocturno de Bridgetown de adulta, probarme vestidos, catar vinos y bailar con alguna máscara elegante. Pasase lo que pasase esa noche, estaba bastante segura de que eso ya no sucedería jamás.

Si hubiésemos entrado por Bridgetown Oeste, más bonito y más adinerado, hubiésemos pasado por una gran puerta, decorada ricamente, y lo más probable es que la Guardia de la Ciudad nos hubiese sometido a una inspección. Pero en Bridgetown Este no nos detuvo nadie. Entramos directamente, los árboles de los lados de la carretera sustituidos por casas cochambrosas, la tierra bajo nuestros pies por adoquines descascarillados. Desde lejos se parecía a cualquiera de los pueblos más pobres de los alrededores del castillo de Waverly, pero una vez dentro era más raro, más atestado, más foráneo. Si Bridgetown Oeste era donde acudían los comerciantes de todo el reino para vender sus productos, Bridgetown Este era donde acababan cuando se arruinaban. Pasamos por delante de una taberna con cuatro banderas colgadas encima de la puerta, una por cada provincia. Los borrachos bailaban en su interior al son de un extraño instrumento gorjeante que no había oído en mi vida. Tirado en el suelo, justo al lado de una piara de cerdos chillones, había un borracho de las Tierras del Sur; la cabeza calva, la piel color bronce, una mano regordeta apoyada sobre un extraño animal que parecía un desgarbado perro gris con un caparazón de gruesos pelos. Un occidental, un hombre de los Feudos Centrales y un zitochi estaban reunidos en un callejón. Fumaban hierbapena mientras jugaban a los dados de nueve caras llamados Dados del Demonio. El aire olía a sudor, a cerveza y al inconfundible hedor de la orina.

A mi lado, Zell se movió incómodo sobre su caballo. En Bridgetown, solo los hombres de la Guardia de la Ciudad estaban autorizados a llevar armas abiertamente, así que Zell había dejado su espada en el campamento y había escondido un par de dagas bajo su capa. Miró a su alrededor con lo que parecía curiosidad, intentando absorber lo máximo posible con los ojos.

—No todo es así —le expliqué, como si tuviera que disculparme por alguna razón—. Hay zonas más bonitas.

—Me recuerda a los Peldaños en Zhal Korso —repuso Zell, y de hecho parecía un poco nostálgico—. Beber... apostar... correrse juergas...

—Por no mencionar frecuentar burdeles —murmuró Miles, sus ojos clavados en uno cercano. O, más específicamente, en las mujeres medio desnudas asomadas por las ventanas del primer piso.

—¡Eh! Estamos casados, ¿recuerdas? Nada de burdeles mientras yo esté aquí —dije, y vale, de acuerdo, fue un poco gracioso—. Ahora date prisa y encuentra esa apoteca. Esposo.

Miles tardó un minuto, pero pronto dio con una: un edificio achaparrado de una sola planta con un palo delante pintado de blanco y verde, los colores de la hoja de las bayas mey, el símbolo universal de la sanación. Atamos nuestros caballos a una argolla en el exterior y nos dirigimos hacia la puerta cerrada de madera. Me preocupaba que no hubiese nadie, pero entonces vi la débil luz de una vela a través de las contraventanas y un destello de movimiento.

Esto, obviamente, hizo que empezara a ponerme histérica. Ya no solo cabalgábamos al lado de otras personas. Íbamos a hablar con ellas.

—Yo hablaré —nos susurró Miles nervioso. Era obvio que sentía la misma inquietud—. Solo vamos a entrar, comprar el antídoto y salir. No digáis nada a no ser que os veáis obligados.

—No pensaba hacerlo —contestó Zell.

—Bien. Vale, allá vamos. —Miles llegó el primero a la puerta, vaciló un instante y respiró hondo—. No hay salida. No tenemos ninguna otra opción, ¿verdad? No. No la hay. Hagámoslo.

Abrió la puerta con ímpetu y entramos. La única apoteca en la que había estado era la de Millerton, que estaba limpia y bien ordenada, como la despensa del castillo de Waverly. Esta era justo lo contrario. Había unas enormes estanterías detrás de un mostrador abarrotado, y todo ello era un caos de hierbas sueltas, viales, bolsas y polvos. Libros amarillentos y papeles arrugados ocupaban hasta la última superficie del lugar. Toda la habitación estaba iluminada por un único candelabro sobre el mostrador. Y no había ni señal del propietario, salvo el ruido de cosas arrastradas que provenía del otro lado de una puerta cerrada detrás del mostrador.

—¿Estás seguro de que este sitio va a tener lo que necesitamos? —pregunté.

—No sería mi primera elección. —Miles cogió un pesado tomo del suelo y le dio la vuelta entre las manos—. Pero los mendigos no tienen elección, ni esa clase de privilegios.

—Esa clase de privilegios, es verdad —repuso una voz seca con acento. La puerta de detrás del mostrador giró sobre sus bisagras y un anciano rechoncho entró cojeando, apestando a sudor y a licor barato. Llevaba una túnica arrugada que le apretaba demasiado alrededor de la gruesa barriga, y su escaso pelo gris tenía las puntas teñidas de dorado. Llevaba maquillaje, pero era extraño, con gruesas sombras moradas bajo los ojos y los labios pintados de naranja chillón—. Mi nombre es Timofei Lorrin KhellvinKhorrin, y soy natural de Malthusia, la más grande y más asombrosa de las Baronías del Este —se presentó—. Apotecario, erudito y, ahora mismo, un hombre que desearía haber cerrado su tienda más temprano. Hagámoslo rapidito, ¿de acuerdo? ¿Qué puedo hacer por vosotros?

Miles se aclaró la garganta y dio un paso adelante.

—Bueno. Verá. Es una historia bastante extraordinaria. Mi nombre es Anders Tonnin. Esta es mi preciosa esposa, Muriel. Nos casamos hace un mes, al sur, en Malbrec, donde ocurrió una cosa de lo más curiosa. Verá...

Timofei interrumpió a Miles con un suspiro ronco y flemático.

—Por las tetas de los Titanes, chico. ¿Puedes saltarte la historia de tu vida y simplemente decirme lo que queréis comprar?

—Oh. Claro. Sí. Verá. —Miles parpadeó—. Vamos a necesitar que prepare un tónico. Un único vial. Una mezcla de raíz de embrium, ceniza orlesiana y veneno de skarrling en una disolución de...

—Alcohol destilado y jugo de baya mey. —El apotecario soltó un suspiro cansado—. Podías simplemente haber dicho que necesitáis antídoto para el veneno de skarrling. —No había ningún indicio de que nos reconociera pero, dado lo nublados que se veían sus ojos, dudo incluso que se hubiese reconocido a sí mismo—. Bien. Un vial serán veinticinco Águilas.

—Veinticinco Águilas —repetí—. ¡Ningún problema! —Estiré la mano hacia el monedero que solía llevar a la cintura.

No había ningún monedero en mi cintura.

Me quedé helada, mi mano vacía colgada en el aire a mi lado. En una visita normal a la ciudad, allí es donde lo habría llevado, pero esta no era ninguna visita normal a la ciudad. Mi monedero estaba en mi habitación, en el castillo de Waverly, a un millón de kilómetros de distancia, donde lo había dejado antes de salir a hurtadillas hacia la playa de Whitesand. Miré a Miles y a Zell, que tenían la misma cara de pasmo que yo.

Mierda. Oh, mierda. Habíamos estado tan preocupados por nuestros disfraces y tapaderas que se nos había olvidado por completo el tema del dinero.

Teníamos que ser los fugitivos más tontos de la historia.

Timofei nos miraba impasible.

—¿Y bien? ¿Dónde está el dinero?

—Es… uhm… una historia curiosa —dije, sin tener ni idea de la frase que venía a continuación. ¿Cómo se le había ocurrido a Miles una tapadera tan larga como una novela pero no había recordado que para comprar cosas se necesita dinero?

—¿Qué está pasando aquí? —Timofei arqueó una ceja—. Tenéis el dinero, ¿verdad? ¿Cómo no ibais a tenerlo? Estaba a punto de reconocernos. Podía verlo, ese momento de iluminación en el que llamaría a gritos a la Guardia de la Ciudad, cuando todo se desmoronaría como un castillo de naipes. Zell también debió de verlo, porque dio un paso hacia delante y deslizó una mano dentro de su abrigo para coger su daga. Le lancé una mirada dura, desesperada por gritarle que parase, porque aunque fuese a costa de nuestras vidas, no estaba preparada para matar a un hombre inocente así, sin más. Me devané los sesos en busca de otras posibilidades. ¿Habría algo con lo que pudiésemos sobornarle? ¿Había alguna forma de dejarle simplemente inconsciente? ¿Debíamos huir?

Debíamos huir.

Contuve la respiración y me giré hacia la puerta…

Miles dio un paso hacia delante con ojos desquiciados. Lanzó los brazos por los aires y gritó a pleno pulmón.

—Le ofrecí a mi amada un rebosante monedero…

Ya está. La había perdido. Había perdido la cabeza. Después de años y años de ansiedad nerviosa, a Miles se había vuelto definitivamente loco. Y además en el peor momento posible.

Pero Timofei no pareció alarmado, ni siquiera confuso. Miraba a Miles con la cabeza ladeada, la boca fruncida en una sonrisa embobada.

—¡Y recé para que ella me ofreciera ver su pandero!

—*Copla a un amor de verano* —contestó Miles, orgulloso—. Mercanto Oriole. Una de sus diez mejores, me atrevería a decir.

—¡Una de sus cinco mejores! —Timofei se apresuró a salir de detrás del mostrador—. ¡Por los magníficos pezones de los Titanes! ¿Conoces las obras de Mercanto Oriole?

—Por supuesto —respondió Miles. ¿Qué demonios estaba pasando?—. Es mi poeta clásico favorito. Quizás mi poeta favorito en general. —Se inclinó hacia delante y cogió un pesado tomo con encuadernación de cuero; el que había estado ojeando antes—. Es tan difícil encontrar a otro fan de Mercanto...

—¿En este antro de ciudad? ¡Tienes suerte de encontrar a otro hombre que sepa leer! —Timofei cruzó la habitación a la carrera y agarró a Miles por los hombros para envolverle con sus gruesos y sudorosos brazos y abrazarle como a un hijo perdido hace tiempo—. ¡Mi chico! Dime que también has leído las obras de teatro de Mercanto...

—¡Por supuesto! ¡Leo *La tragedia de Ostrapos* una vez al año!

Timofei dejó escapar una risa feliz y juraría que era lo más contento que había estado en una década.

—¡Justo cuando crees que tu vida ha tocado su fondo más absoluto te encuentras con un fan de Mercanto! —Se dio una palmada en la frente y su mano sudorosa hizo un ruido húmedo—. Pero ¿qué estoy diciendo?

¡Aquí estoy, hablando y hablando de Mercanto, cuando habéis venido por negocios! ¡Deja que te consiga ese antídoto ahora mismo! —Dio media vuelta hacia la balda de los ingredientes y se puso manos a la obra, cogiendo una cosa tras otra—. ¡Y ni sueñes con pagar! ¡Ningún fan del gran Mercanto Oriole pagará jamás un solo Águila de latón en mi tienda!

Me volví hacia Miles, boquiabierta, y él se limitó a encogerse de hombros. Era alucinante. Era como si su vida entera, todos esos años pasados con la nariz enterrada dentro de un libro, todas esas veces que se habían burlado de él o le habían ignorado o dado de lado, hubiesen estado preparando este momento. Acababan de reconocer su valía. Nos lo iba a restregar durante una eternidad.

Me giré hacia el otro lado para ver cómo se lo había tomado Zell. Por su cara de perplejidad, podían habernos crecido alas a todos.

Unos minutos después, Timofei salió bamboleándose de la trastienda, un vial de cristal en las manos. Un tapón de madera lo sellaba y un líquido azul pálido oscilaba en su interior. Íbamos a conseguir el antídoto y lo íbamos a conseguir gratis. A este paso le haría a Miles una tarta, y ni siquiera sabía cocinar. Alargué la mano hacia el vial, pero justo cuando mis dedos lo rozaron, Timofei lo apartó bruscamente.

—Dije que no tendríais que gastar ni un solo Águila, y lo decía en serio. No obstante, sí os pediría que pagarais un precio diferente.

—¿Un precio diferente?

Sonrió de oreja a oreja y la mitad de sus dientes centellearon, dorados.

—¡Tomaos una copa conmigo! ¡Los tres! ¡Pagaré una ronda y podremos hablar de Mercanto y Varleson y los demás grandes!

Miré a Miles y a Zell en busca de ayuda, pero ninguno de nosotros sabía qué decir. Esta era una situación muy distinta a la que habíamos planeado.

—Bueno, nos encantaría —intentó Miles—, pero, bueno, ya sabe, pretendíamos irnos a dormir. Verá, mi mujer y yo nos tenemos que levantar muy temprano, sabe...

—Oh, lo comprendo. No digas más —dijo Timofei con un guiño cómplice—. Como escribió Mercanto... «Una mujer estar lejos querría / de hombres que hablen de poesía.» —Empezaba a tener la sensación de que no me iba a gustar ese Mercanto, aunque eso no era demasiado relevante—. Una ronda. Solo una. Dadle al menos eso a un hombre acabado.

Miré el vial que bailaba entre los dedos de Timofei, tan cerca pero a la vez tan lejos. Solo quería cogerlo y correr, volver con Lyriana y con Jax, pero es probable que eso hiciera que Timofei llamara a la Guardia de la Ciudad para que nos apresara. No lograba ver otra forma de salir de aquello. Tendríamos que seguirle la corriente.

—Una ronda está bien, mi amor. —Di unas suaves palmaditas en el hombro de Miles, intentando poner voz de esposa complaciente—. Pero solo una. Y luego debemos regresar a la posada.

—¡Espléndido! —Timofei dio un manotazo en la mesa y casi deja caer el vial. A mí casi me da un infarto. Recé por que nos lo entregara y pudiéramos escabullirnos en algún momento, pero abrió su abrigo y vi que tenía una docena de bolsillitos cosidos al forro interior. Metió el vial en uno de ellos—. ¡Seguidme! Conozco una taberna encantadora. Bueno, es aceptable. Bueno, es más bien un tugurio. ¡Pero la cerveza es barata y el primer bol de panchitos es gratis!

Nos condujo afuera y tomamos la misma calle por la que habíamos venido. Luego se coló en una callejuela lateral. La taberna a la que nos llevó se llamaba Stumbling Sally, y era justo como podrías esperar que fuese la taberna favorita de Timofei: un ruinoso tugurio de dos pisos con hediondos borrachos dormidos contra las paredes y una balada desentonada filtrándose a través de las ventanas. Timofei empujó las puertas de vaivén y nos condujo al interior de una sala caótica llena a rebosar de gente que bebía y bailaba, jugaba a las cartas y, en el caso de una pareja del fondo, se daba el lote. Tres chicas, músicas, estaban sobre un pequeño escenario en el centro de la sala: una rasgaba una lira, otra tocaba una extraña flauta de tres tubos y la tercera cantaba una canción sobre un borracho que confundía a un oso con su mujer (puedes adivinar el resto). Timofei, muy alegre, encabezaba nuestro grupo, pero a mi lado, Miles estaba sudando y Zell no había sacado la mano del abrigo. A cada paso que dábamos tenía más y más miedo. Puede que hubiésemos engañado a Timofei, pero ¿qué posibilidades teníamos de engañar también al resto de presentes?

Intenté susurrarle a Miles algo sobre salir de ahí, pero no pudo oírme por encima del bullicio de la taberna y, cuando me di la vuelta, choqué de bruces contra un pecho ancho y duro. Me tambaleé hacia atrás. El hombre que tenía delante era alto y corpulento, fuerte como un toro, pero sobre todo, llevaba un uniforme azul y verde. Los colores de Casa Collinwood, la Casa que dominaba Bridgetown. Un hombre de la Guardia de la Ciudad. Un bigote negro de puntas caídas enmarcaba su mueca disgustada; una espada envainada colgaba de su cadera. Me miró con una expresión furibunda en sus ojos pequeños y brillantes.

Ya está. Nos habían descubierto. Hora de salir corriendo.

Pero el hombre se limitó a gruñir:

—Mira por dónde vas, chica —y se volvió de nuevo hacia la barra, dejándome ahí de pie con un ataque de pánico.

—¡Allí! ¡Una mesa! —exclamó Timofei como un niño entusiasmado. Nos guio por unas destartaladas escaleras hacia una pequeña mesa pegada a la barandilla del segundo piso, con vistas a la ruidosa planta inferior. Se dejó caer en una silla, le hizo un gesto a una camarera que pasaba por ahí y pidió cuatro jarras grandes de «la bebida barata». Me dio la impresión de que hacía eso a menudo.

La mesa solo tenía tres sillas, así que Miles y yo nos sentamos frente a Timofei, mientras que Zell montaba guardia. La camarera trajo cuatro jarras melladas llenas de una cerveza que se asemejaba al pis. Hice el educado gesto de dar un sorbito a la mía; en realidad no sabía tan mal. A lo mejor resultaba que realmente necesitaba una copa.

Timofei sí que la necesitaba, porque se bebió media jarra de un trago y la plantó con fuerza sobre la mesa, un bigote de espuma sobre el labio superior.

—¡Entonces! Debo preguntarte... ¿cuál es tu comedia favorita de Mercanto? Y, por favor, no digas *La dama maga de Mellinmor*...

—¡Por supuesto que no! —Miles esbozó una sonrisa radiante. No supe si solo estaba actuando muy bien o estaba disfrutando de verdad de todo ese espectáculo—. Puede que *Dama maga* tenga sus momentos, pero ¡no es nada comparado con *Consolando a una viuda* o *El lugar más caliente de una mujer*!

—Solo una ronda, recuerda —regañé a Miles. Cada segundo que pasábamos ahí era un segundo que nos arriesgábamos a que nos cogieran. Pero además, no creía que fuese capaz de soportar mucha más charla sobre ese imbécil de Mercanto.

Se produjo un ligero revuelo en la entrada de la taberna, así que me incliné por encima de la barandilla para ver qué estaba pasando. Las puertas de madera se columpiaron sobre sus bisagras.

Y entró Razz.

DIECINUEVE

Contuve la respiración y me volví de inmediato hacia la mesa, tensé todos los músculos de la cara para expresar mi más puro terror. Zell me comprendió al instante y metió la mano en la chaqueta. Miles me miraba perplejo. Pero Razz no nos había visto. Aún. Eso significaba que todavía teníamos tiempo de salir de ahí antes de...

—¡Por las tetas de los Titanes! —exclamó Timofei, asomando medio cuerpo por encima de la barandilla—. ¡Menuda chusma! ¡Hoy en día dejan entrar a cualquiera en Bridgetown!

Y, por supuesto, Razz le oyó. Sus ojos volaron hacia la entreplanta, más allá de Timofei, por encima de la multitud de cabezas que atestaba el lugar, justo hasta mis ojos. Vio directamente a través de mi disfraz. Se le iluminó la cara de la emoción y su boca se retorció en una sonrisa cruel. Sus colmillos de vidrio nocturno lanzaron oscuros destellos a la luz de las antorchas.

¿Qué estaba haciendo aquí? ¿Cómo nos había encontrado? ¿Y qué diablos íbamos a hacer ahora?

Razz se giró y ladró algo en zitochi. Vi a más hombres detrás de él, sus mercenarios; figuras corpulentas con armadura de cuero negro y espadas y hachas cruzadas en los costados. Entraron en la taberna como si fuese de su propiedad y se abrieron paso a empujones hacia las escaleras que conducían hasta nosotros. Los ojos hambrientos de Razz no se apartaron de los míos en ningún momento. La taberna se sumió en un silencio expectante y la música se acalló cuando todo el mundo empezó a retroceder para apartarse del camino de aquellos hombres que tan evidentemente locos.

Me levanté de un salto, busqué otra salida, pero no había nada más, solo las destartaladas escaleras que bajaban a la planta principal. Y los mercenarios ya estaban a medio camino de alcanzarlas. Miles se puso una mano sobre la boca. En algún momento Zell había sacado una daga.

—¿Qué pasa? —preguntó Timofei—. ¿Qué es esto?

Razz y sus hombres ya habían despejado la mayor parte de la sala y estaban a punto de llegar a las escaleras cuando otro hombre se interpuso en su camino: el Guardia de la Ciudad que había visto antes, el del bigote caído. Parecía cansado y hastiado, como si esto fuese lo último que querría hacer en ese momento, pero aun así le bloqueó el paso a Razz.

—Verás —gruñó—, las armas están prohibidas para los ciudadanos dentro de la ciudad de Bridgetown. Y me da la impresión de que tú y tus hombres lleváis muchas más de las necesarias. No quiero problemas, solo me gustaría terminarme la cerveza en paz. Así que, ¿por qué no dais media vuelta, salís de aquí y fingimos que esto no ha sucedido?

Una sonrisa lenta y despreocupada cruzó la cara de Razz. Zell se puso rígido a mi lado.

—Ningún problema —le dijo al Guardia—. Estaré dispuesto a fingir que esto no ha sucedido cuando informe al Gran Señor Kent. Pero ahora tengo que matar a unos fugitivos muy importantes. Así que, ¿por qué no te sientas, te tomas otra cerveza y quitas tu viejo culo canoso de mi camino? —Empujó al Guardia a un lado y dio otro paso hacia las escaleras.

El Guardia no iba a tolerar aquello. Estiró el brazo y agarró a Razz por un hombro con una gruesa mano, obligándole a pararse.

—No me importa si eres el Gran Señor Kent en persona. Nadie me falta al respeto de ese modo. Y ahora, ¡largaos de mi taberna!

Razz ni siquiera se dio la vuelta. Con los ojos aún clavados en los míos, puso cara de hastío, de irritación, como un niño exasperado por tener que hacer los deberes. Después sacó una daga curva de su vaina, giró en el sitio, la incrustó en la parte inferior de la barbilla del Guardia y le clavó la hoja entera en el cráneo.

Y entonces estalló el caos.

Una mujer dejó escapar un agudo chillido. El Guardia cayó hacia atrás, la boca llena de sangre, la empuñadura de la daga de Razz sobresalía por debajo de su mandíbula. Los hombres de Razz se pusieron en marcha, corrieron hacia las escaleras, desenvainaron sus armas. La mitad de los clientes de la taberna se apartaron a toda prisa de su camino. La otra mitad se abalanzó sobre ellos, bramando de indignación e ira. Un borracho corpulento agarró una silla de madera y la estrelló contra la cara de un mercenario. Una de las músicas columpió su lira contra la parte de atrás de la cabeza de otro; el instrumento estalló en mil ruidosos pedazos. Incluso Razz fue alcanzado. El tabernero tatuado logró tirarle al suelo lanzándose sobre él. Todo el bar estalló en una reyerta generalizada.

Supongo que es verdad lo que dicen: nunca te metas con un bar de Bridgetown Este.

Zell corrió hasta la barandilla y lanzó una de sus dagas. Cruzó el aire girando en espiral y, de algún modo, incluso con todo el barullo de la planta baja, se le clavó a uno de los mercenarios en un lado de la cabeza. Se desplomó como un fardo. Otro zitochi, un hombre alto y delgado con el pelo de punta, lanzó su hacha de mano en nuestra dirección. No le dio a Zell por un palmo, pero casi le arranca la nariz a Timofei. El apotecario dio un alarido y cayó de espaldas. En su intento por no caer agitó las manos por los aires, agarró el borde de mi camisa y me arrastró al suelo con él.

Timofei aterrizó de espaldas y yo aterricé sobre él, mi cara a solo unos centímetros de la suya. Me miró consternado y abrió los ojos como platos al reconocerme.

—¡Sois... sois... sois esos fugitivos!

Le clavé los codos en el pecho.

—¡El antídoto! ¡Démelo!

—¡Tómalo! —dijo sin aliento mientras rebuscaba por dentro de su abrigo. Sacó el delgado vial, el líquido azul se removía en su interior. Casi se le cae de las temblorosas manos, pero lo cogí a tiempo. Lo tenía en la mano. ¡El antídoto estaba en mi mano!

Y justo a tiempo. El mercenario del pelo de punta había logrado llegar hasta las escaleras y ya casi estaba arriba, un reluciente hacha en la mano derecha. Miles se apartó de un salto, pero Zell dio un paso adelante. Con una mano, tiró una jarra de whisky a la cara del mercenario y, con la otra, arrancó una antorcha de la pared más cercana y la lanzó en su dirección. El mercenario, empapado en alcohol, estalló en llamas, se trastabilló y cayó de espaldas por encima de la barandilla. Voló hacia la alborotada muchedumbre como un cometa incendiario.

—¡Yo los contendré aquí! —ladró Zell—. ¡Por la ventana! ¡Salid de aquí!

¿Ventana? Giré en redondo y entonces lo vi: un pequeño ventanuco cuadrado en el extremo opuesto de la entreplanta. No tenía ni idea de adónde conduciría, pero tenía que ser más seguro que seguir aquí. Con el antídoto firmemente apretado contra el pecho me quité de encima de Timofei, que se apartó de mí a toda prisa, y corrí hacia la ventana. No podía ver lo que ocurría a mi espalda, pero podía oírlo: personas forcejeando, espadas y cuchillos repicando y hombres gritando.

Me giré justo al llegar a la ventana y estampé el hombro contra ella. El cristal se hizo añicos con facilidad, pero sentí que un intenso dolor me recorría el brazo, un dolor que casi seguro significaba que me había cortado. Me había hecho más heridas a lo largo de la última semana que a lo largo del resto de mi vida. Había un pequeño tejadillo justo debajo de la ventana, así que rodé por él, tiré unas cuantas tejas sueltas por el camino, y caí un piso entero para aterrizar sobre el oscuro barro mojado de detrás de la taberna.

Dejé escapar una aguda exclamación y no pude evitar mirarme el brazo. Deseé no haberlo hecho. Tenía un buen tajo en el hombro, un riachuelo de sangre corría hasta el codo y un delgado trozo de cristal asomaba por la herida. Pero eso no importaba. Al menos no en ese momento. El vial seguía intacto en mi mano, y pude ver unos cuantos caballos atados detrás de la taberna. Podía huir, pero no iba a dejar a Miles y a Zell atrás. Con una mano sobre el corte sangrante, levanté la vista hacia la ventana. No se les veía por ninguna parte, pero salía humo a borbotones y pude oír, por detrás de los sonidos de la reyerta, el crepitar de las llamas. El fuego se estaba extendiendo.

Ahí fue cuando el mercenario dobló la esquina.

Era joven, de mi edad, con el rostro barbilampiño y bonitos ojos grises. Por alguna estúpida razón pensé que a lo mejor me dejaba ir; con un aspecto tan agradable no atacaría a una chica desarmada... Entonces desenvainó la espada que llevaba cruzada a la espalda y se abalanzó sobre mí con un alarido.

Quizás fuera la adrenalina. Quizás fuera el entrenamiento de Zell. Pero eché el hombro hacia atrás y esquivé limpiamente su estocada descendente. Sentí una suave ráfaga de aire cuando la espada pasó por mi lado, vi mi cara reflejada en la pulida hoja. El vial salió volando de mi mano y rodó por el barro. El mercenario levantó bruscamente el arma, intentaba cogerme desprevenida, pero ese golpe también lo esquivé y, cuando levantó el brazo por encima de mi cabeza, estiré la mano a la velocidad del rayo y le agarré por la muñeca. Mi entrenamiento de lucha se limitaba sobre todo a esquivar y agarrar, así que actué por puro instinto. Aparté la espada de mi cuerpo y estampé su empuñadura contra el rostro del mercenario mientras le golpeaba una y otra vez con la mano libre, gritando una retahíla incoherente de sílabas. La mayor parte de mis puñetazos no dieron en el blanco, rebotaron inofensivos contra su cráneo, increíblemente duro, pero logré conectar el último. Mi puño impactó contra su nariz y sentí cómo se rompía con un crujido muy, muy satisfactorio. El mercenario se soltó de mi agarre y se tambaleó hacia atrás. La sangre resbalaba hasta su boca, me miró estupefacto.

Por una vez en mi vida, no estaba pensando. Tampoco estaba planeando, ni analizando, ni ninguna otra cosa que implicase usar mi cerebro. Era todo corazón. Luchaba, pegaba, golpeaba, sangraba, quería vivir y quería que mis amigos vivieran, y en ese momento hubiese asesinado a cualquier idiota que osase ponerse en mi camino. Me abalancé hacia delante con un rugido gutural, las manos estiradas hacia el rostro del mercenario...

Y resbalé en el barro. Y me caí de culo.

Y empecé a pensar de nuevo. Pensaba en lo idiota que era. Pensaba en cómo iba a morir. ¿Por qué demonios no me había limitado a huir? El mercenario se acercó a mí, sonriendo. Giró la espada entre las manos y la levantó por encima de su cabeza.

¿Cómo mueren la mayoría de los guerreros? *Sobre la espalda.*

Cerré los ojos. Morir me aterrorizaba. Y, por alguna razón, incluso en medio de ese miedo, me sentía decepcionada por no haber logrado defenderme mejor.

Se oyó un repentino rugido desde lo alto y una persona rodó por el tejadillo para caer justo encima del mercenario. Miles. Era Miles. Estampó al sorprendido mercenario contra el suelo, salpicó barro por doquier y la espada del hombre salió volando de sus manos. Estoy casi segura de que oí algo romperse. El mercenario dejó escapar un balbuceo dolorido, pero antes de que pudiese recuperarse, Miles se puso en pie. Sujetaba algo entre las manos, un largo palo de madera con un extremo roto. La pata de una silla, quizá. El mercenario palpó a su alrededor en busca de su espada y Miles columpió la pata de la silla como una porra, golpeando al joven justo en plena frente. Eso resolvió el problema. El mercenario había quedado fuera de juego, desplomado de bruces en el barro.

Me apoyé sobre los codos, jadeando, sobre todo de alivio. Miles me miraba, con la pata de la silla todavía firmemente sujeta entre sus manos. Tenía los nudillos blancos.

—Acabo de golpear a ese tipo —dijo aturdido—. Le he dado en medio de la cara.

—Sí, lo has hecho —susurré, realmente impresionada—. Creo que me acabas de salvar la vida.

—Sí, ¿verdad? Lo he hecho. —Miles parpadeó para devolverse a sí mismo a la realidad—. ¡El vial!

—Se me cayó cuando me atacó. En el barro, en alguna parte.

Miles se puso a gatas y empezó a rebuscar por el barro. No tardó mucho en levantar el vial cubierto de barro pero, por suerte, intacto.

—Vale. Lo tengo. Hora de irnos.

—¿Irnos? —Me volví hacia la taberna en llamas. Todavía podía oír el estrépito de las espadas y los gritos de los hombres—. ¡No podemos irnos sin Zell!

Di un paso hacia la taberna, pero Miles me agarró del hombro.

—¡Tilla, por favor! ¡Tenemos el vial, tenemos nuestras vidas! No lo tires todo por la borda por...

Un estruendo ensordecedor brotó del interior de la taberna. Reventó las ventanas que quedaban, hizo temblar el suelo y nos tiró a los dos hacia atrás. Uno de los enormes barriles debía de haber estallado. Los caballos atados en el lateral de la taberna rompieron sus ataduras y emprendieron la huida, relinchando en la noche. El edificio entero era ya una bola de fuego. Las danzarinas llamas naranjas estiraban sus dedos voraces a través del tejado y prendieron cada marco de ventana rota. Se oía un revuelo frenético en la parte delantera del bar, los clientes corrían por sus vidas. Ya no oía ruidos de lucha desde el interior. Solo madera crepitante y gritos graves y rasposos.

No.

¡No!

Me puse en pie a duras penas y me dirigí hacia la taberna.

—¡Lyriana! —gritó Miles—. ¡Los magos! ¡La guerra! —Se levantó y me agarró; me agarró con fuerza de la mano y tiró de mí—. ¡Vamos!

Tenía razón. Había demasiado en juego. Teníamos que irnos y rezar por que Zell fuese capaz de encontrar la forma de reunirse con nosotros.

Miles y yo rodeamos la taberna corriendo y nos topamos con una enorme multitud. La mitad de ella intentaba alejarse a empujones del edificio, aterrada; la otra mitad empujaba hacia él para ver mejor lo que ocurría.

Sin embargo, casi nadie empujaba hacia el callejón que conducía a la apoteca, lo que quería decir que teníamos vía libre. Echamos a correr. Sin detenerme, miré por encima del hombro hacia la taberna en llamas, que ya no era más que una inmensa columna de fuego que empezaba a propagarse por los tejados de los edificios aledaños. La Guardia de la Ciudad empezó a abrirse paso entre la multitud a nuestra espalda. Llevaban cubos y escaleras. Sentí una punzada de culpabilidad; la misma punzada que sentía cuando pensaba en Markos. Iba a morir gente en ese incendio. Ya había muerto gente. Quizás incluso Zell. Y todo aquello estaba pasando por mi culpa.

Doblamos la esquina del callejón hacia la apoteca vacía, donde, por fortuna, seguían atados nuestros caballos. Miles se encaramó en el suyo y yo monté en el mío. Y cuando los dos partimos al galope hacia la salida de la ciudad, una forma, una persona, salió de entre las sombras ante de nosotros. Mi mano voló hacia mi cuchillo antes de recordar que no tenía cuchillo, pero no importó, porque la persona salió tambaleándose a la luz de la luna y vi esos profundos ojos marrones.

El pelo de Zell era un caos enmarañado, tenía la cara cubierta de hollín, y la pernera de su pantalón estaba rajada y dejaba a la vista un largo corte sangrante en la pantorrilla. Un enorme moratón negro estaba brotando alrededor de su ojo izquierdo. Pero estaba vivo, vivo y a salvo. La oleada de alivio que me invadió fue casi dolorosa. Tiré de las riendas y, antes de que lograse siquiera parar, Zell ya se había aupado en mi caballo y se había sentado detrás de mí.

—Zell —murmuré—. Teníamos que... Lyriana...

Sacudió la cabeza con un gesto seco.

—No hay tiempo. Tenemos que irnos. Ahora.

Tragué saliva y asentí. Piqué espuelas y, cuando salimos a la calle principal, pude ver por qué Zell tenía tanta prisa. Toda la manzana estaba plagada de Guardias de la Ciudad, un mar de frenéticos uniformes azules y verdes. Por suerte, la mayoría de ellos seguían preocupados por el incendio de la taberna, que apenas empezaban a tener controlado. El resto estaba distraído con otra cosa, un revuelo en una multitud ruidosa. Me incliné para ver lo que era y me encontré, otra vez, mirando a los ojos de Razz.

Estaba de rodillas, rodeado de Guardias, con las manos atadas a la espalda. Tenía la cara empapada de sangre seca; algo de sangre todavía goteaba de su barbilla. Debía de haber hecho uso de esos colmillos suyos. Estaba rodeado de Guardias furiosos. Le tiraban a patadas y le volvían a levantar para repetir la operación, pero apenas parecía importarle. Toda su atención estaba fija en mí, y sus ojos ardían de odio.

En aquel momento podría haber hecho que nos detuvieran con total facilidad, con un simple grito que advirtiese que éramos los fugitivos que buscaba toda la provincia. Pero no dijo nada. Por supuesto que no. Razz quería dejarnos ir para poder ser él quien nos apresara. «Hasta pronto», dijeron sus labios.

Una oleada de terror me recorrió de la cabeza a los pies. Por alguna razón sabía que iba en serio. Esto no habría acabado para él hasta que arrastrara mi cuerpo de vuelta ante mi padre, probablemente en varios pedazos. Pensé en aquella madre de la cabaña y me estremecí. Cuando cruzamos la entrada de la ciudad y galopamos otra vez por la carretera de tierra, los edificios dieron paso a las reconfortantes sombras de los árboles, pero no me sentía segura. Mi corazón seguía acelerado, todavía me faltaba el aire. Cada una de las veces que me había salvado por los pelos volvía a aparecerse ante mí con fuerzas duplicadas. Timofei casi descubriendo nuestro engaño. El mercenario sobre mí con la espada en alto. Y lo peor: Razz. Su sonrisa de vidrio nocturno acechándome en la oscuridad. Temblaba, resollaba. Mi pecho parecía un puño apretado alrededor de mi corazón.

Zell se inclinó hacia delante y me pasó un brazo por la cintura.

Mi tembleque disminuyó. Mi respiración se calmó. Y esa oleada de pánico, o lo que fuera, se fue diluyendo. El contacto con Zell me tranquilizó, como el primer momento de calma después de una tormenta eléctrica. Me fundí en sus brazos. Zell, el guerrero zitochi, el asesino implacable, el chico cuyas manos eran armas, era la única cosa en el mundo que me hacía sentir segura.

Me incliné hacia atrás, me apreté contra su pecho. Lo sentí cálido, firme y, por debajo del olor a humo y a sudor todavía podía olerle a él, ese olor a tierra, a hojas cubiertas de escarcha invernal. Sentía su corazón contra mi espalda, latiendo en su pecho, y el mío latía al unísono. Inclinó la cabeza hacia delante, a solo un par de centímetros de la mía, su pelo apenas rozaba mi mejilla, su respiración caliente sobre mi cuello.

Era como ese momento a la orilla del río, esa poderosa y dolorosa tensión física, pero ahora ya no luchaba contra ella, tampoco la temía. Me rendí a ella, la acogí con gusto. Mi mente se había estado resistiendo a lo que mi cuerpo deseaba, pero ya había pasado por un infierno demasiado grande como para otorgarle ese poder durante más tiempo. Zell me abrazó con fuerza y yo me apreté contra él, y, dios, qué bien sentaba aquello. Tan, tan bien.

Tenía el antídoto

Tenía mi vida.

Y tenía el brazo de Zell alrededor de mi cintura.

Espoleé a mi caballo y seguí adelante, lejos de Bridgetown, de Razz y de la Guardia de la Ciudad. Nos adentramos en la noche.

VEINTE

No nos molestamos en guardar silencio durante el camino de vuelta. No serviría de nada, cualquiera que nos viese informaría a Bridgetown de nuestra presencia, y allí ya nos habían visto. Lo mejor que podíamos hacer ahora era aprovechar cada segundo que el caos nos había proporcionado.

Llegamos a nuestra gruta en solo dos horas y nos colamos a través del paraguas de hojas del gran sauce. Me había hecho una horrible imagen en la cabeza de que llegaríamos para encontrar a Lyriana ya muerta, dado lo mucho que habíamos tardado, así que sentí una increíble oleada de alivio cuando la vi justo donde la habíamos dejado, respirando aún en brazos de Jax. Entonces me acerqué y vi lo horrible que era su aspecto. Tenía la piel traslúcida, exangüe, y sus ojos abiertos estaban ausentes. La ropa se le pegaba a la piel, empapada de sudor, y respiraba en pequeñas y dolorosas bocanadas. Los anillos de sus dedos brillaban en un verde intenso cuando partimos, pero ahora se veían mortecinos, su luz casi extinguida.

—¡El antídoto! —gritó Jax. Tenía un aspecto absolutamente terrible, el pelo alborotado y enmarañado, la ropa pegajosa de sudor—. Por favor, por favor, decidme que tenéis el antídoto.

—¡Aquí está! —Miles sacó el vial de su chaqueta y, contra toda lógica, se lo tiró a Jax.

Jax lo atrapó, lo descorchó y lo llevó a los pálidos labios de Lyriana.

—¿Todo?

—Todo.

Inclinó el vial y vertió todo el tónico azul en la boca de Lyriana. Ella arqueó la espalda y se atragantó, pero el líquido bajó por su garganta. Cuando Jax apartó el vial vacío, la princesa se colapsó entre sus brazos y se quedó ahí tendida. Apenas respiraba.

—¿Y? —preguntó Jax—. ¿Ha funcionado?

—Es medicina, no magia —repuso Miles—. Tardará al menos unas horas en contrarrestar el efecto del veneno. Solo tenemos que esperar.

—Llevo esperando toda la noche —dijo Jax, su voz tensa y enfadada—. Creí... ¡estaba seguro de que iba a morir entre mis brazos!

Miles negó con la cabeza.

—Bueno, nuestra noche tampoco ha sido maravillosa.

Jax empezó a contestar, pero luego, por primera vez, nos miró de veras. Miles y Zell estaban magullados y cansados, sus caras ennegrecidas por el hollín, su ropa desgarrada y sucia. No podía ni imaginar el aspecto que tendría yo.

—Por todos los demonios del infierno helado —dijo Jax—. ¿Qué os ha pasado?

Eché un vistazo a mi hombro izquierdo, que tenía una costra de sangre seca por el corte que me había hecho al romper la ventana. El gran pedazo de cristal se me había caído durante mi refriega con el mercenario, pero pequeños fragmentos todavía relucían alrededor de los oscuros bordes de la herida, como diamantes desperdigados entre el barro. Había conseguido ignorar el dolor mientras cabalgábamos, ni siquiera ahora, parecía tan grave, era como contemplar un corte feo en el hombro de otra persona. Quizás había sufrido tanto daño a lo largo de la última semana que había perdido todo sentido de la perspectiva.

Qué raro, ¿verdad? Hace un mes habría despertado a todo el castillo solo por darme un golpe en un dedo del pie. Ahora, sin embargo, podían arrancarme el brazo y creo que apenas pestañearía.

—Nos descubrieron —le expliqué—. Razz, para más inri. Sí. Tenemos una suerte fantástica.

—Así que, ¿sabe que estamos aquí? —Jax pasó un brazo protector en torno a Lyriana—. ¿Estamos en peligro?

—Aún no —especuló Miles—. Detuvieron a Razz y, entre el fuego, la reyerta y la media docena de Guardias de la Ciudad muertos, creo que la buena gente de

Bridgetown va a tener entretenimiento suficiente. Al menos por un tiempo.

—No sé ni qué pensar —dijo Jax, sacudiendo la cabeza—. Solo por una vez sería agradable que nos fueran bien las cosas. ¿Es mucho pedir?

Empecé a destacar que lo más importante era que habíamos logrado regresar con el antídoto cuando una parpadeante luz verde me distrajo. Los anillos de Lyriana. Se habían ido apagando más y más a medida que su estado empeoraba, pero ahora, de repente, se habían iluminado con un esmeralda vibrante, más brillantes de lo que los había visto jamás. Palpitaban como la llama de una vela y proyectaban un cálido resplandor verde por la cubierta vegetal del sauce. Lyriana se removió y aspiró una bocanada de aire, una muy pequeña, pero podría haber jurado que su respiración ya sonaba un poco menos rasposa.

—Vaya. Bien. Eso sí que es magia —dijo Miles.

Magia o no, el antídoto todavía tardaría un rato en surtir efecto, así que salí de debajo del sauce y me dirigí al borde de nuestra cueva artificial, donde un pequeño recodo del Markson fluía tranquilo y oscuro. Me quité las botas embarradas y me senté en la orilla, estirando los pies para que el agua chapoteara alrededor de mis tobillos. Estaba fría, pero en esos momentos el frío era bienvenido, calmante incluso. Cerré los ojos y simplemente disfruté del agua gélida, el aire frío, la ligera brisa que soplaba a través de mi pelo. El agotamiento se apoderó de mí como un ladrón se apodera de su botín. Me sentía al borde del desmayo. ¿Cuánto tiempo llevaba despierta? ¿De verda había pasado un día y medio? Me recliné hacia atrás, apoyé los brazos y sentí un intenso dolor en el hombro. Allí estaba. *Hola, viejo amigo.* Por muchas ganas que tuviera de tumbarme en el suelo y sumirme en el sueño más profundo de mi vida, probablemente tendría que encargarme de esto antes. Ahuequé la mano para sacar agua del río y me limpié la sangre seca; luego, con una mueca, empecé a sacar los minúsculos trocitos de cristal que todavía asomaban a través de la piel.

—Creo que eso va a necesitar unos puntos —dijo la voz de Miles a mi espalda. Me giré para mirarle. Aunque llevaba así más de seis horas, mi cerebro todavía se negaba a aceptar como Miles a este demacrado hombre barbudo y calvo. Se sentó a mi lado. Llevaba una pequeña bolsa de cuero en las manos, su cierre sellado con una borla con cuentas—. Encontré esto en una de las alforjas de los mercenarios. Todo tipo de material quirúrgico.

—Sí, bueno, si mi arte para coser se parece en algo a mi arte para bordar, entonces es probable que esté mejor sin esos puntos.

Miles sonrió. Había algo diferente en él, un aura de confianza que flotaba por encima de él como la refulgente luz de Lyriana.

—Lo creas o no, soy un médico bastante hábil. Yo puedo hacerlo.

Pestañeé.

—¿Sabes cómo coser una herida?

Miles abrió la bolsa y sacó un odre de alcohol, una bobina de hilo y una afilada aguja negra.

—Madre insistió en que aprendiera. Dijo que si alguna vez me encontraba en el campo de batalla necesitaría saber hacer algo útil, y seguro que no era luchar.

Estaba empezando a pensar que la madre de Miles era una gran arpía, pero no venía a cuento en ese momento.

Miles se acercó a mí y cogió mi brazo con suavidad. Lo giró para ver mejor el corte. Yo estiré el brazo y giré la cabeza en dirección contraria; no tenía ninguna necesidad de ver aquello.

—Te lo tengo que advertir. A lo mejor duele un poco.

Era verdad que dolía.

Nos quedamos ahí sentados un rato, mientras esterilizaba la herida con un poco de alcohol, extraía los últimos cristalitos y luego cosía la herida con gran delicadeza. De cuando en cuando le miraba de reojo y veía su cara de determinación y sus manos sorprendentemente firmes y diestras. Tenía que reconocer que lo hacía realmente bien. Diablos, hacía muchas cosas bien que nunca le habíamos reconocido. Él había sido el que supo cómo conseguir el antídoto. El que había impedido que Timofei descubriera nuestra identidad. Y el que me había salvado la vida.

Me sentí mal. Mal por todas las formas en que le habíamos tomado el pelo a lo largo de los años, por todas las cosas malas que habíamos dicho a su espalda, incluso por lo mal que había reaccionado cuando me contó el plan de nuestro padres. Sí, no estuvo bien que me ocultara la verdad todos estos años. Eso aún dolía. Pero ya no importaba, ¿no? Las personas que habíamos sido en el castillo de Waverly eran ahora unas perfectas desconocidas, y sus equivocaciones no eran las nuestras. Podía sentir rencor hacia el pálido chico de pelo rizado con esa túnica que le quedaba tan mal y me había mentido durante tantos años. Pero ese no era el chico que acababa de coserme el brazo.

Tenía que decir algo, cualquier cosa, para aliviar en cierta medida mi culpabilidad.

—Miles. —Me volví hacia él—. Lo que has hecho en la ciudad... la forma en que engañaste a Timofei... ha sido increíble.

—Ya, es verdad. No me lo podía creer. Nunca había hecho nada por el estilo. Ni siquiera sabía que era capaz de hacer algo así. —Se le iluminó la cara con una gran sonrisa—. ¿Y quieres saber lo más gracioso? ¡Ni siquiera me gusta Mercanto!

—¿Era todo mentira?

—¡Del todo! —se rio Miles—. Y luego, con los mercenarios, cuando luchamos contra ellos en las calles, cuando dejé a ese tío inconsciente, cuando te salvé la vida, quiero decir... Me siento como si fuese una persona totalmente distinta de un día para otro. Como si mi vida entera hasta estas últimas semanas no fuese más que un sueño del que por fin he despertado y, por primera vez, me sintiera como si fuese yo mismo. ¿Sabes lo que quiero decir?

—Sí. Sí que lo sé.

Miles apartó la mirada. Me pregunté si yo le parecía tan distinta como él me lo parecía a mí.

—Toda mi vida, Tilla, me he considerado... no sé. Débil. Blando. Poca cosa. Los chicos como Jax y Zell... ellos eran los que correrían aventuras, los héroes que se llevarían a la chica. Y yo, bueno, me sentaría en mi habitación y leería libros y quizás tuviera un día la suerte de poder ayudarles. —Parecía más vivo de lo que le había visto jamás—. Pero ahora creo que todo eso no era más que inseguridad y miedo. Creo... Creo que quizás yo también podría ser ese chico, Tilla. Creo que podría salir ahí afuera y tener aventuras. Podría correr riesgos y enfrentarme a mis miedos , ¿sabes? —Su sonrisa era tan contagiosa que no pude evitar devolvérsela—. ¿Crees que podría llegar a ser ese tío?

—Sí —le dije.

Entonces me besó.

No me aparté, no grité, pero tampoco le devolví el beso. No hice nada, no pude hacer nada, porque me sentía tan aturdida y tan aturullada... Me quedé ahí sentada, sin más, sus labios sobre los míos, su respiración contra la mía, y no hice absolutamente nada.

Se apartó en silencio.

—¿Tilla?

¿Y qué se suponía que debía decirle? ¿Que aunque estaba muy contenta por que al fin se sintiese realizado y encontrase su confianza, eso no cambiaba el hecho de que simplemente no me sentía atraída por él? ¿Que me encantaría ayudarle a salir ahí afuera y conseguir a una chica, pero que yo no era esa chica? ¿Que aunque le había perdonado por ocultarme la verdad sobre nuestro compromiso, todavía sentía un regusto amargo en la boca, uno que a lo mejor no desaparecería jamás? ¿Que aunque le estaba agradecida por salvarme la vida, eso no le daba derecho a esto, que no tenía que ser suya por gratitud? ¿Que por mucho que estaba empezando a apreciarle y respetarle y preocuparme por él, seguía viéndole como a un amigo, y probablemente siempre lo hiciera?

¿Que el contacto de sus labios sobre los míos no me hacía arder ni con una centésima parte del deseo que había sentido con el brazo de Zell alrededor de mi cintura?

No podía decir nada de eso. Simplemente, no podía. No aquí, no con nuestras vidas todavía en la cuerda floja, cuando aún necesitábamos depender los unos de los otros. Y no esta noche, con él tan contento. No podía machacarle así.

Así que lo postergué. Vale, a lo mejor mentí.

—Miles, no puedo —dije con ternura—. Ahora mismo no. Aquí no. Están pasando demasiadas cosas. Todavía

corremos mucho peligro. No puedo... no puedo distraerme. Lo entiendes, ¿verdad?

Miles asintió.

—Sí.

—Cuando salgamos de este lío, cuando lleguemos
a Lightspire... volveremos a este punto, ¿de acuerdo?
Hablaremos de ello. Es una promesa.

Miles asintió. Y a lo mejor me lo estaba imaginando, pero no parecía tan dolido ni tan decepcionado.

—De acuerdo. Tienes razón. Volveremos a esto
más adelante. Cuando estemos a salvo. —Se dio la vuelta y se aclaró la garganta—. Bueno. Quizás deberíamos
descansar un poco mientras el antídoto va surtiendo
efecto.

—Eso es lo mejor que podías haber dicho. —Me
dejé caer hacia atrás sobre la hierba y me hice un ovillo
sobre el costado. Me resultaba extraño pensar que solía
dormir en una cama—. Dormiré aquí mismo. Despertad-
me si necesitáis algo.

Miles sonrió y noté, solo con mirarle, que todavía
estaba pensando en el beso, que su corazón aún revolo-
teaba dentro de su pecho.

—Buenas noches, Tilla.

—Buenas noches, Miles.

Dio media vuelta y se alejó, para volver a colarse
bajo la cubierta vegetal del sauce. Me quedé tumbada
sobre el costado, yo sola, la fresca hierba contra la mejilla. En lo alto, las nubes se abrieron para mostrar un

cielo despejado, iluminado por un millón de estrellas. Podía oír las voces de mis amigos de manera muy tenue y apenas pude distinguir a Miles ofreciéndose voluntario para hacer la primera guardia.

Había hecho lo correcto, ¿verdad?

Sinceramente, eso esperaba.

veintiuno

Miles tuvo que sacudirme con todas sus fuerzas para despertarme.

—¿Qué pasa? —Intenté vagamente darle una bofetada—. ¡Vete!

—Es Lyriana. —Le faltaba el aliento de la emoción—. ¡Está despierta!

Me levanté de mi sitio de descanso a la orilla del río y Miles me guio de la mano de vuelta al sauce. Lyriana estaba sentada contra el tronco del árbol, acunada aún entre los brazos de Jax, mientras Zell se mantenía de pie a su lado en ademán protector. Era sorprendente lo mucho que parecía haber mejorado. Su piel ya no tenía esa horrible pátina traslúcida, y no tiritaba ni sudaba ni nada parecido. Tenía las piernas dobladas debajo del cuerpo, pero por lo que vi, la mayoría de sus venas habían vuelto a la normalidad. Vale, su pelo estaba hecho un desastre y tenía las mismas ojeras que una vidente marismeña de noventa años. Pero parecía viva, muy viva, y daba la impresión de que iba a seguir así.

—Tillandra. —Se le quebró la voz y sus ojos se anegaron de lágrimas.

—Lyriana. —Me instalé a su lado y me di cuenta de que también estaba un poco lacrimosa—. Me alegro tanto, tanto, de verte así de nuevo.

Alargó una mano temblorosa y rozó los recientes puntos de mi hombro.

—Me han contado lo que pasó. Cómo lo arriesgasteis todo al ir a Bridgetown, cómo os jugasteis la vida por mí... —Levantó los ojos hacia Jax y deslizó una débil mano por su mejilla, lo que hizo que Jax diera un respingo, sorprendido—. Y tú, Jax. Te quedaste aquí y cuidaste de mí. Tú solo. Yo... yo... —Ya no pudo contenerse, se llevó una mano a la boca, sobrecogida por la emoción, y empezó a llorar a moco tendido—. Os debo tantísimo. No logro ni empezar a pensar en cómo os lo voy a pagar.

—No lo hemos hecho para que nos pagues, tonta. —Jax le secó las lágrimas con el dorso de la mano—. Lo hemos hecho porque eres una de nosotros. Eres nuestra amiga.

—Amiga —repitió Lyriana, como si paladeara una especie exótica por primera vez. Después levantó la vista con una débil sonrisa—. Por el aliento de los Titanes, Jax. ¿Puede ser que por una vez no tengas chistes verdes que contar? ¿Ningún comentario soez?

—¡Oh, claro! —Jax sonrió—. Uhm, veamos. ¿Culo, tetas, huevos y fulanas?

Lyriana se echó a reír, se rio de verdad, y Jax rio con ella, y entonces todos reímos como un puñado de idiotas. No me importaba. Creo que no me había sentido tan aliviada en toda mi vida. Abracé a Lyriana y ella apoyó la cabeza sobre mí, y luego Miles también me abrazó y Jax se unió a nosotros. Incluso Zell puso una mano sobre mi hombro. Estábamos juntos. Estábamos vivos. Íbamos a lograrlo, íbamos a llegar hasta Lord Reza, íbamos a ser salvados por un maldito ejército de magos y a detener la guerra y a ir a Lightspire.

Íbamos a vivir.

Unos minutos más tarde, Jax extendió el mapa de la provincia de Occidente y todos nos reunimos a su alrededor, nuestra posición aproximada marcada por una piedrecita redonda y verde. Cuando miramos este mapa por primera vez, el castillo de Lord Reza, el Nido, estaba lejísimos. Pero ahora nuestra piedrecita había recorrido más de medio camino, estaba más cerca del Nido que del castillo de Waverly. No parecía lejos en absoluto.

—¿Qué opináis? —preguntó Jax—. ¿Otros diez días, quizás? ¿Al ritmo que hemos estado viajando?

Zell negó con la cabeza.

—No. No podemos seguir cabalgando como lo hemos estado haciendo ahora que saben que estamos aquí. Tenemos que ir tan deprisa como podamos si queremos tener alguna oportunidad de escapar de mi hermano.

Levanté una ceja.

—Tu hermano está encerrado en un calabozo de Bridgetown.

—Y con que solo uno de sus hombres no haya sido apresado, estará libre al anochecer. Vuestras cárceles no pueden contenernos. Vuestros hombres debieron matarle en el mismo instante en que le capturaron.

—Así no es como hacemos las cosas... —intentó Jax.

—No se trata solo de Razz —le interrumpí—. Timofei, el apotecario, me reconoció. Si sobrevivió a ese incendio es solo cuestión de tiempo que se lo diga a la Guardia de la Ciudad.

—O contrate su propia banda de mercenarios para reclamar la recompensa para sí, con visiones de cincuenta mil Águilas danzando por su cabeza —refunfuñó Miles—. No te fíes nunca de un hombre al que le guste Mercanto.

Lyriana ni siquiera se molestó en contestar a eso.

—Así que tendremos que apretar el paso. Nuestra única esperanza es dejarlos atrás.

—Exacto. —Zell se volvió hacia Jax—. Forzando la marcha al máximo. ¿Cuánto tiempo calculas?

Jax puso la mano sobre el mapa.

—Una semana. Cinco días, si la forzamos de verdad.

—Cinco días entonces —dijo Zell.

Así que nos pusimos en marcha, tan deprisa como podían aguantar nuestros caballos, para recorrer cuanto antes el último tramo de la provincia de Occidente. Poco a poco, los bosques dejaron de ser tan espesos, las densas arboledas dieron paso a mayores extensiones de campo abierto y granjas, interminables campos de cereal y prados ondulados salpicados de vacas y ovejas. La tierra allí estaba más domesticada, más trabajada, atravesada por anchas carreteras y compuesta por poblaciones bulliciosas y ajetreadas. Viajábamos por el campo a última hora de la tarde y primera hora de la mañana, y por las carreteras de noche, los cascos de nuestros caballos tronaban sobre la tierra, el viento soplaba a través de nuestro pelo. Nos cruzamos con otros viajeros aquí y allá, pasamos a tiro de piedra de alguna caravana de mercaderes, pero eso no nos alteró. La amenaza real estaba ahora a nuestra espalda. Y nuestro objetivo estaba tan cerca que ya casi podíamos saborearlo.

Lyriana se recuperó deprisa. El primer día aún estaba tan débil que tenía que sujetarla mientras cabalgábamos. El segundo día ya era capaz de mantenerse erguida por sí sola. Y al tercer día había vuelto a su ser. No, en realidad estaba mejor que su ser. Volver del borde de la muerte la había dejado de algún modo más cómoda y relajada, más dispuesta a ignorar las estrictas reglas de su educación, más dispuesta a abrirse a los demás. Jax y ella empezaron a intercambiar chistes verdes, y me enseñó a trenzarme el pelo al estilo de Lightspire. Cuando Zell cazó para nosotros un jabalí increíblemente jugoso y tierno, Lyriana incluso comió un bocado antes de escupirlo asqueada y utilizar su magia para hacer *Crecer* los melocotones más grandes y gordos que había visto en mi vida.

Acampábamos menos y pasábamos más tiempo del día a caballo, así que hablábamos y descansábamos menos que antes. A pesar de eso sentía que nuestra relación era más estrecha que nunca. A veces, mientras recorríamos a paso ligero esas carreteras nocturnas, me tomaba un momento y miraba a mi alrededor, a Lyriana apretada contra mí, a Zell que encabezaba con osadía la marcha, a Miles que cabalgaba a mi derecha, a Jax a mi izquierda. Y me sentía a salvo. No nos sentíamos como compañeros aleatorios a los que había unido el destino. Nos sentíamos como una de esas compañías de soldados que había luchado en cien batallas. Nos sentíamos como amigos que se conocían desde pequeños. Nos sentíamos como una familia.

Y con Zell sentía algo más. Desde Bridgetown había una familiaridad especial entre nosotros, una compenetración silenciosa y compartida. Le pillé sonriéndome unas cuantas veces cuando iba a mi lado. Y yo le devolví la sonrisa.

Después de cuatro días de dura marcha, acampamos en un pequeño bosquecillo de abedules y matorrales, sus larguiruchos árboles blancos hacían todo lo posible por impedir la entrada del brillante sol matutino. Me daba la impresión de que estábamos ya en los límites de las tierras de Casa Reza. Las montañas Frostkiss se alzaban imponentes, enormes y preciosas delante de nosotros, y pude distinguir oscuras laderas boscosas que daban paso a riscos rocosos y cimas nevadas. Allí estaban, las fronteras de Occidente, la pared que separaba todo lo que conocía del resto del mundo. Más allá de esas montañas estaban los Feudos Centrales y las Baronías del Este y las Tierras del Sur y el Páramo Rojo. Más allá de esas montañas estaba Lightspire, los magos y el rey. Más allá estaba la salvación.

Lyriana y Miles dormitaban mientras Zell se había ido a cazar, lo que nos dejó a Jax y a mí para reunir algo de leña. Caminamos juntos por las orillas lodosas de un río desconocido, hojas naranjas y rojas crujían bajo nuestros pies, el frío viento otoñal nos obligaba a ceñirnos bien nuestras capas de piel de cabra. Era agradable, en realidad. Entre la dura marcha a caballo y todo mi entrenamiento con Zell, apenas había pasado tiempo con Jax a lo largo de la última semana. Le había echado de menos.

—Entonces... —dijo en tono casual, mientras se agachaba a recoger un puñado de ramitas secas, blancas como huesos—. ¿Ya te has enrollado con Zell?

Vale, quizás no había echado de menos todo de Jax. Le fulminé con la mirada.

—No sé de qué estás hablando.

—Sí que lo sabes. —Sonrió de oreja a oreja—. Vamos. Veo cómo le miras durante esas «sesiones de entrenamiento». Estás totalmente enamorada. —Le tiré una ramita—. Eh, no te estoy juzgando, hermanita. Sé que dije algunas tonterías sobre los zitochis allá en el castillo de Waverly, pero estaba equivocado. Zell es un buen tipo. Yo os doy mi aprobación.

—Sí, bueno, no hay nada que aprobar, o sea que…
—empecé a contestar, pero luego vi en el rostro de Jax la expresión que significaba que no iba a olvidar el tema. Intenté ocultar mi sonrisa—. Mira. Vale. Quizás sí que sienta algo por él. Algo que… que nunca había sentido.

—Ooooooh —exclamó Jax con voz de pito, y sonó como una niña pequeña a la que acabaran de decir que iba a ser la princesa en la obra de teatro del Festival de Verano.

—Es que no lo sé —continué, y sí, en cierto modo fue un alivio quitarme ese peso del pecho—. Me gusta. Mucho. Y creo… quiero decir, es un poco difícil descifrar sus sentimientos, pero creo que yo también le gusto. Hay una tensión entre nosotros que resulta cada vez más difícil de ignorar.

—Oh, ya lo sé —dijo Jax—. ¿Por qué crees que todos miramos incómodos hacia otro lado mientras entrenáis? La pregunta de verdad es: ¿vas a pasar al siguiente nivel?

Sacudí la cabeza.

—Ahora no. No mientras estemos de viaje, con todo lo que está pasando. No quiero… que nadie se distraiga. —Sentí una punzada de culpabilidad al recordar el beso de Miles, sus ojos expectantes y anhelantes.

—Vale, ahora no, está claro —aceptó Jax—, pero cuando lleguemos a Lightspire y nos pongamos cómodos en nuestras elegantes mansiones y bebamos vino espumoso y comamos tartas de miel todo el día…

No podía ni empezar a imaginarme a Zell bebiendo vino espumoso y comiendo tartas de miel, pero ese no era el tema . Lo que de verdad me estaba imaginando era a los dos paseando por alguna deslumbrante avenida de Lightspire, su brazo alrededor de mi cintura, mi cara acurrucada contra su hombro. Nos imaginaba entrenando juntos, no en el barro, sino en alguna sala elegante, y luego retirándonos juntos, riendo, a los baños. Imaginaba sus labios sobre los míos, sus manos sobre mi piel, su respiración, su olor...

—Cuando lleguemos a Lightspire —dije, sacándome de ese ensueño—, veremos lo que pasa.

—Sí, eso harás. —Jax sonrió—. En realidad... quería preguntarte algo... ¿Crees... crees...? —Se calló al ver algo en la orilla del río. Abrió los ojos como platos y todo el color desapareció de su rostro—. Oh, mierda.

Seguí la dirección de su mirada y también lo vi. Allí, en la embarrada orilla, a solo unos pasos de donde estábamos paseando, sobresalía una mano humana, sus dedos crispados como una garra acechante.

Por instinto, saqué mi cuchillo a toda velocidad, lista para defendernos quién demonios sabe de qué, antes de que mi cerebro procesara lo que estaba viendo. Era una mano, sí, pero no tenía carne ni se estaba pudriendo ni estaba cubierta de piel. Era dura y gris, sucia y agrietada. Era de piedra.

Jax pareció darse cuenta al mismo tiempo que yo.

—¿Qué diablos...? —musitó y se acercó a ella con cuidado, como si la mano pudiese saltar y agarrarle en cualquier momento—. ¿Pero qué es lo que estoy viendo?

Tenía un horrible presentimiento en el estómago, pero tenía que asegurarme. Me acerqué a la mano, me arrodillé a su lado y empecé a escarbar en el barro de la orilla. La mano conducía a un brazo. El brazo a un hombro. Tenía razón, por mucho que no quisiera tenerla. Había algo mucho más grande enterrado allí en el limo, algo tirado sobre el costado. Hinqué las uñas en el barro y retiré un grueso pegote marrón para revelar el rostro de piedra de un hombre joven, increíblemente detallado y realista, atrapado en un grito eterno.

—Vale, esta es casi la cosa más horripilante que he visto en mi vida —dijo Jax—. ¿Qué tipo de imbécil enfermo tira una estatua como esta al río? Para empezar, ¿qué tipo de imbécil enfermo hace una estatua como esta?

—No es una estatua —le dije con un hilo de voz—. Es una persona. Al menos, lo fue. Una víctima de la Gran Guerra.

—¿De qué estás hablando?

—La institutriz Morga me enseñó todo al respecto. Durante la guerra, cuando los magos querían castigar a algún prisionero, a veces lo convertían en piedra. El proceso tardaba días, puede que incluso semanas. Era una de las muertes más horribles imaginables —expliqué—. Ya he visto cuerpos así antes. Se lo hicieron a Xander Kent, un hermano de mi bisabuelo, y a su mujer. Mi padre los guardaba en las criptas, aunque los sacerdotes de Lightspire le habían dicho que no lo hiciera. —En retrospectiva, esa había sido una señal de alarma bastante evidente.

—Mierda... —susurró Jax—. Oyes hablar de historia y de guerra y todo eso... pero no parece real hasta que lo ves con tus propios ojos.

Jax no podía apartar los ojos de aquel rostro del grito eterno; yo tampoco. ¿Quién había sido? ¿Un soldado? ¿Un espía? ¿Un crío tonto en el lugar equivocado en el momento equivocado?

—Desearía que se quedara en los libros de historia —dije. No lograba decidir qué era mejor, si dejar la cara de ese chico gritándole al cielo o si cubrirla otra vez de barro.

Jax se quedó callado durante un rato y, cuando por fin habló, lo hizo con suavidad, vacilante. Casi no parecía él.

—¿Tilla... alguna vez piensas que puede que estemos en el lado equivocado de esto?

—¿Qué quieres decir?

—Solo digo... —Miró río arriba, los ojos distantes—. Sé que no tuvimos elección, tal y como sucedieron las cosas, y estamos haciendo lo que debemos para salvar el pellejo. Pero imagina que no fuera así. Imagina que nunca hubiéramos ido a esa playa y que seguíamos viviendo tan felices en el castillo de Waverly cuando estalló esta nueva guerra. ¿No pensaríamos que tu padre estaba haciendo lo correcto? ¿No estaríamos apoyando a Occidente y a nuestras familias y a nuestra gente? ¿No querríamos que ganaran ellos en vez de...? —Bajó la vista hacia la cara congelada del joven—. ¿... en vez de esto?

Era una pregunta muy elaborada para venir de Jax. Era una pregunta demasiado complicada para mí. Cuando estábamos en la otra punta de la provincia, cuando la idea de sobrevivir había parecido una ilusión desesperada, había sido fácil evitar pensar en las consecuencias de nuestros actos. Pero allí, tan cerca, esos pensamientos habían inundado todo mi ser y sentí que se me comprimía el pecho de la preocupación. Me sentía tan atrapada e impotente... Solo un pequeño peón de madera en un juego de gigantes, incapaz de comprender el tablero, incapaz de predecir nada. No solo nos estábamos salvando a nosotros mismos. Si hacíamos esto, si revelábamos el plan de mi padre, haríamos historia y le daríamos una victoria decisiva a Lightspire. Nos estaríamos rindiendo al rey y a sus magos. Estaríamos condenando al fracaso el sueño de un nuevo reino de Occidente, quizás incluso provocaríamos que Lightspire cerrase el puño en torno a mi provincia. Puede que estuviéramos añadiendo muchas más «estatuas» a las criptas de Waverly.

¿Y yo qué sería? Según Lyriana, una heroína en Lightspire. ¿Pero aquí? Sería la chica que destruyó el legado de los Kent, la que traicionó a su familia y a su provincia. Sería la bastarda que acabó con todos los bastardos.

Aun después de todo lo que me había hecho mi padre, desde ignorarme la mayor parte de mi vida hasta ponerle precio a mi cabeza, me sentía culpable. ¿Por qué tenía que sentirme tan, tan culpable?

Se me llenaron los ojos de lágrimas y bajé la vista al suelo.

—Eh —dijo Jax, y alargó la mano para cogerme del brazo—, lo siento. Ha sido una mierda de pregunta. No... no debí hacértela.

—No. Ha sido una buena pregunta. Por eso estoy molesta. —Me volví para mirar a Jax, a sus grandes y confiados ojos, su ridículo pelo alborotado, su sonrisa entusiasta. Y recordé por qué estaba ahí en primer lugar—. No sé si estamos en el lado correcto. Ni siquiera sé si existe un lado correcto. Todo lo que sé es que no voy a dejar que os hagan daño, ni a ti, ni a Lyriana, ni a Zell, ni a Miles. Eso es todo lo que me preocupa ahora mismo. Es lo único de lo que me puedo preocupar. Todo lo demás... tendremos que ir viéndolo sobre la marcha.

Jax me dio un abrazo, uno de sus grandes abrazos de oso en los que me envolvía con sus fuertes brazos y me levantaba del suelo.

—Te quiero, hermanita —me dijo—. Tienes razón. Solo tenemos que llegar a Lightspire. Y allí todo será camas mullidas y garrafas de vino y besar a chicas en manantiales de agua caliente.

Cualquier otro día, eso hubiese hecho que me sintiera mejor. Pero en ese momento solo me dejó fría.

—Vamos —dije, dándole la espalda a Jax—. Esta leña no se va a recoger sola.

veintidós

Sabía que solo había una cosa que me haría sentir mejor, y eso era algo de tiempo a solas con Zell. Cabalgar a marchas forzadas nos dejaba menos tiempo para practicar y mis muslos doloridos protestaban ante cualquier cosa parecida al movimiento, pero insistí. Tenía que hacerlo. Dejé a Jax en el campamento con Miles y Lyriana y me adentré en el bosque con Zell para intentar exprimir una buena hora de entrenamiento.

El bosquecillo en el que nos habíamos instalado no dejaba mucho espacio libre para moverse, así que nos centramos en el combate cuerpo a cuerpo. Zell y yo nos colocamos entre dos abedules y, una y otra vez, él lanzaba golpes a mis antebrazos levantados mientras yo los bloqueaba y esquivaba. Bueno, la mayoría, en cualquier caso.

—Deja que te pregunte algo —le dije, dando saltitos sobre las puntas de los pies, la cara empapada de sudor, la respiración jadeante y acelerada—. Por divertido que sea acabar magullada a diario, ¿cuándo me toca aprender a golpear a alguien de verdad?

Zell me lanzó un puñetazo con la mano derecha y yo lo bloqueé con el antebrazo izquierdo. Había envuelto sus nudillos de vidrio nocturno en gruesos trapos para amortiguar sus filos, pero todavía dolía a rabiar.

—El *khel zhan* es el arte del bloqueo y la desviación, de utilizar la fuerza de tu enemigo contra él. Tú no eres el río. Tú solo cambias su rumbo.

Otro gancho de derecha. Otro bloqueo con la izquierda.

—¿Así que no voy a pegar nunca a nadie?

Zell fingió un tercer derechazo, pero en vez de eso lanzó un golpe de izquierda. Me incliné hacia un lado y sentí cómo pasaba por mi lado.

—Si querías aprender a golpear, deberías haber estudiado *kharr fell* —dijo—. Estoy seguro de que a mi hermano le hubiese encantado enseñarte.

—Algo me dice que no es el profesor más amable del mundo —contesté. Zell dio una zancada hacia delante y giró en redondo, lanzó un codazo hacia el lado de mi cabeza, pero lo esquivé por debajo. Le agarré de la muñeca y le retorcí el brazo con fuerza detrás de la espalda, justo como me había enseñado. Hizo un ruido sordo, tiré de él hacia atrás y le inmovilicé, mi pecho apretado contra su espalda, mi corazón latiendo con fuerza contra el suyo. Nos quedamos así más tiempo del necesario, y creo que los dos sabíamos que deberíamos separarnos, pero ninguno de los dos lo hicimos. Había algo embriagador en inmovilizarle así, en saber, en estar sergura de que quería que lo hiciera.

Me incliné hacia delante con una sonrisa, mi mejilla contra la suya, mis labios casi rozaban su oreja.

—Te tengo —susurré, y le solté.

Se apartó de un salto, flexionando el brazo adelante y atrás.

—Aprendes rápido. Creo que eres una guerrera innata.

—Puede que esa sea la cosa más dulce que me ha dicho nadie jamás. —Me apoyé contra un árbol y levanté la cabeza hacia el cielo para que el sol me calentara la cara—. ¿Crees que hubiese sido una buena zitochi?

—En realidad, no. Las mujeres zitochi tienen prohibido ser guerreras. Se considera demasiado bajo, demasiado peligroso. Deben ser educadoras, curanderas, artesanas, *zhantaren*. Que un hombre le enseñe a una mujer nuestras técnicas de lucha es una violación de nuestras más antiguas leyes.

—Pero tú me has entrenado a mí.

—Sí, así es —dijo Zell, como si él mismo estuviese un poco sorprendido por ello—. Hay una leyenda. Una que me contaba mi madre a menudo. Es... no es que sea secreta, exactamente, pero no es muy conocida. Es sobre una chica zitochi, Rallia del clan Hellgen, que se disfrazó de hombre para convertirse en guerrera y vengar la muerte de su padre. Era la favorita de mi madre.

—Ladeó la cabeza—. Tú me recuerdas a Rallia. Rebelde. Decidida. Testaruda.

Sonrió, solo un poco, al pensarlo, y sentí que se me aceleraba el pulso. Había una dulzura en su sonrisa, una extraña herrumbre, como si fuera algo que hacía muy de vez en cuando, hasta el punto de olvidar cómo hacerlo. En los últimos días había visto esa sonrisa cada vez más a menudo.

—¿Por eso me has estado entrenando? ¿Porque te recuerdo a Rallia?

Su sonrisa se desvaneció tan deprisa como había aparecido.

—No. Te estoy entrenando porque no quiero verte muerta.

—Oh —dije. Bueno, eso sí que ponía punto y final a la conversación. Intenté salvarla—. ¿Seguirás entrenándome cuando estemos a salvo? Cuando lleguemos a Lightspire, quiero decir. Porque yo quiero seguir aprendiendo.

Había supuesto que eso sería un sí fácil, pero Zell no contestó. Le miré para toparme con una expresión seria en su cara.

—Tilla —dijo con suavidad—. No me voy a quedar en Lightspire.

—¿Qué?

—Que no me voy a quedar —repitió—. No soy como tú. No soy una rata de castillo sureña que creció soñando con ese adorado rey Volaris y su maravillosa ciudad. Yo no pertenezco ahí.

—Bueno, ninguno de nosotros pertenecemos ahí —dije, intentando ocultar mi sorpresa. Sabía que quizás estaba exagerando con la fantasía de Zell y yo como la mejor pareja de Lightspire. Cabía la posibilidad de que no funcionara y entonces solo seríamos amigos. Pero nunca se me había ocurrido que él no planeara quedarse en absoluto. Esa idea me dolió más que todos los moratones y rasguños juntos—. Estaremos bien. Aprenderemos. Lyriana se asegurará de que nos cuiden y nos sintamos cómodos...

—No quiero que me cuiden. No quiero sentirme cómodo. Yo no soy así.

—Entonces, ¿qué vas a hacer? —le pregunté, a lo mejor en un tono más enfadado del que debería.

—Va a haber una guerra. —Su voz sonó dura, fría, desprovista de emoción—. Cuando vuestro rey sepa la verdad, enviará a sus ejércitos en pos de tu padre... y del mío.

—¿Y? ¿Qué te importa?

—¿Que qué me *importa*? —preguntó Zell, su voz picada por el insulto—. Cuando mi padre aceptó el cargo de Jefe de Clanes juró poner el bien de nuestro pueblo por delante de cualquier otra cosa-. En lugar de eso, ha traicionado a nuestra gente y ha llevado una tormenta a nuestras tierras peor que cualquiera que hayamos visto jamás. Ha ensuciado el nombre del clan Gaul. Ha destruido su honor. Y el mío.

—¿Y qué planeas hacer al respecto?

—He oído hablar de compañías mercenarias que aceptan a cualquiera, incluso a un zitochi, siempre y cuando sepa pelear. Quizás quieran contratarme a mí —dijo Zell—. Quizás todavía pueda luchar y morir por mi clan. Por mi gente.

—¿Harías eso? —No podía creerme lo que estaba oyendo. Durante todo este tiempo habíamos estado huyendo de nuestros padres, de la muerte y el caos, y ¿Zell solo quería volver directamente a aquello? ¿Elegiría matar?— ¿Por qué?

—¿Por qué no? —Se apartó de mí y se encogió de hombros y, mierda, ese gesto de indiferencia me indignó—. Soy un asesino. Eso es lo que hago.

—¡Oh, venga! —le dije, casi gritando. Y cuando no se dio la vuelta, fui hasta él y le agarré del hombro—. Todo lo que estamos haciendo, todo lo que hemos hecho, ha sido para impedir una guerra, ¡para terminar con las matanzas! ¡Eso es de lo que va todo esto!

Se mantuvo firme, ni siquiera se giró lo suficiente como para que pudiese verle la cara.

—Quizás para ti, Tilla. Pero tú no me conoces.

—Sé que no eres un asesino como tu hermano. Sé que no harías daño a gente inocente.

Eso debió de afectarle, porque giró en redondo, se quitó mi mano de encima, y vi que tenía el ceño fruncido. Estaba indignado.

—A mí no me hables de gente inocente —espetó—. ¡No tienes ni idea, ni idea, de lo que he hecho, lo que he vivido, a lo que han llevado mi misericordia y debilidad!

—¡Tienes razón! ¡No lo sé! —le grité—. No tengo ni idea de qué ha pasado en tu vida porque tú no quieres compartirlo conmigo. ¡Pero sé que no eres solo un mercenario brutal que cree que la misericordia es su punto débil! ¡Sé que podrías ser feliz en Lightspire!

Zell sacudió la cabeza, lívido.

—Oh, ¿podría ser feliz? ¿De verdad tienes tan mal concepto de mí?

—¿Mal concepto?

—¿Crees que porque te he mostrado algo de amabilidad, de repente soy una debilucha rata de castillo, un poeta dispuesto a pasarse la vida tirado en una cama, ahogado en vino y dando órdenes a sus sirvientes? —Dio un paso hacia mí. Me eché hacia atrás—. ¿Crees que simplemente cambiaré quién soy, tiraré por la borda mi cultura y mis creencias y todo mi modo de vida, solo porque los tuyos aparentan ser superiores?

—No, yo... yo... —balbuceé, aún molesta, pero también un poco dolida por la verdad de sus palabras—. Solo quería decir...

—Soy un zitochi. —Dio otro paso hacia mí, y yo volví a retroceder, mi espalda apretada ahora contra la áspera corteza del tronco de un árbol—. Soy un guerrero. Lucho por el clan Gaul, por Zhal Korso, por los Doce y sus hijos y el Padre Gris en lo alto. —Se inclinó hacia mí y tenía las pupilas dilatadas por la pasión—. Ese soy yo, Tilla. Ese es quien siempre seré. Quien debería ser. Así que dime, dime, ¿por qué sería feliz en Lightspire?

—¡Porque estarías conmigo! —grité.

Se quedó helado. Sus ojos aún ardían de rabia, su respiración entrecortada, pero había una chispa de otra cosa en sus ojos. Soltó una exhalación larga y profunda y se quedó ahí, su cara casi en contacto con la mía, tan cerca que podía ver su pulso revolotear en su cuello.

—Contigo —repitió, saboreando las palabras, saboreando la idea.

Levanté una mano temblorosa y la deslicé por su cara, le acaricié la mejilla y, oh, por los Titanes celestiales, ¡qué bien sentaba tocarle!

—Zell, yo...

—¡Quietos los dos! —ladró una voz detrás de nosotros, y, desde luego, no era la de Jax. Me di la vuelta para ver a un hombre joven, de unos veinticinco años o así, de pie en el claro a nuestra espalda. Tenía la piel oscura, como la de un oriundo de los Feudos Centrales, y llevaba el pelo corto, con pulcros rizos negros por toda la cabeza. Iba vestido de soldado, unas correas de cuero marrón sujetaban una coraza plateada sobre su pecho.

Oh, y tenía una ballesta apuntada directamente hacia nosotros.

Zell se quedó quieto al instante, cualquier rastro de emoción había desaparecido de su cara, los ojos entornados hasta no ser más que unas duras ranuras depredadoras. Mi cabeza iba a mil por hora. Me cosquilleaban los dedos. Mi mano se deslizó hacia la daga que llevaba a la cintura.

—Ni lo pienses, chica —dijo el soldado—. ¡Y tú! ¡Zitochi! ¡Levanta las manos por encima de la cabeza!

Zell no dijo nada, pero levantó las manos despacio, mostrando las palmas vacías. Todo estaba sucediendo muy deprisa. Y así, sin más, después de todo lo que habíamos pasado, nos habían descubierto, tan cerca de nuestro destino... Y por si eso fuese poco, aunque puede parecer superfluo, había estado a punto de besar a Zell. Miré a mi alrededor por si veía alguna señal de Jax, Miles o Lyriana, pero debían de estar en el campamento. *Mierda, mierda, mierda, ¡mierda!* Miré de reojo a Zell, por si podía ser de ayuda...

Y en un único movimiento fluido, en un abrir y cerrar de ojos, sacó la espada de la vaina cruzada a su espalda y se la tiró al soldado. Silbó por el aire en una espiral centelleante, como un misil, directa hacia la cabeza del joven soldado. El hombre levantó la ballesta justo a tiempo. La hoja impactó en el centro del artilugio, que saltó por los aires con una lluvia de astillas y el sonoro latigazo de la cuerda al cortarse.

De algún modo, Zell ya había cruzado medio claro, corría dando saltos como un gato. Se vio el brillo del acero en su otra mano cuando sacó su daga de la vaina que llevaba a la cintura. Lo clavó en el cuello del soldado, pero dio en metal con un sonoro chirrido. El soldado había sacado su propia daga, una hoja larga y curva con un ribete dorado y un pequeño gancho en la punta, como una lengua bífida. Los dos se movieron en un mareante remolino de movimiento, los cuchillos cortaban el aire e impactaban el uno contra el otro, produciendo una lluvia de chispas cada vez que se encontraban. El estilo del soldado era distinto del de Zell, más entrecortado y duro, pero parecía estar funcionando, o al menos conteniéndole. Cuando Zell se abalanzó hacia él, el soldado atrapó el cuchillo del zitochi con el suyo, inmovilizó la hoja con esa pequeña lengua bífida. Los dos hombres se estamparon contra un árbol, los cuchillos enganchados, las aletas de la nariz muy abiertas, los ojos furiosos, a solo unos centímetros de las hojas de las dagas.

—¡Parad! —gritó Lyriana a mi espalda—. ¡Parad esto de inmediato!

La reacción fue instantánea. El soldado soltó su cuchillo y se dejó caer sobre una rodilla, tan deprisa que Zell se tropezó con él.

—¡Majestad! —exclamó.

Zell giró en redondo, incrédulo, la daga todavía en la mano.

—¿Conoces a este hombre? —preguntó.

Lyriana estaba de pie al borde del bosquecillo, flanqueada por Miles y Jax. Los dos parecían tan preocupados y confusos como yo, pero Lyriana estaba sonriendo.

—Por supuesto —dijo—. Póngase en pie, Lord Reza.

Si hubiese estado bebiendo, habría escupido de golpe todo lo que tenía en la boca. ¿Este era Lord Reza? ¿Lord Galen Reza, el hombre por el que habíamos cruzado toda la provincia?

¿El hombre que nos mantendría a salvo?

Se puso en pie, la cabeza inclinada en muestra de respeto. Ahora, sin su ballesta apuntando a mi cabeza, pude verle mejor, o, al menos, mirarle sin que me diese un ataque de pánico. Ya sabía que Lord Reza era uno de los lores más jóvenes de Occidente. Había heredado el título de su padre, que había muerto en un accidente de caza el año anterior, aunque no había esperado que pareciese tan joven. Aun así, pude ver que no era un soldado cualquiera, ni siquiera uno de los Feudos Centrales. Sus rasgos eran suaves, elegantes, aristocráticos, con prominentes pómulos y una mandíbula con la que podrías cortar una manzana. A sus ojos les faltaba el característico brillo de la familia Volaris, pero aun así irradiaban una astuta inteligencia.

—Estáis viva —dijo.

—Así es —confirmó Lyriana—. Es una larga historia.

Jax se colocó al lado de Lyriana y le puso delante un brazo protector.

—Así que usted es el pretencioso señor de la frontera, ¿no? —preguntó—. ¿Qué está haciendo aquí fuera, en los bosques, usted solo?

—Me informaron de que una partida sospechosa había entrado en mis tierras, así que salí con un grupo de exploradores a investigar. El resto está peinando el bosque a la orilla del río. —Los ojos de Galen Reza se posaron en Jax, luego en Zell—. Majestad, ¿son estas personas... vuestros captores?

—¿Qué? ¡No! —exclamó Lyriana—. Son mis amigos. Ellos... ellos... —Se le quebró la voz—. Ellos me salvaron la vida. Me protegieron de Lord Kent. Ellos son la única razón de que esté aquí.

—En ese caso, el reino tiene una gran deuda con ellos —dijo Galen—. No os preocupéis. Conmigo están a salvo. —Sus ojos saltaron hacia Zell, que aún tenía la daga en la mano—. Incluso tú, zitochi al que casi derroto.

—Ni en sus mejores sueños —contestó Zell, pero envainó la daga.

A salvo. Galen había dicho que estaríamos a salvo. Oí las palabras, pero no podía creérmelo. Quise que mis piernas se movieran, pero se quedaron clavadas, arraigadas al suelo. ¿Esto estaba pasando de verdad? ¿Se había acabado nuestro calvario? ¿Podíamos, de verdad, estar a salvo?

—Oh, vaya —dijo Miles, su voz a miles de kilómetros de distancia. Jax soltó el aire de manera sonora. Esto parecía imposible. Me temblaban las rodillas. Me daba vueltas la cabeza.

Galen nos miró de arriba abajo, asintiendo para sí.

—Os reconozco a todos. Por el Susurro. El zitochi, el mozo de cuadra, el chico de Lady Hampstedt... —Se volvió hacia mí—. Y tú, la hija bastarda de Lord Kent.

Incliné la cabeza.

—Mi señor.

Galen entornó los ojos aún más.

—¿Tu padre es el responsable de todo esto?

Sentí un peso terrible sobre mí.

—Lo fue —dije—. Lo es.

La boca de Galen se retorció en una dura mueca y su ceño se frunció en una profunda V.

—Entonces, todo era mentira, ¿no? El cartel, la recompensa... todo. Estaba intentando encubrir su crimen. Él mató al Archimago, no los zitochis.

—Así es —dijo Jax, ahorrándome tener que responder.

—Maldito sea —murmuró Galen—. Por el aliento de los Titanes. Ese demente quiere una segunda Gran Guerra.

—Pero nosotros le detendremos —dijo Lyriana—. ¿Verdad?

Galen no contestó.

—Tenemos que irnos —dijo—. Tengo un carruaje a poco más de un kilómetro de aquí. Apresurémonos. Hay que poneros a salvo de ojos curiosos, de los ojos de los Kent.

—¿Los ojos de los Kent? —pregunté.

—Su avanzadilla —explicó Galen. Luego chasqueó la lengua—. Oh, ya veo. No lo sabéis, ¿verdad?

—¿Saber qué?

Miró detrás de nosotros, carretera adelante, y odiaba admitirlo, pero parecía preocupado de verdad.

—Lord Kent se ha puesto en camino hacia el este para encontrarse con los magos en persona. Está a dos días de distancia, como mucho. Y trae consigo un ejército de diez mil soldados.

Un sudor frío se extendió sobre mí como una capa familiar. No, no estábamos a salvo.

No estábamos a salvo en absoluto.

veintitrés

Solo había ido en carruaje una vez en mi vida, hacía años, cuando mi padre y yo visitamos Bridgetown y Lord Collinwood nos dio una vuelta por sus extensos viñedos. Es probable que aquel carruaje fuese más bonito que el de Lord Reza, pero no me importaba. En aquel momento, el asiento mullido y acolchado era la cosa más maravillosa que había sentido jamás. Cuando me senté en él por primera vez, mis doloridos muslos casi se derritieron de alivio. Ni siquiera me importaba que el camino tuviese baches o que el cubículo oliera a cuero y a humo. Estaba sobre una almohada, una almohada de verdad, y sentía ganas de llorar. ¿Cómo imaginar que podía echar tanto de menos las almohadas?

El carruaje estaba lleno a rebosar. Zell, Jax y yo íbamos sentados en uno de los bancos, apretujados hombro con hombro, con Lyriana, Miles y Galen en el asiento de enfrente. Había algo increíblemente embarazoso en estar sentada tan cerca de Zell, sobre todo después de que en el bosque no llegase a ninguna parte. Pero me obligué a pensar en otra cosa.

Lyriana y Galen coparon la mayor parte de la conversación. Ella le contó toda nuestra historia, probablemente con demasiados detalles, desde cómo habíamos salido a hurtadillas del castillo hasta nuestra apurada escapada de Bridgetown. Galen escuchó con atención, su expresión seria rota solo por una ocasional maldición blasfema entre dientes. Intenté recordar todo lo que sabía sobre él. Sabía que sus antepasados habían sido unos altivos nobles de Lightspire a los que habían concedido las Tierras del Desfiladero como recompensa por sus acciones en la Gran Guerra. Esas tierras no eran especialmente extensas, pero incluían el Nido, uno de los castillos más antiguos de la provincia, y el Desfiladero del Pionero, el estrecho valle entre las montañas Frostkiss. Los demás señores de Occidente recelaban de los Reza porque eran forasteros y habían estado convencidos de que al nuevo y joven señor todo aquello le superaría.

Mirando al hombre serio (y también, bastante atractivo) sentado frente a mí, me di cuenta de que tenían razón solo en parte. Se notaba que Galen era oriundo de los Feudos Centrales de la cabeza a los pies, con su piel suave y sus facciones elegantes. No se parecía en nada a los curtidos hombres canosos y barbudos que se habían sentado a las mesas de nuestro Gran Salón. Pero tenía un aura de intensidad a su alrededor, un aire calculador, como si siempre hubiera media docena de planes dando vueltas por su cabeza.

—Por el aliento de los Titanes —masculló cuando Lyriana terminó su relato. Se frotó el caballete de la nariz con una mano—. Esto es un lío de mil demonios. Tengo a tres compañías de Caballeros de Lazan que se dirigen hacia aquí desde el Este. Tengo a Lord Kent y a todo su maldito ejército, que vienen de Occidente. Y tengo un campamento entero de Hermanas de Kaia suplicándome que vaya a reunirme con ellas...

—¿Qué? —preguntó Lyriana, muy despierta de repente—. ¿Las Hermanas de Kaia están aquí?

Galen asintió, y su expresión dejó muy claro que era algo que le hacía mucho menos feliz que a Lyriana.

—Un pequeño grupo, acampado cerca del Desfiladero del Pionero. Cuarenta y cinco, incluida la Archimatrona Marlena. Una especie de insensata cruzada pacifista para intentar minimizar las bajas si estallara la guerra.

—¿Podemos verlas?

—¿Por qué querríais ver...? —empezó Galen, y después pude ver el momento exacto en el que dedujo la respuesta a su pregunta—. Ah. Sí. Quizás. En algún momento. Una vez que todo se asiente.

No quería ofender a Lyriana, pero encontrarme con sus Hermanas era la menor de mis prioridades.

—Perdón, ¿podríamos echar un poco para atrás? —intervine, volviéndome hacia los demás pasajeros del carruaje—. ¿Mi padre va a estar aquí con un ejército?

¿Por qué? ¿Su plan no era atraer a los magos al castillo de Waverly?

—Por nosotros —dijo Miles, y todos nos volvimos para mirarle, pasmados—. Pensadlo. Quería atraerlos al castillo de Waverly consiguiendo que los enviaran a una misión a las tierras de los zitochis para vengar a Rolan y Lyriana. Eso tenía sentido cuando nadie sabía la verdad. Pero con nosotros por ahí, en algún lugar de la provincia, cada día que los magos estén de viaje es un día más en el que podríamos advertirlos. Tu padre tiene que tenderles una emboscada lo antes posible, en cuanto entren en la provincia.

—Y planeaba hacerlo en mi castillo —refunfuñó Galen, como si esa fuera la peor parte—. Me envió un Susurro hace una semana; exigía que organizara un banquete para todos los magos de mayor rango, para poder ofrecerles sus condolencias en persona. Supe desde el principio que tramaba algo, pero supuse que estaba jugando a algún tipo de juego. Quizás quería ver si podía sembrar la discordia entre los magos o ganarse el favor de un futuro Archimago. Jamás pensé que fuera tan descarado como para matarlos sin más.

—Todos los magos de más alto rango en una sola habitación —murmuró Lyriana—. El sitio perfecto para una emboscada.

—Mi madre tiene al menos veinte bombas matamagos. Más, quizás, si ha sido capaz de capturar y torturar a algún otro mago con ese ritual zitochi. Todo lo que tendría que hacer es plantar el resto de bombas matamagos en los sitios correctos de su salón y... bum. Todo el comando eliminado de un plumazo. Entonces, en el caos, Lord Kent ataca con sus diez mil hombres...

Galen asintió.

—Da un golpe devastador antes de que la guerra empiece siquiera. No sé qué me indigna más, si la brutalidad del plan... o su brillantez.

—Vale, pero eso ya no puede suceder, ¿no? —preguntó Jax—. Quiero decir, primero salimos ahí afuera, nos reunimos con los magos, les enseñamos a Lyriana y entonces todo irá bien.

—Eso es imposible —repuso Galen—. Puede que sea el señor de las Tierras del Desfiladero, pero muchos aquí me cortarían el cuello sin dudarlo si Kent se lo pidiera. Sus hombres vigilan las carreteras, los desfiladeros, incluso los caminos de los contrabandistas. Si ven que estáis viva, y además con los magos, sabrán que lo sabemos. Se retirarán a un lugar seguro.

Parpadeé, perpleja. Debía de haberme perdido algún paso.

—Espere, ¿qué hay de malo en que se batan en retirada? ¿No es eso lo que queremos?

Galen me miró como si fuese tonta de remate.

—No. Lo que queremos es golpear primero y aplastar a los hombres de tu padre antes de que se den cuenta de lo ocurrido. Si queremos ganar esta guerra con contundencia, tenemos que tender una emboscada a los que querían tendérnosla a nosotros.

Miles bajó la vista, incómodo, y Zell asintió. Yo me giré hacia Lyriana en busca de apoyo.

—No lo entiendo. Creí que estábamos haciendo esto para evitar una guerra.

Galen soltó una risa burlona.

—Lord Kent ha asesinado al hermano del rey a sangre fría. No hay ninguna forma de evitar esta guerra. Lo que importa es asegurarse de que gana el lado correcto.

Desde luego, eso no era lo que a mí me importaba, pero dudo que a Galen le preocupasen mis preferencias. Todo aquello se estaba moviendo deprisa, demasiado deprisa. ¿Era ese mi verdadero papel en todo esto? ¿El de la chica que ayudó a Lightspire a ganar? ¿La chica que traicionó a Occidente? Habíamos cruzado el punto de no retorno en un instante y ni siquiera me había dado cuenta de que estábamos en él.

—Lord Kent es un hombre de una astucia increíble —previno Miles, como si estuviese hablando de un completo desconocido y no, ya sabes, de mi padre—. No debería subestimarle.

Lord Reza sonrió, y su sonrisa fue fría y aterradora.

—Él no debería subestimarme a mí.

—Claro. Vale. Todo esto suena estupendo. Ganar la guerra, ¡ra, ra, ra! —dijo Jax—. Pero ¿qué pasa con nosotros? ¿Dónde quedamos en todo esto?

—Ocultos y a salvo, por supuesto. Sois la prueba viviente de la traición de Kent. No puedo permitir que os suceda nada. —El carruaje se detuvo en seco. Galen se rio, solo un poco—. Aquí estamos. No podía haber pedido una sincronización mejor. Bienvenidos al Nido.

Se irguió y abrió las puertas de par en par, dejando entrar la brillante luz del sol. Nos apeamos, las manos sobre los ojos a modo de visera. Una ráfaga de viento frío me dejó helada. La tierra bajo nuestros pies crujía por la escarcha. Debíamos de haber estado viajando cuesta arriba, porque estábamos mucho más altos que cuando nos habíamos metido en el carruaje. Un frondoso bosque asalvajado se extendía a nuestra espalda, los árboles apenas dejaban espacio para una carretera de tierra. Delante de nosotros se alzaba un enorme e imponente castillo, con altísimos muros de ladrillo viejo y una inmensa puerta de madera de secuoya reforzada con vigas de hierro. Por encima de los parapetos de piedra se alzaban altas ventanas con barrotes, y docenas de torres de vigilancia sobresalían de las murallas como puntas de lanza.

Desde la distancia podía haber sido el gemelo del castillo de Waverly. Pero mientras que el castillo de Waverly había sido construido sobre una colina boscosa cerca de la costa, este castillo parecía haber sido construido en el mismísimo borde del mundo. Detrás del castillo no había ni tierra ni mar, solo cielo abierto, y el aullido del viento era casi demasiado ruidoso como para poder hablar. Entrecerró los ojos para protegerlos del sol y logré encontrarle un sentido más o menos a donde estábamos: sobre un alto pico rocoso próximo al comienzo de las montañas Frostkiss. El castillo estaba construido al borde de un precipicio, con una vertiginosa caída a una muerte segura e increíblemente desagradable al otro lado. Siempre había sabido que el Nido se alzaba sobre el Desfiladero del Pionero, pero nunca me había dado cuenta de lo literal que era eso.

Oh. El Nido. Ahora lo entendía.

—Vale, sí, este lugar parece bastante seguro —dijo Jax. Miles daba saltitos, emocionado, y Zell se negaba a mirarme a los ojos. Tenía que conseguir verle a solas, averiguar en qué diablos habíamos quedado... pero ahora no era el momento. Nunca era el momento.

—Gracias, Lord Reza —dijo Lyriana—. Su amabilidad será recordada y recompensada.

—La única recompensa que necesito es la cabeza de Kent clavada en una pica. —Me miró de reojo y me di cuenta de que sus palabras eran una prueba, un sutil dardo para ver cómo reaccionaba. Puse mi cara más estoica, una que probablemente me hacía parecer a punto de estornudar.

Las pesadas puertas se abrieron sobre sus goznes y unos cuantos hombres salieron a recibirnos a toda prisa. La mayoría llevaba armadura y armas, guardias del castillo. Uno, sin embargo, era alto y remilgado, con una barba bien arreglada, una túnica que le quedaba como un guante y una expresión agria en la cara. Un mayordomo, estaba claro.

—¿Mi señor? —preguntó.

—Tenemos invitados, Arramian —anunció Galen—. Invitados de gran importancia. Encárguese de que despejen el ala noreste para ellos y esté acogedora. Quiero ropa, comida, sábanas... todo ello. Hágalo con discreción. Solo la doncella mayor, Alana, y Jezzaline y Kenna. Nadie más debe entrar ni salir. Y consiga quince guardias, cinco para cada puerta. No quiero errores.

—Por supuesto —dijo el mayordomo asintiendo—. ¿Y para usted?

—Prepare las pajareras. Necesito enviar un Susurro a los magos de inmediato.

El mayordomo volvió a asentir.

—Como desee.

Galen se volvió de nuevo hacia nosotros. Hacia Lyriana, en realidad.

—No os preocupéis, Majestad. En una hora, los magos habrán sido informados con todo detalle de la amenaza que se avecina.

—¿Los encabeza mi primo? —preguntó Lyriana—. ¿Ellarion?

Galen asintió.

—Así es. Con dos días tendremos tiempo más que suficiente para preparar una contraemboscada. Todo esto habrá terminado pronto y vos... y vuestros amigos... estaréis de camino a Lightspire.

—¿Qué hacemos hasta entonces? —pregunté.

Galen sonrió, y esta vez lo hizo con una amabilidad genuina.

—Habéis hecho un viaje de mil demonios —dijo—. ¿Por qué no vais y os ponéis cómodos?

Y me puse cómoda.

Me puse más cómoda que nunca.

El ala noreste resultó ser una alta torre circular, llena de habitaciones de invitados, comedores y lujosos salones. Y que lo primero que hice fue darme un baño. En la parte inferior de la torre había una cavernosa sala de baños con una gran pileta de piedra que cubría hasta la cintura, llena de un agua limpia y clara. Estaba sorprendentemente, asombrosamente, caliente. Galen había hecho que revistieran la base con ladrillos del Gremio de los Artífices de Lightspire, gruesas rocas rojas que atrapaban el fuego de los magos y conservaban el calor durante meses y meses. Floté en aquella piscina durante al menos una hora. Nunca me había dado cuenta del inmenso placer que era lavarse, quitarse semanas de viaje y mugre y dolor del cuerpo, del pelo y de debajo de la uñas. Y lo que era más extraño: ya no reconocía mi propio cuerpo. No eran solo los moratones y los puntos. Eran los músculos. Tenía los muslos firmes de tantas horas a caballo. Mis brazos tenían bíceps, bíceps de verdad, como los que veías en esas granjeras que venían al castillo de Waverly a vender sus productos a domicilio. Y mi tripa, que siempre había estado un poco blandengue, estaba ahora dura y firme, con, créeme, abdominales. Era el cuerpo de una desconocida.

Me gustaba.

Después me vestí. ¡Con ropa! Ropa de verdad, diseñada para una chica, y para una casi de mi tamaño. El vestido no era realmente mi estilo; demasiados volantes en los hombros y de un azul marino que normalmente no me pondría, pero ¿qué más daba? Estaba tan, tan contenta de no tener que ponerme los mismos pantalones de montar sucios y rotos que me hubiese contentado con un saco de patatas.

Comimos todos juntos en el comedor más grande del ala, en una larga mesa de madera, ¡con mantel y cubertería de plata! Y la comida. La comida... Nunca había probado la cocina de Lightspire y lamenté descubrir lo que me había estado perdiendo toda la vida. Los sirvientes trajeron bandejas rebosantes de estofado de pollo picante con especias, y patatas asadas en un caldo cremoso, y la carne de ternera más gorda y jugosa que había visto nunca, todo ello rematado por una dulce tarta de crema que se disolvía en mi lengua. Era, sin duda, lo mejor que había comido en toda mi vida, y no lo digo solo porque llevara semanas comiendo champiñones y conejos delgaduchos. Nos sentamos todos juntos a la mesa y, aunque Miles nos advirtió que nos pondríamos malos, engullimos todo lo que nos trajeron hasta que nos dolió la tripa. Incluido Miles.

A media cena ya me estaba quedando amodorrada y apenas me tenía en pie cuando llegué al dormitorio. Me colapsé sobre la cama, con su manta de pieles y sus almohadas de plumas y, de algún modo, me quedé dormida antes de llegar siquiera a cerrar los ojos.

Me desperté justo al caer la noche; tenía el horario totalmente cambiado y me había vuelto noctámbula. Jax remoloneaba cerca de mi puerta, embutido en su ropa nueva, que era mucho más formal y elegante que cualquier cosa que le hubiese visto antes: una túnica gris con un ribete dorado en los hombros, al estilo de los Feudos Centrales, con dos filas de botones verticales que bajaban por su pecho. Tenía un aspecto adorable.

—¡Tilla! —susurró, su rostro iluminado por el tenue resplandor de una piedra solar—. ¡Despierta! ¡Tienes que venir!

—¿Por qué? ¿Me voy a perder el baile de máscaras? —Me levanté de la cama a regañadientes y me tambaleé hacia él, mientras me frotaba los ojos con el dorso de la mano—. ¿Qué está pasando?

—Solo sígueme. —Nos alejamos de los dormitorios, cruzamos el comedor y bajamos por la escalera de caracol hasta el pie de la torre. Un par de gruesas puertas nos bloqueaban el paso al Gran Salón. Podía distinguir las sombras de los guardias de Galen al otro lado. Empecé a preguntar qué estábamos haciendo, pero Jax levantó un dedo para acallarme y después le dio la vuelta a la mano para señalar a mis pies.

—¿Qué estoy mirando? —susurré. Entonces la vi. No mis pies. Debajo de ellos. Una gran baldosa de piedra hexagonal—. Venga ya.

Jax se limitó a sonreír, se arrodilló y, despacio, con mimo, la levantó. Salió una nubecilla de polvo, rancia y seca, y a pesar de la tenue luz, pude ver lo que había más allá: un túnel estrecho y oscuro. No me lo podía creer, aunque supongo que tenía sentido. Los mismos arquitectos habían construido ambos castillos. ¿Por qué no iban a construir también los mismos pasadizos secretos? Miré a Jax y le devolví la sonrisa.

—¿Lo saben los demás? —susurré.

—Sígueme —contestó, y se coló por la abertura.

Antes de que pudiera plantearme siquiera si era uns buena idea, estaba deslizándome por el agujero hasta un duro suelo de tierra. Estábamos en unos túneles, no cabía duda. Pasillos angostos y desagradables, llenos de telarañas, polvo y baldosas rotas. Y aun así, sorprendentemente, me sentí como si estuviera en casa.

Jax iba en cabeza, sin decir palabra, y yo le seguí después de volver a colocar la baldosa en su sitio por encima de nuestras cabezas. Incluso a la titilante luz de la piedra solar pude ver que estos túneles eran distintos a los del castillo de Waverly. Los de Waverly habían sido construidos en cuevas naturales que discurrían por debajo del castillo, así que eran más anchos, más terrosos, con muchas más raíces protuberantes y temibles caídas. Estos habían sido claramente construidos por la mano del hombre, excavados por curtidos occidentales en la época de los Viejos Reyes. Eran más estrechos, revestidos de ladrillo, con menos callejones sin salida y verdaderas escaleras talladas en la piedra para poder salir de ellos. Mientras que los túneles del castillo de Waverly eran un laberinto enmarañado, estos parecían corresponder con bastante fidelidad a la disposición del Nido en sí. El estrecho pasillo que discurría bajo el ala noreste daba paso a un amplio espacio cavernoso que debía de quedar justo debajo del Gran Salón. Media docena de túneles más pequeños salían de él; lo más seguro es que llevaran a otras partes del castillo.

—Ese conduce a una tenebrosa mazmorra —me explicó Jax—. Ese lleva al bosque a través de una cueva oculta. Ese pasa justo por debajo de las cocinas.

—¿Llevas horas aquí abajo dibujando un mapa?

Jax hizo caso omiso de mi pregunta.

—Deja que te enseñe mi favorito. —Me cogió de la mano y me arrastró por el túnel que iba en dirección oeste. Doblamos una esquina y, de pronto, el oscuro pasadizo quedó inundado por la luz de la luna.

—¿Qué...? —empecé a decir, antes de darme cuenta de dónde estábamos. El pasillo de ladrillo conducía a una abertura en la pared que daba a una plataforma natural de piedra en el exterior de los túneles, al aire libre. Salí con cuidado, aunque la plataforma era ancha y lisa, su borde a casi cinco metros de distancia. Noté que estábamos fuera del Nido, fuera y por debajo, la plataforma era un saliente que sobresalía de la pared del acantilado. Colgaba como una lengua estirada por encima de una estremecedora y vertiginosa caída, pero no me importó porque estaba embelesada por lo que había más allá. Desde este saliente, sin el castillo para bloquearme la vista, tenía una vista increíble de las montañas Frostkiss, sus escarpados picos blancos se alzaban imponentes, tan cerca que parecía que podía tocarlos. Podía ver los árboles que salpicaban su superficie porosa e incluso distinguir unas cuantas figuras lejanas y borrosas que supuse que eran cabras montesas. Pero el cielo en lo alto era incluso mejor que todo eso, quizás el cielo nocturno más bonito que había visto en toda mi vida. No había ni una nube a la vista. La luna era un perfecto gajo creciente, y juro que podía ver todas y cada una de las estrellas que brillaban allí arriba—. Uau —dije con un suspiro.

—¡Tillandra! —exclamó Lyriana desde muy cerca. Me di la vuelta para verlos a ella y a Miles tumbados en la plataforma al lado de la salida del túnel; Zell estaba de pie al borde, mirando a lo lejos. Me había acostumbrado tanto a vernos sucios y desaliñados que a mis ojos les costó asimilar lo limpios y bien vestidos que íbamos todos ahora. Miles llevaba otra vez una túnica de los Feudos Centrales, como las que usaba siempre, y por una vez parecía de su talla. Zell llevaba una túnica formal como la de Jax, pero por alguna razón se había dejado los tres botones superiores desabrochados, dejando al descubierto la parte superior de su pecho, la curva de su clavícula. Y Lyriana parecía otra vez una princesa, con un vestido azul y marfil que le quedaba como si se lo hubiesen hecho a medida.

—Vaya, parece que llego tarde a la fiesta. —Me acerqué a los otros y me senté a su lado. Había esperado que estuviesen Zell y Miles, pero me tranquilizó ver también a Lyriana. Una parte de mí había temido que, de vuelta al boato de un castillo de los Feudos Centrales, la perderíamos; que esos antiguos muros que separaban a la realeza de los bastardos volverían a interponerse entre nosotros. Pero no tenía motivos para preocuparme. Era uno de nosotros. Ahora y por siempre.

—Oh, la fiesta no ha hecho más que empezar. —Jax sonrió, abrió su morral y sacó unas cuantas botellas de vino tinto—. ¡Mirad lo que he robado de las bodegas!

—Oh, sí, por favor —dije entusiasmada. No había probado el vino desde... ¿cuándo? ¿El banquete en el castillo de Waverly? ¿Hacía un millón de años?

—No es que no me apetezca una copita de vino, pero ¿de verdad es este el mejor momento? —preguntó Miles—. Quiero decir, no pretendo ser un aguafiestas, pero puede que el ejército de Lord Kent esté solo a un día de distancia. Quizás deberíamos mantenernos alerta, estar listos para la acción, ese tipo de cosas.

Jax bufó y yo le lancé una mirada asesina.

—Mira, Miles —le dije—, no voy a decir nunca que eres un cobarde, no después de esa artimaña que te sacaste de la manga en Bridgetown, pero ahora mismo no hay nada que podamos hacer. Está fuera de nuestras manos. En dos días todo cambiará. En dos días tendremos que vivir con lo que hemos hecho. En dos días nos convertiremos... en lo que sea que nos vayamos a convertir. —Levanté la cara hacia el cielo nocturno. Una brisa cálida sopló a nuestro alrededor, alborotándome el pelo con suavidad. ¿Le estaba hablando a él? ¿O a mí misma? —Hemos pasado el mes más difícil y duro de nuestras vidas. Y hemos logrado superarlo. No sé lo que va a suceder a continuación, pero sí sé que esta noche puede que sea nuestra única oportunidad de relajarnos y ser nosotros mismos. Esta noche no quiero pensar en mi padre. No quiero preocuparme sobre lo que va a pasar. No quiero pensar en Occidente ni en Lightspire ni en la guerra. Solo quiero divertirme con mis amigos.

Miles no dijo nada durante un instante, pude ver los engranajes girar en su cabeza. Después cogió la botella de las manos de Jax, le quitó el corcho y bebió un trago.

—Qué demonios —dijo, sonriendo de oreja a oreja, sus dientes ya morados.

—¡Eso es! —Jax dio unas palmadas y descorchó otra botella—. ¡Oh! ¡Podríamos jugar a un juego! ¿Verdad o Berbecio? ¿Alguien se apunta a jugar a Verdad o Berbecio?

—Yo sí. —Me corrí hacia un lado para hacer un círculo con los demás.

—¿Debo atreverme a preguntar siquiera lo que es Verdad o Berbecio? —dijo Lyriana.

—Es muy sencillo —le expliqué—. Nos sentamos en círculo. Una persona hace una pregunta y todos tenemos que contestar con total sinceridad o beber un trago.

—Pero yo no bebo alcohol.

—¡Entonces vas a compartir con nosotros muchas verdades! —exclamó Jax sonriendo.

Zell se acercó y se sentó entre Jax y yo. Todavía actuaba como si no hubiese pasado nada entre nosotros. Quizás así fuese mejor.

—¿Qué pasa si quiero compartir una verdad y además beber un trago?

Jax le pasó un brazo por encima de los hombros.

—Adoro a este tipo. ¿Os he dicho alguna vez cuánto adoro a este tipo?

Había muchas verdades que quería que Zell contestara. Quería saber qué había ocurrido en su pasado para volverle tan receloso. Quería saber por qué había hecho todo este camino si simplemente planeaba abandonarnos. Quería saber lo que de verdad sentía por mí.

Pero al mirar a mi alrededor, a las caras de todos los demás, supe que esta noche no era la indicada. Esta era, con toda probabilidad, nuestra última vez juntos como grupo, o al menos, como este grupo. Ese vínculo que nos había unido en la cabaña, cuando nos abrazamos y enterramos a aquella familia, pronto cambiaría, se convertiría en otra cosa, quizás incluso desaparecería. Esta noche era nuestra oportunidad para celebrar la existencia de este grupo. De ser la Mesa de los Bastardos una última vez.

—¡Muy bien! ¡Empiezo yo! —exclamó Lyriana—. ¿Cuál es la comida favorita de cada uno de vosotros?

Jax pestañeó.

—Eso en realidad no es... quiero decir, normalmente las preguntas son un poco más... —Soltó un gran suspiro—. Los melocotones. Me encantan los melocotones.

La cosa sobre Verdad o Bebercio es que, aunque se supone que solo bebes cuando decides no contestar a una pregunta, todo el mundo bebe de continuo de todos modos. Así que para cuando habíamos hecho una ronda completa y nos habíamos enterado de que Jax se había enrollado una vez con un juglar de treinta años y que Miles nunca se había bañado desnudo en un río, ya empezaba a sentirme un poco borracha, y ese suave y dulce calorcillo del vino recorría mis entrañas.

—Vale. —Jax me quitó la botella de las manos—. Ya hemos tenido nuestra ronda de calentamiento, pero es hora de que este juego se ponga interesante.

—Oh, oh —murmuró Miles.

—Mi pregunta es... ¿con cuánta gente os habéis acostado?

Reprimí una risita.

—¿Con cuánta gente te has acostado tú? ¿O es que no te acuerdas?

—Claro que me acuerdo. Te lo voy a decir —dijo Jax, pero se tomó un minuto para contar—. Nueve. No, diez. Once.

—¿Once? —exclamó Lyriana—. ¿Once personas enteras?

—Bueno, espero que no hubiese medias personas implicadas —dijo Miles, y Zell se echó a reír.

—Bueno, veréis, once no son tantas —dijo Jax, extrañamente abochornado—. Conozco a chicos que se han acostado con muchas más. Once es..., bueno, un número normal. —Le pasó la botella a Zell—. ¿Y tú qué? ¿Con cuántas preciosas chicas zitochi te has acostado sobre la piel de un oso cavernario?

—Una —dijo Zell.

—¿Ya está? ¿Sin detalles? ¿Sin historia? —Jax le dio un empujoncito juguetón en el hombro—. ¡Vamos, tío, cuéntanos lo bueno!

—La pregunta era cuántas. He contestado a eso —repuso Zell, pero sonaba divertido, no enfadado. Me pasó la botella y me miró a los ojos, solo un segundo, antes de apartar la mirada—. Tu turno.

—Mi turno —confirmé, y después, inesperadamente, me quedé sin palabras. La respuesta era cero; era virgen y Jax, al menos, lo sabía. No era un drama ni nada, y no había ninguna razón especial. Solo era que no había conocido al chico adecuado. Pero, por alguna razón, de repente me sentía cohibida por ello. ¿Por qué? ¿Por Zell?

No lo sabía y no quería profundizar en el tema, así que me limité a llevarme la botella a los labios y dar un gran trago.

—Una dama tiene sus secretos —dije, y se la pasé a Miles—. ¿Y tú qué? ¿Cuál es tu número?

Miles bajó la vista hacia la botella.

—Una.

Eso me sorprendió, y luego me sentí mal por sorprenderme. Jax, obviamente, no se sorprendió.

—¿De verdad, Mites? ¡Cuéntame más!

Miles se encogió de hombros.

—Su nombre era Alaine. Hija de uno de los catedráticos de la universidad de Puerto Hammil. Allí paso mucho tiempo en la biblioteca y los dos acabamos entablando conversación. Una cosa llevó a la otra y estuvimos, bueno, juntos, durante unos seis meses.

—¿Qué pasó? —pregunté.

Miles se encogió de hombros y me miró a la cara, sus ojos grises tan grandes y solemnes que tuve que apartar la mirada.

—No era la indicada —dijo—. No para mí.

Por suerte, Jax intervino para acabar con la incomodidad del momento.

—¡Eh! ¡Estamos hablando de sexo, no de separaciones deprimentes! ¡Pásale la botella a la princesa para que pueda responder a la pregunta!

Lyriana cogió la botella, más simbólicamente que por cualquier otra razón.

—La respuesta es cero, por supuesto. Ni siquiera he besado nunca a un chico.

Todos nos volvimos para mirarla alucinados, incluso Zell.

—Espera, ¿de verdad? —pregunté.

—Pues claro —dijo Lyriana, como si eso fuese totalmente normal—. La nobleza de Lightspire aprecia la pureza, y la castidad es parte de eso. Como princesa, es doblemente importante para mí mantener esa pureza, permanecer intacta y sin mancillar.

—Venga ya —dijo Jax—. Nos estás tomando el pelo. ¿Nunca te has enrollado con nadie? ¿Ni siquiera con Lord Galen Todo Elegancia?

Lyriana arqueó tanto una ceja que parecía que fuera a salírsele de la frente.

—Por supuesto que no. Casa Reza tiene una posición demasiado baja para casarse con los Volaris. Además... creo que Lord Reza prefiere la compañía de hombres.

—¿De verdad? —preguntó Miles—. Oh.

—¿Podemos volver a todo eso de no besar a ningún chico? —le dije a Lyriana—. ¿Eso es... no sé... para siempre? ¿Nunca vas a poder estar con un chico?

—No, por supuesto que no —dijo—. Solo es un voto hasta el matrimonio. Una vez me haya casado me puedo entregar a mi marido de todas las formas posibles.

Todavía me estaba costando asimilar esto. Todo el mundo sabía que allá en Lightspire eran más conservadores, pero no tenía ni idea de que llegasen hasta ese punto.

—¿No estás preocupada? —le pregunté—. ¿Qué pasa si tu marido besa fatal? ¿Qué pasa si no os entendéis en la cama? ¿Qué pasa si resulta que te gustan las chicas? ¿Cómo podrías saberlo?

Lyriana me lanzó una sonrisa educada, del tipo que, estoy segura, utilizaría todo el rato en la corte.

—Estoy bastante convencida de que me gustan los hombres, Tillandra —dijo—. Y sé que nuestras costumbres pueden parecerte conservadoras o extrañas. Pero tienes que entender que tienen verdadero significado para mí. No solo tiene que ver con mis votos, ni con asegurarme al mejor pretendiente posible. Es... es simplemente algo en lo que creo. Para mí.

—¿En qué sentido?

—Piensa en ello de este modo. —Suspiró—. Cuando te cases y beses a tu marido en el día de vuestra boda, para ti será solo otro beso. Es probable que sea la milésima vez que le besas. Lo único diferente, la única cosa especial, es el día en el que estarás haciéndolo. —Apartó la mirada y me di cuenta de que esto era algo en lo que había pensado mucho—. Para mí, sin embargo, será diferente. Cuando bese a mi marido por primera vez, será la culminación de años y años de deseo. Será un momento con el que habré soñado y habré deseado ardientemente toda mi vida, algo que habré anhelado pero no experimentado, no hasta entonces, no hasta él. Y él lo sabrá, y yo lo sabré, y compartiremos esa noción y eso hará que ese momento entre nosotros sea mucho más especial y significativo. Será el mayor regalo que nos podamos hacer el uno al otro. —Esbozó una sonrisa de culpabilidad—. Soy humana, igual que tú. Quiero que me besen, que me toquen, que me abracen. Pero esa es la razón de que mantenga mi voto de pureza. Para ese momento.

No tenía forma de responder a eso.

—Ese tipo con el que te cases... —dijo Jax—. Probablemente sea algún noble pedante de Lightspire, ¿verdad? No alguien a quien elijas tú misma.

—Casi seguro —confirmó Lyriana. ¿Había percibido un deje de tristeza en su voz?—. En Lightspire, el matrimonio es una cuestión política y de poder, no de amor.

—¿Has estado enamorada alguna vez? —pregunté.

Lyriana se volvió hacia mí y ahora fue ella la que no tenía respuesta. Se quedó un momento pensando lo que decir, y luego, con la más adorable y pícara sonrisa, se llevó la botella a los labios y bebió un trago.

—¡Ohhhhhhh! —chilló Jax, y yo no pude evitar aplaudir—. ¡Está pasando! ¡Estamos emborrachando a la princesa!

—Por supuesto que no —dijo Lyriana, aunque todavía estaba sonriendo—. Si le contáis esto a alguien, a quienquiera que sea, os juro que retiraré todas las cosas bonitas que os he prometido.

El juego prosiguió, y fue fantástico. Lyriana nos contó que de niña estaba colada por el capitán de la guardia de su padre. Miles nos contó con pelos y señales su primer beso con Alaine, y Zell nos habló de cómo los chicos de su clan a menudo luchaban entre sí completamente desnudos (lo cual era raro). Al cabo de un rato nos habíamos olvidado del juego por completo y solo estábamos bebiendo y charlando e intentando hacer reír a los demás. Nos terminamos casi todas las botellas y nos turnamos para cantar. Yo canté a voz en grito *La guirnalda de Lady Doxley*, Lyriana nos regaló una preciosa serenata de *El canto de los Titanes*, y todos bailamos por la plataforma mientras Zell tamborileaba sobre las piedras y cantaba una estimulante canción báquica de los zitochi. Cuando terminó, Lyriana nos abrazó a Jax y a mí, y sus mejillas estaban calientes y sonrojadas.

—Sois mis mejores amigos. —Se rio como una chiquilla, totalmente achispada—. Mis mejores, mejores amigos.

Por divertida que fuera, al final la noche fue perdiendo fuelle. Miles fue la primera baja: vomitó por el borde del precipicio antes de tambalearse de vuelta a su dormitorio. Lyriana se excusó, fue en busca de un cuarto de baño y nunca volvió. Y Zell simplemente desapareció en algún momento. Al final, Jax y yo nos quedamos solos, sentados al borde de la plataforma, contemplando el valle al pie de los acantilados, el precioso cielo en lo alto. Me recordaba a la forma en que nos sentamos en el castillo de Waverly, esperando a que llegara la comitiva real, sin tener ni idea de lo que nos aguardaba.

—¿Puedo decirte algo? —balbuceó de repente Jax. Tenía ese tono grogui, el que siempre tenía cuando estaba medio borracho y medio dormido, sentimental y propenso a farfullar secretos—. Sé la verdad. Sé por qué has hecho esto. Sé por qué... por qué estás aquí.

—¿De qué estás hablando? —le pregunté, y en realidad me sentía bastante sobria, excepto por la manera en que el mundo entero cabeceaba arriba y abajo.

—Podías haber vuelto con tu padre. Podías haber sido su hija. Podías haberlo tenido todo. —Le temblaba la voz, solo un poco. Pude ver lágrimas en sus ojos—. Lo has hecho por mí. Porque sabías que él me habría matado, pasase lo que pasase.

—Jax...

Se secó los ojos con el dorso de la mano y sacudió la cabeza. Y cuando volvió a levantar la vista tenía esa sonrisa bobalicona de siempre, la que me gustaba tantísimo.

—Está bien. Yo haría lo mismo por ti. Sin dudarlo ni un instante. —Giró la cabeza, contempló la gloriosa vista a nuestros pies—. Nunca llegamos a brindar por la memoria de mamá, ¿verdad?

—No...

Levantó una botella casi vacía hacia el cielo.

—Por ella.

Me incliné hacia él y le abracé, apoyé la cabeza sobre su hombro.

—Por nosotros.

Jax sonrió y yo sonreí, y nos quedamos así sentados durante un rato, antes de volver con calma a nuestras habitaciones.

veinticuatro

No podía dormir. Normal.

Quizás fuera porque seguía un poco borracha. Quizás fuera porque tenía el sueño cambiado. Quizás fuera porque no podía dejar de pensar en Zell. En cualquier caso, me quedé tumbada en la cama, mirando el techo de piedra durante al menos una hora, antes de decidir que si iba a estar despierta, lo mejor que podía hacer era sacarle algún provecho. Decidí darme otro baño como el de antes.

Galen nos había dado a cada uno una piedra solar, así que usé la mía en su posición más tenue para iluminarme mientras recorría el Nido con gran sigilo. Todos mis amigos estaban dormidos. Las únicas personas despiertas eran los guardias, y ellos no dijeron nada, silenciosos en sus puestos cuando pasé por su lado. Les dediqué un saludo con la cabeza y descendí por las largas escaleras hasta la gruesa puerta de madera de la sala de baños. Me quité el camisón a la entrada, me envolví en una toalla y entré.

Pero ahí ya había alguien.

Di un gritito ahogado y retrocedí antes de darme cuenta de que incluso a la atenuada luz de mi piedra solar podía distinguir el pelo negro y la figura atlética que tan familiares me resultaban. Zell estaba descansando justo a la entrada de la piscina. El agua oscura le llegaba hasta las caderas, los brazos extendidos sobre el borde de la piscina, la cabeza inclinada hacia atrás, contemplando el techo. Enseguida me quedó claro que estaba completamente desnudo. No podía ver por debajo de la superficie, pero sí veía la curva superior de su hueso púbico. Se me atascó el aire en la garganta.

—Tilla —dijo, levantando la vista hacia mí. No parecía avergonzado en absoluto, lo cual me hizo sentir extrañamente puritana por haber soltado una exclamación—. ¿Tampoco puedes dormir?

—No.

—Supongo que es algo que siempre tendremos en común. —Había algo extraño en su voz—. Métete conmigo, si quieres.

La sola idea de meterme en una piscina con un Zell totalmente desnudo era aterradora, pero también era, en cierto modo, excitante, y no quería perder esa oportunidad. Aun así, no me iba a quitar la toalla.

—Claro —dije, y me acomodé sobre la bancada, a su lado. Mi piedra solar estaba aún muy tenue y la mantuve así, dejando que el agua oscura ocultara nuestros cuerpos—. ¿Llevas mucho tiempo aquí?

Zell no dijo nada. Me percaté por primera vez de la botella de vino vacía tirada a su lado. El extraño tono de su voz cobró sentido de repente. Estaba borracho. Pero en vez de parecer contento o relajado parecía nervioso, como si estuviese haciendo un esfuerzo por mantener su fachada de indiferencia y no lo estuviese consiguiendo.

—¿Estás bien? —le pregunté.

Respiró hondo, los ojos cerrados.

—No —dijo en voz baja—. No lo estoy.

—¿Qué te pasa? No lo entiendo. Hace un rato parecía que te estabas divirtiendo...

Sacudió la cabeza.

—Así es. Ese es el problema.

—¿Por qué tiene que ser un problema?

Abrió los ojos para mirarme y pude ver que los muros que había intentado levantar entre nosotros se estaban desmoronando a toda velocidad. No dijo nada durante un rato. Al final, contuvo la respiración y las palabras salieron en tropel por su boca, como si ya no soportara reprimirlas más.

—Se llamaba Kalia.

—¿Quién... la chica? ¿Con la que te acostaste?

—¿Era eso lo que pasaba? ¿Estaba así de hundido por una chica de su pueblo? Odiaba admitirlo, pero sentí una punzada de celos.

—Sí —confirmó Zell—. Kalia Vale. Era la hija del jefe del clan Vale, uno de los mayores aliados del clan Gaul. Y era la prometida de mi hermano.

—Oh —dije, y esos celos se convirtieron en algo diferente, un temor frío y creciente—. ¿Quieres decir Razz? Zell asintió.

—Era preciosa y lista y tenía un gran corazón. Éramos amigos desde niños. Nos contábamos nuestros secretos, compartíamos nuestros sueños, nos hacíamos reír. Fue mi primer beso, y yo el suyo, el primer amor, todo ello. Le supliqué a mi padre que me dejara casarme con ella, pero Razz era el primogénito y teníamos que asegurarnos la lealtad del clan Vale. Así que la hicieron suya. —Las palabras salían ahora como un torrente, y no había forma de pararlas. ¿Cuánto tiempo llevaba Zell guardándose esto dentro? ¿Se lo había contado alguna vez a alguien?— Me tragué mi orgullo y ella se tragó el suyo. Pero se merecía algo mucho, mucho mejor. Una mañana la encontré a la puerta de mi habitación, tiritando, desnuda, envuelta solo con una manta. Había desafiado a Razz, le había dicho que le dejaría si volvía a ponerle las manos encima. Y él… él le había hecho daño. Le pegó. La utilizó. —Zell frunció el ceño de rabia, y una chispa de odio bailó en sus ojos. Pero por una vez sentí que no había barreras entre nosotros, que estaba hablando conmigo sin guardarse nada. Hizo que me doliera el corazón. Y me dio un miedo atroz—. La acogí. Le juré que jamás dejaría que mi hermano volviera a hacerle daño. Así que, al día siguiente, le reté a un *tain rhel lok*.

—Un duelo —adiviné.

Zell asintió.

—Un duelo a muerte. El mayor desafío de un guerrero zitochi, realizado ante los ojos de los mismísimos dioses. No había vuelta atrás. Y Razz... se limitó a reírse y aceptarlo. Mi padre reunió a todos los jefes del clan como testigos. Juré los últimos ritos. Me puse mis pinturas. Me encontré con Razz en el Salón de los Dioses. Y cuando vio mi cara, cuando vio lo enfadado que estaba... creo que es la única vez que ha parecido asustado. —Zell empezaba a atascarse un poco, su voz rasposa y rota—. Estaba tan enfadado, tan, tan furioso... No hacía más que pensar en los moratones del cuello de Kalia, las lágrimas en sus ojos. En ese momento odiaba tanto a Razz... Le di una paliza. Le derribé, le quité las dagas de una patada y le puse la espada en el cuello. —Zell respiró hondo. Le brillaban los ojos—. Y no pude hacerlo, Tilla. A pesar de lo mucho que le odiaba, de lo mucho que amaba a Kalia, no pude matar a mi propio hermano. Fui débil. Fui un cobarde. Le perdoné la vida. —Su voz estaba cargada de repulsa.

—Mostraste misericordia, Zell —dije con dulzura—. Esa no es ninguna debilidad. Requiere gran fortaleza.

—Fue la mayor vergüenza que había sufrido el clan Gaul en toda su historia —dijo Zell—. No se muestra misericordia en un *tain rhel lok*. No con los dioses mirando. No delante de los jefes de todos los clanes. Mi padre se puso furioso. Me dio tal paliza que casi me mata.

Me rompió el brazo. Me hizo esto. —Bajó la mano y tocó una larga cicatriz irregular en su estómago—. Y peor aún, me desheredó. Perdí mi título, mi rango, mi casa. Me convertí en un bastardo. Tendría que vivir para siempre con deshonor, intentando expiar mi fracaso. —Una lágrima rodó por la mejilla de Zell—. Esa noche, Kalia le dijo a Razz que me quería. Y que antes se uniría a las *zhindain*, las mujeres sin clan, que ser su mujer. Así que Razz estranguló a Kalia hasta la muerte y dejó su cuerpo en la nieve justo bajo mi ventana.

—Zell... lo... lo... —balbuceé—. Lo siento tanto.

—Él lo sabía, ¿sabes? Sabía que si alguien averiguaba lo que había hecho, el clan Gaul quedaría mancillado y avergonzado ante los Doce. El padre de Kalia exigiría todas nuestras manos. Mi padre no cedería jamás. Estallaría la guerra en el seno de Zhal Korso, clan contra clan, un baño de sangre como el que no habíamos visto en siglos. —Otra lágrima rodó por la mejilla de Zell, luego otra—. Así que cogí su cuerpo y la enterré, lejos, en el bosque, donde nadie podría encontrarla. Mentí sobre cómo planeaba escapar al sur y no salí en su defensa cuando otras personas la llamaron cobarde, traidora, fugitiva. Razz la mató y dejó su cuerpo porque lo sabía, sabía que yo le encubriría. Era exactamente lo que quería. —Zell se secó la mejilla, luego me enseñó el dorso de su mano. Las cuchillas de vidrio nocturno que crecían de sus nudillos centellearon ominosas a la luz de la piedra solar, sus puntas parecían más afiladas y letales que nunca—. Por eso me puse esto. No solo como arma, sino como recordatorio. De que jamás debía mostrar misericordia. Jamás debía ser débil. Jamás debía dejar que nadie me hiciera daño de ese modo otra vez. —Se le había acelerado la respiración, abrió las aletas de la nariz—. ¡Todos los días me miro las manos y lo único que puedo pensar es en lo mucho que le fallé!

—Zell, por favor —intenté, pero ahora yo también estaba llorando, porque al fin, después de todo este tiempo, Zell tenía sentido. Su frialdad, su actitud distante, su insistencia en huir. Todo ello no era más que una fachada blindada para luchar contra un dolor más grande del que pude haber imaginado jamás. Se había quedado con nosotros, nos había protegido sin vacilar, porque sabía exactamente lo que sucedería si no lo hacía. Nos podía haber abandonado. Pero en lugar de eso eligió enfrentarse a su peor pesadilla cada vez que Razz se acercaba a nosotros.

Estiré el brazo y le di la mano, deslicé el dedo por su nudillo, donde la fría piedra se unía a la piel cálida.

—Nos mantuviste a salvo con estas manos —le dije—. Nos salvaste una docena de veces, nos mantuviste con vida, nos ayudaste a cruzar una provincia entera. Si no hubiese sido por ti, estaríamos todos muertos. Yo estaría muerta.

—Mostré debilidad —insistió Zell, como si no consiguiera escucharme—. Maté a Kalia.

—No. Razz mató a Kalia. Y la mató porque es un vil y despiadado pedazo de mierda. —Le apreté la mano con fuerza—. Pero tu misericordia, tu amabilidad, no es debilidad. Es fuerza. Es lo que te empuja a proteger a otros. Es lo que te diferencia de Razz. Es lo mejor que hay en ti. —Y entonces las palabras salieron sin control por mi boca, brotaron como un río a través de una presa agrietada, porque ya no podía contenerlas más en mi interior—. Es la razón por la que te quiero.

Me miró, anonadado, y no me lo podía creer, pero Zell estaba temblando.

—Te fallaré —susurró—. Te defraudaré. Lograré que te maten. No puedo... no puedo...

—Shhh —susurré, y no se me ocurrió nada más que decir, no con palabras, así que llevé su mano a mis labios y la besé, con gran suavidad, como un caballero besa la mano de una dama en un baile cortesano. Apreté mis labios contra su mano, justo donde el vidrio nocturno se encontraba con la piel, y saboreé la fría y dura piedra y la suave y cálida piel. Zell aspiró una gran bocanada de aire, su pecho desnudo se hinchó, pero no se apartó, así que seguí besándole, de nudillo en nudillo, besando tiernamente cada cuchilla. Zell dio la vuelta a la mano y deslizó las yemas de sus dedos por mis labios. Mi corazón latía con fuerza en mi pecho, las mejillas arreboladas.

Podía sentir su aliento sobre la piel, y cuando levanté la vista para mirarle a los ojos, estos ardían con una certidumbre que no había visto jamás. Una oleada de calor recorrió todo mi cuerpo. Más. Necesitaba más.

Levanté la cara y encontré sus labios, despacio y con ternura al principio. Noté que Zell me sentaba en su regazo y mi toalla resbaló y cayó al agua oscura cuando eliminé la distancia entre nosotros. Y los besos se volvieron más intensos, más frenéticos, mientras nos perdíamos el uno en el otro. Zell deslizaba las manos por mi pelo y yo me aferraba a los firmes músculos de su espalda. Nos movíamos como un solo ser, nos fundimos como cera que resbala por el borde de una vela, y mientras él susurraba mi nombre una y otra y otra vez, mis manos se apretaron alrededor de sus brazos y escondí la cara en el hueco de su hombro, y supe, en lo más profundo de mi ser, que este momento sería siempre, siempre, nuestro.

Después, nos quedamos tumbados en la bancada de la piscina, mi mejilla apoyada sobre su pecho desnudo, mientras él me acunaba con un brazo fuerte y el agua lamía nuestras caderas. No dijimos nada. No necesitábamos hacerlo. Simplemente seguimos ahí tumbados, juntos, y a veces yo levantaba la cabeza y le besaba, y a veces él se agachaba y me besaba, y me abrazaba con fuerza y yo deslizaba las yemas de los dedos por sus muslos y escuchaba su corazón latir en su pecho. El agua estaba fría, pero él estaba tan, tan caliente.

Y me sentí a salvo, y me sentí bien, y me sentí más feliz de lo que creía haber estado en toda mi vida.

veinticinco

Regresé a mi habitación una hora después, pero no antes de que Zell me regalara el mejor beso de mi vida. No digo que Lyriana estuviese totalmente equivocada con esa teoría suya del momento especial, pero ese beso fue tremendamente especial. Todavía resplandeciente por dentro, me colapsé en la cama y me sumí en el sueño más reparador y profundo de mi vida.

Me desperté horas más tarde y, cuando abrí las ventanas, el cielo tenía el suave tono rosa del atardecer. Había dormido todo el día. Otra vez.

Me quedé tumbada un rato en la cama, rememorando una y otra vez todo lo ocurrido la noche anterior. Tenía que esforzarme en recordar que no había sido todo un sueño.

Me hubiese quedado ahí otro par de horas, empapándome en el recuerdo, pero una conmoción en el patio me hizo levantarme de la cama. Me asomé por la ventana y vi que las puertas del Nido estaban abiertas y que la amplia extensión de hierba que ocupaba el patio del castillo estaba llena de una multitud de gente. Mujeres, según parecía, de Lightspire, todas con túnicas verde pálido y velos de gasa por encima de la cara. ¿Eran...?

—¡Las Hermanas de Kaia! —gritó Lyriana en el umbral de mi puerta, dando así respuesta a mi pregunta—. ¡Están aquí! ¡Incluso la Archimatrona Marlena! ¡Vamos, Tilla! ¡Tienes que conocerlas!

Seguí a Lyriana. Bajamos por las escaleras de caracol de la torre, cruzamos el inmenso Gran Salón que conectaba todas las alas del Nido entre sí y salimos por las pesadas puertas de madera al patio. Galen también estaba allí, una expresión seria en la cara mientras hablaba con una de las Hermanas. Era alta, más alta que él, y tenía un aire confiado y refinado que me dejó bien claro que debía de ser alguien con poder. Se volvió hacia nosotras al oírnos y, aun a través del velo, pude ver sus ojos esmeralda centellear de emoción.

—Novicia Lyriana —dijo, con cálida voz de matrona—. Habíamos llorado ya vuestro deceso cuando vino el Susurro. Es una maravilla y un honor veros de nuevo.

Quizás la Lyriana que conocí en el castillo de Waverly hubiera respondido con el mismo decoro, pero la Lyriana que había logrado cruzar la provincia de Occidente no tenía tiempo para eso. Echó a correr y le dio un gran abrazo a la mujer.

—¡Archimatrona! ¡Estoy tan, tan contenta de verla otra vez!

La mujer más mayor dio un paso atrás, intentaba mantener algo de dignidad, pero le dio a Lyriana unas palmaditas suaves en la espalda. Llevaba al menos tres anillos en cada dedo, verdes y turquesas y lavanda, que tintineaban suavemente cuando se movía.

—Vuestra ayuda será de gran utilidad en los próximos días. Me temo que se avecina una terrible guerra, quizás más terrible aún que la anterior, y la primera batalla tendrá lugar en estas mismas tierras. Debemos estar preparadas para cuidar de los heridos, para evacuar a los civiles, para ofrecer ayuda y sustento.

Miré a nuestro alrededor por el patio. Desde luego, allí había muchas Hermanas, unas treinta o cuarenta quizás, todas ellas muy formales y serenas, presumiblemente esperando a que les dijesen lo que hacer. Si sentían curiosidad por nosotras, su actitud no lo demostraba. Sus anillos centelleaban al sol. Me pregunté cuánto bien podrían hacer en realidad, cuántas vidas serían capaces de salvar.

Se oyeron unas sonoras pisadas que se dirigían hacia nosotros. Me giré y vi a Jax entrar en el patio dando tumbos, con la cara verde y aspecto de tener mucha, mucha resaca. Justo detrás de él venía Zell. Por un instante tuve miedo de mirarle. ¿Y si apartaba la vista? ¿Y si la noche anterior había sido para él solo un error achacable a su embriaguez? ¿Y si cuando fuese a darle un beso, él me apartaba? ¿Y si lo único que todavía quería era marcharse?

Entonces sus oscuros ojos se cruzaron con los míos y sonrió, y supe que no tenía nada de lo que preocuparme.

—Su misión es realmente noble, Archimatrona —dijo Galen. Su forma de hablar conseguía hacerte creer que estaba siendo totalmente sincero y te estaba mintiendo entre dientes al mismo tiempo—. Y ni se me ocurriría interferir con ella, pero ahora mismo tengo que preparar a mis hombres para la llegada de Lord Kent. Y ustedes tienen que regresar a su campamento.

La mujer se volvió hacia Galen, la confusión era palpable en su rostro.

—No lo entiendo. Entonces, ¿por qué nos mandó llamar?

Galen parpadeó, perplejo.

—¿Por qué hice qué?

—¿Por qué nos mandó llamar? —repitió la Archimatrona—. Nos envió un Susurro que nos comunicó que quería que viniéramos cuanto antes para planificar una eventual evacuación.

—No, no lo hice —dijo Galen, todos los músculos de su cuerpo se pusieron en tensión al mismo tiempo. Giró en redondo hacia los guardias apostados a los lados de la puerta de entrada al salón—. Algo va mal. Algo va muy m...

Sus palabras se vieron interrumpidas por el estruendo de trompetas por encima de nuestras cabezas, desde las torres de vigilancia del castillo.

—¡No! —exclamó Galen. Y entonces lo oí, ensordecedor de repente, un tronar de cascos, los relinchos de los caballos espoleados al ataque. Al otro lado de las puertas abiertas del Nido, más allá del patio, la línea de árboles se estremeció y escupió a una docena de hombres a caballo que cargaban hacia nosotros, sus espadas centelleaban en sus manos. Llevaban la cara oculta tras yelmos negros y su armadura era roja y dorada.

Los colores de Kent.

Las trompetas en lo alto volvieron a resonar, más altas, más urgentes. Los guardias más próximos a las puertas corrieron a cerrarlas, pero fueron demasiado lentos, ya era demasiado tarde. Una lluvia de flechas brotó con un silbido de entre los árboles y les dio de lleno. Una flecha solitaria voló hasta el patio y fue a clavarse en la parte de atrás de la cabeza de una de las Hermanas.

—¡No! —grité, pero mi grito quedó ahogado por el estruendo a mi alrededor, por los bramidos de los hombres, por los chillidos de las Hermanas, por el tronar de los caballos. Una mano agarró la mía, sus nudillos afilados y fríos. Zell estaba a mi lado. Los arqueros dispuestos a lo largo de las murallas del castillo dispararon a los atacantes y derribaron a algunos de los hombres de mi padre, pero la mayoría de sus flechas fueron a clavarse en la tierra. Los jinetes se movían demasiado deprisa. La primera línea ya había cubierto la mitad del terreno entre la línea de árboles y los muros del castillo, y emergían más del bosque, una segunda fila de jinetes seguida de soldados a pie.

Iban a tomar el castillo. Iban a apresarnos a nosotros.

Las Hermanas a nuestro alrededor estaban aterradas, su refinada compostura perdida en un segundo mientras chillaban y corrían. La Archimatrona Marlena les lanzaba órdenes, exigiendo que mantuviesen la calma. Jax se abalanzó hacia Lyriana y la tomó de la mano. No había ni señal de Miles. Alcé la vista hacia Zell y vi sus ojos duros, preparados.

—¡Meteos dentro! —gritó Galen—. ¡Corred!

Y sí, probablemente ese fuese mejor plan que enfrentarnos a un ejército entero nosotros solos. Giramos sobre los talones y echamos a correr todos juntos, corriendo por la amplia extensión de hierba hacia las puertas cerradas del Gran Salón. La tierra temblaba bajo nuestros pies a medida que los caballos se acercaban. Oí más gritos, el tañido de las cuerdas de los arcos, y después el estrépito y el chirrido de acero contra acero. Un hombre aulló al caer de la muralla, y su cuerpo se estampó contra el suelo con un ruido sordo y enfermizo. Había tantísimo ruido... daba la sensación de que la batalla no tuviese lugar solo detrás de mí, sino por todas partes a mi alrededor, dentro del Salón, sobre las murallas en lo alto... Pero eso no tenía sentido.

No tuve tiempo de pensar en ello. En cabeza del grupo, con Zell a mi lado y los otros pisándonos los talones, me lancé escaleras arriba hacia el Gran Salón. Abrí las puertas y...

Y me encontré con la cara sonriente de Razz, sus colmillos de vidrio nocturno centellearon iluminados por el sol.

Frené en seco con un grito ahogado y le lancé un puñetazo a la cara; pero Razz era rápido, mucho más rápido. Me agarró de la muñeca sin ningún esfuerzo y la retorció, apretándola con fuerza contra mi espalda. Di un gritito y entonces los vi, a los otros zitochis, toda su banda de mercenarios, a su lado en el Gran Salón. Sus espadas de vidrio nocturno desenvainadas, teñidas de carmesí. Había cuerpos tirados detrás de ellos, guardaespaldas de Galen, cuellos rajados, cabezas reventadas, pechos desgarrados. Algo caliente y mojado pringó mis pies. No quise mirarlo.

Razz me obligó a ponerme delante de él a modo de escudo y me dio la vuelta para quedar de frente a mis amigos, para que pudiese verles la cara al percatarse de lo perdidos que estábamos. Estábamos atrapados, con los hombres de mi padre que entraban a la carga por un lado y los matones de Razz por el otro. Galen levantó las manos, una expresión desesperada en su cara. Jax se colocó delante de Lyriana en ademán protector. A su espalda, unos jinetes atravesaron las puertas del castillo y entraron al galope en el patio. Rodearon a la Hermanas y las obligaron a arrodillarse. Todavía había alguna escaramuza aislada, espadas que repicaban en las murallas más lejanas, pero la batalla había concluido. Lord Reza se había rendido. Habían tomado el castillo.

¿Cómo? ¿Cómo demonios había sucedido esto? ¿Cómo habían entrado? ¿Cómo se había torcido todo tanto, tan deprisa?

Zell fue el único que no se rindió. Tenía su espada en una mano y una daga en la otra, y sus ojos taladraron un agujero a través de mí y de Razz mientras calculaba cualquier posible forma de salvarme.

Razz no iba a darle ni una opción.

—Baja las armas, cachorro de nieve —se burló—. O tu nueva novia averiguará exactamente lo que les ocurre a las zorras que se ponen en mi camino.

Zell aflojó la mano sobre la espada. Forcejeé con toda mi alma, pero Razz era demasiado fuerte y me tenía demasiado bien sujeta. *Mierda. ¡Mierda!* Tanto entrenamiento, tanto practicar, y no había servido para nada.

Razz soltó un suspiro de hastío y tiró bruscamente de mi cabeza hacia un lado. Luego apretó sus colmillos de vidrio nocturno contra mi cuello. Podía oler su aliento agrio y sentir las afiladas puntas de sus colmillos.

—¡Ahora!

—No lo hagas —supliqué, pero no sirvió de nada. Zell dejó caer sus armas al suelo.

—No cambies nunca, hermanito —se rio Razz. Echó su cabeza hacia atrás, la boca abierta de par en par, los colmillos preparados. Mi corazón tronaba en mi pecho. Contuve la respiración. Les había fallado a mis amigos. Había fallado a mi hermano. Iba a morir. Iba a morir de verdad.

—Suéltala —ordenó una voz grave desde el patio. Era el líder de los jinetes, un hombre alto con armadura. Se quitó el yelmo y se apeó de su caballo. Pero yo ya había adivinado quién era.

Reconocería la voz de mi padre en cualquier sitio. El tiempo pareció ralentizarse mientras se acercaba a nosotros. Avanzaba confiado, dando grandes zancadas por delante de las filas de las Hermanas arrodilladas. Nunca antes había visto a mi padre con armadura completa. Una coraza de metal repujado protegía su pecho y una elegante cota de malla cubría sus brazos. Llevaba una espada envainada a la espalda y sus dagas colgadas a la cintura. Pero su rostro era justo como lo recordaba, su pelo bien peinado, su barba recortada con pulcritud, sus ojos tan fríos y decididos como siempre.

Estaba aquí. Mi padre estaba aquí. Mirándome. A solo cinco metros de mí.

Salvándome la vida.

—Suéltala —repitió—. Ahora.

¿Por qué me estaba protegiendo? ¿Acaso no quería verme muerta? ¿Me iba a matar él mismo? ¿O de verdad pensaba perdonarme la vida? ¿Era posible que realmente le importara?

¿Por qué demonios seguía pensando así?

Razz refunfuñó, pero me empujó hacia delante, junto a Jax y a Zell. Me escondí detrás de ellos y, al mirar a mi padre, sentí demasiadas emociones a la vez: alivio y miedo y gratitud y algo más, algo que me temía que seguía siendo amor.

—No entiendo por qué no podemos matarlos sin más... —dijo Razz.

—Hice una promesa —contestó mi padre, y no quiso mirarme a los ojos.

—¿Una promesa? —balbuceé. Quería gritar—. ¿Una promesa a quién?

Mi padre miró por encima del hombro. Dos jinetes emergieron de entre los árboles y galoparon lentamente hacia nosotros ahora que la batalla había terminado. Una era una mujer, e incluso desde tanta distancia pude ver que era Lady Hampstedt: el pelo recogido en un moño detrás de la cabeza, su característica pose arrogante. Y a su lado iba...

No.

No, no, no, no, no.

—A Miles Hampstedt —dijo mi padre—. Heredero de Casa Hampstedt desde esta mañana, recién legitimado hijo de Lady Robin. Nos hizo jurar que os perdonaríamos la vida.

—Y a cambio, ese pequeño y blandengue ratón de biblioteca nos lo contó todo —fanfarroneó Razz—. Las Hermanas. Los túneles. Todo lo que necesitábamos saber.

La poca adrenalina que me quedaba me abandonó por completo. Me desplomé de rodillas. El mundo palpitaba en la periferia de mi visión. Sentía que me iba a desmayar. Esto era demasiado. Simplemente era demasiado.

No habló nadie mientras Miles entraba en el patio, ni cuando se bajó del caballo y echó a andar hacia nosotros. Creo que sencillamente no nos lo podíamos creer. Llevaba una túnica nueva, toda negra, y llevaba el búho dorado de Casa Hampstedt prendido en el pecho. Por mi cabeza daban vueltas todas las posibilidades. Quizás esto era todo parte de su plan. Quizás mi padre estuviese intentando engañarme. Quizás todavía quedaba alguna posibilidad de que todo se arreglase.

Entonces vi su cara. Sus ojos. Enfadados, rotos, como si algo en lo más profundo de su ser se hubiese hecho añicos. Tenía la boca apretada en un rictus furioso y las cejas fruncidas en una V profunda, tensa e iracunda.

Nos había traicionado.

Era verdad, Miles nos había traicionado.

—¡Pedazo de mierda! —bramó Jax, y se abalanzó hacia él. Razz le dio una patada en la parte de atrás de la pierna antes de que pudiese ir a ningún sitio, y Jax cayó de bruces sobre el patio, donde dos de los hombres de mi padre le inmovilizaron contra el suelo—. ¡Rata traidora de mierda!

—Hice lo que tenía que hacer —dijo Miles con frialdad—. Por mi Casa. Por Occidente.

¿Cómo podía estar pasando esto? Yo confiaba en Miles. Creía en él. Después de todo lo que habíamos hecho, por todo lo que habíamos pasado, ¿de verdad nos estaba traicionando a todos solo para poder recuperar el favor de su madre?

Entonces vino hacia mí, sus ojos echaban chispas, y me di cuenta de que no era eso en absoluto. Esto no tenía nada que ver con su Casa. Esto era personal. Me agarró de la barbilla y me levantó bruscamente la cabeza, mis ojos a la altura de los suyos, ahora lívidos.

—Te vi —bufó entre dientes, más enfadado de lo que había visto a nadie jamás—. Con él. En los baños. ¡Con el salvaje!

No. No podía ser. ¿Había sido por eso? ¿Esa había sido la razón de que Miles nos traicionara? ¿Todo esto se debía a su estúpido enamoramiento infantil?

—Miles —susurré—, ¿cómo has podido hacernos esto? Somos tus amigos. Nos preocupamos por ti.

—¡Si te preocuparas por mí no te habrías tirado a Zell! —chilló Miles, y mierda, había perdido la cabeza por completo. Era como un niño con una pataleta, totalmente fuera de control. ¿Siempre había sido así? ¿Era la promesa de mi amor lo único que le había mantenido leal? Me tiró de espaldas al suelo y estampó las manos contra la pared, aullando de rabia—. ¡Dijiste que no era el momento oportuno! ¡Que hablaríamos más adelante! ¡Pero durante todo ese tiempo, solo le querías a él! ¡A él! ¿Cómo has podido hacerme esto? ¡Te salvé la vida, Tilla! ¡Yo te quería antes! ¡Se suponía que ibas a ser mía!

—Nunca iba a ser tuya —le contesté en un susurro.

Miles me fulminó con la mirada, resollando, luego dio media vuelta.

—Lo serás. Ya verás.

Se alejó a paso airado. Intenté levantarme, pero mi padre agitó una mano en el aire y les hizo un gesto a sus hombres.

—Espera... —dije, y entonces uno de sus hombres le dio la vuelta a su espada y estrelló el duro pomo de madera contra mi cabeza. Y la oscuridad me engulló antes incluso de tocar el suelo.

veintiséis

¿**S**abes esa sensación de confusión al despertar en un sitio nuevo? ¿De que no sabes dónde te encuentras? Imagínate eso, solo que estás sobre un suelo duro, en una habitación fría, con un dolor de cabeza atroz por el golpe recibido y... oh, sí, uno de tus mejores amigos acaba de traicionarte de una manera horrible.

No era una gran sensación.

Me desperté con un respingo, solo para ver mi movimiento cortado de inmediato por un agudo dolor en las muñecas. Gruesos grilletes de hierro mantenían mis manos unidas, y una corta cadena las sujetaba a la pared a mi espalda. Estaba en una pequeña habitación de piedra con una única puerta de barrotes, iluminada por un par de antorchas adosadas a las paredes. A través de un estrecho ventanuco podía ver el cielo nocturno, lo que significaba que estábamos en algún tipo de torre. Jax y Zell estaban conmigo, uno a cada lado, ambos encadenados a la misma pared, y Lyriana estaba al otro lado de la celda. Sus manos se veían diminutas dentro de los gruesos grilletes; entonces me di cuenta de por qué: todos sus anillos habían desaparecido. Había perdido su poder. No íbamos a lograr salir de ahí gracias a la magia.

—Vaya, mierda —dije.

Jax se volvió hacia mí. Tenía un gran cardenal morado en la mandíbula y un labio roto. Supuse que se había llevado más golpes que yo.

—Sí. Eso más o menos lo resume todo.

Cerré los ojos. No tenía ni idea de cuánto tiempo había estado inconsciente. Me dolía la cabeza. Pero el corazón me dolía aún más.

—Supongo que no se os ha ocurrido ningún plan de escape maravilloso, ¿verdad?

—No a menos que Lyriana encuentre una forma de hacer magia sin sus anillos —dijo Jax.

Eso parecía más bien una broma, pero Lyriana miró incómoda a su alrededor, como si estuviese decidiendo si debía seguir guardando un secreto o no.

—Hay ciertas circunstancias en que eso podría ocurrir. —Lyriana dio un tirón de sus manos encadenadas para demostrarnos que apenas las podía mover—. Pero incluso sin anillos, seguiría necesitando mis manos libres para hacer los movimientos.

Miré a Zell, pero él no me devolvió la mirada. Miraba al frente, totalmente inmóvil, sus ojos duros y centrados en el vacío.

—Os he fallado —dijo en voz baja—. Debí verlo venir. Bajé la guardia y os he fallado a todos. Quise alargar la mano y tocarle, pero la cadena era demasiado corta.

—Zell, no. Ninguno de nosotros pudimos ver esto venir. —Intenté deducir lo que había pasado. Miles debió de sorprendernos a Zell y a mí en los baños, en algún momento de la noche. ¿Y después qué? ¿Había salido a hurtadillas, se había subido en su caballo y se había alejado galopando hasta encontrar el campamento de mi padre? ¿Se habría pasado todo el camino pensando en lo que iba a decir, en la mejor forma de traicionarnos? ¿De verdad estaba dispuesto a tirar por la borda todo lo que habíamos hecho solo porque había osado acostarme con otro chico?

Era impensable, insoportable, aunque, sinceramente, tenía bastante sentido, un sentido horrible. A Miles nunca le habían importado los magos ni la guerra, ni siquiera Lyriana. Solo le importaba yo. Nos había seguido el rollo en todo este plan porque yo quería, y todo lo que había hecho había sido para protegerme a mí, para acercarse más a mí. Yo era la única cosa que le había impedido correr de vuelta con mamá.

Y entonces fui y rompí su estúpido corazón.

—No desesperéis —dijo Lyriana, e incluso sus palabras sonaron forzadas—. Hemos sobrevivido a situaciones peores. También sobreviviremos a esto.

Estaba a punto de decirle que me encantaría tener su optimismo cuando un sonido metálico llegó desde la puerta de la celda. Me refugié contra la pared y, a mi lado, Jax levantó sus grilletes para usarlos como armas. No sé a quién esperábamos. ¿A un torturador, quizás? ¿O a un verdugo con máscara de cuero? La puerta se abrió y entró Miles. La peor opción de todas.

Todavía llevaba esa impecable túnica negra, con el repulsivo búho dorado prendido del pecho. Sospechaba que no se la quitaría en meses. Había una confianza en su forma de andar que antes no estaba ahí, casi un contoneo fanfarrón. Le hubiese matado.

Miles miró a su alrededor, saboreando cómo habíamos retrocedido todos al verle, incluso Lyriana.

—Vamos... —dijo, y no me podía creer lo traicionado que sonaba—. A vosotros no os voy a hacer daño.

Me pregunté el porqué de su extraño énfasis en esa segunda palabra. Luego vi que hacía un gesto hacia su espalda. Entraron dos guardias, hombres de Casa Hampstedt por sus cascos alados, arrastrando a otro hombre tras ellos. Galen. Su cara era un revoltijo de sangre seca y moratones inflamados, y tenía los ojos tan hinchados que dudaba mucho que pudiese ver a través de ellos. No puedo decir que el tipo me gustase demasiado, pero odié verle en ese estado.

No dijo nada cuando los guardias le arrastraron por el suelo, le empujaron contra la pared al lado de Lyriana y cerraron en torno a sus muñecas el juego de grilletes que allí colgaba. Pensé que a lo mejor estaba inconsciente, pero capté un atisbo de sus ojos a través de esas estrechas ranuras hinchadas. Parecía cabreado.

Todos lo estábamos.

—Eh, traidor. Tengo un secreto para ti —gruñó Jax—. ¿Por qué no te acercas y te lo susurro al oído?

Miles suspiró.

—Mirad, no estoy contento con cómo ha terminado todo esto. Es probable que no me creáis, pero me molesta muchísimo veros a todos así. Esperaba que os rindierais pacíficamente. Pero esto es lo que hay. —Hizo otro gesto hacia sus guardias para que se retiraran. Luego se volvió para mirarme directamente a mí—. Sin embargo, no os preocupéis. Esto es solo temporal, lo prometo. Enseguida darán debida cuenta de los magos y todo esto habrá acabado. No tendréis que estar mucho tiempo en esta torre.

Había estado intentando reprimir el comentario, pero ya no pude evitarlo más.

—¿En serio? ¿Qué crees exactamente que van a hacer nuestros padres con nosotros?

—Lo tengo todo planeado —dijo Miles—. Me aseguré de que los términos de mi rendición quedaran muy claros. No os van a hacer daño. A ninguno. Ni siquiera... ni siquiera al zitochi.

—¿Y qué va a ser de mí? —preguntó Zell.

—Serás devuelto a la custodia de tu padre para que él haga contigo lo que considere oportuno —dijo Miles, incapaz de ocultar cierta satisfacción malsana—. A Lord Reza y a la princesa se les retendrá como rehenes de alto valor. Se pedirá un rescate por ellos y serán devueltos a Lightspire en el momento apropiado. Y Tilla y Jax seréis enviados al castillo de Waverly, donde viviréis como pupilos de Lord Kent. No se os permitirá salir del castillo, obviamente, pero por lo demás, las cosas volverán a ser exactamente como eran antes. Y una vez esta guerra termine, si habéis demostrado vuestra lealtad a Occidente, se os perdonarán vuestros crímenes y se os concederá la libertad. —Se encogió ligeramente de hombros—. Es un gran trato. El mejor que cualquiera de nosotros hubiera podido desear.

—Yo no quiero un gran trato —espetó Lyriana—. ¡Quiero evitar una guerra!

Miles puso los ojos en blanco.

—Oh, por favor, princesa. Puedes engañar a los demás, pero no puedes engañarme a mí. Siempre iba a haber una guerra; si no hoy, dentro de un mes. Los dos sabemos que va a suceder. Tú solo quieres asegurarte de que ganen los tuyos. ¿No es cierto, Lord Reza?

Galen retorció la cabeza hacia Miles y escupió un diente. Dejó un largo rastro sangriento por el suelo.

—He dicho. —Miles se giró para mirarme—. Olvidamos quiénes éramos, Tilla. Pero ahora yo me acuerdo. Soy un Hampstedt. Soy un occidental. ¡Y no voy a traicionar a mi familia y a mi gente por las sobras de la mesa de un simple rey de Lightspire!

No sabía qué daba más miedo, la idea de que Miles hubiese abrazado tan deprisa la ideología de su familia o la posibilidad de que solo la hubiese estado reprimiendo para cortejarme a mí. Tuve que desear que fuese lo primero.

—Miles, escúchame. No es demasiado tarde. Déjanos salir de aquí. Todavía podemos encontrarnos con los magos e intentar arreglar las cosas.

Miles soltó una risita burlona.

—Los magos van derechos hacia una emboscada. Mañana a esta hora, estarán muertos, y Occidente se encontrará en camino hacia la libertad.

Jax se echó a reír.

—Uhm, sí, excepto que los magos están al corriente de la emboscada. Lord Reza les advirtió, ¿recuerdas? No hay forma humana de que caigan en vuestra trampa.

—De verdad eres más tonto que un saco de patatas, ¿no, Jax? —dijo Miles—. Los magos están al corriente del primer plan de Lord Kent: tenderles una emboscada durante el banquete organizado por Lord Reza. Esa es la razón de que hayamos decidido tenderles una emboscada cuando estén pasando por el Desfiladero del Pionero.

La habitación se quedó en silencio y la sonrisa de suficiencia de Miles resultaba insoportable.

—¿A qué te refieres? —le pregunté—. ¿Cómo vais a tender una emboscada a tres compañías de magos?

—Con cien bombas matamagos, atadas a flechas. Caerán sobre ellos justo cuando pasen por el punto más estrecho del valle —explicó Miles en tono casual, y en ese momento sonó exactamente igual que su madre—.

¿Por qué crees que teníamos que coger vivas a esas Hermanas de Kaia? ¡Cada una de ellas es un montón de matamagos esperando a ser fabricados!

Lyriana soltó una exclamación ahogada. Yo sentí náuseas.

—Pedazo de mierda —murmuré—. ¡Oíste a tu madre explicar cómo hicieron esas cosas! Esas Hermanas... esas pobres mujeres... ¿Vas a dejar que tu madre las drogue y las torture hasta la muerte? ¿Todo para que ella pueda matar a más gente?

Miles apartó la mirada. ¿Era eso, quizás, una chispa de culpabilidad?

—Es... un mal necesario.

—Yo lo he visto —dijo Galen, su voz rasposa y ronca—. Han convertido el Gran Salón en una cámara de tortura y están acabando con las Hermanas una a una. Es espantoso.

—Las guerras tienen víctimas —dijo Miles—. ¿Cuántos occidentales murieron la última vez? ¿A cuántos más matarán vuestros magos?

Era verdad que había perdido la cabeza.

—¿Quién demonios te crees que eres, Miles? ¡Hay gente que ha muerto, que está muriendo, por tu culpa! ¡Esas mujeres inocentes a las que están asesinando! ¿Cómo has podido hacerlo? ¿Cómo has podido traicionarnos de este modo?

A Miles se le hinchó una vena en la frente, podía verla latir, y abrió mucho las aletas de la nariz.

Había tocado su fibra sensible.

—¿Cómo he podido... cómo he podido traicionaros? ¿Cómo he podido yo traicionarte a ti? —Se acercó a mí, agitando el dedo índice, y ahora era el otro Miles, el que me había agarrado en el salón, el que me había dado más miedo que Razz—. ¡Tú me traicionaste a mí, Tilla! ¡Tú me traicionaste a mí!

—¿Por qué? ¿Porque estábamos prometidos? ¿Por nuestros padres?

Miles tenía los ojos desquiciados, su voz acelerada y desesperada.

—Cuando nos besamos, en aquel bosquecillo, dijiste que solo teníamos que llegar a lugar seguro y que entonces hablaríamos. Implicabas que sentías lo mismo por mí. ¡No lo niegues!

Aparté la mirada, un poco por culpabilidad, pero sobre todo porque no podía seguir mirándole. No estaba del todo equivocado. Pude haber sido más sincera con él. Pude haberle dicho la pura y dura verdad. Quizás sí que permití que se viera con más posibilidades de las que había. Pero ¿justificaba eso en alguna medida todo lo demás? ¿Se acercaba esto remotamente a lo que yo, a lo que nosotros, nos merecíamos?

—Cuando dijiste que necesitabas más tiempo, te escuché. —Miles me clavó el dedo en la cara como una daga—. Te respeté. Fui un perfecto caballero. Y después vas y... ¿eliges a Zell? ¿A un asesino zitochi? —Miles me dio la espalda y su voz rezumaba un resentimiento amargo—. ¿Por qué? ¿Porque es mucho más guapo que yo? ¿Porque tiene esos ojos soñadores y esos abdominales perfectos? ¿Y qué demonios se supone que tengo que hacer yo al respecto? ¿Qué podría haber hecho al respecto? ¡Te salvé la vida, Tilla! ¡Derroté a un mercenario por ti! Hice tantas cosas, y aun así, aun así... ¿él?

Cerré los ojos.

—No puedo pensar en esto, Miles. Ahora no. Y desde luego no encadenada en una maldita torre. Si querías hablar conmigo como una persona, como amigos, podías haberlo hecho. Pero ahora esa opción ya no existe.

—En realidad sí que existe. —Miles se pasó las manos por el cráneo afeitado, como hacía antes, cuando tenía pelo—. Cuando te vi con Zell sentí como si me hubieses arrancado el corazón por la boca. Nunca había sufrido tanto. Partí a caballo, sin tener ni idea de lo que estaba haciendo. Sinceramente, pensé en tirarme por uno de los acantilados.

—Debiste hacerlo —masculló Jax.

—Y luego me di cuenta que nada de esto tenía sentido. La Tilla que conozco, la Tilla que amaba, no me haría daño de ese modo. Esa, sencillamente no era ella.

—Pero sí soy yo, Miles —dije con tono suplicante—. La Tilla que tú conoces es esa extraña fantasía elaborada que has ido construyendo a lo largo de los años porque creías que íbamos a casarnos. —Jax arqueó una ceja al oír aquello—. Tú no me quieres. Quieres a una idea romántica de mí. Pero esta es quien soy. Y Zell es a quien elijo.

—No. No. Estás equivocada. Estás confusa —dijo Miles, con ese inquietante tono reconfortante de alguien que habla consigo mismo—. Todo esto... tu padre, lo que vimos, los hermanos Dolan... te ha confundido. Ha embarullado tu mente. Te ha puesto histérica. Lo que estás diciendo, lo que estás haciendo... no tiene sentido.

—¿Sentido? ¿Qué sentido tiene traicionar a tus amigos?

Miles hizo oídos sordos.

—Piénsalo. Utiliza la cabeza. Si nos aliamos con nuestros padres estaremos mucho mejor de lo que estaríamos jamás en Lightspire. Su revolución va a triunfar. Occidente será libre, tu padre será el rey y ambos seremos nobles sentados en la corte más importante del reino. ¿Renunciarías a todo eso por ser... qué? —Hizo un gesto con la mano para señalar toda la celda, a Zell, a Jax—. ¿Reina de los bastardos?

—No quiero ser la reina de nada —gruñí.

—Eso es algo que solo diría una persona confundida. —La cara de Miles nunca había parecido más merecedora de un puñetazo—. Por eso ya no estoy enfadado. Tilla, te perdono.

Y joder, mierda, no creí que Miles fuera capaz de hacerme enfadar más, pero resulta que sí. Ya era bastante malo que me pintara de traidora, pero... ¿que actuara como si yo estuviese loca, como si no tuviese voluntad propia, como si él me conociese mucho mejor que yo misma? ¡Dios!

—¿Que me perdonas? ¿Te estás escuchando?

—Pues claro —confirmó—. Y cuando volvamos al castillo de Waverly, ya lo verás. Lo recordarás. Todo volverá a ser como antes.

—¿A ser como...? —repetí, y entonces entendí lo que estaba insinuando y tuve que hacer un enorme esfuerzo por no abalanzarme sobre él—. No. Ni de coña. No seguirás esperando que nos casemos, ¿verdad?

Miles se dio la vuelta. Ahora no me podía mirar.

—Ya lo verás. Lo recordarás.

—¡No, no voy a ver nada! —chillé. Cuando entró en la celda, quizás sintiera una pizca de lástima por él, esa minúscula parte de mí que todavía se sentía mal por lo que había tenido que sufrir. Pero ya no. Todo lo que sentía era una ira intensa, ardiente, inacabable. Quería hacerle daño. Quería hacerle todo el daño posible—. Permíteme que te deje una cosa clara como el agua, Miles. Me importa muy poco que seas el señor de Casa Hampstedt o el rey de Noveris. Si me arrastras hasta el altar, iré dando patadas y escupiendo y gritando todo el camino. Y si me obligas a meterme en tu cama te rajaré el cuello en el mismo instante en que te quedes dormido. —No podía ver su cara, pero sí pude ver cómo se le estremecían los hombros. *Bien*—. Escúchame con mucha atención, Miles. No te voy a desear jamás. Nunca te voy a amar.

Miles se quedó ahí, en silencio, temblando, y casi me pregunté si se iba a dar la vuelta para pegarme o algo así. Pero se limitó a respirar hondo para recuperar la compostura.

—La verdadera Tilla nunca diría algo tan horrible —sentenció con firmeza, más para calmarse a sí mismo que para convencerme a mí—. Recordarás quién eres. Ya lo verás. Arreglaremos esto. Lo arreglaremos todo.

Salió de la habitación y sus guardias le siguieron, cerrando la puerta a su espalda. El cerrojo chirrió al deslizarlo por el otro lado.

Grité y forcejeé, di patadas y estampé los grilletes contra el suelo. Dolía, pero no me importó.

—Tilla, ya está... está bien —intentó tranquilizarme Lyriana—. Vas a estar bien.

—No, no lo voy a estar —dije. Cerré los ojos, respiré hondo y aguanté el aire en los pulmones para contar hasta diez. Uno... dos... y solté el aire, demasiado enfadada para seguir contando—. ¡Mierda! Si hubiese sido un poco más sincera con él, si le hubiese dicho cómo me sentía realmente, ¡nada de esto hubiese sucedido!

—No —dijo Zell. Tenía los ojos clavados en la puerta, una expresión distante en la mirada. Estaba levantando su escudo, poniéndose ese duro caparazón exterior. Deseé que no lo hiciera, pero ¿cómo podía pedirle eso?— Esto no es culpa tuya. Miles hizo una elección. Él es quien es. Quien era y quién siempre será. —Entornó los ojos—. A muchos hombres les rompen el corazón. La mayoría no traiciona a sus amigos como represalia.

Deseaba tanto estar otra vez en sus brazos, sentir sus labios y su calor... ¿Cómo demonios había podido Miles coger el mejor momento de mi vida y convertirlo en algo tan vergonzoso y horrible?

—¿Qué vamos a hacer?

—Para empezar, vamos a escapar —dijo Galen, y todos nos giramos para mirarle, pasmados—. Tú. Mozo de cuadra. Palpa la pared detrás de tu oreja derecha. Debería haber una pequeña grieta entre dos de los ladrillos.

—Uhm... —dijo Jax, pero hizo lo que le decían. Estiró la mano todo lo posible y hurgó por ahí durante un rato. Entonces abrió los ojos como platos. Retiró la mano y en el centro de su gran palma había una delgada púa de metal. Una especie de ganzúa—. Hijo de...

—Aquí tenéis un consejo por si alguna vez os vais a apoderar de un castillo —dijo Galen—. No encerréis al señor del castillo en su propia torre. ¿Sabes usar esa cosa, mozo de cuadra?

Jax me sonrió.

—¿Te acuerdas de cuando tenía doce años y quería convertirme en un consumado ladrón? Cómo abrir candados es más o menos la única destreza útil que saqué de aquello.

—Creo recordar que también se te daba bastante bien robar melocotones de los puestos de fruta —dije,

devolviéndole la sonrisa. Incluso en situaciones como esa, Jax tenía la habilidad de hacerme sentir mejor—.
¿No querías que te llamáramos el Fantasma Sedoso?

Jax introdujo la púa de metal en el ojo de la cerradura de sus grilletes y empezó a girarla con cuidado, tan concentrado que su lengua asomaba entre sus labios.

—Era el Fantasma de Terciopelo. Y no había necesidad de compartir eso con todo el grupo.

Lyriana se echó a reír. Me volví hacia Zell, pero estaba perdido en sus pensamientos.

—Así que Jax se liberará a sí mismo y luego nos liberará a nosotros —pensó en voz alta—. He estado escuchando las pisadas del otro lado de la puerta y yo diría que hay dos guardias, quizás tres. Podemos embaucarlos para que entren con el pretexto de que la princesa está indispuesta; yo me ocuparé de ellos. Y después, ¿qué?

—¡Hecho! —exclamó Jax levantando las manos. Sus grilletes cayeron al suelo con un estrépito metálico. Imaginé que a continuación liberaría a Zell, o a Galen, pero corrió hacia Lyriana y cogió sus manos con ternura—. Ya te tengo, Majestad. Voy a sacarte de aquí.

Lyriana bajó los ojos.

—Gracias.

—No hay por qué darlas. —Jax introdujo la púa en los grilletes—. Solo tengo que hurgar un poco hasta que encuentre el mecanismo…

—¡No! —exclamó Zell de pronto—. ¡Vuelve a tu sitio! ¡Ahora! ¡Oigo pisadas!

Seguro que era Miles, que volvía para hacerme enfadar aún más. Jax se apartó a toda prisa, dejó la púa metida en los grilletes de Lyriana y corrió de vuelta a su lado de la habitación. Se deslizó por la pared y se sentó sobre las manos y la cadena. Parecía una forma muy incómoda de sentarse, pero no se veían ni sus muñecas liberadas ni los grilletes abiertos. Recé para que fuese suficiente.

El cerrojo del otro lado de la puerta hizo un ruido metálico y luego chirrió al abrirse.

—Miles, te lo juro, si has vuelto para hablar conmigo... —masculé. Pero la puerta se abrió del todo y las palabras se quedaron atascadas en mi boca.

—Oh, no soy Miles. —Razz entró en la celda y cerró silenciosamente la puerta tras de sí—. Y desde luego que no he venido aquí a hablar. —Se volvió hacia donde estaba tumbada Lyriana y sonrió, toqueteando sus colmillos con la punta de la lengua—. He venido a jugar.

Apreté la espalda contra la pared. Lyriana chilló y cayó sobre el costado. Solo Zell arremetió hacia delante, como si quisiera arrancar los grilletes de la pared.

—¡Razz! ¡Pelea conmigo, cobarde! ¡Acabemos con esto de una vez!

Razz soltó un suspiro exagerado.

—Tuviste tu oportunidad de terminar esto con honor. Y lo estropeaste en el *tain rhel lok*. Ahora te toca

quedarte ahí sentado y observar mientras yo me divierto.
—En el suelo, Lyriana se había arrastrado tan lejos como
le permitían sus cadenas, pero Razz se dirigió hacia ella,
despacio, con determinación, obviamente disfrutando de
lo asustada que estaba. ¡Ese maldito enfermo! Tiré de mis
grilletes y recé para que se rompieran, pero se mantuvieron firmes—. Allá en Zhal Korso, Padre me prometió que
tendría la oportunidad de matar a una princesa, a una
rata de castillo. Y vosotros, idiotas, me robasteis eso.

—¡Es el rehén más valioso de Lord Kent y la necesita viva! —intenté a la desesperada—. Si la matas, estás
firmando tu propia orden de ejecución.

—No te preocupes, bastarda. No la voy a matar.
—Razz se puso justo al lado de la jadeante y temblorosa
Lyriana. Se acuclilló junto a ella y la agarró de la barbilla
con una mano enguantada. Le giró la cara de modo que
le mirara directamente a los ojos—. Ni siquiera dejaré
marcas.

Con un rugido, Jax saltó del suelo y arremetió contra Razz, sus grilletes volaron por los aires. Razz giró
en redondo y, por un brevísimo instante, se mostró demasiado sorprendido como para reaccionar. Ese instante
fue todo lo que necesitó Jax. Embistió a Razz con el hombro y le estampó contra la dura pared de piedra. Razz
dejó escapar un resoplido ahogado cuando el impacto le
sacó todo el aire de los pulmones. Lyriana se escabulló a
toda prisa, gateando en dirección contraria hasta donde
sus grilletes le permitieron.

—¡Acaba con él, Jax! —grité, mientras Jax empezaba a darle puñetazos a Razz. Una vez, y otra, de lleno en la cara. Pero al tercer puñetazo, Razz volvió a su ser y apartó la cabeza a un lado. El puño de Jax se estampó directamente contra la pared. Jax bufó de dolor y se tambaleó hacia atrás, agarrándose la mano, sangre carmesí resbalaba entre sus dedos. Con un movimiento rápido, demasiado rápido, Razz desenvainó una de sus dagas curvas e intentó clavarla justo en el corazón de Jax.

Reprimí un grito.

Pero Jax agarró la muñeca de Razz con una mano y detuvo la punta de la daga a apenas un par de centímetros de su pecho. Razz gruñó y empujó con más fuerza, puso todo su peso sobre la daga con las dos manos, pero Jax se mantuvo firme y los dos hombres se quedaron ahí, enganchados, sudando y apretando los dientes. Se dieron la vuelta, aún forcejeando, y ahora Jax me daba la espalda, así que apenas podía ver lo que estaba sucediendo. Mi corazón latía a mil por hora. La sangre tronaba en mis oídos. Razz era un guerrero despiadado que se había pasado la vida entera entrenando precisamente para momentos como este.

Pero Jax era fuerte como un toro.

Con su propio rugido, Jax echó la cabeza hacia atrás y luego la estrelló con fuerza hacia delante. Golpeó a Razz en medio de la cara con un cabezazo devastador. La nariz de Razz se hizo añicos con un crujido enfermizo. El zitochi se tambaleó hacia atrás, un río de sangre rodaba por sus labios, y Jax se giró y dio el golpe más fuerte que había visto en mi vida. Razz salió volando por los aires hasta el otro extremo de la celda y la parte de atrás de su cabeza impactó contra la pared con un sonoro *crac*. Se desplomó como un fardo y se quedó ahí tirado, inconsciente.

Lyriana exclamó aliviada. Yo también solté un hurra, sonriendo de oreja a oreja.

Entonces, Jax se dio la vuelta, lentamente, tambaleándose, y mi alegría se convirtió en horror. La parte delantera de su túnica estaba empapada de rojo. De su pecho, justo por debajo de su corazón, sobresalía la empuñadura de una daga. El segundo cuchillo de Razz. El que debía de haber sacado cuando Jax se preparó para el cabezazo.

—Mierda —susurró Jax, y se desplomó.

—¡No! —grité, y di un tirón hacia delante, desollándome las muñecas contra los grilletes. Miré a Zell en busca de ayuda, pero su expresión grave me dijo todo lo que no quería oír—. ¡No!

Lyriana retorcía frenética la púa de metal y, con un rápido giro de muñecas, se quitó los grilletes. Se deslizó hacia donde estaba tendido Jax y le levantó la cabeza para apoyarla en su regazo.

—Jax —suplicó—. Jax, no. Quédate conmigo. Por favor, por favor, quédate conmigo.

Todo el color había desaparecido del rostro de Jax. Sus ojos estaban distantes, era incapaz de enfocarlos. Se estaba yendo a toda velocidad.

—Yo... yo... —intentó, muy débil, sus labios apenas se movieron—. No quiero morir. No quiero morir aquí. Por favor. No quiero morir. —Y el miedo en su voz fue como un puño que me estrujaba el corazón, porque no podía morir, mi hermano mayor no. No podía morir asustado y suplicando y roto en el suelo. No podía terminar así—. No quiero morir —susurró Jax, ya casi inconsciente.

Lyriana le acunó en su regazo, acariciándole el pelo, y entonces se inclinó sobre él y le besó. No fue un beso cariñoso entre amigos. Fue un beso apasionado, intenso, tierno, largo, el beso que había estado reservando toda su vida, el tipo de beso que nunca olvidas. Le sujetó con fuerza y le dio un beso lleno de amor, y cuando se apartó, la cara de Jax ya no mostraba miedo ni dolor, estaba en paz. Miró a Lyriana a los ojos y su boca esbozó una ligera sonrisa, y ese era el Jax al que yo conocía, el Jax con el que había crecido, el Jax que no podía imaginar una forma mejor de irse que besando a una princesa.

—Te amo —susurró Lyriana.

—Amor —murmuró Jax. Se quedó quieto, sus ojos fijos, mirando a Lyriana. Parecía en paz.

Y murió.

Me puse una mano sobre la boca e hice un sonido horrible, parte grito y parte exclamación y parte arcada. No veía nada porque me ardían los ojos. El mundo temblaba y se sacudía. Se me revolvió el estómago.

Esto no podía estar pasando; pero así era. Mi hermano. Mi roca. Mi mejor amigo. ¿Sabes eso que dicen de que toda tu vida pasa fugaz ante tus ojos cuando mueres? Pues la mía pasó ante mis ojos en ese momento. No la vida que había vivido, sino la vida que no iba a tener ocasión de vivir. La vida en la que Jax y yo lográbamos llegar a Lightspire juntos. La vida en la que nos instalábamos en la ciudad y la explorábamos y bromeábamos como siempre habíamos hecho. La vida en la que él asistía a mi boda y yo a la suya, y nuestros hijos jugaban juntos mientras los observábamos bebiendo una copa de vino. La vida que siempre di por supuesto. Había desaparecido, de repente, borrada de un plumazo como un dibujo a tiza bajo la lluvia.

Lyriana emitió un sollozo ahogado.

—Tilla, lo siento. Lo siento mucho.

—Sí que lo vas a sentir —contestó Razz.

De algún modo, había recuperado la conciencia y estaba de pie otra vez al fondo de la habitación. La mitad inferior de su rostro era un amasijo sanguinolento y tenía la nariz doblada justo por el medio. Su mano derecha sujetaba una daga curva, su afiladísima punta lanzaba destellos bajo la luz. Toda su fanfarronería sádica había desaparecido. Lo que quedaba era una rabia asesina.

—No sabéis hasta qué punto estáis perdidos. No iba a mataros a ninguno. Solo iba a haceros suplicar. Pero ¿ahora? Ahora esto es un intento de fuga. Ahora estaría en mi derecho de hacer lo que...

Fue interrumpido por Lyriana, que se giró hacia él con un aullido de furia absoluta, un aullido que se convirtió en un rugido gutural, sobrenatural. Las paredes se sacudieron. El aire crepitó cargado de electricidad. Un olor a cobre y a tierra mojada inundó mis fosas nasales. Lyriana tenía ahora las manos libres. Las levantó de golpe y Razz se levantó con ellas. Sus pies perdieron contacto con el suelo y salió volando por los aires. Se quedó ahí colgado, moviendo las piernas, los brazos inmovilizados, como una especie de marioneta horrorosa.

—Le has matado —gruñó Lyriana. Sus ojos refulgían como el oro puro, las pupilas inexistentes. Tenía el pelo entreverado de volutas de luz líquida. El aire a su alrededor rielaba y se ondulaba, como una piedra caliente en un día de verano—. ¡Le has matado!

—¿Cómo estás haciendo esto, bruja? —dijo Razz con voz rasposa. Tenía los ojos muy abiertos, le temblaban los labios. Tenía miedo, miedo de verdad—. ¡Te quitamos los anillos!

—¿Mis anillos? —Lyriana se echó a reír. Una risa cruel y dura que sacudió las paredes y levantó nubes de polvo por el aire—. Los anillos son conductos. Canalizan la magia, la concentran, convierten la fuerza de voluntad en acción. Los magos comunes necesitan anillos para hacer cualquier cosa. Pero ¿los magos de sangre pura como yo? Nosotros solo los llevamos para que la gente subestime el poder que atesoramos en nuestras manos.

—Lyriana giró ambas manos en círculo, el gesto que yo sabía que significaba *Crecer*—. Este poder.

—¡Bruja! —logró escupir Razz, y se produjo un extraño y horrible crujido, y su cabeza se inclinó hacia atrás en un ángulo imposible. Unos finos zarcillos negros se retorcieron bajo su piel, subieron serpenteando desde sus colmillos y hacia sus ojos.

Después de todo, el vidrio nocturno era un metal vivo. Eso significaba que podía crecer. Y Lyriana lo estaba haciendo *Crecer* directamente hacia dentro de su cráneo.

—Mi nombre no es «Bruja». —Lyriana giró sus manos de nuevo y los zarcillos subieron más aún y se incrustaron en la cabeza de Razz. Unas cuantas espinas afiladas desgarraron su piel, salieron por sus mejillas como retoños a través de la tierra—. ¡Soy Lyriana Ellaria Volaris! ¡Princesa de Noveris y heredera al trono! ¡La sangre de los Titanes corre por mis venas! —Volvió a girar las manos, y entonces pude ver los zarcillos clavarse en el blanco de los ojos de Razz mientras él se retorcía y borboteaba—. Mis anillos no son mágicos.

Apretó ambas manos y cerró los puños, y un enorme colmillo de vidrio nocturno brotó por la parte de atrás del cráneo de Razz.

—Yo soy mágica.

Lyriana bajó las manos. El ardiente resplandor dorado de sus ojos se difuminó. El aire volvió a la celda con una ráfaga de frescor y el cadáver roto de Razz cayó al suelo y golpeó la piedra con un estrépito metálico.

Nos quedamos todos sentados, en silencio, pasmados, incluso Zell.

—Has roto tu juramento —susurré al fin.

—Al diablo mi juramento. —Lyriana dio media vuelta y se dirigió hacia nosotros. No era el aterrador ser refulgente de Magia de Corazón que había matado a Razz, pero tampoco era ella misma, la dulce chica que no haría daño ni a un skarrling. No volvería a serlo jamás.

Se agachó y abrió mis grilletes, luego los de Zell, después los de Galen. Aunque mis piernas no querían moverse, aunque estaba ansiosa por fingir que no estaba ahí, me obligué a caminar hasta el cuerpo de Jax. No había dolor en su rostro, solo esa pequeña sonrisa que había tenido cuando se fue. Me arrodillé a su lado y puse una mano sobre su mejilla, que ya empezaba a estar fría, y deslicé la palma de la mano por su cara y le cerré los ojos. Quería oír su risa. Quería verle sonreír. Quería que hiciese una broma estúpida o inventase algún juego tonto o me diera uno de sus grandes abrazos de oso que siempre me hacían sentir tan segura.

¿Cómo podía estar muerto? ¿Cómo podía seguir el mundo sin Jax en él?

No me podía mover. No podía respirar. Se me había comprimido el pecho. Jadeaba. Clavé las manos en el suelo, me empezaron a sangrar las uñas. El dolor que estaba sintiendo era peor que cualquier cosa que hubiese sentido jamás, peor que cualquier cosa que hubiese imaginado que podía sentir. Ni siquiera quería escapar. No quería vivir.

Una mano firme me cogió del hombro. Zell. Se arrodilló a mi lado, pasó los brazos a mi alrededor y me abrazó con fuerza. Me volví hacia él y enterré la cara en su hombro, y él me arrulló mientras lloraba más de lo que había llorado en toda mi vida.

No sé si pasó un segundo. No sé si pasó una hora. Zell acercó su cabeza a la mía, sus labios rozaron mi oreja, y susurró:

—Ahora tenemos que irnos. Tenemos que movernos. Tenemos que vivir. —Sentí una gota sobre mi hombro y, cuando levanté la vista, Zell también tenía lágrimas en los ojos—. Por Jax.

—Por Jax. —Respiré hondo y me sequé las lágrimas de los ojos. Me costó hasta el último ápice de fuerza de voluntad, pero cogí ese dolor y lo empujé al fondo de mi ser, muy al fondo, tan al fondo que no podía sentirlo. El dolor podía esperar. Tendría que esperar.

Cogí el brazo de Zell y me obligué a ponerme en pie. Galen y Lyriana estaba al otro lado de la celda. El rostro de Galen era inescrutable, en parte porque estaba completamente magullado. Y el de Lyriana era todo ira. Supongo que eso era lo que hacía ella con su dolor.

—Estamos en la parte superior de la Torre Este —nos informó Galen—. Una vez que salgamos, podemos cruzar las dependencias de servicio hasta un almacén que conduce a las cuadras. Podemos tomar un camino secundario y bajar por las montañas y, si tenemos suerte, interceptaremos a los magos antes de que lleguen al desfiladero.

Bajé la vista hacia Jax. Miré su cara serena, sus manos inertes, el húmedo agujero en su pecho. Y sentí una repentina certeza, poderosa y absoluta. Me sentí golpeada por la voluntad divina.

—No —le dije a Galen y todos se volvieron para mirarme—. Usted puede huir si quiere, pero si nos vamos todos, estaremos dejando a esas treinta Hermanas de Kaia abandonadas a su suerte, las torturarán hasta la muerte. Y eso no es algo con lo que pueda vivir. Yo me quedo, y voy a luchar.

—Yo también —dijo Lyriana, y tuve la sensación de que estaba aliviada por que yo hubiese hablado primero—. Son mis Hermanas. No las voy a dejar morir.

Zell se limitó a asentir y me dio la mano. Eso fue suficiente.

La boca de Galen se abrió y se cerró durante un instante.

—Comprendo que habéis pasado muchas penurias —dijo al fin—. Pero lo que estáis diciendo es una locura. Un suicidio. Acabo de estar ahí abajo, en el Gran Salón. Hay al menos una docena de zitochis armados hasta los dientes.

—Podemos vencerlos —afirmó Zell—. Tenemos una maga de nuestro lado.

—¿Y si fracasáis?

—Entonces moriremos haciendo lo correcto. —Bajé la vista hacia Jax—. Hay peores destinos que ese.

Galen se frotó el caballete de la nariz entre dos dedos.

—No es tan simple. No se trata solo de vosotros o de esas Hermanas. Ahora mismo contamos con el factor sorpresa. Si logramos avisar a los magos a tiempo podemos preparar una contraemboscada, acabar con los hombres de tu padre y...

—No me importa —dije, y sentí que mi mano se cerraba en un puño. Galen y mi padre eran exactamente iguales, obsesionados con este juego, con ganar, incapaces de ver más allá de sus cruzadas, de ver el daño que estaban haciendo. Pensé en esa estatua que habíamos encontrado Jax y yo en aquel arroyo, en esa víctima de la última guerra, congelada en su grito eterno. Jax se había preguntado si estábamos del lado correcto, pero lo que estaba empezando a comprender era que no había un lado correcto. Solo había personas en castillos lanzando órdenes y personas en el suelo encontrando su muerte.

—No puede no importarte —insistió Galen.

—Bueno, pues es así. Estoy harta de emboscadas y contraemboscadas y ardides y estratagemas y toda esa mierda. No me importa quién gane la guerra, porque al paso que vamos, habrá otra mañana, y otra después de esa. Esto es lo que me importa: Lyriana, Zell, las treinta mujeres inocentes encadenadas en el Gran

Salón esperando a ser masacradas. Lucharé por todos ellos. Y ya está.

Galen se quedó mudo. Podía ver los engranajes en su cerebro girando sin parar mientras intentaba dar con una forma de hacerme cambiar de opinión... y pude ver el momento en el que se dio cuenta de que no lo conseguiría.

—Por el aliento de los Titanes —maldijo—. Estás loca, igual que tu padre. Y vas a hacer que me maten.

—¿Va a luchar a nuestro lado? —preguntó Lyriana.

Galen suspiró.

—Sois la princesa de Noveris. No puedo dejaros morir sin más, ¿verdad? Sí. Lucharé a vuestro lado. Y si vuestro padre pregunta, vuestros amigos bastardos me obligaron a hacerlo a punta de cuchillo.

—Esa era la siguiente parte de mi plan —dije, y di media vuelta hacia la puerta de la torre. Una parte de mí quería volver a arrodillarse en el suelo y tocar a Jax de nuevo, besar su frío rostro por última vez. Pero sabía que si lo hacía, quizás diera alas a mi dolor, quizás pusiese a prueba mi determinación. Y ahora mismo esa determinación era todo lo que tenía. Debía dejarle ahí. Debía decirle adiós.

Hice crujir mis nudillos.

—Vamos.

Zell se encargó de los guardias apostados a la puerta con tanta facilidad como había predicho. A uno lo fulminó con un puñetazo de vidrio nocturno, al otro lo asfixió.

Aprovechamos las armas que llevaban. Zell cogió una espada con su vaina y se la colgó a la espalda. Galen y yo cogimos una daga cada uno. Lyriana no cogió arma alguna, tampoco es que las necesitara; demonios, según acabábamos de descubrir ni siquiera necesitaba sus anillos. Tenía tantas preguntas sobre el tema que hubiese podido llenar una biblioteca, pero tendrían que esperar. Por el momento, solo me sentía agradecida de tenerla de mi lado.

Empezamos a bajar sigilosos por las escaleras de caracol de la torre. Había pensado que era imposible que tuviésemos que abrirnos paso entre un ejército de guardias, pero resultó que el lugar estaba más vacío que cuando nos escondimos por ahí. Era probable que la mayoría de los hombres de mi padre estuviesen en el Desfiladero del Pionero, preparando su emboscada.

Me pregunté si Miles estaría aún aquí, refugiado en su habitación, o si habría salido a caballo después de su pequeña pataleta. Solo pensar en él hizo bullir mi cabeza de ira. Era culpa suya que hubiese pasado todo esto. Era culpa suya que Jax estuviese muerto. Y si volvía a verle, le… le…

Zell alargó una mano y la apoyó sobre la parte baja de mi espalda. «Tranquila», dijo sin decirlo. «Mantén la cabeza fría.»

Lo hice.

Doblamos una esquina y llegamos a unas gruesas puertas de madera de doble hoja que conducían al Gran

Salón. Estaban cerradas, pero podía oír ruidos al otro lado: pisadas amortiguadas, el repicar de metal contra metal, el crepitar de unas llamas… y un sonido débil y ahogado que bien podía ser un grito amortiguado.

Miré a mi alrededor, a Zell y a Galen y a Lyriana. Los miré a los ojos, me aseguré de que todos pareciesen preparados. Zell y Galen empuñaron sus armas. Yo estiré el brazo y cerré la mano en torno a la empuñadura de mi daga.

—Hagámoslo —dije.

Zell abrió las puertas de par en par.

veintisiete

Lo primero que vi fue a una Hermana.

Era joven, quizás un poco más mayor que yo, y sin su velo pude distinguir su suave piel morena y una cabeza afeitada. Estaba amarrada a una silla con varias correas de cuero bien apretadas, una cuerda nudosa atada en torno a su boca a modo de mordaza. Tenía los brazos estirados, pegados a los reposabrazos de la silla, y los anillos de sus dedos refulgían con una energía mágica. Parpadeaban en un morado tormentoso y un rojo chisporroteante, igual que los fragmentos del matamagos que había visto en la playa de Whitesand. Tenía el pecho cubierto de largos cortes horizontales y varias quemaduras recientes brillaban en sus hombros desnudos. Pero lo que de verdad captó mi atención fueron sus ojos. Los tenía muy abiertos y ausentes, blancos por completo, como si se hubiesen vuelto permanentemente hacia atrás. La droga quebrantamentes en acción. Era mucho más espantoso de lo que había imaginado, y me lo había imaginado bastante espantoso.

Uno de los mercenarios de Razz estaba a su lado, un hombre mayor con el pelo blanco y una mandíbula fuerte. Sujetaba un atizador en una mano, la punta al rojo vivo. Detrás de él, por toda la sala, había al menos otros diez mercenarios afilando armas y bebiendo vino en grandes jarras de barro. Las largas mesas habían sido despejadas de comida y estaban cubiertas de cuchillos, hachas y otros chismes afilados y puntiagudos, como si se aburrieran de torturar solo con una cosa. En el extremo opuesto del salón, al lado de las puertas abiertas que daban al patio, pude ver al resto de las Hermanas, o lo que quedaba de ellas. Quince mujeres, quizás veinte, estaban sentadas sobre sus rodillas, los brazos atados a la espalda, mordazas sobre la boca. Levantaron la vista sorprendidas al vernos.

Los mercenarios también levantaron la vista, aunque no fue sorpresa lo que vi en sus rostros. Saltaron de sus asientos en el mismo instante en el que hicimos aparición y se abalanzaron a por sus armas. El hombre mayor que estaba torturando a la Hermana, su barba manchada de morado por el vino, dejó caer incluso su debido a la sorpresa. Decidí que iría a por él el primero.

—Impresionante —tronó una poderosa voz por todo el salón. Una enorme figura entró desde el patio, dos cabezas más alto que cualquiera de los presentes. Iba descamisado y sus pectorales tatuados eran más grandes que mi cabeza. Cada una de sus gigantescas manazas sujetaba un hacha enorme, sus hojas de vidrio nocturno afiladas hasta acabar en una punta letal.

Grezza Gaul. El Jefe de los Clanes. El padre de Zell. Por supuesto que estaba ahí. Porque yo no podía tener peor suerte, evidentemente.

A diferencia de los demás, Grezza no parecía borracho, aunque es probable que tuviese que beberse un barril de vino solo para achisparse un poco. Sus ojos pasaron por encima de mí sin verme y se clavaron directamente en Zell.

—¿Por fin has decidido enfrentarte a mí, chico? —exigió saber.

Zell se dirigió hacia él y apuntó a su padre con la espada.

—Deja caer tus hachas. Ríndete. Y os dejaremos vivir.

Grezza se echó a reír, una carcajada atronadora.

—Lo admito, bastardo. No te das por vencido. Si además tuvieras huevos para respaldarlo, quizás serías...

—Razz está muerto —dijo Zell con frialdad—. Te estás quedando sin hijos.

Grezza se detuvo, estupefacto. Luego soltó un bramido que sacudió las paredes y arremetió hacia delante y la sala estalló en violencia.

Grezza cruzó la sala en diez gigantescas zancadas y columpió sus hachas en dos arcos verticales, como si estuviese clavando un clavo gigante en el suelo. Zell dio un salto hacia atrás, apenas esquivó el ataque, y las hachas chocaron contra el suelo levantando una lluvia de chispas. Grezza tenía ventaja, Zell tendría que acercarse lo suficiente para poder utilizar su espada, y no podría hacerlo mientras su padre siguiese teniendo el doble de alcance. Quise acudir corriendo en su ayuda, pero entonces, el resto de mercenarios se lanzó al ataque.

No estaba asustada. Quizás debiese estarlo, pero no lo estaba. Obviamente, se trataba de asesinos entrenados y nos superaban en número, doce a cuatro. Pero contaba con el entrenamiento de Zell. Contaba con Galen y Lyriana a mi espalda. Y tenía muchas, muchas ganas de hacerle daño a alguien.

La princesa levantó la mano y disparó una ráfaga de *Levantar* que hizo salir volando por los aires a dos de los mercenarios para luego dejarlos caer sobre la dura piedra del suelo. Otro intentó atravesarla con su espada, pero Lyriana giró la mano, *Levantó* una mesa del suelo y la estampó sobre él con una explosiva lluvia de astillas. Las Hermanas chillaron. El mercenario cayó. Me dio la impresión de que no volvería a levantarse. Un tercer mercenario arremetió contra Galen con una pesada espada de doble filo. El señor del Nido la esquivó con facilidad, se deslizó detrás de su atacante y le apuñaló en la espalda una y otra vez en una mareante furia sangrienta.

Un grito alcoholizado me distrajo de la horrible escena. El mercenario más mayor, el de la mandíbula fuerte, cargó hacia mí y columpió un hacha de mano hacia mi cuello en un movimiento torpe. Mi cerebro dejó de funcionar. Mi cuerpo tomó la iniciativa. Me incliné hacia atrás y la hoja mellada de su hacha de mano silbó en el aire delante de mí. El hombre se trastabilló y aproveché para darle una puñalada ascendente. Apuntaba a su pecho, creo, pero acabé clavándole la daga hasta el puño en la parte carnosa del bíceps.

El mercenario dejó escapar un alarido de dolor, su aliento apestaba a alcohol. Su hacha de mano voló inofensiva por la sala. Se tambaleó hacia delante, mi daga todavía clavada en su brazo. Me puse detrás de él, apreté ambas manos contra la parte de atrás de su cabeza y salté hacia arriba, poniendo todo mi peso sobre su cuello. No era ningún movimiento elegante del *khel zhan*, más bien un torpe forcejeo como el que verías en una reyerta de bar. Pero funcionó. El mercenario cayó de bruces y su barbilla impactó contra el duro borde de una mesa. Se oyó un sonoro crujido en su cuello, cayó al suelo como un fardo y se quedó ahí. Muy quieto.

Ni siquiera tuve un momento para respira porque otro mercenario venía ya hacia mí. Uno no muy alto, pero corpulento, con la barba trenzada. Llevaba una espada larga con una curva sutil, como la que llevaba Zell en el banquete, que tan lejano quedaba ya. Intentó asestarme un golpe letal con una estocada de una velocidad cegadora. Me incliné hacia un lado justo a tiempo, pues la pulida hoja de la espada consiguió despellejarme un lado del brazo. Entonces me abalancé hacia delante, giré en redondo y golpeé la parte de atrás de la cabeza del mercenario con mi codo.

Ese sí que era un movimiento de *khel zhan*, ejecutado a la perfección, si es que puedo decirlo yo misma.

El mercenario se desplomó sobre el suelo, la espada se le resbaló de entre las manos. Intentó levantarse, pero estampé el tacón de mi bota contra su cara. No volvió a intentarlo más.

Eché un rápido vistazo por la habitación. La mayoría de los enemigos habían caído. Galen estaba en un rincón, asfixiando a un mercenario flacucho con una rodilla sobre su garganta. Lyriana estaba manteniendo a raya a los otros tres, lanzándoles sillas con su magia mientras ellos se refugiaban detrás de una puerta. Zell y Grezza estaban luchando cerca de la entrada del salón. Grezza todavía estaba a la ofensiva y hacía retroceder a Zell cada vez más y más. Zell era más rápido, desviaba y esquivaba los golpes de su padre, pero Grezza era demasiado grande y demasiado fuerte. Sus amplios arcos con las hachas mantenían a Zell a un metro de distancia, por lo que su espada no le servía de nada. Zell parecía desesperado, el rostro empapado, jadeando, mientras que Grezza ni siquiera había empezado a sudar. Se estaba tomando su tiempo. Todo lo que tenía que hacer era conectar un golpe.

Se oyeron unas fuertes pisadas que se dirigían hacia ellos. Galen había noqueado a su mercenario y corría hacia Zell, una daga en la mano y el campo despejado hasta la espalda de Grezza. Mientras Zell mantenía la atención de su padre, Galen cruzó la habitación a la carrera, saltó sobre un banco, sobre una mesa, y luego se abalanzó sobre Grezza con el cuchillo en alto...

Pero fue como si Grezza tuviese ojos en la nuca. Giró en un gran arco y golpeó a Galen en medio del aire con el lado romo de su hacha. Galen voló por los aires como un muñeco, se estampó contra la pared y se desplomó.

Eché a correr hacia él cuando Lyriana gritó:

—¡Tilla! ¡Cuidado!

Miré por encima del hombro. Uno de los mercenarios de Lyriana se había escabullido y corría hacia mí. Era el mercenario del callejón de Bridgetown, con la nariz vendada y una mueca furiosa. Su mano subió volando desde su cinturón. Algo cruzó por al aire directo hacia mi cabeza, algo centelleante, metálico y afilado. Un cuchillo arrojadizo.

Alargué la mano por acto reflejo y lo atrapé por el pulido mango de metal. Lo detuve a un par de centímetros de mi cara. Igual que aquella piedra. El mercenario se quedó helado, estupefacto, y parecía tan sorprendido como yo. Le tiré el cuchillo de vuelta. Mi lanzamiento fue mucho menos elegante, un flojo tiro horizontal, pero hizo su trabajo. El borde del cuchillo le hizo un tajo en el cuello al pasar. Un fino hilillo de sangre brotó de inmediato, como vino de un odre picado. El mercenario se agarró la garganta con un borboteo y cayó de rodillas. Di un grito salvaje y corrí hacia él. Cogí un arma de la mesa, un pesado garrote de madera con dientes de vidrio nocturno incrustados en la cabeza. El mercenario levantó la vista hacia mí y columpié el garrote en un gran arco que le dio justo en medio de la cara. Oí huesos romperse y carne desgarrarse. Cayó de espaldas y se quedó ahí tirado.

No sé si le maté, pero lo que estaba bien claro es que no lo iba a reconocer ni su madre.

Me di la vuelta. Lyriana se había ocupado de su último mercenario: había arrancado la puerta de sus bisagras y le había aplastado con ella. Las Hermanas la observaban con aturdida incredulidad y la Archimatrona Marlena, a quien me alegré de ver aún con vida, tenía una expresión que parecía a medio camino entre la admiración y la repulsa. Pero no me importó en absoluto, porque a la entrada de la sala Zell y Grezza seguían luchando, y la cosa se había puesto aún más fea de lo que estaba la última vez que miré. Grezza había perdido una de sus hachas, pero Zell había perdido su única espada y estaba sangrando por un corte en el costado. Su padre seguía haciéndole retroceder con golpes salvajes, pero a Zell no le quedaba mucho espacio antes de que se chocara con la pared del vestíbulo. Estaba desarmado herido y atrapado.

Entonces vi su cara. Y reconocí su expresión. Era la cara que tenía cuando me salvó de Tannyn, la cara que tenía cuando acabó con los skarrlings, la cara que tenía cuando lanzó aquel cuchillo en Bridgetown. No era solo determinación. Era certidumbre.

Apretó los dientes y corrió hacia delante para embestir contra su padre. Grezza gruñó. Tenía el hacha por encima del hombro y la columpió hacia abajo como un enorme molino de cuchillas, directamente hacia la cabeza de Zell. Me encogí aterrada. Pero justo antes de que la hoja pudiese golpearle, Zell giró en medio de su carrera y saltó hacia un lado para correr tres zancadas enteras por la mismísima pared. El hacha de Grezza se estampó contra el suelo y Zell se impulsó desde la pared en un salto asombrosamente alto, tan alto como Grezza. El Jefe de Clanes intentó reaccionar, pero fue demasiado lento y su hacha demasiado pesada. Zell plantó una mano sobre el hombro de su padre, hizo un mortal por encima de su cabeza y aterrizó a la perfección detrás de él...

Entonces lanzó una docena de puñetazos a una velocidad endiablada. Con cada puñetazo clavaba sus cuchillas de vidrio nocturno en la espalda de su padre, de arriba abajo, por toda su columna.

Grezza dejó escapar una exclamación sibilante y se colapsó de rodillas. Su hacha cayó al suelo con un estrépito metálico. Se quedó sentado, rígido como una piedra. Las yemas de sus dedos se estremecían, pero sus brazos no se movían, un peso muerto que colgaba de sus hombros. Su enorme pecho subía y bajaba, o sea que respiraba, pero no se levantó, tampoco se cayó. Los gruesos músculos de su cuello se movían espasmódicos, pero su cabeza estaba quieta. Era como si le hubiesen congelado.

Zell no solo le había vencido. Le había paralizado.

Zell se apartó tambaleándose, como si se acabara de dar cuenta de que aquella pelea era real. La sala se había quedado quieta y en silencio, excepto por los gemidos aislados de algunos de los mercenarios heridos. En la pared opuesta, Galen logró enderezarse un poco y observó con gran interés mientras Zell caminaba en círculo alrededor de Grezza.

Una mueca de dolor atroz cruzó el rostro del jefe de los zitochis, pero luego se convirtió, de manera increíble, en una sonrisa.

—Te he subestimado, hijo —dijo Grezza con voz áspera y entrecortada, cada sílaba un esfuerzo sobrehumano—. Ese ha sido mi error.

—Has cometido muchos errores. —Zell se agachó y cogió el hacha de su padre. La levantó con ambas manos. Apoyó el filo de la hoja contra la base del cuello de Grezza—. Subestimarme fue el menor de todos.

Grezza no parecía ni remotamente impresionado.

—El mejor regalo para un padre es ver a su hijo sobrepasarle. Cuando volvamos a encontrarnos, en los salones de *Zhallaran*, te trataré mejor. —Cerró los ojos—. Acaba con esto.

Zell resollaba. Podía ver el odio en sus ojos. Podía ver esa rabia asesina. La furia. El dolor. Pero aun así, mantuvo el hacha firme, inmóvil.

—¡Hazlo! —gritó Grezza—. ¡No te atrevas a dejarme así! ¡Roto! ¡Deshonrado!

Zell levantó la vista hacia mí, entonces pude verla en sus ojos, detrás de la ira y el dolor, la amabilidad que no podía reprimir, la misericordia que había perdonado la vida de su hermano, la compasión que le había llevado a protegernos todo este tiempo. No dije nada, pero no tenía que hacerlo. Zell me miró y asintió.

—Ser deshonrado es lo mejor que ha podido sucederme. —Le dio la vuelta al hacha, de modo que el asa de madera quedó apoyada contra el cuello de su padre—. Dale una oportunidad. —Entonces dibujó un gran arco por el aire y la estrelló contra la parte de atrás de la cabeza de Grezza. Cayó desplomado, inconsciente, sobre el suelo de la sala.

Solté el aire que había estado conteniendo. Las Hermanas también parecían aliviadas. Zell dejó caer el hacha al suelo y miró a su alrededor. Hizo un gesto de aprobación con la cabeza.

—Bonitos movimientos.

—Aprendí con el mejor. —Sonreí—. ¿Cómo estás?

Zell echó un vistazo al cuerpo desencajado de su padre.

—Bien —dijo—. Sorprendentemente bien.

Y entonces se colapsó.

Crucé la habitación más deprisa de lo que me había movido en toda mi vida y me dejé caer a su lado. Con ambas manos, levanté su cuerpo y le apoyé contra una pared. Cuando aparté las manos, tenía las palmas empapadas de rojo.

—Oh, no —exclamé, y le abrí la camisa de un tirón. Por primera vez vi lo grave que era el corte de su costado: un tajo irregular que iba desde sus costillas hasta justo encima de su cadera. Y de él salía sangre, demasiada sangre, que fluía por todo su costado. Apreté las manos sobre la herida en un intento desesperado por contener su vida en el interior.

—No pasa nada —dijo con voz ahogada, mientras el color abandonaba su rostro empapado en sudor. Intentó forzar una sonrisa, pero solo logró hacer una mueca—. He tenido heridas peores.

—La herida no es mortal —dijo una voz de mujer por encima de mí. Levanté la vista para ver el marchito rostro de la Archimatrona Marlena, que miraba por encima de mi hombro. Lyriana debía de haberla liberado—. Las Hermanas le pueden curar. Si conseguimos hacer nuestra magia, vivirá. —Me apartó con dulzura y se inclinó sobre Zell. Tapó su herida con un trozo de tela de una mesa cercana.

—Por supuesto que vivirá —dije yo, en parte porque no podía ni empezar a imaginarme un mundo en el que Zell también moría—. Ustedes pueden salvarle.

—Estaré bien —repitió Zell, sus ojos clavados en los míos—. No te preocupes. Saldremos de esta. —Su respiración se volvió más irregular y le costaba mantener erguida la cabeza—. Saldre... sald...

—Shhhh —susurró la Archimatrona Marlena, y le sujetó la cabeza cuando se desmayó. Me puse una mano sobre la boca y miré hacia otro lado. Nunca había sido religiosa, nunca había creído en nada de eso, pero en ese instante recé, a los Titanes, a los Viejos Reyes y a cualquiera que quisiera escuchar. Recé como una posesa por que la Archimatrona supiese lo que hacía.

—Tenemos que ponernos a salvo —dijo Lyriana—. Ahora.

Oh. Es verdad. Habíamos derrotado a los zitochis, pero todavía estábamos metidos hasta el cuello en territorio enemigo.

—Sí. Tenemos que movernos. —Me volví hacia Galen—. Hora de usar su ruta de escape. ¿Puede ayudar a llevar a Zell?

Se palpó el costado, la zona en la que Grezza le había golpeado.

—Casi seguro que tengo una costilla rota… o tres…

—Yo puedo *Levantar* la mayor parte de su peso, si usted puede guiarle —se ofreció Lyriana. Sus ojos saltaron hacia una de las mesas destrozadas de la sala, la que aplastó a los mercenarios—. Creedme, todavía puedo *Levantar*.

Al lado de la puerta del patio, Lyriana estaba liberando a las otras Hermanas una a una. He de reconocérselo: pensé que estarían conmocionadas o traumatizadas, pero en el mismo momento en que se vieron libres, cada una se movió con un propósito, corrieron al lado de Marlena, atendieron a Zell. Unas cuantas incluso se dedicaron a curar a los zitochis heridos. Es posible que Lyriana pensara que era noble por su parte. Yo pensé que era una pérdida de tiempo y esfuerzo.

La Hermana de la silla, la de los terribles ojos blancos, debió de morir durante la pelea. Una de las otras la levantó con gran ternura y la tumbó en el suelo, donde la cubrió con un mantel mientas susurraba el Cántico de la Partida.

—Nuestros anillos —dijo la Archimatrona Marlena, gesticulando hacia una mesa pegada a la pared sin levantar la vista de Zell—. Recuperad el resto de nuestros anillos.

—¡Voy! —dije, y corrí hacia donde me indicaba. Y ahí estaban, sobre una pequeña mesa redonda, un montón de anillos apilados como tesoros en un libro de cuentos. Brillaban verdes y azules y turquesas como la superficie de un río turbulento. Al llegar a la mesa me di cuenta de que no tenía ni idea de cómo funcionaban. ¿Iban ciertos anillos a determinados magos? ¿O podían simplemente intercambiárselos? ¿Y qué diablos había querido decir Lyriana en la torre cuando dijo que los magos de «sangre pura» ni siquiera los necesitaban?

Un destello captó mi atención, justo a un lado de la mesa. Vi un saco de tela basta y, en su interior, algo palpitaba y titilaba. Se me revolvió el estómago y se me erizaron los pelos de la nuca. Esos eran los otros anillos, los de las Hermanas que los zitochis ya habían torturado, los que iban a convertir en matamagos. Me temblaba un poco la mano al abrir el saco para mirar en su interior. Había al menos dos docenas de anillos. Mientras que los que había sobre la mesa brillaban con colores sólidos, estos parpadeaban y cambiaban, la luz de su interior palpitaba y se retorcía como tormentas eléctricas atrapadas. Solo el hecho de mirarlos parecía impropio, peligroso.

—¡Alto! —gritó una voz de hombre. No uno de los nuestros. Levanté la vista, sorprendida, y a través de la puerta abierta del salón, vi la peor cosa que podía imaginar. Una docena de hombres, hombres de Kent, cruzaban el patio a la carrera en nuestra dirección, las ballestas en la mano y apuntando hacia nosotros. Debían de haber oído el revuelo y habían acudido a toda prisa.

En cabeza, con una expresión a medio camino entre la estupefacción y la indignación, iba mi padre.

Ya era la segunda vez aquel día que me sorprendía en ese patio. Y esta vez parecía mucho menos predispuesto a salvarme la vida.

Lyriana fue la primera en reaccionar, y deprisa. Levantó las manos por los aires y las puertas que daban al patio se cerraron con un sonoro portazo. Justo a tiempo. Oí la reverberación de las cuerdas de las ballestas y las puertas se sacudieron con el impacto de sus saetas. Lyriana gesticuló con las manos, una y otra vez, y lanzó las únicas dos grandes mesas que quedaban en la sala volando hasta el otro lado. Se estrellaron contra las puertas, sus marcos se rompieron, pero formaron una barricada aceptable.

Aunque no sería suficiente.

—Tenemos que irnos —dijo Lyriana—. Conseguirán entrar en cuestión de un minuto. —Se volvió hacia Galen—. Lord Reza, ¿puede llevarnos hasta los establos?

Galen se agachó, pasó un brazo por debajo del de Zell y le puso en pie. Zell tenía el rostro pálido, los ojos semicerrados. No soportaba verle así.

—Sí —gruñó Galen por el esfuerzo—. Sí, creo que sí. Pero...

Fue interrumpido por un ruido atronador de pisadas. Al otro lado de las puertas oí gritos de hombres, golpes dados con los puños. Y luego... el crujir de espadas sobre la madera.

—Mierda —bufó Galen—. Van a conseguir entrar en un segundo. No lograremos escapar a tiempo.

Supe que tenía razón. Quince Hermanas aturdidas, Zell semiinconsciente, Galen cojo... no había forma humana de que pudiésemos escapar, montarnos en los caballos y emprender la huida, no antes de que mi padre y sus hombres nos alcanzasen. El ruido de los espadazos se volvió más y más sonoro. Las puertas se sacudían y estremecían.

Sentí miedo...

Y luego lo sentí otra vez. Lo mismo que había sentido en la torre, cuando me había comprometido a salvar a las Hermanas. Esa certeza. Esa fuerza. Esa determinación. Sabía exactamente lo que debía hacer.

No habíamos llegado tan lejos solo para rendirnos ahora. Jax no había muerto para eso.

—Marchaos —dije, y vale, incluso yo estaba un poco sorprendida por lo tranquila que sonó mi voz—. Yo me quedaré y los contendré.

—¿Qué? —preguntó Lyriana desconcertada—. No. No te vamos a abandonar.

—Tenéis que hacerlo —le dije—. Mira. Conozco a mi padre. Sé cómo detenerle. —No estaba segura de que mi plan fuese a funcionar, ni siquiera sabía si era posible, pero tenía que intentarlo—. Marchaos. Pon a las Hermanas a salvo. Haz que todo esto valga la pena. Que sirva para algo.

Lyriana me miró, le brillaban los ojos, y una solitaria lágrima dorada resbaló por su mejilla como una estrella fugaz. Me di cuenta de que ella sabía lo que yo estaba pensando e intentaba encontrar una forma de hacerme cambiar de opinión, así que la estreché entre mis brazos y la sostuve ahí un momento.

—Marchaos —susurré—. Marchaos.

Lyriana asintió y se apartó de mí, hipando.

—Gracias, Tilla. Por todo. —Se volvió hacia la Archimatrona Marlena, que estaba deslizando sus anillos otra vez en sus dedos—. Lleve a las Hermanas hacia la puerta norte. Tenemos que movernos.

Las puertas que daban al patio temblaron cuando la primera hoja logró atravesarlas, la reluciente cabeza de un hacha cortó a través con una lluvia de astillas. Las Hermanas salieron de la sala a toda prisa, encabezadas por la Archimatrona Marlena. La última en salir fue Lyriana, que giraba sus manos con delicadeza para mantener activa la orden de *Levantar*. Alzó la figura prona de Zell justo lo suficiente como para que Galen se lo pudiese echar al hombro.

—Tilla —gimió Zell, tan bajito que apenas pude oírle. Se aferraba a la irregular frontera de la consciencia, demasiado débil para hacer nada excepto susurrar—. No...

Las puertas se sacudieron de nuevo. Una docena de hachas habían cortado a través de ellas. Caerían en cualquier instante.

—Todo irá bien —le dije a Zell, aunque probablemente no estaba lo bastante despierto como para oírme.

—Tilla... —dijo, con voz rasposa.

Me incliné hacia delante y deslicé mi mano por su gélida mejilla.

—Me has protegido a lo largo de todo este viaje —susurré—. Ahora es mi turno de protegerte a ti. —Entonces me acerqué y le besé. Sentí sus labios y su aliento y su piel contra mí, y me costó un esfuerzo sobrehumano separarme de él, como si me estuviese arrancando mi propia piel—. Nos volveremos a ver —le dije—. Y cuando lo hagamos, no voy a volver a separarme de ti nunca más.

Zell estaba demasiado débil para responder, demasiado débil incluso para abrir los ojos. Me alegré de que así fuera. Galen me dedicó un rápido gesto con la barbilla, dio media vuelta y se apresuró tras los pasos de las Hermanas, con Zell colgado del hombro y Lyriana pisándoles los talones. Salieron corriendo por las puertas de atrás, hacia las dependencias de servicio y el pasadizo hacia las cuadras. Hacia la libertad.

Sola en el salón, intenté contener las lágrimas y tragarme el miedo. Cerré los puños con fuerza. Ahora necesitaba ira. Necesitaba agallas.

Las puertas de salida al patio por fin se hicieron añicos, se colapsaron con un estallido definitivo que hizo volar las mesas en su caída. Eché a correr por la sala justo cuando los hombres de mi padre entraban a la carrera. Me apuntaban con sus ballestas y me precipité hacia la mesa de los matamagos en el mismo momento en que varios de ellos dispararon sus saetas.

Me tiré al suelo dando una voltereta y las flechas pasaron silbando por encima de mí para chocar inofensivas contra la pared. Y, de repente, estaba justo donde quería estar. Mi padre levantó las manos para detener a sus hombres, quizás porque no quería que me mataran, quizás porque quería ver lo que pretendía. En ese momento me importaba muy poco.

Me levanté para hacer frente al pelotón de soldados y estiré un brazo. La palma de mi mano ardía con el calor imposible y crepitante del poder atrapado de un mago. Uno de los anillos del saco, uno grande, de un brillante color carmesí, descansaba en mi puño extendido. Su luz danzarina brotaba de mis dedos como los rayos del sol a través de una hilera de árboles. Los hombres retrocedieron sorprendidos, como si estuviese sujetando a un dragón que escupiera fuego. Incluso mi padre parecía sorprendido.

—Sí —sonreí—. Eso es. Bajad las armas. O hago que todos volemos por los aires. Directos al infierno.

VEINTIOCHO

Los hombres de mi padre se miraron los unos a los otros y después a él, desesperados por recibir una orden. Pero no dio ninguna. Simplemente se quedó mirándome a través de sus ojos rasgados, mis ojos, analizando, sopesando. Era como si me viera por primera vez.

—Bueno, parece que eres una pequeña bastarda muy valiente —dijo una fría voz femenina. Lady Robin Hampstedt se abrió paso entre los hombres desde el fondo de la sala, y su mueca estaba cargada de desprecio. Miles caminaba detrás de ella, pálido, mudo, con un aspecto mucho menos confiado del que había mostrado hacía un rato en la torre. Le lancé tal mirada de odio que hubiese hecho temblar a un Titán—. Puedes amenazarnos todo lo que quieras, pero en realidad no puedes hacernos daño —dijo Lady Hampstedt—. Eso es un simple anillo mancillado sin concha. Sin una chispa, no serás capaz de hacerlo funcionar.

No era ninguna lumbrera como ella, pero incluso yo sabía que eso era un farol. El anillo que tenía en la mano irradiaba poder, palpitaba de poder. Lo sentía, abrasador y gélido al mismo tiempo. Sentía cómo su energía recorría todo mi cuerpo, como si hubiese besado un relámpago. Mis ojos latían con fuerza, mis huesos zumbaban. Una voz susurraba en mi cerebro, suave y seductora, en un idioma que no podía entender. Había muchísimo poder en ese anillo, desesperado por que lo liberaran, pugnando contra la gema que lo contenía en su interior. La concha y la chispa quizás hubiesen hecho de él un arma práctica, pero no eran necesarias. Un buen golpe y esa cosa haría su trabajo.

—¿Está segura de eso, Robin? —le contesté—. ¿Por qué no se lo tiro a la cara y lo probamos?

Lady Hampstedt gruñó como un oso. Arrancó la ballesta de manos del perplejo soldado que tenía a su lado y apuntó directamente a mi cara.

—¿Qué tal si hacemos una prueba diferente? Sabes que tengo una puntería endiablada. Y a ti te va a costar muchísimo lanzar ese anillo con una flecha clavada en el ojo. ¿Qué crees que es más rápido...? ¿Tu brazo? ¿O mi dedo?

—¡No le dispares, madre! —suplicó Miles, y decidí que preferiría tirarle el anillo a él—. ¡Prometiste que no le harías daño!

—Eso fue cuando estaba encerrada a buen recaudo en una celda. —Lady Hampstedt cerró un ojo. ¿De verdad

429

estaba disfrutando de esto?— No amenazándome con un matamagos.

—¡Por favor! ¡No le dispares!

—Nadie va a disparar a nadie —dijo mi padre con tono severo, como un adulto que ya se hubiese cansado de las discusiones de unos niños. Todos los presentes giraron la cabeza en su dirección. Todos menos Lady Hampstedt, que mantuvo la cabeza tan fija en mí como su ballesta—. No estoy bromeando, Robin. Ni se te ocurra apretar ese gatillo.

Lady Hampstedt le lanzó a mi padre una mirada irritada, pero asintió. Sabía bien que no debía desafiarle. Retiró el dedo del gatillo de la ballesta, pero la mantuvo apuntada hacia mí.

—Si mueve un solo músculo, le disparo.

—No se moverá —dijo mi padre. Dio un paso adelante y, a pesar de la tenue luz de la luna, logró atravesarme con la mirada—. ¿O sí, Tillandra?

—¡No lo sé! —le grité. Estaba intentando que mi voz sonara dura, pero es que realmente no lo sabía. Mi brillante plan había consistido en: paso uno, amenazarlos con un anillo; paso dos, decidir el paso dos. Todo lo que podía hacer ahora era ganar tiempo.

Y mi padre lo sabía.

—Venga, Tillandra. Deja ese anillo. —Pensé que estaría enfadado, pero su voz sonó suave y amable, la voz que empleaba cuando era una niña pequeña y me consolaba cuando me caía y me hacía un rasguño en la rodilla—. Estoy asombrado de que hayas logrado llegar tan lejos. De verdad, realmente asombrado. Pero esto se ha acabado. No hay forma de detener el progreso. Todo lo que te queda es ponerte de mi lado y unirte a mí mientras yo devuelvo la gloria y la libertad a Occidente.

¿Unirme a él? Negué con la cabeza.

—Es demasiado tarde.

—Por supuesto que no. —Dio un paso adelante—. Aún tenemos tiempo de sobra para atrapar a tus amigos y fabricar el resto de las bombas. Y entonces... Imagínatelo. ¡Imagínatelo! Los magos cruzarán a toda prisa el Desfiladero del Pionero mañana por la noche. Tengo un centenar de arqueros escondidos en las montañas, cada uno con un matamagos en la punta de su flecha. Los magos se detienen en un puesto fronterizo en el lugar más estrecho del desfiladero, inconscientes del peligro. Y entonces... —Mi padre levantó una mano y chasqueó sus largos dedos—. Todo habrá terminado antes de que nos demos cuenta. Los Caballeros de Lazan, los mejores y más brillantes de los guerreros magos, eliminados de un plumazo. El reino del terror de la Dinastía Volaris habrá terminado. La época de los magos desaparecerá en una sola explosión atronadora. —Las comisuras de sus labios se curvaron en una sonrisa—. Y Occidente volverá a ser el reino libre que una vez fue.

Yo no sonreía. Un mes antes no se me hubiese pasado por la imaginación la idea de contestarle a mi padre, pero ahora no pude reprimirme.

—Haces que parezca bueno importante. Pero de lo que estás hablando en realidad es de asesinato. ¡El asesinato de cientos de personas!

Lady Hampstedt puso los ojos en blanco.

—Oh, Dios mío, qué triste…

Mi padre le lanzó una mirada que podría haber derretido una piedra.

—No son personas, Tillandra. Son magos. Caballeros de Lazan. Asesinos despiadados, todos y cada uno. ¿Sabes cómo aprenden su oficio en esa espantosa academia de Lightspire? Practican con prisioneros, la mitad de los cuales son inocentes, dicho sea de paso. Vuelven a los hombres del revés como si fuesen un calcetín, hierven su sangre en su interior, derriten sus cerebros de manera que lo único que queda es una cáscara babeante… —Sacudió la cabeza—. Esas no son personas. Son monstruos. Y hay que detenerlos.

Pensé en ese chico del arroyo, la estatua del grito eterno. Y luego pensé en la Hermana de la silla, la de los ojos vacíos y vidriosos, la que yacía debajo de un mantel a solo unos pasos de mí.

—No son solo los magos —le dije— ¿Qué pasa con todas las personas inocentes que se verán atrapadas entre fuego cruzado? ¿Qué pasa con las Hermanas que planeáis torturar hasta la muerte? ¿Qué pasa con la gente que ya ha muerto?

—Las guerras tienen víctimas colaterales —dijo mi padre.

—¡Tú has empezado esta guerra! —le grité—. Puede que antes no fuéramos libres, pero teníamos paz... ¿Acaso no era suficiente?

—Paz —se burló mi padre—. Esto no es paz. Esto es opresión. Esto es arrodillarse para lamer las botas de los hombres que te vencieron. ¿Quieres hablar de víctimas inocentes? ¿Sabes lo que hicieron los magos en la Gran Guerra? ¿Has oído hablar de lo que sucedió en Orstulk y New Kendletown? ¿Puedes imaginarte un pueblo entero asesinado, sus cuerpos despellejados abandonados en los tejados de sus casas? —Sus ojos ardían con una pasión justificada—. ¿Sabes lo que le hicieron a mi abuelo?

—No —susurré.

Eso pareció sacudirle. Su duro rostro se suavizó y una expresión que no le había visto antes cruzó su cara.

—No —repitió en voz baja, y dio un paso atrás—. ¿Cómo habrías de saberlo? Nunca te lo conté.

¿Nunca me contó qué? ¿Qué diablos le hicieron a su abuelo? ¿Qué estaba pasando aquí?

Mi padre, el de la mirada penetrante, bajó la vista, avergonzado.

—He cometido muchos errores, Tillandra. Hay tantas cosas que he hecho mal... Pero no hay nada de lo que me arrepienta más que de la forma en la que te he tratado. Todo lo que te ha ocurrido, todo ello, se debe a mi fracaso como padre.

Se me secó la boca, mis manos empezaron a temblar. Incluso el poder del anillo parecía lejano, disminuido.

Esto tenía que ser una treta, ¿verdad? Pero ¿cómo? ¿Por qué?

—¿De qué estás hablando?

—Cuando alcancé la mayoría de edad, mi padre me llevó a su estudio y me contó su gran secreto. En el Día de la Rendición, los Kent se habían rendido ante los Volaris en nombre, pero no en espíritu. Albion Kent había hecho una promesa, una promesa que pasó a mi abuelo, luego a mi padre y luego a mí. La promesa de mantenerse vigilante, atento, de esperar al momento en que los Volaris se mostraran débiles, y entonces atacar. —La voz de mi padre sonaba distante, reverencial—. Yo hice esa promesa. Juré que restauraría nuestro reino. He pasado dos décadas planeando mi... nuestra venganza. Todo lo que he hecho en los últimos veinte años, todas las decisiones que he tomado, han sido para traernos hasta este día.

—¿Todas las decisiones? —le pregunté en un susurro, y de repente, todo había adaptado un tono muy, muy personal—. ¿Como ignorarme en el momento en que te casaste con Lady Evelyn? ¿Eso también era para tu venganza?

—¡Sí! ¡Por supuesto que sí! —contestó, y no podía creerme la emoción que estaba oyendo en su voz—. Yo quería a tu madre, Tillandra. Hubiese podido dejarlo todo por ella, si no hubiese muerto. Y tú me recuerdas tanto a ella... Solo mirarte hace que me duela el corazón.

—No tenía ni idea de que mi padre fuese capaz siquiera de hablar así. ¿Lo había ocultado tan hondo durante décadas? ¿Acaso era este su verdadero ser?— En otra vida quizás te hubiese criado como a mi hija legítima desde el primer día, y al cuerno con la política. Pero no podía. Necesitaba la lealtad de Casa Yrenwood, y solo la podía lograr mediante el matrimonio, mediante la existencia de herederos legítimos. Tuve que hacerlo. Y tuve que distanciarme de ti para no sembrar dudas en nuestra alianza. Hacerlo me destrozó por dentro. Pero era mi deber.

Ahí estaban. Las palabras que me había pasado casi toda la vida soñando con oír, la respuesta que tan desesperadamente anhelaba pero en la que nunca me atrevía a pensar como cierta. A la luz, sin más. Quería ser escéptica, no dejar que eso me distrajera, centrarme en el matamagos que tenía en la mano y la ballesta apuntada hacia mi cara. Pero no podía. Había demasiado peso en sus palabras.

—¿Por qué no dijiste nada? —exigí saber. Me ardían los ojos, anegados en lágrimas—. Perfecto, no podías legitimarme, ¡pero me podías haber contado lo de tu promesa! ¡Podías haberme hecho partícipe! ¡Podías habérmelo dicho!

—No me fiaba de ti —reconoció mi padre, sin dudarlo ni un instante—. Pensé que todavía eras una niña. Pensé que no lo entenderías, que te irías de la lengua y pondrías mi plan en peligro. Pensé que podría esperar hasta que los magos hubiesen muerto y que entonces te lo podría contar. No creí que necesitaras saberlo.

Estaba equivocado. —Entonces levantó la vista hacia mí, una chispa de orgullo en los ojos—. Desearía haberlo hecho, Tillandra. Desearía haberte llevado a mi estudio y haberte contado lo que mi padre me contó a mí. De haber sabido de lo que eres capaz, lo hubiese hecho. Has luchado por lo que crees, aunque eso significara desafiar a tu propia Casa. Has viajado por la provincia entera, incluso con esos mercenarios zitochis pisándote los talones. Incluso ahora, de algún modo, has logrado escapar de la torre y ¿qué has hecho? ¿Huiste para salvar la vida? No. Te has metido directamente en la boca del lobo. Porque tienes un corazón valeroso y la voluntad de hierro de los Kent, la sangre de los Viejos Reyes corre por tus venas. Solo desearía haberte dado una educación que te hubiese puesto de mi lado. Me imagino todo lo que podríamos haber logrado juntos.

—¿Estás orgulloso de mí… porque te desafié?

—Sí. No hay mayor valor que el de desafiar a tu propio padre. A su manera, tu rebelión ha sido tan valiente como la mía. Por eso estoy orgulloso.

¡Es una trampa!, gritaba mi cerebro. ¡Te está manipulando! ¡Solo está diciendo lo que quieres oír! Pero mi corazón se negaba a escuchar.

—Ordenaste mi muerte. ¡Enviaste mercenarios a por mí!

—Y fue la decisión más dolorosa que he tenido que tomar en mi vida —dijo mi padre—. Pero no tenía elección. Hay mucho más en juego. No se trata solo de ti o de mí. Esta noche está en juego la libertad y el futuro de todos los ciudadanos de Occidente. Ninguna vida individual es más importante que eso. Ni siquiera la tuya. —Dio un paso hacia mí—. Pero los Viejos Reyes nos han sonreído y nos han dado una segunda oportunidad. No tienes que morir, y no tienes que huir. Esta noche el mundo va a cambiar. Y mañana te puedes unir a mí, estar a mi lado, donde siempre debiste estar. Mañana podremos empezar a vivir la vida que siempre debimos vivir. —Sonrió. Sonrió de verdad, no una sonrisilla de superioridad ni algo parecido a una completa, sino una sonrisa entera, genuina, sincera. La sonrisa que llevaba toda la vida deseando ver—. Tillandra Kent. Eres mi hija legítima. Y un día reinarás sobre todas estas tierras como la legítima reina de Occidente.

Sentí que un océano interminable me engullía, hundiéndome en un remolino enorme y atronador. Contuve la respiración y cerré los ojos. Quería creerlo. Quería sentirlo. Tenía tantos deseos de imaginar ese futuro, de ver a mi padre abrazarme al fin como a una hija, de regresar a casa. De ser reina. De vivir esa vida, ese sueño. Quería verlo.

Pero no pude.

Porque todo lo que podía ver era al Archimago Rolan agonizando en la arena mientras mi padre le clavaba la daga en el ojo. A Markos y Tannyn, sus cadáveres poniéndose azules sobre el suelo de su casa de campo. A esa familia asesinada en la cabaña, los cuerpos tirados como si no fuesen nada. Y a ese Guardia de Bridgetown, que solo hacía su trabajo hasta que le clavaron un cuchillo en la cabeza. A esa Hermana en la silla, los ojos vidriosos, cubierta de sangre.

Todo lo que podía ver era a Jax.

Jax, que nunca importaría. Jax, al que mi padre nunca consideraría de la familia. Jax, al que mi padre hubiese matado sin pensárselo dos veces.

Jax, que estaba muerto por culpa de la guerra de mi padre.

Y él quería que fuese la reina de Occidente.

Levanté la vista hacia mi padre y le miré a los ojos.

—Lo siento, Lord Kent —le dije—. Pero no soy más que una bastarda.

Tiré el anillo lo más fuerte que pude. No a mi padre. Ni a Lady Hampstedt. Sino entre nosotros, al suelo del Gran Salón.

Muchas cosas sucedieron a la vez.

—¡No! —gritó mi padre.

Sus hombres se tiraron al suelo y se dispersaron.

Lady Hampstedt disparó su ballesta.

El anillo silbó por el aire, dio vueltas sobre sí mismo, giró en espiral mientras proyectaba esa terrible luz carmesí en todas direcciones…

Y luego impactó justo donde había estado apuntando, en pleno centro de la gran baldosa hexagonal.

La explosión fue ensordecedora, un estallido atronador y un fogonazo de llamas rojas que chamuscaron las paredes y lanzaron chisporroteantes lascas de mineral volando en todas direcciones. Oí gritos cuando impactaron contra los hombres de mi padre, pero ni siquiera tuve tiempo de procesarlo, porque el suelo del Gran Salón se estremeció, se hizo añicos y se colapsó hacia dentro para caer en las fauces de un enorme socavón. Todos caímos al interior, envueltos en una lluvia de ladrillos y tierra; caímos a la oscuridad de los túneles.

Choqué contra el suelo, pero no tan fuerte como mi padre y sus hombres, que no se lo esperaban. Estábamos en la amplia cámara debajo del Gran Salón, la que conectaba todos los túneles. No podía ver ni a mi padre ni a sus hombres entre la densa y caótica nube de polvo que nos rodeaba. Pero los podía oír. Gritaban, tosían, desenvainaban sus armas.

Disponía de un momento, de un momento muy, muy pequeñito, antes de que se dieran cuenta de lo que había sucedido, y no lo iba a desperdiciar. Me puse de pie de un salto y estiré la mano hacia el saco tirado a mi lado, el que contenía el resto de anillos mancillados.

—¡Detenedla! —bramó mi padre, pero no podían verme, no podían saber adónde iba. Corrí lo más deprisa que pude, haciendo caso omiso del dolor que sentía en el brazo, de la voz en mi cabeza que sabía que casi lo más probable es que fuese a morir. Los túneles debían de haber estado negros como el carbón, pero el saco me iluminaba el camino con un cegador arcoíris de parpadeantes rojos, azules y verdes.

Eso no era bueno. Los otros anillos debían de haberse golpeado en la caída, porque el saco retumbaba con su energía. Podía sentir cómo se estremecía, oía las gemas resquebrajarse como los cristales de una ventana.

Corrí aún más deprisa a través del estrecho túnel bajo el ala este y, de pronto, me encontré fuera, rodeada por el frío aire nocturno, bajo las estrellas, en aquella estrecha plataforma rocosa sobre los vertiginosos acantilados. Me golpeó un viento frío. La luna en lo alto estaba llena y brillaba con fuerza. E incluso mientras el saco que tenía entre las manos empezaba a arder, mientras oía a mi padre gritar detrás de mí, tuve un repentino momento de calma absoluta.

Me vi a mí misma con Jax al borde de la plataforma, hace tan solo una noche, sentados juntos, en un silencio cómplice lleno de amor, por última vez.

Sonreí, balanceé el brazo y tiré el saco lo más fuerte que pude.

Salió despedido, se precipitó por encima del saliente y cayó hacia el abismo, a mis pies. Observé asombrada cuando se rajó en medio del aire y todos los anillos salieron volando, como un paisaje estrellado multicolor, brillando a través de la noche.

Y entonces explotaron.

Oí un estruendo tan sonoro que lo sentí en los huesos. Oí hielo estallar y llamas rugir. Oí voces gritar. Oí rocas caer.

Vi una enorme bola de fuego de todos los colores en un solo estallido, desgarró las montañas e iluminó el cielo nocturno con más brillo que el sol. En esa bola de fuego vi esquirlas de cristal y riachuelos de lava y danzarinas bandas de luz esmeralda.

Sentí cómo despegaba del suelo y volaba hacia atrás, lejos del saliente, al interior de los túneles, hasta estrellarme con un impacto increíblemente fuerte contra la pared de piedra. Sentí cómo se me rompían los huesos y se me inundaba la boca de sangre.

Y después ya no sentí nada.

veintinueve

El humo hacía que me lloraran los ojos y me quemara la garganta.

Tosí e hice una mueca, parpadeé para eliminar las lágrimas de mis ojos. Estaba tirada sobre un montón de afiladas piedras irregulares. Al principio no lograba distinguir qué era lo que estaba viendo, luego me percaté de que era el techo del Gran Salón, visto desde los túneles a través del agujero que había quedado donde solía estar el suelo. La explosión debía de haberme lanzado todo el camino de vuelta hasta la amplia cámara.

Ese no era el único daño que había provocado. Faltaban grandes pedazos del techo del Gran Salón, que se había hundido con la explosión. Pequeños fuegos ardían por doquier. A mi alrededor había inmensos montones de piedras, y debajo de algunas de ellas pude ver cuerpos de hombres aplastados. Los hombres de mi padre. Traté de no mirarlos. Ahí fue cuando me di cuenta del dolor, probablemente el más intenso que jamás había sentido.

Contuve la respiración y apreté los dientes. Mi pierna izquierda debía de estar debajo de mí cuando impacté contra la pared, porque ahora estaba destrozada, rota justo por medio de la espinilla, el hueso blanco y ensangrentado asomaba por la fractura abierta. Tenía el pie completamente girado hacia atrás, como una muñeca con la que un chiquillo hubiese jugado demasiado bruscamente. Mi pecho parecía estar ardiendo, probablemente a causa de un par de costillas rotas, y cada vez que tosía, escupía sangre.

Iba a morir ahí, ¿verdad? Sí. No había forma de que saliera de esta.

Y aunque una diminuta parte de mí gritaba horrorizada, el resto de mi ser estaba sorprendentemente tranquilo. Mejor morir aquí que en la torre, a manos de Razz. Mejor aquí que en Bridgetown. Mejor aquí que en la mina de los skarrlings, mejor aquí que en la carretera, mejor aquí que en la playa de Whitesand. Mejor morir aquí que vivir una farsa.

Si moría aquí, moriría como Tilla de los túneles. No me importaba tanto.

Un gimoteo de alguna parte entre el humo me sacó de mi ensueño. Entrecerré los ojos y logré ver una forma agachada y llorosa. Era Miles, su elegante túnica desgarrada, la cara cubierta de hollín. Lady Robin Hampstedt yacía a su lado sobre el estómago, sin moverse. Había algo extraño en su cabeza, y entonces me di cuenta: allí no había cabeza, aplastada bajo un enorme pedazo de piedra.

Intenté decir algo, pero en ese momento apareció otra forma delante de mí. Alguien alto y delgado, vestido completamente de negro. Una mano me agarró por la mandíbula y estampó mi cabeza contra la pared que tenía detrás. Y entonces una cara se acercó casi hasta tocar la mía.

—Pequeña zorra —bufó mi padre. La sangre de un largo corte en la frente se le metía en los ojos, y tenía el pelo revuelto y quemado. Cualquier amor u orgullo que hubiese sentido había desaparecido. Todo lo que quedaba era un odio intenso y feroz—. Zorra estúpida y traidora. —Sacó un pequeño y delgado cuchillo de una vaina en su bota y apretó su fría punta contra mi cuello—. ¿Tienes alguna idea de lo que has hecho? ¿Alguna idea de lo que me has costado? —Sentí como un picotazo cuando la temblorosa hoja atravesó mi piel—. Debería matarte ahora mismo. Debería cortarte ese cuellecito desagradecido y egoísta…

Y no sentí ningún miedo. Ni de él ni de su cuchillo. Estaba cansada y dolorida y enfadada, enfadada por todo lo que él me había hecho pasar, enfadada por haber deseado alguna vez su despreciable amor. Miré directamente a sus odiosos ojos verdes y obligué a mis labios agrietados a esbozar una sonrisa.

—Entonces, hazlo —le dije.

Se quedó mirándome, las aletas de su nariz muy abiertas, le temblaba la mano. Pero no pudo hacerlo. Incluso después de todo lo que le había hecho, no pudo hacerme daño; a su primera hija, a su verdadera hija.

Se volvió hacia mí con un rugido y tiró su cuchillo contra la pared del túnel, donde rebotó con un ruido metálico. Sonreí y me eché a reír.

Sonaron unas voces a lo lejos, gente que gritaba. ¿Más hombres de Kent? ¿O eran Lyriana y Galen?

Mi padre respiró hondo y recuperó la compostura, luego se acercó a Miles, le agarró por el cuello de la camisa y le puso en pie.

—Deja de lloriquear —le ordenó—. Nos tenemos que ir.

—Mi... madre... —gimoteó Miles—. Ella ha matado a mi madre. ¡Ha matado a mi madre!

—Sí, así es. Lo que te convierte en el señor de Casa Hampstedt. Sabes lo que significa eso, ¿no? —Mi padre acercó mucho su cara a la de Miles—. Significa que tenemos una guerra que ganar.

Miles sorbió por la nariz y asintió. Y los dos se alejaron a paso airado, sin dedicarme ni una sola mirada más. Me dejaron sola, recostada contra la pared, retorcida, sangrando, ahogándome con el humo, incapaz de moverme.

Recé por que Zell estuviera bien. Recé por que Lyriana estuviera bien. En aquel momento, eso era lo único que me importaba.

Sonreí y cerré los ojos.

La oscuridad se apoderó de mí.

TREINTA

Luz diurna.

Un toldo beige oscilaba con suavidad.

Olor a hierbas, tierra y flores recién cortadas.

¿Dónde…?

Parpadeé para espabilarme. Estaba tumbada sobre una camilla en una especie de tienda improvisada, envuelta en una fina sábana blanca. Había un par de braseros de hierro, uno a cada lado de la cama, y obviamente había algo extraño ardiendo en su interior, porque el humo que desprendían era verde y olía a canela y especias. No tenía ni idea de cómo, pero el cuerpo no me dolía lo más mínimo; lo sentía embotado y distante, como si yo no fuese más que un alma flotante.

—Eh, hola —dijo Zell desde algún sitio cercano—. Bienvenida.

Giré la cabeza a un lado y allí estaba, su rostro había recuperado el color, parecía tan fuerte y sano como cuando le conocí. Estaba sentado en una banqueta al lado de mi cama, y sus ojos se iluminaron cuando sonrió. Lo había logrado. ¡Estaba vivo! Igual que yo, según parecía.

—Zell —dije con voz áspera, mi garganta seca y rasposa—. ¡Estás bien!

—Sí. Y también tengo una cicatriz nueva. —Se levantó la camisa para enseñarme el estómago. Justo donde le había herido su padre, a la izquierda de los abdominales, había una ancha franja blanca de tejido cicatricial. Estaba difuminada, mucho, como la marca de una herida sufrida hacía una década.

—¿Cómo...?

—Las Hermanas de Kaia. —Zell hizo un gesto hacia un lado con la cabeza y vi a una mujer sentada detrás de él. Tenía el rostro oculto tras un velo de gasa dorada, pero pude distinguir piel oscura y ojos verdes. Llevaba anillos en las manos entrelazadas y se balanceaba ligeramente adelante y atrás, tarareando en voz baja—. Nos han salvado la vida a los dos.

—Bueno, nosotros se la salvamos a ellas. —Levanté la cabeza, solo un poco, para comprobar cómo estaba. Tenía la pierna entablillada y vendada, el hueso sujeto con un par de varillas de metal. Mi antebrazo derecho estaba vendado de manera similar, solo que había también una especie de extraña enredadera en flor atada alrededor de la venda, como un lazo en un regalo. La enredadera latía y palpitaba, solo un poco, como si alguien estuviese dándole a mi brazo ligeros apretoncitos.

Cerré el puño, levanté la mano y moví el brazo de un lado a otro. Todo funcionaba—. Uau.

Zell estiró el brazo y cogió esa mano, entrelazó con ternura sus dedos con los míos. De algún modo, su contacto hizo que todo esto pareciera real. Había sobrevivido de verdad. Y no había nada en el mundo mejor que sentir la piel de Zell contra la mía.

—Eso pienso yo también. Lo que hacen estas Hermanas... está más allá de cualquier cosa que pueda imaginar. Ahora veo por qué son tan poderosas. Y tan temidas.

—¿Lyriana? —pregunté, acordándome de ella de repente—. ¿Está bien?

—Está muy bien. Mejor que bien, en realidad. ¿Quieres ir a verla? —Zell miró a la Hermana del rincón de la tienda—. ¿Puedo llevar a Tilla a dar un paseo?

La Hermana dejó de tararear y la enredadera de alrededor de mi brazo dejó de palpitar.

—Sí, le vendrá bien. Pero aseguraos de regresar antes del atardecer. Sus lesiones todavía se están curando. —A pesar del velo, pude ver su sonrisita pícara—. No hagáis nada demasiado físico.

—¿Demasiado físico? ¿Como qué? —preguntó Zell y luego lo entendió—. Oh... quiero decir... Nosotros... no haríamos. No es que no pudiéramos... Solo quiero decir que... no ahora, necesariamente, a menos que, bueno, a menos que ella quisiera, pero... no lo haríamos...

Me eché a reír y puse dos dedos en los labios de Zell. Verle abochornado era la cosa más adorable del mundo.

—Estaremos bien —dije. Zell le dio a mis dedos un beso minúsculo y decidí que más tarde comprobaría cómo de físicos podíamos ponernos después de todo.

Zell me ayudó a levantarme de la cama y pasó un fuerte brazo por debajo de mis hombros para ayudarme a caminar. Me recosté contra él, quizás un poco más de lo necesario, y nos encaminamos hacia la entrada de la tienda. Sentía las piernas algodonosas y adormecidas, los pies me cosquilleaban a cada paso.

—¿Cuánto tiempo llevo inconsciente?

—Dos días. —Zell empujó la solapa de la tienda para abrirla y salimos al exterior, entrecerrando los ojos bajo la luz del sol. Estábamos en lo que parecía ser un campamento provisional, un conjunto de tiendas que se extendían en todas direcciones. Vimos magos que se afanaban de un lado para otro, guerreros con armadura y espadas flotantes a la espalda, eruditos con túnicas y gruesos volúmenes, y Hermanas con velo que se deslizaban silenciosas de una tienda a otra. En el extremo del campamento pude ver la entrada al Desfiladero del Pionero. Por las paredes del valle se veían largas marcas negras chamuscadas, y enormes pedazos de piedra habían sido arrancados por la explosión. Daba la impresión de tener tantas cicatrices como nosotros.

Allí había tenido lugar una batalla. Después de todo, Galen había conseguido tender su contraemboscada.

—Entiendo que han ganado los magos —dije.

Zell asintió.

—Así es. Esa explosión que provocaste pudo verse a kilómetros de distancia. Cuando los magos la vieron, supieron que algo había ido mal, así que entraron a la carga en el desfiladero en formación de batalla. Los hombres de tu padre todavía estaban esperando sus órdenes. —Hizo una pausa—. La batalla duró menos de una hora.

—¿Mi padre? —pregunté.

—Escapó, junto con Miles. Huyeron de vuelta al oeste con lo que quedaba de su ejército.

Así que sobrevivió.

Zell me condujo hacia el centro del campamento, donde obviamente estaban las personas importantes. Las tiendas eran más grandes y los magos parecían más mayores, más curtidos, más serios. Pasamos al lado de un grupo de hombres reunidos alrededor de una larga mesa, hablaban en voz baja. Galen se encontraba entre ellos, su cara ya curada. Su mirada se cruzó con la mía al pasar, y me dedicó un rápido gesto cómplice. Estoy bastante segura de que me estaba dando las gracias.

La tienda más grande estaba justo en el centro, casi cinco veces más grande que las otras, con el techo alto y una elegante tela dorada. A la puerta había dos corpulentos magos, sus rostros ocultos tras yelmos de espejo, sus manos embutidas en guanteletes plateados con garras. Parecieron reconocer a Zell. Uno de ellos asintió y el otro abrió la solapa de la tienda.

Entramos. Era obvio que se trataba de una especie de centro de operaciones, iluminado por media docena de bolas de *Luz* flotantes. Había montones de libros y mapas alineados por las paredes, y una enorme mesa de madera oscura ocupaba la mayor parte de la estancia. Sobre ella había un mapa, no un dibujo en dos dimensiones como los que siempre había visto, sino una verdadera versión en miniatura de Occidente, como la casa de muñecas más detallada del mundo, completa con montañas coronadas de nieve y pequeños bosques verdes e incluso ríos que fluían hasta el mismísimo borde de la mesa. Habían dispuesto docenas de diminutas figuritas de marfil por todo el mapa, soldaditos de juguete que ondeaban estandartes de las Casas, todos los ejércitos de Occidente desplegados.

En otro momento de mi vida me hubiese sentido completamente fascinada, y es probable que me hubiese pasado horas y horas solo contemplándolo. Pero, en esos momentos, estaba interesada sobre todo por la persona que había de pie detrás de la mesa. Lyriana se había aseado y estaba espectacular. Llevaba un rielante vestido negro y una diadema dorada con piedras preciosas, y tenía el pelo recogido en una serie de intrincadas bandas circulares. Estaba hablando con un hombre alto vestido con una sofisticada túnica, pero en cuanto entré en la tienda se giró hacia mí.

—¡Tilla! —exclamó. Corrió hacia mí y casi vuelca la mesa—. ¡Te has despertado!

Me dio un abrazo tan fuerte que me tambaleé hacia atrás. Zell tuvo que cogernos a las dos.

—Cuidado —dijo—. Tilla todavía está un poco débil.

—Lo siento —se disculpó Lyriana, pero siguió abrazándome igual de fuerte—. ¡Estoy tan contenta de verte de nuevo!

Sonreí de oreja a oreja y le devolví el abrazo.

—Yo también me alegro de verte.

—Así que esta es la famosa Tillandra —comentó el hombre de la túnica sofisticada, su voz grave y sedosa. Se acercó a nosotras y pude verle claramente a la tenue luz de la tienda. Era joven, tendría unos veinte años, alto y delgado, con la piel tan oscura como la de Lyriana y un rostro que guardaba un parecido asombroso con el de ella. Su pelo se rizaba con pulcritud alrededor de su cabeza, y una fina pelusilla cubría su elegante mandíbula. Sus ojos ardían en un rojo furioso, como las rosas más vistosas del jardín de Lady Evelyn. Cruzó la estancia, su túnica carmesí ondeaba a su espalda como una capa. Me saludó con una ligerísima inclinación de cabeza—. Es un honor conocerte.

—Mi primo, Ellarion —nos presentó Lyriana.

No sabía si debía hacer una reverencia, tenderle la mano o qué, así que me limité a quedarme ahí parada. Ellarion ni se inmutó.

—Lyriana me ha contado todo lo que hiciste por ella. Mi familia tiene una deuda incalculable contigo. Cuando llegues a Lightspire me aseguraré de que no te falte de nada.

—Ahora mismo, lo único que me falta es un baño caliente y una bebida fría —le contesté.

Ellarion esbozó una sonrisa pícara.

—Una chica con mis mismos gustos —dijo, mientras Lyriana ponía los ojos en blanco.

¿Estaba tonteando conmigo? Eso sería raro, ¿no? Miré a Zell en busca de ayuda, pero estaba de pie al lado de la mesa, la cabeza ladeada mientras estudiaba las piezas desplegadas.

—Los hombres de Kent huyen hacia el castillo de Waverly —dijo—. ¿Vais a ir tras ellos?

Ellarion frunció el ceño.

—Por mucho que me gustaría hacerlo, debemos quedarnos y esperar refuerzos y órdenes del rey Leopold. Vinimos aquí preparados para una incursión en tierras zitochis, no para una maldita Segunda Gran Guerra. —Se volvió hacia mí—. Una caravana especial os transportará a vosotros tres de vuelta a Lightspire. Yo iré con vosotros todo el camino, solo por si acaso. Mi prima es la heredera al trono. Su seguridad es de vital importancia. —Juro que sus ojos rojos parpadearon, como la llama de una vela—. Pero después regresaré. Lord Kent será llevado ante la justicia. Pagará por lo que le hizo a mi padre. Os lo prometo.

Intenté encontrar una respuesta apropiada a eso, pero no se me ocurrió ninguna. La verdad es que ya no me importaba. Podían encerrar a mi padre en la más oscura de las mazmorras o exhibir su cabeza en las murallas del castillo de Waverly. No me importaba. Esa parte de mi vida estaba cerrada. Yo estaba viva, Zell y Lyriana estaban vivos, y habíamos escapado. Eso era todo lo que me importaba.

Eso y otra cosa.

—¿Jax? —dije con suavidad, mientras se me hacía un nudo frío y duro en el estómago—. ¿Le... recogisteis?

Lyriana asintió.

—Ven conmigo. Te lo enseñaré.

Lyriana, Zell y yo dejamos a Ellarion en la tienda central y empezamos a cruzar el campamento de nuevo. Lyriana iba ahora en cabeza, Zell y yo la seguíamos de cerca. Al ver a la princesa, los magos se arrodillaban, la cabeza gacha. Los saludaba con el dorso de la mano y sus dedos lanzaban chispas. Tenía anillos nuevos para sustituir a los que le habían arrebatado.

Tenía algo más en el brazo: un cuadrado negro de carne carbonizada, una zona quemada. Pestañeé confusa, y entonces me di cuenta. Su tatuaje, el emblema floreciente de las Hermanas de Kaia. Ya no estaba.

Lyriana me pilló mirando.

—Me lo quemaron esta mañana —explicó—. No te preocupes. No duele.

—¿Que no duele? ¿Qué? Para empezar, ¿por qué te lo han quemado?

Lyriana ladeó la cabeza, como si le divirtiera mi pregunta.

—He matado a hombres, Tilla. Utilicé mi magia para quitar vidas. Rompí mi juramento. No podía quedarme con las Hermanas, no después de eso.

—Pero... pero... ¡rompiste tu juramento por ellas! —balbuceé—. ¡Lo hiciste por una buena causa!

—Si pudiésemos romper nuestros juramentos cada vez que surgiese una buena causa, no serían unos juramentos demasiado buenos, ¿no crees? —me dijo Lyriana—. Relájate, Tilla. Hice una elección. Estoy preparada para vivir con ella.

—Si no eres una Hermana de Kaia, ¿qué eres? —preguntó Zell.

—Una apóstata. Una maga sin escuela. —Lyriana sonrió, sus ojos centelleaban con picardía—. Una bastarda.

Quería seguir preguntándole cosas, pero ya habíamos cruzado el límite oeste del campamento. Contuve el aliento de repente. Donde antes había una gran llanura herbosa, ahora había un inmenso cementerio, una interminable extensión de túmulos fúnebres que abarcaba hasta donde llegaba la vista. Sobre cada uno de ellos crecía una única planta, un largo tallo verde con una flor naranja y negra en el extremo. Una flor de saúco. La flor de la dinastía Volaris, del reino de Noveris. Y estaba viendo un bosque entero de ellas.

—¿Cuántos magos murieron? —pregunté.

—Doscientos cincuenta —contestó Lyriana.

—¿Y cuántos de los hombres de mi padre?

Lyriana se mordió el labio.

—Un millar.

—Un millar —repetí. Un millar. Mil hombres habían muerto por mi culpa. Mil hijos, hermanos, padres, hombres de Occidente. ¿Conocía a alguno de ellos? ¿Había visto a alguno entrenar en los barracones o desfilar por delante del castillo? ¿Habían entendido, siquiera remotamente, por lo que estaban luchando?

Una ráfaga de viento frío sopló a nuestro alrededor. Las flores de saúco oscilaron de un lado a otro. Se me llenaron los ojos de lágrimas.

—¿Hicimos lo correcto? —pregunté.

Zell me pasó un brazo por encima de los hombros y me atrajo hacia él.

—No hicimos lo incorrecto. Puede que ese sea todo nuestro consuelo.

—Creo que es suficiente para mí.

—También para mí.

—Vamos —dijo Lyriana—. Te mostraré dónde está Jax.

Las tumbas de los no magos estaban al fondo del campo, donde la extensión de hierba seca daba paso al bosque. Los túmulos de esa zona no tenían flores de saúco, obviamente, pero no por eso estaban desnudos. Algunos tenían espadas clavadas en las cabeceras, otros cayados o escudos, algunos un montón de libros.

La tumba de Jax estaba justo al fondo del campo, bajo la sombra del bosque. Un arbolito crecía en su cabecera y pude distinguir pequeñas frutas de un color amarillo anaranjado escondidas entre sus hojas.

—Un melocotonero —dije con la voz entrecortada.

—Creo que le hubiese gustado —repuso Lyriana con una sonrisa triste.

—Le hubiese gustado saber que te importaba.

Me acerqué a la tumba, me temblaban las rodillas, y me senté a su lado. Zell y Lyriana se quedaron atrás. Deslicé la mano por el árbol y olí la tierra húmeda. No podía pensar en el hecho de que el cuerpo de Jax estaba justo debajo de mí, que estaba ahí abajo, frío y gris y muerto. Así que cerré los ojos y me limité a tocar la áspera corteza del árbol y le hablé, como si estuviera sentado ahí a mi lado, como había hecho durante tantos años.

—Supongo que después de todo voy a ir a Lightspire —le dije—. No me puedo creer que no vayas a estar ahí para verlo conmigo. Casi me hace no querer ir.

—Me ardían los ojos. Parpadeé para eliminar las lágrimas. Jax no querría que me sentase ahí a llorar. Querría que siguiera adelante, que viviera la vida, que me emborrachara y tuviese aventuras y fuese feliz—. Mierda, Jax. Te voy a echar muchísimo de menos. Nunca te voy a olvidar. Jamás. —Cogí un puñado de tierra y me llevé la mano a los labios, dejando que resbalara entre mis dedos.

Lyriana se arrodilló a mi lado en silencio y alargó una mano para deslizarla por el árbol. Sus ojos dorados centelleaban, anegados de lágrimas.

—¿Iba en serio lo que dijiste en la torre? —le pregunté—. ¿De verdad querías a Jax?

—Sí. —Cerró los ojos—. Y sigo queriéndole.

Le pasé un brazo por encima de los hombros y la atraje hacia mí. Ambas teníamos la misma herida punzante en nuestro interior, el mismo vacío que nunca se rellenaría. Estar juntas, abrazarnos... no lograba que desapareciera el dolor. Pero al menos teníamos alguien con quien compartir su escozor.

—Volveremos a verte, Jax —susurró Lyriana al árbol que se mecía suavemente—. En las estrellas en lo alto, cuando los Titanes nos lleven.

—Solo guárdanos un poco de vino, ¿vale? —añadí, y casi le pude oír reír.

Me puse de pie y di media vuelta. Había hecho lo que debía y ya no me podía quedar más tiempo, no sin deshacerme en lágrimas. Ayudé a Lyriana a ponerse en pie.

—¿Cuándo salimos para Lightspire?

—Mañana por la mañana. Y ya me he asegurado de que vayamos todos juntos en el mismo carruaje.

Me volví hacia Zell.

—¿Entonces vienes con nosotras?

—Sí.

Vacilé un instante, aterrada de hacer la pregunta que me corroía por dentro, pero no me pude reprimir.

—¿Y luego? ¿Cuando lleguemos allí?

Zell escogió sus palabras despacio y con sumo cuidado.

—No me arrodillaré. No serviré. Soy un zitochi, primero y para siempre, y mi lealtad será siempre hacia mi pueblo. —Miró a Lyriana y ella asintió—. Pero he estado hablando con Lyriana acerca de esto, y ella me ha convencido de que seré mucho más influyente a su lado, hablando con los nobles de Lightspire, que muriendo en el barro con una banda de asesinos.

—Entonces, ¿estás diciendo que...?

Se inclinó hacia mí y me besó, un beso largo e intenso, sus brazos firmes alrededor de mi cintura, su cuerpo caliente contra el mío, nuestros corazones latiendo al unísono. Cuando nos separamos, apoyó la frente contra la mía, y me miró directamente a los ojos.

—Nunca más voy a separarme de tu lado.

Lyriana sonrió.

—Sois absolutamente adorables los dos. ¿Puedo decirlo? Porque lo sois.

—Nunca me habían llamado adorable —reflexionó Zell en voz alta.

Eché un brazo por encima de los hombros de Zell y el otro por encima de los de Lyriana.

—Más vale que te vayas acostumbrando.

Repentinamente, la trascendencia de ese momento me golpeó con fuerza. Mi vida tal y como la conocía se había terminado. Iba a ir a Lightspire, la mayor ciudad del reino, capital de todo Noveris. ¿Qué demonios iba a hacer ahí? ¿Dónde viviría? ¿Cómo encajaría? ¿Quién sería, si no era una occidental o una bastarda?

Y, tan deprisa como había llegado, ese pánico desapareció. ¿A quién le importaba si no sabía dónde iba a vivir o qué iba a hacer? Tendría a Lyriana ahí, mi mejor amiga, mi hermana, y cuidaríamos la una de la otra pasase lo que pasase. Tendría a Zell, y en sus brazos nunca me sentiría asustada o perdida. Habíamos cruzado una provincia, nos habíamos enfrentado a skarrlings y mercenarios y habíamos salvado vidas inocentes. ¿Había algo en el mundo que no fuésemos capaces de hacer?

El sol empezaba a ponerse, su gran disco naranja se ocultaba detrás de los árboles, hacia Occidente. Tras ellos estaba mi padre, y Miles, y su guerra. Tras ellos estaban el castillo de Waverly y mi pasado. Les di la espalda y los tres volvimos hacia el campamento. La princesa, el zitochi y la bastarda, sujetándonos los unos a los otros, sin soltarnos. Ahora éramos una familia. Más familia de la que había tenido jamás. Agarré a Zell y a Lyriana con fuerza y caminamos como un solo ser hacia el campamento, hacia el futuro, hacia el amplio e incierto Este.

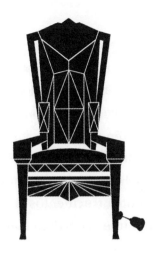

aGRaDeCimientos

En primer lugar, quisiera darle las gracias a mi increíble y absolutamente fantástica agente, Sara Crowe. Ella creyó en esta historia desde el principio y sus ánimos y apoyo incondicional me dieron alas para seguir escribiendo.

A mi incomparable editora, Laura Schreiber, que me dio los consejos más perspicaces y pertinentes que he recibido jamás y ayudó a moldear este libro para convertirlo en algo mucho mejor. Es una sensación asombrosa cuando alguien entiende tu libro mejor que tú mismo; trabajar con Laura ha consistido en una serie de inacabables momentos de ¡eureka! Gracias también al resto del equipo de Hyperion: Mary Mudd, Cassie McGinty, Christine Ma, Levente Szabo y todos los demás del Team Bastard. Estos tíos son los mejores.

A mis generosos lectores: Kara Loo, Jennifer Young, Eric Dean, Max Doty, Royal McGraw, Kenny Wat y Oliver Miao. Sus comentarios y consejos han hecho de mí un escritor mejor; su apoyo y paciencia han hecho de mí una persona mejor.

A todos los profesores y mentores que me ayudaron en lo largo de este viaje, que animaron a ese chico raro de los cuentos truculentos a seguir escribiendo. Gracias ,Sharron Mittlestet, Sylvia Harp, Dean Crawford y Paul Russell.

A mis padres, Simon y Ann, que siempre me animaron a perseguir este sueño, que me enseñaron a apreciar una buena historia y a contar un buen chiste; a mis abuelos, Yakov, Yulya y Marina, por su interminable cariño y apoyo, independientemente de lo inconexas que fueran mis anécdotas; a mi hermano, Daniel, por estar siempre ahí para hacerme reír, para escuchar mis ideas y para distraerme con videojuegos cuando me quedaba atascado.

Y por último, a Sarah, mi musa, la pieza de mi puzle, siempre mi primera lectora. Nada de esto hubiese sido posible sin ti; ojalá pueda ser eternamente tu hilador de palabras.